Cœur de lièvre

L'histoire d'une peur. Rabbit Angstrom, partagé entre les impossibles contradictions de l'Amérique, choisit la fuite, loin de sa ferme, loin de la petite ville de Pennsylvanie où il habite, loin de cette vie quotidienne aveugle, dominée par la matière. Mais parce qu'il y a dans cet être faible un appel désespéré vers la vie intérieure, sa course en zigzag est bien plus qu'une tentative pour s'évader d'un monde invivable. C'est un effort désespéré pour sortir de la nuit et rattraper à l'ouest le soleil couchant.

A ce titre et derrière les apparences Rabbit Angstrom est un héros de notre temps, voisin de ceux de Graham Greene et de Bernanos.

John Updike est né en 1932 en Pennsylvanie. Après avoir fait des études à Harvard, puis à la Ruskin School of Drawing and Fine Arts à Oxford, il a été le collaborateur de nombreuses revues, principalement du New Yorker. *Salué, à la parution de* Cœur de lièvre *comme « l'un des maîtres du nouvel âge du roman américain » (Jacques Cabau,* l'Express*), il a publié, depuis, de nombreux romans, nouvelles et essais. Père de quatre enfants, John Updike vit dans le Massachusetts.*

Du même auteur

AUX ÉDITIONS DU SEUIL

Cœur de lièvre
roman, 1962

La Ferme
roman, 1968

Les Quatre Faces d'une histoire
nouvelles, 1971

AUX ÉDITIONS GALLIMARD

Couples
roman, 1969

Bech voyage
roman, 1972

Rabbit rattrapé
roman, 1973

Des musées et des femmes
et autres nouvelles
nouvelles, 1975

Un mois de dimanches
roman, 1977

Épouse-moi
roman, 1978

La Vie littéraire
essai, 1979

Le Putsch
roman, 1980

La Concubine de Saint-Augustin
et autres nouvelles
nouvelles, 1981

Rabbit est riche
roman, 1983

Bech est de retour
roman, 1984

La Navigation littéraire
essai, 1986

Les Sorcières d'Eastwick
roman, 1986

John Updike

Cœur de lièvre

roman

TRADUIT DE L'AMÉRICAIN
PAR JEAN ROSENTHAL

Éditions du Seuil

TEXTE INTÉGRAL.

EN COUVERTURE : illustration Hervé Coffinières.

Titre original : *Rabbit, Run.*

ISBN 2-02-006513-4.
(ISBN 1re publication : 2-02-001435-1.)

Les mouvements de grâce, la dureté de cœur ; les circonstances extérieures.

PASCAL, Pensée 507.

De jeunes garçons jouent au basket-ball autour d'un poteau télégraphique auquel on a fixé un panier rudimentaire. Galopades ; des cris fusent. Le crissement des semelles sur les cailloux de l'allée semble catapulter leurs voix dans le bleu du ciel de mars, au-dessus des fils électriques. Rabbit Angstrom passant par là en costume de ville, s'arrête pour les regarder, bien qu'il ait vingt-six ans et un mètre quatre-vingt-huit. Il est si grand qu'il ne fait guère lapin[1], mais son visage blême et large, la pâleur de ses yeux bleus et un tic qui agite les ailes de son nez court quand il se colle une cigarette aux lèvres expliquent en partie ce sobriquet de Rabbit qu'on lui a donné quand lui aussi était un jeune garçon. Il reste là, et les gosses continuent à se démener, à envahir la chaussée.

Ils trouvent bizarre qu'il reste planté là, ils lui lancent des coups d'œil en coulisse. C'est qu'ils jouent pour s'amuser, et pas pour faire une démonstration à un adulte qui se balade en complet marron croisé. D'ailleurs, ça leur paraît drôle qu'une grande personne passe par ici. Où est donc sa voiture, à celui-là ? La cigarette au bec lui donne un air encore plus louche. Et si c'était encore un de ces types qui va leur offrir des cigarettes ou de l'argent pour l'accompagner derrière l'usine à glace ? Ils ont entendu parler de ces choses-là, mais ça ne leur fait pas trop peur : ils sont six et lui est tout seul.

Le ballon, rebondissant sur le rebord du panier, passe

1. *Rabbit* en anglais signifie « lapin ». (N. du T.)

par-dessus la tête des six garçons pour venir atterrir aux pieds de l'homme tout seul. Il le saisit au vol avec une vivacité qui les surprend. Tandis qu'ils le regardent interloqués, il vise en clignant des yeux derrière la fumée bleue de sa cigarette : soudain, c'est une silhouette sombre comme une cheminée d'usine dans le ciel de cet après-midi printanier, il est bien calé sur ses pieds, jonglant nerveusement avec le ballon devant lui, une main pâle étendue par-dessus, l'autre par-dessous, s'appliquant à trouver dans l'air un point d'appui, étalant ses doigts aux larges lunules. Le ballon d'un coup semble s'élever jusqu'au revers droit de son veston et jaillir de son épaule en même temps que ses genoux se ploient; on dirait qu'il va passer à côté car, malgré l'angle sous lequel l'homme a shooté, le ballon se dirige vers le panier, et puis voilà qu'il tombe à l'intérieur du cercle, fouettant au passage le filet avec un petit froissement distingué et venant ignominieusement frapper sur la tête un petit garçon aux réflexes trop lents, appuyé au poteau.

– Vous avez vu ? crie-t-il, tout fier.

– C'est du pot, dit un des gosses.

– De l'adresse, réplique-t-il. (Et il demande :) Dites donc. Ça vous va si je joue ?

Pas de réponse : on échange seulement des regards stupides et surpris. Rabbit ôte sa veste et la pose, bien pliée, sur le couvercle d'une poubelle propre. Derrière lui, les pantalons de toile recommencent à se démener. Il se lance au cœur de la mêlée pour cueillir le ballon, le souffle à deux faibles mains blanches et s'en empare. Le contact familier de ce cuir tendu met en éveil tous ses muscles, donne des ailes à ses bras. Bon sang, ça fait des années qu'il n'a pas touché un ballon. Ses bras se lèvent tout seuls et le ballon flotte vers le panier par-dessus sa tête. Il est si sûr de sa trajectoire qu'il clignote quand le ballon retombe avant le poteau et il se demande un instant s'il ne l'a pas logé dans le cercle sans même lui faire effleurer le filet.

– Alors, dit-il, je joue avec qui ?

Après une bagarre silencieuse, on lui envoie deux partenaires. Ils jouent donc à trois contre les quatre autres.

Bien que tout de suite Rabbit se donne un handicap en n'approchant pas à moins de trois mètres du panier, c'est encore une lutte inégale. Personne ne prend la peine de compter les paniers. Ce silence hostile l'ennuie. Les gosses s'interpellent, mais ils n'osent pas lui adresser la parole à lui. La partie se poursuit et, de plus en plus, il les sent qui s'accrochent à ses jambes, qui s'excitent et qui essaient de le faire trébucher, mais ils continuent à ne pas lui parler. Il ne veut pas de ce respect, il voudrait leur dire que ça n'est pourtant pas malin de vieillir, que ça se fait tout seul. Au bout de dix minutes, un nouveau joueur passe dans l'autre équipe : il n'y a plus maintenant que Rabbit Angstrom et un gosse contre cinq adversaires. Ce garçon, encore minuscule, mais qui semble déjà se méfier d'un excès de nonchalante allonge, est le meilleur des six; il est coiffé d'une casquette de tricot agrémentée d'un pompon vert et qui lui couvre les oreilles en lui donnant l'air d'un crétin. Il a le basket-ball dans le sang : cette façon qu'il a de se déplacer latéralement sans faire un pas, par glissades, c'est un don des dieux. Ça se sent. Et puis sa façon d'attendre, d'évoluer. Avec un peu de chance, il deviendra en temps voulu une des vedettes de l'équipe du collège; Rabbit connaît l'itinéraire. On monte petit à petit jusqu'au jour où on se retrouve tout en haut, au milieu des exclamations; avec la sueur qui s'accroche à vos sourcils, on ne voit pas très bien, et le bruit tourbillonne autour de vous, vous soulève, et puis on sort de là, au début ça n'est pas qu'on vous oublie, simplement on est dehors et on se sent libre et dégagé, on trouve ça bon. On est dehors et on fond, on continue à monter jusqu'à ce qu'on devienne pour ces gosses un autre morceau de ce ciel des adultes qui s'étale au-dessus de la ville, un morceau qui, on ne sait trop pourquoi, s'est assombri et est venu leur rendre visite. Ils ne l'ont pas oublié, eux : c'est bien pire, ils n'ont jamais entendu parler de lui. Pourtant, de son temps, Rabbit était célèbre dans tous les Etats-Unis; au cours de son année de junior, il avait établi un record de paniers marqués en ligne B qu'il battit lorsqu'il fut devenu senior, en en établissant un cette fois qui ne fut dépassé que quatre ans plus tard, c'est-à-dire il y avait quatre ans de cela.

Il réussit des paniers d'une main, des deux mains, par en dessous, en extension, de volée, en sautant. Le ballon s'élève, doux et docile. Lui est ravi de le sentir encore s'animer entre ses mains. Il a le sentiment de sortir d'une longue éclipse. Mais son corps est pesant, le souffle lui manque. Cela l'agace de s'essouffler comme ça. Quand les cinq gosses qui sont dans l'autre camp commencent à manifester tout haut leur dépit et qu'un gosse qu'il a renversé accidentellement se relève un peu sonné et fait mine de s'éloigner, Rabbit ne se fait pas prier pour s'arrêter.

– Bon, dit-il, le vieux s'en va.

Il ajoute à l'adresse de son partenaire, le gosse au pompon :

– Salut, champion.

Il éprouve de la reconnaissance pour ce jeune garçon qui a continué à l'observer avec une admiration désintéressée après que les autres se furent renfrognés, et qui l'encourageait de ses exclamations : « Bon Dieu ! Formidable ! Mince ! »

Rabbit ramasse sa veste et s'éloigne en courant, la tenant d'une main comme une lettre. Il remonte l'allée. Il passe devant l'usine à glace abandonnée, avec ses palissades de bois pourri, devant le quai de chargement délabré. Des poubelles, des portes de garages, du treillage de basse-cour dont les fils s'entrecroisent au milieu des feuilles mortes. On est en mars. L'amour rend l'air léger. Tout recommence; Rabbit sent à travers le goût âcre que le tabac lui a laissé dans la bouche la chance nouvelle qui flotte, il prend le paquet de cigarettes dans la poche de sa chemise, et sans ralentir son allure, le jette dans une poubelle au passage. Un petit sourire de satisfaction retrousse sa lèvre supérieure. Ses grandes chaussures de daim foulent le gravier crissant de l'allée.

Il court. Au bout du pâté de maisons, il tourne dans une rue, Wilbur Street, dans la ville de Mt Judge, banlieue de Brewer, la cinquième ville de Pennsylvanie. Il monte la pente en courant. Il passe devant un bloc de grandes maisons, de forteresses de ciment et de briques, avec des portes aux verres colorés et biseautés, des fenêtres avec des plantes en pots, puis il remonte encore la moitié d'un autre bloc, où se trouve un lotissement bâti d'un seul coup vers les années trente. Les pavillons de bois grimpent à l'assaut de la colline comme un escalier. Les quelque deux mètres dont chaque maison à un étage dépasse sa voisine sont occupés par deux fenêtres blêmes, espacées comme les yeux d'un animal, et le tout peint dans des couleurs allant du violacé au brun sale. Les façades sont en planches, décolorées par les intempéries, sauf ces brèches que certains propriétaires ont peintes en vert, en rouge vif ou en jaune pâle. Il y a une douzaine de maisons de deux étages, et chacune a deux portes. La septième porte, c'est la sienne. Les marches de bois qui y mènent sont usées. En dessous, il y a un petit réduit où moisit un jouet perdu. Un clown en matière plastique. Il l'a vu tout l'hiver, mais il a toujours pensé qu'un gosse viendrait le chercher.

Il s'arrête dans le vestibule sans soleil, hors d'haleine. Au-dessus de lui, une petite ampoule brille d'un éclat poussiéreux. Trois boîtes à lettre en fer blanc sont disposées, vides, au-dessus d'un radiateur brun. La porte de son voisin du rez-de-chaussée, de l'autre côté du vestibule, est fermée comme un visage hostile. Il y a cette odeur qui est toujours la même, mais qu'il ne parvient jamais à identifier; tantôt cela ressemble à du chou qui cuit, tantôt c'est l'haleine rouillée de la chaudière, et tantôt comme une douce pourriture qui vient des murs. Il monte l'escalier pour aller chez lui, au dernier étage.

La porte est fermée. Il introduit la petite clef dans la serrure d'une main tremblante, palpitante encore de cet effort inhabituel, et le métal grince. Mais quand il ouvre la porte, il voit sa femme assise dans un fauteuil avec un verre de whisky, en train de regarder la télévision qui marche en sourdine.

– Tu es là, dit-il. Pourquoi la porte est-elle fermée ?

Elle tourne vers lui des yeux sombres et vagues, congestionnés par la télévision.

– Elle s'est fermée toute seule.

– Elle s'est fermée toute seule, répète-t-il.

Mais il se penche quand même pour embrasser son front luisant.

C'est une petite femme, à la peau mate et tendue, comme si quelque chose en elle se gonflait pour lutter contre sa petitesse. Ce n'est qu'hier, lui semble-t-il, qu'elle a cessé d'être jolie. Deux petites rides aux commissures des lèvres ont suffi à rendre sa bouche avide; ses cheveux se sont clairsemés, si bien qu'il pense sans cesse au crâne qu'il y a dessous. Mais il espère toujours que demain elle sera de nouveau la femme qu'il a aimée.

– De quoi as-tu peur ? Qui crois-tu qui va entrer par cette porte ?

N'attendant aucune réponse, il déplie soigneusement sa veste, l'emporte vers la penderie et y prend un cintre. La penderie donne dans le living-room, et la porte ne s'ouvre qu'à moitié, puisque le poste de télévision est devant. Il fait attention à ne pas tirer sur le fil qui est branché dans une prise de l'autre côté de la porte. Un jour, Janice, qui est particulièrement maladroite quand elle est enceinte ou ivre, s'est pris le pied dans le fil et a failli faire dégringoler le récepteur sur le plancher, un poste de cent quarante-neuf dollars. Heureusement qu'il est arrivé alors que le poste se balançait encore sur la table roulante et avant que Janice ait commencé à se débattre dans son affolement. Pourquoi était-elle comme ça ? De quoi avait-elle peur ? D'un geste tendre et habile, qui fait honneur à la souplesse de son corps tout autant qu'aux objets qu'il touche, il glisse les coins du cintre sous les épaulettes de sa veste et de son long bras la pend au tuyau peint auprès de ses autres vêtements. Il referme la porte et l'on entend un déclic, puis elle s'entrebâille de nouveau de quelques centimètres. Les portes avec une serrure, c'est toujours comme ça. Cela l'agace : sa main qui tremble sur la serrure comme celle d'un vieillard et elle qui est assise là à écouter le crissement du métal sur le métal.

Il se tourne et lui demande :

– Si tu es à la maison, où est la voiture ? Elle n'est pas devant.

– Elle est devant chez ma mère. Tu me caches l'écran.

– Devant chez ta mère ? En voilà une idée. C'est vraiment un drôle d'endroit.

– Tiens, qu'est-ce que c'est que ça ?

– Ça quoi ?

Il s'écarte pour ne pas lui masquer l'écran. Elle regarde une troupe d'enfants, les Mousquetaires, faire un numéro, dans lequel Darlène est une fleuriste de Paris, Cubby un agent de ville et ce gosse ricanant et dégingandé un artiste peintre. Darlène et lui, avec Cubby et Karen (déguisée en vieille dame française que Cubby, en sergent de ville, aide à traverser la rue) dansent.

Puis un panneau publicitaire montre les sept segments d'un Tootsie Roll sortant de leur emballage pour venir former les sept lettres de « Tootsie ». Les lettres aussi chantent et dansent. Toujours chantant, elles reprennent place dans l'emballage. Ça résonne comme dans une chambre d'écho. Les salauds : c'est astucieux, leur truc. Il l'a vu cinquante fois, et cette fois, ça lui retourne l'estomac. Il a le cœur qui bat encore fort, la gorge serrée.

– Harry, tu as une cigarette ? demande Janice. Je n'en ai plus.

– Hein ? En rentrant, j'ai jeté mon paquet dans une poubelle. Je renonce au tabac.

Il se demande comment on peut avoir envie de fumer, avec le cœur au bord des lèvres comme il l'a.

Janice le regarde enfin.

– Tu l'as jeté dans une poubelle ! Seigneur ! Tu ne bois pas, et maintenant tu ne fumes plus. Qu'est-ce qui te prend, tu veux devenir un saint ?

– Chut !

Le grand mousquetaire a fait son apparition, Jimmy, un homme plus âgé, qui a de grandes oreilles noires postiches à la Mickey. Rabbit l'observe attentivement; il le respecte. Il s'attend à apprendre de lui quelque chose qui lui servira dans son métier : démonstrateur d'un article ménager dans divers magasins et bazars autour de Brewer. Ça fait quatre semaines qu'il fait ça. « Les proverbes, les proverbes, ont toujours raison, chante Jimmy en pinçant sa guitare, les proverbes nous disent ce qu'il faut faire, les proverbes nous aident à être de meilleurs mousquetaires.

Jimmy plante là son sourire et sa guitare et déclare à la caméra : « Connais-toi toi-même, a dit jadis un vieux sage grec. Connais-toi toi-même. Qu'est-ce que cela signifie, mes chers petits amis ; cela signifie : soyez ce que vous devez être. N'essayez pas d'être Sally ou Johnny ou Fred; soyez vous-mêmes. Dieu ne veut pas qu'un arbre soit une cascade, ni qu'une fleur soit une pierre. Dieu donne à chacun de nous un talent particulier. » Janice et Rabbit sont figés dans un silence insolite; tous deux sont chrétiens. La mention du nom de Dieu les met mal à l'aise. « Dieu veut que certains d'entre nous deviennent des savants, que d'autres deviennent des artistes, d'autres encore des pompiers, des médecins et des trapézistes. Et il donne à chacun de nous les dons qu'il faut pour devenir tout cela, *à condition que nous travaillions pour les développer.* Il faut *travailler,* mes chers petits amis. Ainsi donc : connais-toi toi-même. Apprendre à déceler les talents que l'on possède, puis travailler pour les développer. Voilà le secret du bonheur. Il plisse les lèvres et cligne de l'œil.

C'était bien. Rabbit essaie, il fronce les lèvres, puis cligne de l'œil, pour se gagner l'auditoire qu'on a devant soi contre un ennemi derrière, Walt Disney, ou la Compagnie des Eplucheuses Magic-Pluches, en avouant que tout cela c'est de la frime, mais, tant pis, autant le rendre attrayant. On est tous dans le bain. C'est l'escroquerie qui fait tourner le monde. C'est la base de notre économie. La vitaconomie, le mot de passe de la ménagère modèle, le mot qui désigne l'économie des vitamines grâce à la méthode Magic-Pluches. Janice se lève et éteint le poste au moment où va débuter le bulletin d'informations de six heures. La petite étoile brillante laissée par le courant s'éteint lentement.

– Où est le petit ? demande Rabbit.

– Chez ta mère.

– Chez *ma* mère ? La voiture est chez ta mère et le gosse chez la mienne. Seigneur ! Quelle organisation !

Elle se redresse, et l'air massif et obstiné que lui donne sa grossesse l'exaspère. Elle porte une de ces robes pour femmes enceintes avec un pli creux sur le ventre. Un croissant blanc de combinaison apparaît sous l'ourlet de son corsage.

– J'étais fatiguée.

– Ça ne m'étonne pas, dit-il. Combien en as-tu pris ? fait-il en désignant le verre de whisky.

Elle essaie d'expliquer.

– J'ai laissé Nelson chez ta mère en allant chez la mienne pour l'accompagner en ville. Nous sommes allées dans sa voiture, et nous avons regardé les robes de printemps dans les vitrines et elle a acheté un joli foulard en solde chez Kroll.

Elle bredouille un peu; sa petite langue étroite pointe entre ses dents ternes.

Il a un peu peur. Quand elle se démonte, Janice est inquiétante. Ses yeux chavirent dans leurs orbites et sa petite bouche reste ouverte comme une fente stupide. Depuis que ses cheveux moins fournis commencent à dégager son front luisant, il a toujours l'impression qu'elle est fragile et immuable, qu'elle ne va que dans une direction, vers des rides profondes et des cheveux plus clairsemés. Il s'est marié relativement tard, à vingt-quatre ans, et elle était sortie du lycée depuis deux ans, à peine adulte encore, avec des petits seins doux qui, quand elle s'étendait, s'aplatissaient contre son corps souple, presque lisse comme celui d'un garçon. Nelson était né sept mois après le service à l'église épiscopale, et ç'avait été un accouchement pénible. A ce souvenir, la frayeur de Rabbit se change en tendresse.

– Qu'est-ce que tu as acheté ?

– Un costume de bain.

– Un costume de bain ! Fichtre ! En mars ?

Elle ferme les yeux un moment; il sent que les vapeurs de l'alcool lui embrument encore les idées, et il est dégoûté.

– Ça m'a donné l'impression de me rapprocher du moment où je pourrais entrer dedans.

– Quelle mouche te pique ? Les autres femmes sont contentes d'être enceintes. Qu'est-ce que tu as de si extraordinaire ? Veux-tu me le dire. Qu'est-ce qu'il y a donc de si extraordinaire ?

Elle ouvre ses yeux bruns, ils s'emplissent de larmes qui débordent par-dessus les paupières et ruissellent sur ses joues, toutes roses d'indignation, pendant qu'elle le regarde en disant « salaud » avec une application d'ivrogne.

Rabbit s'approche de sa femme et, la prenant dans ses bras, il a tout près de lui cette haleine chaude de sanglots, ces yeux injectés de sang.

D'un élan affectueux, il s'agenouille pour se coller contre elle, mais sa grossesse l'en empêche. Il se redresse de toute sa hauteur et dit :

– Bon. Tu as acheté un costume de bain.

Blottie entre sa poitrine et ses bras, elle dit avec une ardeur inattendue :

– Ne me laisse pas, Harry. Je t'aime.

– Moi aussi, je t'aime. Alors, dis-moi, tu as acheté un costume de bain.

– Rouge, dit-elle, en se balançant tristement contre lui. (Mais son corps, quand elle est un peu ivre, a une fragilité, un manque de coordination, qu'il trouve désagréables.) Avec une bride qui s'attache derrière le cou et une jupe plissée qu'on peut enlever dans l'eau. Et puis mes varices me faisaient si mal que maman et moi sommes entrées chez Kroll pour prendre des chocolats-sodas. Ils ont refait tout le rayon de dégustation, le comptoir n'est plus là. Mais comme j'avais encore mal aux jambes, maman m'a ramenée à la maison et elle a dit que tu n'aurais qu'à venir reprendre la voiture et Nelson.

– Tes jambes, tu parles, c'était probablement elle qui avait mal aux jambes.

– Je pensais que tu rentrerais plus tôt. Où étais-tu ?

– Oh ! je traînais par là. J'ai joué au basket avec des gosses dans l'allée.

– J'ai essayé de faire un somme, mais je n'ai pas pu. Maman a dit que j'avais l'air fatiguée.

– C'est normal que tu aies l'air fatiguée. Tu es une ménagère.

– Et pendant ce temps-là, tu es là à jouer comme un gosse de douze ans ?

Il est indigné qu'elle n'ait pas compris qu'il plaisantait

en la traitant de ménagère, que c'était une allusion à « l'image » que les gens de Magic-Pluches essayaient d'inculquer à leurs représentants, qu'il avait dit cela avec ironie, mais aussi avec compassion et tendresse. Il n'y a vraiment rien à faire : elle est idiote.

– Et toi, dit-il, tu restes bien assise ici à regarder une émission pour enfants au-dessous de deux ans ?

– Qui est-ce qui faisait chut tout à l'heure ?

– Ah ! Janice, soupire-t-il. Va te faire voir. J'en ai marre.

Elle le regarde un long moment.

– Je vais aller m'occuper du dîner, décide-t-elle enfin.

Le repentir soudain le saisit.

– Je vais aller chercher la voiture et ramener le petit. Pauvre gosse, il doit se dire qu'il n'a pas de maison. Qu'est-ce qui fait croire à ta mère que ma mère n'a rien de mieux à faire que de s'occuper des enfants des autres ?

L'indignation de nouveau monte en lui parce qu'elle n'a pas compris pourquoi il voulait regarder Jimmy : c'est pour des raisons professionnelles, pour pouvoir gagner de l'argent qui lui permettra d'acheter des oranges qu'elle pourra mettre ensuite dans ses saloperies de cocktails.

Elle passa dans la cuisine, en colère, bien sûr, mais pas tellement. Elle devrait être vraiment furieuse, ou bien s'en moquer complètement, puisqu'il n'a jamais fait que répéter ce qu'il avait déjà dit au moins deux cents fois. Peut-être mille fois. Mettons, en moyenne, une fois tous les trois jours depuis 1956. Ça fait combien ? Trois cents. Tant que ça ? Alors, pourquoi est-ce toujours un effort ? C'était plus facile avant qu'ils soient mariés. Elle était capable d'être vive alors. Comme une jeune fille. Avec des nerfs comme du fil neuf. Une peau qui sentait le coton frais. Sa camarade de travail avait un appartement à Brewer qu'ils utilisaient. Un lit métallique, des médaillons argentés sur le papier peint; une vue sur les grands réservoirs d'essence bleus au bord du fleuve. Après le travail – ils travaillaient tous les deux chez Kroll à cette époque –, elle vendant des bonbons et des cachous, vêtue d'une blouse blanche avec « Jan » cousu sur sa poche et lui, trimbalant des fauteuils et des tables à l'étage au-dessus, déclouant des caisses d'emballage de neuf heures du matin à cinq heures du soir, avec la poussière des vrillons qui lui piquait le nez et les yeux. Ce sordide croissant noir des poubelles derrière les ascenseurs, le sol jonché de clous tordus, les paumes noires et Chandler, le dandy, qui venait en trottinant toutes les heures lui dire de se laver les mains pour ne pas salir les meubles. Avec du savon noir. Ça faisait une mousse grise. Il avait des cals jaunes sur les mains à force de se servir d'un ciseau à froid. Après cinq heures et demie, la pénible journée terminée, ils se retrouvaient auprès des portes, barrées de chaînes pour empêcher les clients d'entrer, dans une chambre de silence pavée de dalles de verre vertes, entre les deux batteries de portes, derrière les vitrines où les têtes de mannequins sans corps avec leurs chapeaux emplumés et leurs colliers de perles roses guettaient les échos des adieux du soir. Tous les employés se déplaisent chez Kroll; et pourtant, ils s'en allaient aussi lentement que s'ils nageaient. Janice et Rabbit se retrouvaient dans cette antichambre, où l'éclairage tamisé et le sol vert faisaient régner une atmosphère sous-marine, ils poussaient la seule porte que ne barrait pas une chaîne, émergeaient dans la lumière et s'en allaient, sans jamais admettre que c'était leur destination, vers les médaillons d'argent, la main dans la main, avançant doucement contre le courant des gens qui rentraient chez eux, pour faire l'amour à l'heure où la lumière de fin d'après-midi pénétrait par la fenêtre en rais horizontaux. Cela l'intimidait qu'il la regarde. Elle lui faisait fermer les yeux. Et puis, avec un frisson qui la parcourait dès qu'il était en elle, elle se sentait devenir doucement grenue à l'intérieur, comme une pantoufle de soie. Allongés côte à côte sur le lit de cette fille, ils se sentaient perdus, après avoir commis l'acte ultime; il ne restait plus que l'argent des cadres sur le mur et l'or du jour qui pâlissait.

La cuisine est une petite pièce étriquée à côté du living-room, un étroit passage entre des appareils qui étaient modernes cinq ans plus tôt. Elle laisse tomber un ustensile métallique, une casserole ou une timbale.

– Tu crois que tu peux y arriver sans te brûler ? crie-t-il.

– Tu es encore là ? répond-elle.

Il va jusqu'au placard et prend la veste qu'il a accrochée avec tant de soin. Il a l'impression d'être le seul dans cette maison à être soigneux. Le désordre qui règne derrière lui dans la pièce – le verre où traîne un fond d'alcool, le cendrier bourré en équilibre sur le bras du fauteuil, le tapis chiffonné, la pile avachie de journaux, les jouets du gosse ici et là, cassés ou coincés sous un meuble, la jambe d'une poupée et un morceau de carton plié qui accompagnait le découpage d'une boîte de céréales; les moutons de poussière sous les radiateurs, tout ce fatras perpétuel – tout cela lui colle au dos comme un filet qui se resserre. Il se demande s'il va prendre sa voiture et aller chercher le gosse ensuite. Ou bien devrait-il passer prendre le gosse d'abord ? Il a plus envie de voir le petit. Ce serait plus rapide d'aller à pied jusque chez Mrs. Springer, elle habite plus près. Mais si elle guettait sa venue par la fenêtre pour jaillir en le voyant et venir lui dire combien Janice avait l'air fatiguée ? Qui ne serait pas épuisé après avoir piétiné toute la journée pour acheter quelque chose avec toi, espèce de vieille grigou ? Vieille peau. Gros lard. S'il avait le gosse avec lui, il éviterait peut-être cela. Rabbit aime bien l'idée de revenir à pied de chez sa mère avec son fils. A deux ans et demi, Nelson marche comme un fantassin, à petits pas obstinés. Ils marcheraient dans les dernières lueurs du jour sous les arbres, puis, comme par magie, il y aurait la voiture de papa le long d'un trottoir. Mais ce sera plus long comme ça, avec sa mère qui lui multipliera les allusions sournoises aux défauts de Janice. Ça l'exaspérait quand sa mère se lançait ainsi; peut-être qu'elle le faisait simplement pour le taquiner, mais il n'arrivait pas à le prendre à la légère, elle mettait trop d'énergie, en tout cas avec lui. Il ferait mieux d'aller chercher la voiture d'abord et de passer prendre le gosse avec. Seulement il n'a pas envie de faire comme ça. Il n'a tout simplement pas envie. Le problème se pose devant lui, et sa complication même l'écœure.

De la cuisine, Janice crie : « Oh ! chéri, achète donc un

paquet de cigarettes, veux-tu ? » d'une voie normale qui veut dire que tout est pardonné, que tout est comme avant. Rabbit se fige, il regarde l'ombre un peu jaune qu'il fait sur la porte blanche du vestibule, et il a le sentiment d'être dans un piège. Ça lui paraît certain. Ecœuré, il sort.

Dehors, la fraîcheur tombe avec la nuit. Les érables de Norvège exhalent le parfum de leurs bourgeons poisseux, et les grandes fenêtres des living-rooms qui donnent sur Wilbur Street montrent derrière la tache argentée d'un récepteur de télévision, la tiédeur des ampoules qui brûlent dans les cuisines, comme des feux au fond des cavernes. Il descend la colline. Le jour se retire. De temps en temps, il touche de sa main l'écorce rugueuse d'un arbre ou les branchages secs d'une haie, pour sentir quelque chose répondre sous ses doigts. Au coin de Wilbur Street et de Potter Avenue, une boîte à lettres se dresse, penchée dans le crépuscule sur son pied de ciment. La grande colonne à deux pédales qui porte la plaque de la rue, le poteau téléphonique bien lisse qui brandit ses isolateurs contre le ciel, la bouche d'incendie comme un buisson doré : un vrai bosquet. Il aimait jadis grimper aux poteaux. Se hisser sur les épaules d'un copain jusqu'au moment où l'on avait à portée de la main l'échelle des crampons, monter jusqu'à l'endroit où l'on entendait chanter les fils. Un murmure terrifiant et immobile. On avait toujours la tentation de tomber, de lâcher les crampons et de sentir l'espace sur son dos, de le sentir vous prendre les pieds quand on tombait. Il se souvient comme on avait les mains brûlantes en haut, pleines d'éclisses de bois attrapées à grimper jusqu'à l'endroit où commençaient les crampons. Et on écoutait les fils, comme si l'on pouvait entendre ce que les gens disaient, quels étaient tous les secrets de ce monde adulte. Les isolateurs comme d'énormes œufs bleus dans un nid de vent.

Il suit Potter Avenue, et les fils, de leur hauteur silencieuse, passent à travers les couronnes des érables frémissants. Au carrefour suivant, où l'eau de l'usine à glace débouchait, tombait dans un caniveau et réapparaissait de l'autre côté de la rue, Rabbit traverse et continue le long du caniveau où l'eau généralement coulait, revêtant son lit étroit de sinueux rubans de vase verte et attendant de glisser sous vos pieds si l'on osait marcher dessus. Il se souvient d'être tombé là, mais il n'arrive pas à se rappeler pourquoi il marchait sur ce bord glissant. Puis la mémoire lui revient. Pour impressionner les filles – Lotty Bingaman, Margaret Schoelkops, parfois June Cob et Mary Hoper – qu'il raccompagnait à la sortie du collège. Margaret se mettait souvent à saigner du nez, sans raison. Elle portait des bottines.

Il s'engage dans Kegerise Street, une étroite allée de gravier qui contourne le mur aveugle d'une petite fabrique de caisses où travaillent surtout des femmes d'un certain âge, le mur de ciment d'un dépôt de bière, et une vieille ferme authentique, abandonnée maintenant, un des plus anciens bâtiments de la ville, une construction de grès à la maçonnerie rudimentaire. Ce corps de bâtiment, dont dépendait jadis la moitié du terrain sur lequel s'élève aujourd'hui la ville, conserve encore, derrière une clôture délabrée par les intempéries et par les vandales, sa cour, un fatras de souches brunes et de troncs usés par l'érosion où fleurira en été toute une prolifération indésirable de mauvaises herbes, de buissons d'un vert cireux, de graines laiteuses et de calices jaunes et frêles pleins presque à déborder de pollen.

Il y a donc un espace entre la vieille ferme et la Sunshine Athletic Association, une construction haute et étroite, comme un immeuble de rapport, déplacé dans cette ruelle de ruines et de façades aveugles. L'entrée prend un aspect menaçant à cause d'une étrange avancée, grande comme un appentis, que l'on édifie chaque hiver sur les marches de pierre pour protéger le bar du mauvais temps. Rabbit est plusieurs fois entré au club. Il n'y avait pas de soleil. Au rez-de-chaussée, c'était un bar, et au premier étage, il y avait des tables de jeu où les vieux de la ville mijotaient leurs coups en marmonnant. Pour Rabbit, l'alcool et les cartes s'associent dans son esprit à une déprimante forme de péché, un péché qui a mauvaise haleine, et l'atmosphère politique du club le déprimait encore davantage.

Son vieux professeur de basket-ball, Marty Tothero, qui avant que le scandale l'eût fait chasser du collège exerçait une certaine emprise sur les affaires municipales, était censé habiter l'immeuble et, disait-on, il traficotait encore. Rabbit a horreur des trafics, mais il aimait bien Tothero. Après sa mère, c'était Tothero qui avait le plus de force à ses yeux.

La pensée de son vieux professeur croupissant là-dedans l'effraie. Il poursuit son chemin, passe devant un atelier de carrosserie et un poulailler abandonné. Il descend toujours, car le faubourg de Mt Judge est construit sur le flanc oriental de la colline du Mont Judge, dont le flanc ouest surplombe la ville de Brewer. Bien que l'agglomération banlieusarde et la ville se rejoignent le long de la route nationale qui contourne la colline au sud vers Philadelphie, à quatre-vingts kilomètres de là, elles ne se confondront jamais, car entre elles la montagne dresse une large arête verte, s'allongeant sur trois kilomètres du nord au sud, attaquée par les carrières, les cimetières et les nouveaux lotissements, mais au-dessus d'un certain niveau protégé se trouvent des centaines d'hectares de forêt que les garçons de Mt Judge ne pourront jamais explorer complètement. Une grande partie de ces forêt retentit du bruit des voitures qui grimpent les routes touristiques en seconde. Mais, sur de longues taches de plantations de pins oubliées, le tapis ouaté des aiguilles qui recouvrent le sol s'élève en molles ondulations, à perte de vue, sous des tunnels sans fin d'un vert éteint, et l'on a l'impression que le silence débouche sur quelque chose de plus redoutable. Et puis, on tombe sur une flaque de soleil, les branches ne protègent plus l'entrée d'une caverne pleine de pierres, creusée par quelque brave et inquiétant pionnier voilà des siècles, et la frayeur vous prend, comme si cet autre signe de vie allait attirer l'attention sur vous et que la menace des arbres allait se préciser. Votre peur frémit comme la sonnerie d'un réveil qu'on ne peut pas arrêter, elle se fait plus forte à mesure que vous courez plus vite, courbant le dos, jusqu'au moment où vous entendez distinctement, dans un cliquetis d'engrenages, une voiture proche changer de vitesse et où les poteaux blancs du garde-fou apparaissent derrière les troncs des pins. Alors, en sûreté sur le macadam solide, on se demande si l'on va redescendre à pied ou bien faire de l'auto-stop jusqu'à l'hôtel du Sommet pour y manger une tablette de chocolat et admirer le panorama de Brewer qui s'étend en bas comme un tapis, une ville toute rouge, où l'on peint le bois, le fer-blanc et même les briques rouges en rouge, un énorme pot de fleurs rouges dont la couleur ne ressemble à celle d'aucune autre ville au monde, et pourtant pour les enfants de la région, c'est la seule couleur des villes, la couleur de toutes les villes.

La montagne fait tomber la nuit de bonne heure sur la ville. Ce soir, il n'est pas tout à fait six heures, on est à la veille de l'équinoxe de printemps, et toutes les maisons, les usines aux toits goudronnés et les rues qui grimpent en diagonale au flanc de la colline sont dans l'ombre qui s'épaissit dans la vallée fertile à l'est de la montagne. Au bord de l'ombre, il y a des cabanes, des rangées parallèles de villas de style ranch dont les baies vitrées reflètent l'éclat éblouissant du soleil couchant. L'une après l'autre, aussi soudainement que des lampes, ces fenêtres s'obscurcissent à mesure que le soleil décline, s'étendant sur les lotissements et sur les lopins de terre brune attendant d'être cultivés, sur un terrain de golf que de loin on pourrait prendre pour un long pâturage s'il n'y avait pas les croissants jaunes de sable ; montant vers les collines d'en face dont les pentes exposées à l'ouest brûlent encore de l'orgueil de l'après-midi. Rabbit s'arrête au bout de la ruelle, d'où il a un vaste panorama. Autrefois, il faisait le caddy là-bas.

Poussé par un élan confus, il se détourne, prend à gauche par Jackson Road, où il a vécu vingt ans. Ses parents habitent une maison de briques, divisée entre deux familles au coin ; mais ce sont leurs voisins, les Bolgers, qui ont la moitié qui fait le coin, avec une étroite courette que Mrs. Angstrom a toujours enviée. Dire que les Bolgers ont toute cette lumière et que nous sommes coincés ici.

Rabbit approche à pas feutrés de sa vieille maison, en marchant sur la pelouse, sautant la petite haie d'épine-vinette et le fil de fer destiné à empêcher les empiètements des gosses qui passent sur le trottoir. Il suit la bande de gazon qui passe entre les deux allées cimentées qui flanquent les deux murs de briques ; autrefois, il habitait derrière l'un, et les Zim derrière l'autre. Tout au long de la journée, Mrs. Zim, une femme sans beauté, avec de gros yeux de thyroïdienne et une peau flasque et violacée, invectivait sa fille Carolyn, qui était la plus jolie petite fille de cinq ans qu'on pouvait imaginer. Mr. Zim était un rouquin aux grosses lèvres, et chez Carolyn, la grosseur et la minceur, le rouge et le bleu, la santé et la nervosité s'étaient harmonieusement mélangés. Sa beauté n'était pas seulement précoce mais, hors de toute question d'âge, exotique. Même Harry, son aîné de six ans, en avait conscience. Toute la journée, Mrs. Zim l'accablait de ses hurlements et, quand Mr. Zim rentrait de son travail, ils se mettaient à crier tous les deux pendant des heures. Cela commençait parce que lui défendait la petite fille, et tandis que les voisins écoutaient, de vieilles plaies s'ouvraient comme des fleurs compliquées dans la nuit. Tantôt maman disait que Monsieur allait tuer Madame, tantôt elle disait que la petite fille les tuerait tous les deux dans leur sommeil. C'était vrai qu'il y avait chez Carolyn une sorte de résolution froide ; quand elle parvint à l'âge scolaire, elle ne quittait jamais la maison sans arborer un sourire, marchant d'un pas léger comme si le monde lui appartenait, et pourtant les Angstrom venaient d'entendre sa mère l'accabler d'invectives pendant tout le petit déjeuner, puisqu'il n'y avait pas deux mètres entre les fenêtres de leurs deux cuisines. Comment ce pauvre homme tient-il le coup ? Si Carolyn et sa mère ne finissent pas par se mettre d'accord, elles vont se réveiller un beau matin sans protecteur. Mais maman se trompait toujours dans toutes ses prédictions. Quand les Zim s'en allèrent, ils partirent ensemble, Monsieur et Madame et Carolyn, disparaissant dans un break tandis que la moitié de leur mobilier était encore sur le trottoir auprès du camion des déménageurs. Il avait trouvé une nouvelle situation à Cleveland, dans l'Ohio. Les pauvres, ils ne manqueront à personne. Et pourtant si, on les regrettait. Ils avaient vendu leur demi-maison à un vieux couple d'austères méthodistes, et le vieil homme refusait de tondre la bande de gazon entre sa maison et celle des Angstrom. Mr. Zim, qui travaillait dans le jardin pendant les week-ends, qu'il pleuve ou qu'il vente, comme si c'était son seul plaisir dans la vie et ça n'avait rien d'étonnant, l'avait toujours fait. Le vieux méthodiste taillait exactement sa moitié, un trajet de tondeuse, puis il ramenait la tondeuse le long de son allée à lui, alors que ç'aurait été tout aussi facile de la ramener le long de l'autre moitié de la bande de gazon sans laisser un travail aussi ridicule à faire. Quand j'entends la tondeuse de ce vieux crétin ferrailler si vertueusement le long de son allée, ma tension monte si bien que j'en ai des bourdonnements d'oreilles. Pendant tout un été, la mère de Rabbit lui interdit, à lui comme à son père, de tondre leur moitié de pelouse, et l'herbe vous arrivait aux genoux dans ce petit coin sans soleil, et il poussait des épis qui ressemblaient à du blé et même une ou deux gerbes d'or jusqu'au jour où un homme de la mairie est venu, au mois d'août, pour dire qu'il fallait tailler la pelouse, que c'était un arrêté municipal, qu'il était désolé. Harry était allé lui ouvrir et disait : « Bien sûr, d'accord », quand maman était arrivée par-derrière en disant : « Qu'est-ce que cela veut dire ? » C'était son parterre. Elle n'avait pas l'intention de le laisser détruire. Et Rabbit se sentait horriblement gêné. L'homme s'était contenté de la regarder et avait tiré de sa poche-revolver une petite brochure tout écornée pour lui montrer le texte en question. Elle répéta que c'était son parterre. L'homme lui lut à combien se montait l'amende et repartit. Ce samedi-là, pendant qu'elle était à Brewer à faire des courses, papa prit la faux dans le garage et tailla toutes les mauvaises herbes tandis que Harry passait la tondeuse sur le chaume jusqu'à ce que la pelouse parût aussi bien taillée que la moitié du méthodiste, mais en plus brun. Il avait des remords de faire ça, et il appréhendait la querelle qui allait éclater entre ses parents quand sa mère reviendrait. Il redoutait leurs disputes : quand leurs visages devenaient tendus et rouges de colère, et que les paroles volaient, c'était comme si on plaçait une vitre devant lui ; il n'avait plus d'air ; ses forces s'en allaient et il devait se réfugier dans un coin de la maison. Cette fois-là, il n'y eut pas de querelle. Son père le scandalisa en mentant purement et simplement, et il l'avait encore plus choqué en adressant en même temps un clin d'œil complice à son fils. Il raconta que le méthodiste avait enfin mis les pouces et qu'il avait taillé lui-même la bande de gazon. Maman le crut, mais elle n'était pas contente ; elle parla toute la journée et à plusieurs reprises dans la semaine de faire un procès à ce vieux tartuffe. Au fond, elle en était venue à considérer que c'était effectivement son parterre. Il s'étendait d'une allée de ciment à l'autre, la bande de gazon n'a pas plus d'une trentaine de centimères de large. Harry, pour suivre la pelouse, a l'impression d'un équilibre aussi précaire qu'au faîte d'un mur.

Il remonte jusqu'à la fenêtre allumée de la cuisine, puis s'avance sur le ciment sans faire grincer la semelle de ses chaussures et, sur la pointe des pieds, regarde un coin brillamment éclairé. Il se voit assis dans un fauteuil d'enfant et brusquement il sent passer une étrange bouffée de jalousie. C'était son fils. Le cou du petit garçon luit comme un article ménager de plus dans la cuisine, au milieu des tasses, des assiettes, des poignées de chrome et des moules en aluminium disposés sur les étagères recouvertes de toile cirée brillante. Les lunettes de sa mère scintillent au moment où elle se penche avec une cuillère de haricots fumants qu'elle tient au bout de son bras dodu. Son visage n'exprime rien de l'inquiétude qu'elle doit éprouver en voyant que personne ne vient chercher l'enfant ; au lieu de cela, son visage est tendu, avec son nez comme un bec à facettes, tendu vers un seul but : que le petit garçon mange. Les rides blanches qui encadrent sa bouche s'aplanissent en un sourire ; les lèvres de Nelson, que Rabbit ne peut pas voir d'où il est, ont dû happer les haricots. Les autres autour de la table expriment leur approbation, quelques syllabes confuses de son père, quelques exclamations de sa sœur, mais les deux voix sont aussi frêles l'une que l'autre. Rabbit, à cause de la fenêtre fermée et du flux de sang qui lui monte à la tête, n'entend pas ce qu'ils disent. Son père, qui rentre juste de son travail, a une chemise bleue tachée d'encre et, quand il n'applaudit pas son petit-fils, son visage a l'air vieux : fatigué et grisonnant. Sa gorge est comme un assemblage de fanons. Le râtelier qu'il s'est fait poser un an auparavant a modifié son visage, l'a fait s'effondrer de quelques millimètres. Miriam, toute pimpante en noir et or pour le vendredi soir, chipote sa nourriture d'un air indifférent et en offre une cuillerée à l'enfant ; son bras mince et blanc orné d'un bracelet, tendu à travers la table où fume le plat ajoute à la scène un accent barbare. Elle se maquille trop. A dix-neuf ans, elle n'a pas besoin de se farder les paupières. Comme elle a des dents saillantes, elle s'efforce de ne pas sourire. La grosse tête bouclée de Nelson plonge au bout de son cou clair et sa main raccourcie par la perspective, comme une tache rose, se tend maladroitement vers la cuillère, pour l'arracher à sa tante. Papa éclate de rire au-dessus de son assiette, et les lèvres de Mim esquissent un sourire qui vient rompre son expression figée de fausse sagacité et découvre la petite fille que Rabbit avait coutume de promener sur son guidon de bicyclette, et dont les cheveux flottants lui chatouillaient les yeux tandis qu'ils dévalaient les rues abruptes de Mt Judge. Elle laisse Nelson s'emparer de sa cuillère et il la fait tomber. L'enfant crie : « Ombé ! Ombé ! » : ça, Rabbit l'entend et le comprend. Cela veut dire : « Tombé. » Papa et Mim sourient, mais maman, la bouche serrée, tend sans rien dire sa cuillère. On donne à manger au fils d'Harry, le voilà dans un foyer plus heureux que le sien ; et Rabbit revient jusqu'au ciment et retraverse sans bruit le gazon.

Ses gestes sont empreints maintenant d'une hâte résolue. Dans l'obscurité, il descend encore un bloc de Jackson Street. Il coupe Joseph Street, court pendant un bloc, en franchit un autre d'un pas vif et aperçoit sa voiture, dont la calandre le contemple en souriant, garée du mauvais côté de la rue. Il tâte sa poche et la peur l'envahit. Il n'a pas la clef. Tout dépend de la façon dont s'est manifestée la négligence de Janice. Ou bien elle a oublié de lui donner la clef quand il est sorti, ou bien elle n'a même pas pris la peine de la retirer du tableau de bord. Il essaie de deviner ce qui est le plus vraisemblable et il n'y arrive pas. Il ne la connaît pas assez bien. Il ne sait jamais ce qu'elle va faire. Elle ne le sait pas elle-même. Elle est idiote.

Ce sont les fenêtres de derrière, et non de devant, de la grande maison des Springer qui sont allumées. Il avance prudemment sous les arbres, dans l'ombre chargée de douces odeurs, au cas où sa belle-mère l'attendrait dans le living-room obscur pour lui dire son fait. Il traverse devant la voiture, la Ford 55, que le père Springer, avec sa petite moustache jaune à la Hitler, lui a vendue pour mille dollars tout rond en 1957, parce que le salaud avait honte, puisqu'il était vendeur de voitures, de voir sa fille épouser quelqu'un qui n'avait qu'une Buick 36 qu'il avait achetée cent vingt-cinq dollars, alors qu'il était dans l'armée, au Texas, en 1953. Il avait fait cracher à Rabbit mille dollars que celui-ci n'avait pas, alors que la Buick venait juste d'avoir pour quatre-vingts dollars de réparations. C'est toujours comme ça. Il ouvre la portière droite, tressaillant au grincement des gonds et plonge rapidement la tête dans la voiture. Dieu soit loué. Sous les boutons des lanternes et des essuie-glace, il aperçoit l'octogone de la clef de contact. Bénie soit cette idiote. Rabbit se glisse derrière le volant, refermant la portière sans la claquer. Les pièces du devant chez les Springer sont toujours éteintes. Cela lui rappelle, il ne sait pourquoi, un stand de marchand de glaces abandonné. Il tourne la clef de contact et le moteur tousse et démarre. Dans son désir d'être discret, il n'appuie pas trop sur l'accélérateur et le moteur, qui a attendu des heures par une fraîche journée de printemps est froid, il a des ratés et cale. Rabbit sent son cœur se serrer et un goût de paille lui vient à la gorge. Mais, après tout, qu'est-ce que ça peut faire si elle sort ? Le seul détail suspect, c'est qu'il n'a pas le gosse, mais il peut toujours dire qu'il va justement le prendre. D'ailleurs ç'aurait été la solution logique. Néanmoins, il ne veut pas être obligé de mentir, même de façon plausible. Il tire un peu le starter, décollant à peine le bouton du tableau de bord, et remet le moteur en route. Il donne juste un coup d'accélérateur, il voit la lumière s'allumer dans le living-room des Springer, il embraye et la Ford démarre brutalement.

Il descend trop vite Joseph Street et tourne à gauche, sans tenir compte du panneau de stop. Il suit Jackson Street jusqu'à l'endroit où elle coupe en oblique Central Avenue, qui est également la route 422 qui mène à Philadelphie. Stop. Il ne veut pas aller à Philadelphie, mais la route s'élargit à la sortie de la ville, après la station électrique et la seule autre solution est de revenir en arrière par Mt Judge en contournant la colline, pour se retrouver dans le centre de Brewer, et dans la circulation de l'heure du dîner. Il n'a pas l'intention de jamais revoir Brewer, cette ville-pot de fleurs. La route s'élargit, elle compte quatre voies maintenant au lieu de trois, et il n'y a pas de danger de heurter une autre voiture ; elles roulent toutes dans le même sens, comme des allumettes sur un ruisseau. Rabbit allume la radio. Après avoir fredonné quelques mesures, une belle Noire chante : « Sans une chanson le jour-our ne finirait ja-a-mais, sans une chanson. » Rabbit regrette de n'avoir pas une cigarette pour accompagner cette impression de lavage intérieur qu'il ressent, mais il se souvient qu'il a cessé de fumer et il se sent plus propre encore. Il se carre sur la banquette, étend un bras sur le dossier et descend la côte noyée par le crépuscule en ne conduisant que de la main gauche. « Un champ de maïs », la voie de la chanteuse ondule sombre et chaude comme si elle sortait des entrailles d'un violoncelle, « l'herbe pousse », la campagne plonge autour de la route comme un oiseau sombre, « peu importe comment », il sent ses cheveux se hérisser de plaisir, « sans un ... », l'odeur de caoutchouc chaud indique que le radiateur fonctionne et il abaisse la petite manette sur la position « moyen ».

Amour secret, Feuilles d'automne, et une autre chanson dont il n'a pas entendu le titre. De la musique pour dîner. De la musique pour faire la cuisine. Il chasse nerveusement de son esprit l'image qui s'imposait à lui du repas de Janice mijotant dans la poêle, des côtelettes probablement, l'eau un peu grasse bouillant tristement, les pois dégelés laissant leurs vitamines s'en aller en vapeur. Il essaie de penser à quelque chose d'agréable. Il s'imagine sur le point de shooter une balle longue ; mais il a l'impression d'être sur une colline, qu'il y a un abîme où il va tomber aussitôt le ballon lancé. Il essaie d'évoquer une image de sa mère et de sa sœur en train de faire manger son fils, mais dans cette évocation le petit garçon pleure, il a le front tout rouge, la bouche grande ouverte laissant échapper son souffle brûlant. Il doit y avoir quelque chose : l'eau de l'usine à glace qui coule dans le caniveau jaunâtre, la façon dont elle encerclait les pierres et coulait en rigoles diagonales, agitant les jolies traînées de vase au bord du trottoir. Soudain, dans sa mémoire, Janice frissonne sur le lit de l'autre fille, dans le jour qui décline. Il essaie de chasser cette sensation en pensant à Miriam, Mim remontant Jackson Street sous la neige dans un traîneau qu'il tire, la petite fille riant sous son capuchon, et lui, le grand frère, les lueurs rouges dans les tourbillons de neige signalant les tréteaux que les équipes municipales ont disposés pour interdire l'accès de la rue aux traîneaux, et ils descendent, ils descendent, les patins sifflant sur la glace lisse, tiens-moi, Harry, les étincelles qui jaillissent au moment où les patins heurtent le mâchefer répandu pour plus de sûreté et l'arrêt crissant comme le battement d'un grand cœur dans le noir. Encore une fois, Harry, et puis on rentrera, je te promets, Harry, s'il te plaît, oh ! je t'aime, la petite Mim qui a sept ans tout au plus, avec son capuchon sombre, et la rue luisante de la neige qui tombe encore. La pauvre Janice devait probablement s'inquiéter maintenant, elle téléphonait sans doute à sa mère ou à sa belle-mère, à quelqu'un, en se demandant pourquoi son dîner refroidissait. Elle est si bête. Pardonne-moi.

Il accélère. La complexité croissante des lumières le menace. Il est entraîné vers Philadelphie. Il a horreur de Philadelphie. C'est la ville la plus sale du monde, les gens y vivent sur de l'eau empoisonnée. Il a envie d'aller vers le Sud, vers le bas de la carte, parmi les buissons orange, les rivières fumantes et les femmes aux pieds nus. Ça ne paraît pas bien difficile de conduire toute la nuit jusqu'à l'aube, jusqu'au matin, jusqu'à midi, de se garer sur une plage, d'ôter ses chaussures et de s'endormir au bord du golfe du Mexique. De se réveiller avec les étoiles au-dessus de soi parfaitement espacées suivant un ordre parfait. Mais il roule vers l'est, dans la pire direction, vers ce qui est malsain, encrassé et puant, vers un trou étouffant où on ne peut pas bouger sans tuer quelqu'un. Mais la route l'aspire et un panonceau annonce *Pottstown 2*. Il freine presque. Puis il réfléchit.

S'il roule vers l'est, alors le sud est sur sa droite. Et puis, comme si le monde était là à attendre de servir ses pensées, une large route s'annonce sur sa droite, *Route 100 Westchester Wilnington. Route 100,* cela sonne rond, cela sonne bien. Il n'a pas envie d'aller à Wilnington, mais c'est la bonne direction. Il n'est jamais allé à Wilnington. Les Du Pont sont propriétaires de la ville. Il se demande ce que c'est que de réussir comme un Du Pont.

Il n'a pas parcouru huit kilomètres que cette route commence à lui donner l'impression de faire partie du même piège. Au premier embranchement, il tourne à droite. Les phares éclairent une borne de pierre portant le chiffre 23. Un bon chiffre. Dans le premier match qu'il a joué pour son université, il a marqué vingt-trois points. Les arbres font de l'ombre sur cette route qui est plus étroite.

Une Du Pont aux pieds nus. Les jambes bronzées probablement, de petits seins ailés. Au bord d'une piscine en France. Il y a quelque chose chez une femme nue qui fait penser à l'argent, à des tas de fric, à des millions. Les millions, on les imagine blancs. On s'enfonce doucement dedans et pourtant il en reste des tas. Les femmes riches sont frigides ? Nymphomanes ? Ça doit varier. Ce ne sont que des femmes après tout, descendant d'une vieille canaille qui a roulé les Indiens comme les autres, mais qui a eu plus de chance, et elles sont faites du même bois que si elles vivaient dans un taudis. Elles n'en paraissent que plus blanches sur les matelas ternes. Cette merveilleuse douceur qu'elles ont quand elles en ont envie. Sinon, c'est simplement un tas de graisse. Cette merveilleuse douceur, mais elles vous veulent durs et dressés sur leur petite corniche. Le truc, c'est de les exciter jusqu'au moment où il suffit de les effleurer. Ça se sent : leur peau sous la toison devient toute flasque comme le cou d'une jeune chiot.

La route 23 pique vers l'ouest à travers de paisibles petites bourgades campagnardes, Coventryville, Elverson, Morgantown. Rabbit aime bien ces petites agglomérations. De hauts bâtiments de fermes carrés frôlent la route. Des falaises de craie tendre. Dans un bourg, un café est brillamment éclairé, et il s'arrête à une quincaillerie qui est en face, avec deux pompes à essence. La radio lui a appris qu'il est environ sept heures et demie, mais la quincaillerie est encore ouverte, avec ses pelles et ses semoirs, ses pics et ses haches, ses ustensiles métalliques peints en bleu, en orange et en jaune, dans la vitrine, à côté de quelques cannes à pêche et d'une rangée de gants de travail. Un homme d'un certain âge sort en bottes, en pantalon de toile flottant, avec deux chemises l'une sur l'autre.

– Qu'est-ce que c'est pour votre service ? dit-il, en appuyant sur la seconde partie de sa phrase, de la même façon que marche un boiteux.

– Vous pourriez me faire le plein avec de l'ordinaire ?

L'homme commence à pomper et Rabbit descend de la voiture, fait le tour par-derrière et demande :

– Je suis à combien de Brewer ?

L'homme lève vers lui un regard un peu méfiant, cesse d'écouter le gargouillis de l'essence et lève un doigt.

– Vous remontez par là, vous prenez cette route et ça fait vingt-cinq kilomètres jusqu'au pont.

Vingt-cinq. Il avait parcouru plus de soixante kilomètres pour s'éloigner de vinq-cinq kilomètres.

Mais c'était assez loin, c'était un autre monde. On y sent uñe autre odeur, plus ancienne, de poche et de recoins dans le sol où personne n'a encore fouillé.

– Et si je vais tout droit ?

– Ça vous mènera à Churchtown.

– Qu'est-ce qu'il y a après Churchtown ?

– New Holland. Lancaster.

– Vous avez des cartes ?

– Où voulez-vous aller, mon garçon ?

– Hein ? Je ne sais pas exactement.

– Où allez-vous ?

L'homme est patient. Son expression est tout à la fois paternelle, astucieuse et stupide.

Pour la première fois, Harry se rend compte qu'il est un criminel. Il entend le niveau de l'essence monter dans le réservoir et il observe avec quel soin l'homme veille à ce que chaque goutte tombe dans le réservoir au lieu de gicler avec insolence par-dessus le rebord comme le laisserait faire un garagiste en ville ; ici, pas une goutte d'essence n'est censée s'échapper et même la nuit on fait attention. Les lois ne sont pas des fantômes dans cette campagne, elles évoluent avec l'odeur de la terre sur elles. Une peur absurde pétrifie Rabbit.

– Je regarde l'huile ? demande l'homme d'une voix d'une surprenante douceur, après avoir raccroché le tuyau au fond de la pompe rouillée, une pompe à l'ancienne mode, surmontée d'une boule peinte.

– Non. Attendez. Oui. Ça vaudrait mieux. Merci. (Du calme. Tout ce qu'il avait fait, c'était demander une carte. Ce satané péquenot, qu'est que ça avait d'extraordinaire ? On peut toujours aller quelque part. Mieux valait faire vérifier le niveau d'huile, car il n'avait pas l'intention de s'arrêter de nouveau avant d'être à mi-chemin de la Georgie.) Dites donc, Lancaster, c'est loin d'ici ?

– A une quarantaine de kilomètres. Votre huile, ça va. Vous allez à Lancaster maintenant ?

– Oui, peut-être.

– Je regarde votre eau ?

– Non. Ça va.

– La batterie ?

– Elle va aussi. Allons-y.

L'homme laisse retomber le capot et regarde Harry en souriant.

– Ça fait 3,90 pour l'essence, mon garçon.

Il dit cela sur le même ton lourd de précaution.

Rabbit lui fourre quatre billets d'un dollar dans la main. L'autre disparaît dans la quincaillerie ; peut-être qu'il téléphone à la police. A le voir, on dirait qu'il sait quelque chose, mais comment pourrait-il ? Rabbit brûle d'envie de replonger dans la voiture et de filer. Pour se calmer, il compte l'argent qui lui reste dans son portefeuile. Soixante-treize dollars. Aujourd'hui, c'était jour de paye. Ça lui donne du courage de palper tant d'oseille. Après avoir éteint les lumières dans le magasin, l'homme revient avec la monnaie et pas de carte. Harry prend la pièce de dix cents et l'homme lui dit :

– J'ai regardé, la seule carte routière que j'aie, c'est celle de l'Etat de New York. Vous ne voulez pas aller par là, n'est-ce pas ?

– Non, répond Rabbit en se dirigeant vers la portière de sa voiture.

Aux poils qui se hérissent sur sa nuque, il sent que l'homme le suit. Il monte dans la voiture, claque la portière et l'autre est encore là, sa tête s'encadrant par la vitre ouverte. Il se penche et pour un peu il passerait la tête dans la voiture. Ses lèvres minces et gercées, avec une cicatrice qui remonte vers le nez, se plissent d'un air songeur. Il porte des lunettes, on dirait un vieil instituteur.

– La seule façon d'aller quelque part, vous savez, c'est de savoir où l'on va avant de partir.

Rabbit perçoit une bouffée de whisky. Il dit d'un ton uni :

– Je ne crois pas.

Les lèvres, les lunettes, les poils noirs qui pointent des narines pincées de l'homme n'expriment aucune surprise. Rabbit démarre et s'éloigne en ligne droite. Tous les gens qui vous disent comment on devrait agir ont l'haleine qui sent le whisky.

Il roule jusqu'à Lancaster, et pendant tout le trajet cette agréable sensation de liberté intérieure qu'il éprouvait est gâchée. Le fait que ce type n'ait été qu'un vieux machin décrépit qui n'y connaissait rien lui fait trouver toute la région sinistre. A la sortie de Churchtown, il dépasse une carriole Amish dans le noir et aperçoit un homme barbu et une femme en noir dans cette forme tirée par un cheval, tous deux le regardant d'un air mauvais comme des diables. La barbe dans la carriole, ça fait penser à des poils dans une narine. Il essaie de penser à la bonne vie que mènent ces gens, à la façon dont ils se tiennent loin de toutes ces âneries, de ce racket des vitamines du XXe siècle, mais dans sa tête ils restent des diables qui risquent de se faire tuer en trottinant avec à l'arrière une lanterne d'un rouge éteint, en détestant Rabbit et les gens de son espèce, avec leur gros feu rouge. Qui croient-ils qu'ils sont ? Il n'arrive pas à les chasser de sa pensée. Il ne les a jamais aperçus dans son rétroviseur. Il les a dépassés et puis il n'y avait plus rien. Il n'y a eu que ce petit coup d'œil en passant : le visage de la femme avec son profil taillé à coups de serpe dans le carré sombre de la carriole. Comme un grand cercueil tapissé de poils clopinant au rythme d'un cheval mourant. Il savait que les Amish esquintaient leurs bêtes. Des fanatiques. Ils sautent leurs femmes debout, en plein champ, tout habillés, il n'y a qu'à soulever leurs jupes noires et ça y est, elles n'ont rien dessous. Pas de culotte. Des fanatiques. Ils adorent le fumier.

La riche terre semble projeter son ombre vers le ciel. Les champs sont bien sombres la nuit. Il est soulagé quand les lumières de Lancaster viennent rejoindre le faisceau pâle de ses phares. Il s'arrête à un snack dont la pendule dit huit heures quatre. Il n'avait pas l'intention de manger avant d'être sorti de l'Etat. Il prend une carte au râtelier près de la porte, et tout en mangeant trois hamburgers au comptoir, il étudie son itinéraire. Il est à Lancaster, entouré de patelins qui ont de drôles de noms : Bird in Hand, Paradise, Intercourse, Mt Airy, Mascot. Ça ne paraissait probablement pas drôle quand on y vivait. C'était comme Mt Judge; on s'y habituait. Il faut bien qu'une ville ait un nom.

Bird in Hand, Paradise : son regard revient sans cesse à ces petits caractères sur la carte. L'envie le prend, dans l'éclat huileux de ce snack-bar dérisoire et synthétique, d'aller là-bas. Il doit y avoir de petites femmes dodues, des chiens de poche dans la rue, des maisons de sucre candi sous un soleil de citron.

Mais non, son but, c'est le grand soleil blanc du Sud. Et d'après la carte il a plutôt roulé vers l'ouest que vers le sud; si ce péquenot là-bas avait eu une carte, il aurait pu mettre le cap au sud en prenant la Nationale 10. Maintenant, la seule chose à faire, c'est d'entrer dans Lancaster, de prendre la 222 et de la suivre tout du long jusqu'au Maryland, puis de prendre la 1. Il se souvient avoir lu dans le *Saturday Evening Post* comment la Nationale 1 va de Floride jusqu'au Maine à travers les plus magnifiques paysages du monde. Il demande un verre de lait et une tranche de tarte pour aller avec ; la pâte est craquante et légère, mais les pommes à la crème sont délayées et couleur de lavande. Il entame un billet de dix dollars pour payer et sort satisfait. Les hamburgers étaient plus gras et plus chauds que ceux que l'on a à Brewer, et les beignets étaient brûlants.

Il lui faut une demi-heure pour retrouver son chemin à travers la ville. Sur la 222, il roule vers le sud par Refton, Hessdale, Nex Providence et Quarryville, en passant devant Mechanics Grove and Unicorn, puis une longue portion de route si monotone et si peu jalonnée qu'il ne se rend compte qu'il est dans le Maryland que quand il arrive à Oakwood. A la radio il entend *No Other Arms, No Other Lips,* une publicité pour les housses en matière plastique Raiko, *If I didn't Care* par Connie Francis, une annonce pour les portes de garage à ouverture radio-contrôlée, *I Ran All the Way Home Just to Say I'm Sorry, That Old Feeling* par Mel Torme, une publicité pour le téléviseur Westinghouse à grand écran avec réglage automatique de tonalité, « des images d'une finesse extraordinaire même si on a le nez sur l'écran », *The Italian Cowboy Song, Yep* par Duane Eddy, de la publicité pour les stylos Papermate, *Almost Grown,* de la publicité pour le démaquillant Tame Cream, *Let's Stroll,* les informations (le président Eisenhower et le premier ministre Harold Macmillan ont commencé une série de conversations à Gettysburg, les Thibétains combattent les communistes chinois à Lhassa, on ignore ce qu'est devenu la Dalaï Lama, chef spirituel de ce lointain pays, une femme de chambre de Park Avenue a hérité de deux cent cinquante mille dollars, demain c'est le printemps), les informations sportives (les Yanks l'emportent sur les

Braves à Miami, les résultats d'un tournoi local de basket-ball), le bulletin météorologique (beau temps chaud pour la saison), *The Happy Organ, Turn Me Loose,* une publicité pour les assurances sur la vie, *Rocksville, T-A* (Rabbit adore cette chanson), *A Picture No Artist Could Paint,* une publicité pour le Barbasol Presto-Mousse nouvelle formule, son action quotidienne empêche les marbrures de la peau et provoque l'émulsion de Dieu sait quoi, *Pink Shoe Laces* par Dody Stevens, une lettre à propos d'un petit garçon du nom de Billy Tessman qui a été renversé par une voiture et qui aimerait recevoir des cartes ou des lettres, *Petite Fleur, Fungo* (formidable, une publicité pour les vêtements Texalaine tout laine), *Fall Out* par Henry Mansini, *Everybody Likes to Cha Cha Cha,* une publicité pour les serviettes de table, Grâce au Seigneur et la somptueuse Nappe de la Cène, *The Beat of My Heart,* une publicité pour la cire Vit-Brill et la crème à la lanoline, *Venus,* puis de nouveau les mêmes informations. Où est passé le Dalaï Lama ?

Peu après Oakwood, il arrive sur la Nationale 1 qui, avec ses stands de hot-dogs, ses panneaux publicitaires et ses restoroutes du style faux chalet, est bien décourageante. Plus il roule, plus il a l'impression d'un grand système confus, Baltimore, maintenant, au lieu de Philadelphie, qui cherche à l'atteindre. Il s'arrête à une station-service pour prendre deux dollars d'essence ordinaire. Ce qu'il veut, en fait, c'est une autre carte. Il la déplie debout auprès d'un distributeur de Coca-Cola et la consulte à la lueur verdâtre qui filtre d'une vitrine où s'entassent des bidons d'encaustique liquide.

Son problème, c'est de rouler vers l'ouest en évitant Baltimore-Washington, qui comme un chien bicéphale garde la route côtière vers le sud. D'ailleurs, il ne veut pas descendre en suivant la côte ; il s'imagine descendant droit par le milieu, en plein dans le doux ventre de la terre, et surprenant à l'aube les champs de coton avec ses plaques d'immatriculation du Nord.

Pour l'instant, il est quelque part par ici. Un peu plus loin donc, une route portant le numéro 23 s'en ira à sa gauche, non, à sa droite. Elle remonte et retourne en Pennsylvanie, mais à cet endroit, à Chawsville, il peut prendre une étroite petite route bleue sans numéro. Puis descendre encore un peu et reprendre la 137. Cette route décrit une courbe irrégulière qui s'entrecroise avec la 482, puis avec la 31. Rabbit se voit parcourant cette courbe jusqu'à la ligne rouge portant le numéro 26, puis jusqu'à une autre qui porte le numéro 340. Rouge aussi ; il a vraiment l'impression de planer, puis tout à coup, il voit où il veut aller. Là sur la gauche, trois routes rouges suivent un chemin parallèle, du nord-est au sud-ouest; Rabbit s'imagine déjà glissant par les vallées des Appalaches. Il n'y a qu'à prendre l'une de celles-là, et ce sera comme un parachute qui vous dépose dans le doux pays du coton au matin. Oui. Dès l'instant où il se retrouve sur cette route, il peut oublier tout le fatras qu'il laisse derrière lui.

Il donne deux dollars pour l'essence au pompiste, un jeune Noir de grande taille dont le corps nonchalant se vautre dans l'ampleur de sa combinaison Esso, et que Rabbit a soudain l'étrange envie de serrer dans ses bras. On approche du Sud, l'air déjà semble plus doux. La chaleur vibre en arcs bruns et pourpres entre les lumières de la station-service et la lune.

La pendule dans la vitrine au-dessus des boîtes vertes d'encaustique liquide marque neuf heures dix. La mince aiguille rouge des secondes parcourt calmement les chiffres et semble aplanir la route de Rabbit. Il se glisse au volant de la Ford et, dans cet intérieur chaud et renfermé, se met à fredonner : *« Ev-reebody loves the Cha Cha Cha »*

Il commence par conduire résolument. Sur le goudron sombre et sur le macadam clair, à travers les villes et les champs, traversant de faux carrefours à grands coups de klaxon, gardant la carte étalée sur la banquette auprès de lui, essayant de bien se rappeler les numéros des routes et de résister à la tentation de foncer aveuglément vers le sud. Quelque chose d'animal en lui sait qu'il roule vers l'ouest.

Le paysage devient plus sauvage. La route contourne de grands lacs et s'enfonce sous des tunnels de pins. Au-dessus du pare-brise, les fils téléphoniques fouettent sans cesse les étoiles. La musique de la radio se fige lentement ; le rock and roll pour les jeunes cède la place à de vieux succès, à des airs d'opérettes et à de réconfortantes chansons des années quarante. Rabbit s'imagine des couples mariés qui rentrent chez eux où les attend un babysitter, après un dîner en ville et une séance de cinéma. Puis ces mélodies se glacent encore quand la vraie musique de nuit s'empare des ondes, les pianos et les vibraphones lançant des accords dans les hauts octaves et une clarinette qui serpente au milieu de tout cela comme une fissure sur un étang gelé. Les saxos qui refont le même chiffre huit indéfiniment.

Comme le sommeil le gagne, Rabbit s'arrête avant minuit à un restoroute pour prendre du café. Il a le sentiment, sans pouvoir dire en quoi, qu'il n'est pas comme les autres clients. Ils partagent cette impression et le regardent avec des yeux durs, des yeux comme de petits boutons métalliques plantés dans les pâles visages des jeunes gens assis en blousons à fermeture éclair dans les niches, à trois pour une fille, les filles avec leurs cheveux orange pendant comme des algues ou maladroitement réunis pas des barrettes d'or comme un trésor de pirate. Au comptoir, des couples plus âgés en manteaux penchent le nez vers les pailles qui plongent dans des ice-cream sodas. Dans le silence qui salue son entrée, la courtoisie excessive que lui témoigne la serveuse fatiguée souligne ce qu'il a d'étranger. Il commande tranquillement du café et fixe le bord de la tasse pour apaiser les bouleversements de son estomac. Il avait cru, il avait lu que d'une côte à l'autre toute l'Amérique était semblable. Il se demande : est-ce simplement par rapport à ces gens que je suis un étranger, ou bien est-ce par rapport à toute l'Amérique ?

Dehors, dans l'air vif, il tressaille en entendant des pas derrière lui. Mais ce ne sont que deux amoureux qui se tiennent la main et qui regagnent précipitamment leur voiture, leurs mains unies comme une étoile de mer qui bondit vers l'ombre. Ils ont des plaques minéralogiques de Virginie. Toutes les voitures, sauf la sienne. De l'autre côté de la route, les bois plongent si bien qu'il peut regarder par-dessus le faîte des arbres le flanc d'une montagne, comme un découpage monté sur une feuille bleu un peu passé. Il monte sans entrain dans sa Ford, mais l'atmosphère confinée qu'il y trouve est son seul havre.

Il traverse Frederick, une ville décourageante, parce qu'une heure plus tôt il avait cru être arrivé à Frederick alors que c'était en fait Westminster. Il prend la 340. La route se déroule avec une exaspérante lenteur. Son mur noir se dressant inlassablement devant ses phares malgré tous les virages. Le goudron colle à ses pneus. Il se rend compte que c'est la colère qui lui met le feu aux joues; il est en colère depuis qu'il a quitté ce snack-bar plein de sirènes. Il est si furieux que dans sa bouche l'intérieur de ses joues lui semble parcheminé et que son nez coule. Il pèse sur son pied comme pour écraser ce serpent qu'est la route et manque de peu embarquer la voiture dans un virage, quand les deux roues droites mordent sur le bas-côté. Il redresse la voiture, mais maintient quand même l'aiguille du compteur de vitesse penchée vers la droite.

Il éteint la radio; sa musique ne lui semble plus un fleuve qu'il descend, mais parle au contraire avec la voix des îles et lui caresse la tête de ses mains glissantes. Pourtant, il refuse de laisser ses pensées envahir le silence qui suit. Il ne veut pas penser, il veut s'endormir et s'éveiller la tête sur un coussin de sable. Comme c'est stupide, comme c'est idiot, vraiment idiot de ne pas être plus loin qu'ici. A minuit, alors que la nuit est à moitié passée.

Le paysage refuse de changer. Plus il roule, plus la région ressemble à la campagne des environs de Mt Judge. C'est la même herbe rase sur les bas-côtés, les mêmes panneaux publicitaires délabrés pour les mêmes produits stupides. A l'extrémité supérieure du faisceau de ses phares, les branches nues des arbres forment le même réseau. Le réseau paraît même plus épais maintenant.

L'animal qui est en lui proteste de plus belle qu'il va vers l'ouest. Son esprit résiste obstinément. La seule façon d'arriver quelque part, c'est de décider où l'on va et d'y aller. D'après son plan, il doit tourner à gauche et quarante-cinq kilomètres après Frederick, ces quarante-cinq kilomètres sont parcourus maintenant et, bien que son instinct s'y oppose, lorsqu'une route assez large s'embranche sur la gauche, bien qu'aucun panneau ne l'identifie, il la prend. Etant donné son épaisseur sur la carte, il ne fallait pas s'attendre à ce que cette route fût effectivement signalée. Mais c'est un raccourci, il le sait. Il se souvient quand Marty Tothero a commencé à diriger son entraînement, il ne voulait pas le laisser shooter par en dessous les coups francs, mais c'est pourtant ce qui s'est révélé finalement être la bonne méthode.

Pendant des kilomètres, la route est large et lisse, mais il y a brusquement une section repavée par endroits et après cela la route monte et devient plus étroite. Elle ne s'étrécit pas tant sur le plan que naturellement, les bas-côtés s'effondrant et les bois de part et d'autre se faisant plus envahissants. La route se tord de plus en plus violemment dans ses efforts pour gagner de l'altitude puis, sans prévenir, dépouille sa peau d'asphalte pour se traîner dans la poussière. Rabbit sait maintenant que ce n'est pas la bonne route, mais il n'ose pas arrêter la voiture pour faire demi-tour. Il y a des kilomètres qu'il a laissé derrière lui la dernière lumière d'une maison. Quand il s'écarte de l'ornière, des ronces éraflent sa carrosserie. Des troncs d'arbres et des basses branches, c'est tout ce qu'éclairent ses phares ; les ombres s'assemblent derrière lui comme des araignées dans la toile de la solitude fuyant vers des ténèbres épaisses où il craint que la lumière de sa voiture n'inquiète une bête ou un fantôme. Il supporte cette fuite en priant, en priant que la route ne s'arrête pas, en se souvenant comment à Mt Judge même le chemin le moins entretenu, le plus oublié finissait toujours par aboutir à la vallée.

La réponse à sa prière est aveuglante. Au loin dans un virage, les arbres bondissent comme une flamme et une voiture débouche et fonce vers lui, tous phares allumés. Rabbit tombe presque dans le fossé et, sans visage comme la mort, la voiture éblouissante le croise en roulant deux fois plus vite que lui. Pendant plus d'une minute, Rabbit roule dans l'insultante poussière de ce salaud. Mais la bonne nouvelle le calme, la nouvelle que cette route n'est pas un cul-de-sac. Et bientôt il a l'impression d'être dans un parc. Ses phares révèlent de petits tonneaux verts avec l'inscription *Papiers gras s'il vous plaît,* les arbres sont plus clairsemés des deux côtés de la route, et entre eux des tables de pique-nique, des pavillons et des cabanes montrent leurs arêtes vives. On aperçoit aussi les courbes plus douces de voitures, et quelques-unes sont garées tout près de la route, leurs passagers invisibles. La route de l'horreur est donc un chemin pour amoureux. Au bout de cent mètres, elle se termine.

Elle aboutit à angle droit sur une grande route bien lisse que surplombe le nuage sombre d'une crête montagneuse. Une voiture passe en filant vers la droite, une autre vers la gauche. Il n'y a pas de panneaux indicateurs. Rabbit passe au point mort, tire le frein à main, allume le plafonnier et examine sa carte. Ses mains et ses jarrets tremblent. Son cerveau vacille d'épuisement derrière ses paupières lourdes ; il doit être minuit et demi, sinon plus. La route devant lui est déserte. Il a oublié le numéro des routes qu'il a prises et le nom des villes qu'il a traversées. Il se souvient de Frederick, mais il n'arrive pas à trouver sur la carte et il finit par se rendre compte qu'il cherche dans une partie à l'ouest de Washington où il n'est jamais passé. Il y a tant de lignes rouges et de lignes bleues, de noms interminables, de petites villes, de carrés, de cercles et d'étoiles. Son regard remonte vers le nord, mais la seule ligne qu'il reconnaisse, c'est la ligne en pointillé de la frontière de la Pennsylvanie et du Maryland. La ligne Mason-Dixon. Il revoit la salle de classe où il a appris cela, les rangées de pupitres scellés au sol, le vernis écaillé, le noir laiteux du tableau, toutes les mignonnes alignées le long des travées par ordre alphabétique. Sa vue se brouille. Rabbit entend une pendule battre dans sa tête, monstrueusement lente, les doux battements aussi éloignés que la rumeur des vagues sur la plage où il voulait aller. Au prix d'un grand effort, son attention comme la flamme d'un chalumeau perce la brume qu'il a devant les yeux et se concentre de nouveau sur la carte. Aussitôt Frederick lui saute aux yeux, mais en essayant d'en préciser l'emplacement, il le perd de nouveau et la colère lui donne des élancements dans le haut du nez. Les noms s'effacent et il voit toute la carte comme un filet, avec toutes ses lignes rouges, ses lignes bleues et ses étoiles, un filet dans lequel il est pris. Il se débat, il veut le déchirer ; avec une exclamation de fureur, il en arrache un grand morceau triangulaire, il déchire ce qui reste en deux et, plus calmement, repose ces trois morceaux les uns sur les autres et les déchire en deux, puis recommence avec ces six morceaux et ainsi de suite, jusqu'au moment où il a une boule de papier qu'il peut serrer dans sa main comme une balle. Il baisse la vitre et jette la balle dehors; elle explose et les bouts de papier froissés volettent comme des ailes sans corps par-dessus le toit de la voiture. Il remonte la vitre. Tout cela, c'est la faute de ce quincailler à lunettes avec ses deux chemises. C'est drôle, comme ce type lui est resté sur l'estomac. Il repense sans cesse à lui, à son air suffisant, à cette espèce de solidité qu'il avait. Il a trébuché sur lui là-bas, et il trébuche encore, il n'arrive pas à s'en dépêtrer, c'est comme des lacets trop longs ou un bâton qu'il aurait entre les pieds ; l'homme s'est moqué de lui, soit verbalement, soit pas les gestes de ses mains, ou bien avec ses oreilles poilues, bref il y avait quelque chose en lui qui raillait les espoirs furtifs et muets sur lesquels par moments se fondait Harry. Décider où l'on veut aller et puis y aller : ce n'était pas du tout ça, et pourtant il y a quand même la chance, si mince soit-elle, que ce soit tout. En tout cas, Rabbit est persuadé que s'il s'était fié à son instinct, il serait en Caroline du Sud maintenant. Il regrette de ne pas avoir une cigarette pour l'aider à retrouver ce qu'est son instinct. Il décide de dormir dans la voiture quelques heures.

Mais une voiture démarre derrière lui, dans le bosquet qui sert de refuge aux amoureux, le faisceau des phares pivote et vient presser la nuque de Rabbit. Il a arrêté la voiture en plein milieu du chemin, pour jeter un coup d'œil à la carte. Il lui faut bouger maintenant. Il éprouve une crainte absurde d'être rattrapé; les phares grandissent dans le rétroviseur et l'emplissent comme une coupe. Il écrase la pédale de débrayage, passe en première et lâche le frein à main. Débouchant sur la grand-route, il tourne instinctivement à droite, en direction du nord.

Le voyage de retour est plus facile. Bien qu'il n'ait pas de carte et presque plus d'essence, une station de Mobilgas ouverte toute la nuit apparaît comme par magie, près de Hagerstown et des panneaux verts commencent à annoncer l'autoroute de Pennsylvanie. La musique de la radio est apaisante maintenant, c'est de la musique lyrique, il n'y a plus de publicité, et, venant d'abord de Harrisburg, puis de Philadelphie, lui donne une sorte de radioguidage qu'il suit infailliblement. Il a rompu la barrière de la fatigue et s'est retrouvé dans un monde calme et plat où rien n'a guère d'importance. La fin d'une partie de basket-ball l'entraînait jadis dans ce monde; on courait, non pas comme le croyait la foule pour le score, mais pour soi-même, par une sorte de paresse. Il y avait vous, et parfois le ballon, et puis le trou, le trou haut et parfait, avec la jolie jupe que lui avait fait le filet. C'était vous, rien que vous et puis ce panier, et tantôt il descendait jusqu'à vos lèvres, semblait-il et tantôt il restait loin, impitoyablement loin et petit. C'était stupide de la part de la foule d'applaudir ou de grogner à propos de ce que l'on avait déjà ressenti dans ses bras ou dans ses doigts au moment où l'on se tendait pour shooter, ou même dans ses yeux : quand il était bien échauffé, il distinguait les différents fils du filet. Mais, au début de la soirée, quand on sortait pour s'échauffer un peu et qu'on apercevait tous les zouaves du patelin assis sur les tribunes, coude à coude, et les filles qui dirigeaient la claque échangeant des plaisanteries avec les professeurs, la foule alors semblait être en vous, dans votre foie, dans vos poumons, dans votre estomac. Il y avait généralement parmi les spectateurs un gros type qui pesait sur l'estomac de Rabbit et qui le faisait vraiment trembler : « Hé, le canonnier ! Hé, l'étoile, shoote ! Shoote ! ». Rabbit se souvient de lui maintenant avec tendresse ; pour ce type, il était un peu un héros.

Durant tout le début de la matinée, la musique continua à jouer et les panneaux indicateurs à défiler. Son cerveau est comme un invalide fragile, mais à l'esprit alerte, enfoui parmi des coussins profonds, et à qui des messagers par de longs couloirs apportent tous ces renseignements musicaux et géographiques. En même temps il se sent anormalement sensible en surface, comme si sa peau pensait. Le volant est mince comme un fouet entre ses mains. En le tournant légèrement, il sent l'axe pivoter avec raideur, les engrenages de la boîte qui se séparent, et les roulements tourner dans leurs tunnels de graisse scellés. Les cataphotes au bord de la route l'amènent à penser aux jeunes femmes Du Pont : des filles et des filles qui vont d'une brillante soirée à l'autre, pratiquement nues sous leurs fourreaux étincelants. Il se demande pourquoi il y a tant de panneaux indicateurs quand on rentre et si peu quand on part. Bien sûr, en partant, il ne savait pas où il allait. Il quitte l'autoroute par la sortie de Brewer et la route lui fait traverser la ville où il a pris pour la première fois de l'essence. En s'engageant sur la route marquée *Brewer 16,* il aperçoit pelotonnées au bord de la grand-rue les pompes du péquenot et sa vitrine sombre pleine de pelles luisantes et de cannes à pêche. Il y a dans l'air une certaine légèreté. Des bulletins météorologiques annonçant un adoucissement de la température et des énumérations de cours agricoles viennent rompre le long flot de musique de la radio.

Il entre dans Brewer par le sud, et la ville lui apparaît comme une multiplication progressive de maisons parmi les arbres au bord de la route, puis comme un désert industriel sans arbres, des fabriques de chaussures et des usines à bouteilles et des parkings pour le personnel et des filatures où l'on fabrique maintenant des pièces électroniques et des réservoirs à essence éléphantesques qui s'élèvent au-dessus des terrains vagues marécageux, mais plus bas quand même que la crête bleue de la colline du sommet de laquelle Brewer était un doux tapis tissé dans une teinte brique unique.

Il traverse le pont du Cheval Qui Court et il se retrouve parmi les rues qu'il connaît. Il prend Warren Avenue pour traverser la partie sud de la ville et la quitte au 422, près du jardin municipal. Il contourne la colline en compagnie de quelques camions-remorques sifflants. En tournant à gauche dans Jackson, il manque emboutir un camion de lait qui traîne à des mètres du trottoir. Il remonte Jackson, passe devant la maison de ses parents et s'engage dans Kegerise Alley, et dans la lumière claire de l'aube, il file devant le vieux poulailler, devant l'atelier de carrosserie silencieux et gare la voiture devant la Sunshine Athletic Association, à quelques pas de l'entrée, où tous les gens qui sortiraient le remarqueraient. Rabbit jette un coup d'œil plein d'espoir vers les fenêtres du second étage, mais on ne voit aucune lumière. Si Tothero est là, il dort encore.

Rabbit s'installe pour en faire autant. Il enlève sa veste et la déploie sur sa poitrine comme une couverture. Mais la lumière du jour s'accentue et la banquette est bien trop courte, et puis le volant lui coince les épaules. Il ne va pas s'installer sur la banquette, car cela le rendrait vulnérable : il veut pouvoir démarrer en une seconde si besoin en est. D'ailleurs, il ne veut pas dormir trop lourdement pour ne pas manquer Tothero quand celui-ci sortira.

Il reste là, ses longues jambes recroquevillées, sans savoir où mettre ses pieds, et par-dessus le volant, à travers le pare-brise, il aperçoit le bleu plat et frais du ciel. C'est samedi aujourd'hui et le ciel a ce large bleu sans tache des samedis dont Rabbit garde le souvenir, quand le ciel d'un samedi matin était comme le tableau d'affichage vierge d'une longue partie sur le point de commencer.

Une voiture remonte l'allée, Rabbit ferme les yeux, et l'obscurité dans laquelle il plonge vibre du bruit incessant des automobiles de la nuit passée. Il revoit les bois, la route étroite, le chemin sombre plein de voitures, chacune abritant un accouplement silencieux. Il repense à son but, s'allonger à l'aube dans le sable auprès du golfe du Mexique, et à l'impression que la banquette rêche de sa voiture est ce sable et que la rumeur de la ville qui s'éveille est la rumeur de la mer.

Il ne veut surtout pas manquer Tothero. Il ouvre les yeux et essaie de se soulever de son linceul raide. Il se demande s'il n'a pas dormi. Non, le ciel est toujours le même.

Il s'inquiète des vitres de la voiture. Il se soulève sur un coude et les vérifie toutes. La vitre au-dessus de sa tête est à peine entrouverte : il la ferme hermétiquement et verrouille toutes les portières. Cette sécurité le détend un peu. Il se tourne vers la brèche qui sépare la banquette avant de la banquette arrière. Dans ce mouvement, ses genous appuient contre le coussin tendu, et cette impression désagréable contribue à l'éveiller davantage. Il se demande où son fils a dormi, ce qu'a fait Janice, où ses parents à lui et ses parents à elle l'ont cherché. Si la police est au courant. La nuit disparue qu'il a laissée ici derrière lui prend à ses yeux l'aspect d'un réseau de coups de téléphone et de trajets précipités, de ruisseaux de larmes et de chapelets de mots, autant de fils blancs d'inquiétude agités dans la nuit et qui s'effacent maintenant, mais qui existent toujours, une toile invisible qui recouvre les rues abruptes et au centre duquel il est tapi, bien à l'abri dans son coffre aux fenêtres fermées.

Le coton et les mouettes dans la demi-lumière et la façon dont elle se comportait sur le lit de l'autre fille, sur le leur ce n'était jamais aussi bien. Mais il y avait de bons côtés : Janice si timide pour montrer son corps même dans les premières semaines de leur mariage et pourtant un soir qu'il entrait dans la salle de bains sans s'attendre à rien, il avait trouvé la glace embuée et Janice qui venait de sortir de la douche plantée là, l'air ahuri et ravi avec une petite serviette bleue nonchalamment drapée, nullement gênée, son derrière tout rose d'eau chaude, comme une femme semble en deux moitiés quand elle se penche, puis se tournant et riant de l'expression qu'il avait et levant les bras pour l'embrasser, son corps tout rose de la chaleur de la douche et sa nuque encore humide. Rabbit reprend sa position et l'image revient derrière ses paupières closes : sa nuque humide, le creux de ses reins souples, tous deux à genoux, quelle étrange gymnastique. Il se cogne le jarret sur la poignée de la portière, la douleur se mêle étrangement aux chocs du métal sur le métal dans l'atelier de carrosserie.

Le travail a commencé. Est-il huit heures ? Rabbit se tortille et se redresse, la veste qui le couvrait glisse et voilà qu'à travers le pare-brise sale il aperçoit la silhouette de Tothero, qui descend l'allée. Il a dépassé la vieille ferme ; Rabbit saute hors de la voiture, enfile sa veste et court à sa poursuite.

– Mr. Tothero ! Hé ! Mr. Tothero !

Après des heures de silence, sa voix semble rouillée.

L'homme se retourne, il a l'air plus fatigué que Rabbit n'aurait cru. C'est un petit homme avec une grosse tête que gagne la calvitie, et qui jouait quand le basket-ball était encore un jeu pour les hommes rapides. Il a l'air tout petit : cette grosse tête et cette lourde veste de sport à carreaux, puis les jambres courtes dans un pantalon bleu trop long, si bien que ça fait des plis et des zigzags au-dessus des chaussures. En freinant sa course et en terminant au pas, Rabbit a peur d'avoir fait une gaffe.

Mais Tothero a le mot qu'il faut.

– Harry, dit-il, le grand Harry Angstrom !

Il tend la main à Harry et de l'autre serre vigoureusement le bras du jeune homme. Rabbit se souvient de cette manie qu'il a de toujours vous empoigner. Tothero est là, il le tient pas le bras et le regarde, avec un sourire en coin, le nez tordu, un œil grand ouvert et l'autre à la paupière lourde. Avec les années, il a la gueule plus de travers encore. Sa calvitie ne s'étend pas régulièrement : des mèches grises et d'un brun pâle parsèment son crâne par touffes.

– J'ai besoin de votre conseil, dit Rabbit. (Puis il se corrige aussitôt). Ce dont j'ai vraiment besoin, c'est d'un endroit pour dormir.

Tothero ne répond pas tout de suite. Sa grande force réside dans ces silences ; d'autres s'empressent de répondre aussitôt comme s'ils étaient embarrassés, mais Tothero a ce truc d'attendre un moment. Comme s'il faisait le tour du problème. Cela lui donne du poids. Il finit par demander.

– Et ton ménage ?

– Oh ! il s'est un peu cassé.

– Qu'est-ce que tu veux dire ?

– Ça ne marchait pas. Je suis parti. Vraiment.

Nouveau silence. Rabbit clignote dans la lumière qui se reflète sur l'asphalte. Son oreille gauche lui fait mal. Il sent que ses dents de ce côté-là pourraient bien commencer à le faire souffrir.

– Ça n'a pas l'air d'une attitude très adulte, déclare Tothero.

– C'était une vraie pagaïe.

– Quel genre de pagaïe ?

– Je ne sais pas. Ma femme est une alcoolique.

– Et as-tu essayé de l'aider ?

– Bien sûr. Comment ?

– Est-ce que tu buvais avec elle ?

– Non, monsieur, jamais. Je ne supporte pas l'alcool. Je n'aime pas le goût que ça a.

Il dit cela volontiers, fier de pouvoir affirmer à son ancien entraîneur qu'il n'a pas fait d'excès.

– Tu aurais peut-être dû, suggère Tothero au bout d'un moment. Peut-être que si tu avais partagé ce plaisir avec elle, elle aurait pu le contrôler.

Rabbit, ébloui par le soleil, abruti de fatigue, ne peut pas suivre ce raisonnement.

– C'est Janice Springer, n'est-ce-pas ? demanda Tothero.

– Oui. Dieu, qu'elle est bête !

– Harry, c'est une chose bien sévère à dire. De n'importe quelle créature humaine.

Rabbit acquiesce, car Tothero lui-même en semble certain. Il commence à se sentir faiblir sous le poids de ces silences. Ces silences lui paraissent plus longs qu'il n'en avait gardé le souvenir, comme si Tothero lui aussi sentait leur poids. La crainte de nouveau effleure Rabbit ; il se demande si son vieil entraîneur n'est pas gâteux, et il recommence.

– Je pensais que je pourrais peut-être dormir deux heures quelque part au Sunshine. Sinon, je pourrai aussi bien rentrer. J'en ai marre.

A son grand soulagement, Tothero devient aussitôt débordant d'activité, il le prend par le coude, l'entraîne dans l'allée en disant :

– Oui, bien sûr, Harry, tu as l'air crevé, Harry, vraiment crevé. (Sa main étreint le bras de Rabbit avec une vigueur métallique et, sous la poigne de son entraîneur, Rabbit a l'impression qu'on lui démanche le bras. Mais il y a dans cette étreinte quelque chose de frénétique qui en rend la fermeté moins réconfortante. La voix de Tothero aussi, nette, précipitée et pleine d'entrain, tranche trop brusquement dans l'état cotonneux où se trouve Rabbit.) Tu m'as demandé deux choses, dit-il. Deux choses. Un endroit pour dormir et un conseil. Ecoute, Harry, je vais te donner l'endroit pour dormir à condition, à condition, Harry, que quand tu te réveilleras, nous ayons tous les deux une sérieuse, une sérieuse et une longue conversation à propos de cette crise que traverse ton ménage. Je vais te dire une chose, ce n'est pas tant pour toi que je m'inquiète, je te connais assez bien pour savoir que tu retombes toujours sur tes pieds, Harry, ce n'est pas tant pour toi que pour Janice. Elle n'a pas ta coordination. Alors, c'est promis ?

– Bien sûr. Promis quoi ?

– Tu me promets, Harry, que nous allons tous les deux discuter d'un moyen de l'aider.

– Oui, mais je ne crois pas que je puisse le faire. Je veux dire que je ne m'intéresse pas assez à elle.

Ils arrivent au pied du perron et de l'auvent qui protège l'entrée. Tothero ouvre la porte avec une clef qu'il a. Le local est vide, le bar silencieux plongé dans l'ombre et les petites tables rondes ont l'air bien frêles maintenant qu'il n'y a pas d'hommes assis autour. Les panneaux lumineux publicitaires derrière le bar ne sont pas branchés : ce ne sont que des tubes poussiéreux et du clinquant. Tothero dit d'une voix trop forte :

– Je ne peux pas y croire. Je ne peux pas croire que mon meilleur élève ait pu devenir un tel monstre.

Monstre : le mot semble retentir derrière eux tandis qu'ils montent jusqu'au premier étage. Rabbit s'excuse :

– J'essaierai d'y penser quand j'aurai dormi un peu.

– Bon. C'est tout ce que nous demandons.

Qu'est-ce qu'il veut dire par nous ? Toutes ces tables sont vides. Le soleil allume des carrés blonds sur les rideaux bruns tirés au-dessus d'un petit radiateur noir de poussière.

Les pas des hommes ont tracé des pistes sur les lames étroites du parquet nu.

Tothero le conduit jusqu'à une porte qu'il n'a jamais franchie ; ils montent un escalier de grenier très raide, une sorte d'échelle entre les marches de laquelle il aperçoit des segments de fils électriques isolés et des bouts de charpente. Ils débouchent dans un endroit relativement clair.

– Voici ma demeure, dit Tothero, les mains dans les poches de sa veste.

La petite chambre est orientée à l'est. Un accroc dans un store laisse passer la longue lame d'un rayon de soleil sur un mur, au-dessus d'un lit de camp défait. L'autre store est relevé. Entre les fenêtres, il y a une commode habilement faite de six caisses de bière réunies, trois de haut sur deux de large. Dans les six caisses sont disposées des chemises dans leurs sacs de cellophane de la blanchisserie, du linge de corps bien plié, des chaussettes roulées en boule, des mouchoirs, des chaussures cirées et une brosse au dos gainé de cuir avec un peigne planté dans les poils. Deux gros clous supportent des vestes de sport, au dessin criard, pendues à des cintres. Les talents de ménagère de Tothero se limitent au soin qu'il prend de ces vêtements. Le plancher est parsemé de moutons de poussière. Des journaux et des magazines, depuis le *National Geographic* jusqu'à des illustrés pour gosses de dix ans, s'entassent partout. L'espace où vit Tothero se confond facilement avec le reste du grenier, qui sert de débarras, et où sont rangés des billards, du bois et des barils, des chaises cassées, un rouleau de fil de fer et des tenues de football accrochées à un tuyau fixé entre deux poutres du toit et qui arrêtent la lumière venant de la fenêtre à l'autre bout du grenier.

– Il y a des cabinets ? demande Rabbit.

– Au rez-de-chaussée, Harry.

L'enthousiasme de Tothero s'est éteint ; il a l'air gêné. Pendant que Rabbit est aux toilettes, il entend le vieil homme s'affairer à l'étage au-dessus, mais quand il remonte, il constate que rien n'a changé. Le lit n'est toujours pas fait.

Tothero attend et Rabbit aussi, puis il se rend compte

que Thotero veut qu'il se déshabille, alors il ôte ses vêtements et se glisse dans le lit encore tiède en maillot de corps et caleçon court. Bien que cela le dégoûte un peu de s'installer dans le creux laissé par le vieil homme, c'est agréable de pouvoir enfin s'allonger, de sentir la fraîcheur solide du mur auprès de lui et d'entendre les voitures qui passent, qui le cherchent peut-être, très loin en bas. Il tourne la tête pour dire quelque chose à Tothero, et il est surpris de se retrouver tout seul. La porte de l'escalier du grenier s'est refermée, le bruit des pas s'éloigne d'un, de deux étages, une clef grince dans la porte de la rue, un oiseau lance son cri près de la fenêtre, et le fracas de l'atelier de carrosserie monte, atténué. Le fait que le vieil homme soit resté un moment était déconcertant, mais Rabbit est sûr que ce n'est pas là son problème. Le problème de Tothero, il le sait, est de l'autre côté, du côté des femmes. Alors pourquoi est-il resté à le regarder se coucher ? Et tout d'un coup, Rabbit comprend. Ça rajeunit Tothero. Parce que de tout temps il a traîné dans les vestiaires à regarder ses joueurs se changer. Ravi d'avoir résolu ce problème, Rabbit se détend. Il se souvient du couple qui courait, en se tenant par la main, dans le parking devant le restaurant en Virginie, et il regrette que ça n'ait pas été à lui de sauter la fille. De la sentir s'ouvrir dans la cavité de la voiture, ses cheveux couleur d'algues répandus autour d'elle. Est-ce qu'elle n'avait pas des cheveux roux ? Il s'imagine les filles de Virginie comme des filles au rire cru, au corps dur, comme les jeunes putains du Texas. Leur accent doux et traînant semblait toujours moqueur, mais il était si jeune alors. Il descendait la rue avec Hanley et Jarzylo et Shamberger, son pantalon kaki trop ajusté le rendait nerveux, et la plaine s'étendait de tous côtés, avec un horizon qui semblait ne pas arriver plus haut que ses genoux, et les maisons qui montraient des familles assises sur des divans à l'intérieur, comme des poulets à la broche en face du téléviseur. Jarzylo caquetant comme un dément. Rabbit ne voulait pas croire que c'était cette maison-là : il y avait des fleurs sur la fenêtre, de vrais fleurs vivantes, innocentes, et la tentation le prit de tourner les talons et de s'enfuir en courant. Vraiment la la femme qui vint leur ouvrir aurait pu être à la télévision, en train de vanter les mérites d'une pâte à gâteau. Mais elle dit : « Entrez, mes enfants, ne soyez pas intimidés, entrez donc et prenez du bon temps », elle dit cela d'un ton si maternel, et elles étaient toutes là, pas aussi nombreuses qu'il l'avait imaginé, dans le salon au mobilier vieillot, avec des nœuds et des volutes. Le fait qu'elles ne fussent pas très jolies l'intimidait moins, on aurait dit de simples ouvrières, même pas des filles, avec un reflet sur leur visage, comme si elles étaient sous un éclairage fluorescent. Elles bombardaient les soldats de plaisanteries comme des boules de neige, et les hommes éclataient de rire et se serraient les coudes, surpris et ahuris. Celle qu'il choisit – mais ce fut elle qui le choisit plutôt – se leva et vint le toucher, elle n'avait boutonné que l'avant-dernier bouton de son corsage et en haut elle lui demanda de sa voix douce et un peu rauque s'il voulait éteindre ou garder la lumière, et lorsqu'il répondit « éteins » d'une voix étranglée, elle éclata de rire, et puis après elle souriait de temps en temps, étendue sous lui, s'efforçant de lui faciliter la tâche et disant même gentiment : « C'est très bien, mon chou. Tu t'en tires très bien. » Si bien que quand ce fut fini, il fut vexé d'apprendre, à la crispation de ses lèvres et à la brutalité avec laquelle elle refusa de rester allongée auprès de lui pour se redresser et s'asseoir au bord du lit de fer à regarder par la fenêtre le ciel vert de la nuit, il fut vexé d'apprendre qu'elle n'en pensait rien. Son dos muet où se dessinait en blanc jaune la barre d'un soutien-gorge d'un costume de bain l'exaspéra; il l'empoigna d'une main par l'épaule et l'obligea brutalement à se retourner. C'était ridicule; les lourdes ombres de son corps s'étalaient si négligentes et si peu défendues qu'il détourna les yeux. Elle lui murmura à l'oreille : « Chéri, tu n'as pas payé pour deux fois. » Charmante enfant, elle ne pensait qu'à l'argent. Le fracas de l'atelier de carrosserie montait doucement. Son bruit le réconforte, lui dit qu'il est caché et à l'abri, que pendant qu'il se cache des hommes s'affairent à clouer le monde, et vers ces bruits désincarnés, son cœur a dans l'obscurité un élan d'amour.

Ses rêves sont brefs, furtifs. Ses jambes s'agitent. Ses lèvres remuent un peu contre l'oreiller. Ses paupières frémissent tandis que ses yeux tournent, examinant la paroi intérieure de la vision. A part cela, il est comme mort, rien ne peut lui nuire. La giclée de soleil sur le mur au-dessus de lui descend lentement, barre sa poitrine, devient un coin sur le plancher et disparaît. Dans l'ombre il s'éveille soudain, ses yeux d'un bleu pâle scrutant ce décor qui ne lui est pas familier, pour chercher d'où viennent les voix des hommes. Ces voix résonnent en bas, et des bruits sourds donnent à penser qu'ils déplacent les meubles, qu'ils piétinent en cercles, qu'ils le traquent. Mais une voix de basse épanouie qu'il connaît bien se fait entendre, c'est Tothero, et autour de ce centre stable, les bruits en bas cristallisent, ce sont des hommes qui jouent aux cartes, qui boivent, qui plaisantent, qui sont ensemble. Rabbit roule dans son creux chaud et tourne son visage vers son frais compagnon, le mur, et à travers un cône rouge de conscience retombe endormi.

– Harry ! Harry ! (La voix lui tire l'épaule, lui ébouriffe les cheveux. Il se retourne, clignotant vers le soleil disparu. Tothero est assis dans l'ombre, masse sombre, lourde d'inquiétude. Son visage grisâtre est penché en avant, barré comme d'une cicatrice par un sourire torve. Une odeur de whisky flotte dans l'air.) Harry, j'ai une fille pour toi !

– Formidable. Faites-la entrer.

Le vieil homme se met à rire, n'a-t-il pas l'air gêné ? Que veut-il dire ?

– Vous voulez dire Janice ?

– Il est six heures passées. Debout. Lève-toi, Harry ; tu as dormi comme un bébé. Nous sortons.

– Pourquoi ?

Rabbit voulait dire : pour aller où ?

– Pour manger, Harry. Pour dîner. D-î-n-e-r. Debout,

mon garçon. Tu n'as pas faim, mon garçon. Faim. Faim. (Il a l'air d'un fou. Il saute autour du lit, pivote sur ses petits pieds d'homme rapide et fait le geste de porter quelque chose à sa bouche.) Oh ! Harry, tu ne peux pas comprendre la faim d'un vieil homme, tu manges, tu manges et ce n'est jamais ce qu'il faut. Tu ne peux pas comprendre ça.

Il s'approche de la fenêtre et regarde dans la rue, son profil bosselé a des reflets de plomb dans la pauvre lumière.

Rabbit pousse les couvertures, fait basculer ses jambes nues par-dessus le bord du lit et s'assied. La vue de ses cuisses, parallèles, pures, remet de l'ordre dans ses idées. Les poils de ses jambes, jadis un duvet blond, deviennent plus bruns et plus drus. L'odeur de son corps saturé de sommeil monte à ses narines.

– Qu'est-ce que c'est que cette histoire de fille, demande-t-il.

– Qu'est-ce que c'est, oui, qu'est-ce que c'est ? répète Tothero.

Et il énonce trois grossièretés d'un coup, comme s'il touchait une femme en trois endroits, et la lumière grise de la fenêtre éclaire son visage déconfit ; il a l'air stupéfait de s'entendre. Pourtant, il est aux aguets, comme si c'était une sorte de test. Le résultat acquis, il reprend :

– Non, je connais quelqu'un, quelqu'un à Brewer, la dame de mes pensées peut-être, à qui j'offre à dîner une fois tous les trente-six du mois. Mais c'est tout, absolument tout. Harry, tu es si innocent.

Rabbit commence à avoir peur de Tothero, toutes ces phrases sont si décousues, et il se lève.

– Je crois que je ferais mieux de filer.

La poussière du parquet colle à ses pieds nus.

– Oh ! Harry, Harry, s'écrie Tothero d'une voix où se mêlent la douleur et l'affection (il s'avance et d'un bras le saisit). Toi et moi, nous nous ressemblons. (Le visage de guingois se lève vers lui, confiant, mais Rabbit ne trouve aucune ressemblance. Pourtant, il se souvient que cet homme a été son entraîneur, et cela l'incite à l'écouter.) Toi et moi, nous savons à quoi nous en tenir, nous savons... (et là-dessus, en plein milieu de son sermon, voilà que Tothero bafouille et perd le fil). Nous savons, repète-t-il (et il enlève son bras).

– Je croyais, dit Rabbit, que nous devions parler de Janice quand je me réveillerais.

Il ramasse son pantalon par terre et l'enfile. Le fait qu'il soit chiffonné l'agace ; cela lui rappelle qu'il a pris une grande décision, et il a l'estomac et la gorge serrés.

– Nous discuterons, nous discuterons, affirme Tothero, dès que nous aurons satisfait à nos obligations mondaines. (Un silence.) Est-ce que tu veux rentrer maintenant ? Si tu le veux, il faut me dire.

Rabbit se rappelle la fente stupide de la bouche de Janice, la façon dont la porte du placard heurte le téléviseur.

– Non. Bon Dieu.

Tothero est ravi ; c'est la joie qui le rend si exubérant.

– Très bien, alors. Habille-toi. Nous ne pouvons pas aller à Brewer dans cette tenue. As-tu besoin d'une chemise propre ?

– Les vôtres ne m'iraient pas, non ?

– Crois-tu, Harry ? Quelle est ta taille ?

– 38 de tour de cou et 3 de longueur de manches.

– Ma taille ! Exactement ma taille. Tu as les bras courts pour quelqu'un d'aussi grand. Oh ! c'est merveilleux, Harry. Je ne peux pas te dire combien cela me touche que tu te sois adressé à moi quand tu avais besoin d'un coup de main. Toutes ces années, continue-t-il, en prenant une chemise parmi les caisses de bière qui composent la commode et en la déballant de son enveloppe de cellophane, toutes ces années, tous ces garçons, ils vous passent entre les mains et puis ils disparaissent. Et ils ne reviennent jamais, Harry ; ils ne reviennent jamais.

Rabbit est stupéfait de sentir dans le miroir de Tothero que la chemise lui va. Ce sont les jambes qui doivent faire toute la différence. En caquetant comme une mère vibrante d'orgueil, Tothero le regarde s'habiller. Ses propos sont plus cohérents maintenant qu'est passé le moment gênant d'expliquer ce qu'ils vont faire.

– Ça me réchauffe le cœur, dit-il. De la jeunesse devant la glace. Ça fait combien de temps, Harry, dis-moi sincèrement maintenant, combien de temps que tu t'es amusé ? Un bon moment ?

– Je me suis bien amusé la nuit dernière, dit Rabbit. J'ai roulé jusqu'en Virginie et retour.

– Elle te plaira, ma petite amie, je le sais, une vraie fleur des villes, reprend Tothero. La copine qu'elle amène, je ne la connais pas. D'après elle, c'est une grosse fille. Mais tout le monde lui paraît gros : si tu savais ce qu'elle mange, Harry... l'appétit de la jeunesse. Tiens, c'est bien, ce nœud de cravate : vous, les jeunes, vous connaissez tout un tas de trucs que je n'ai jamais appris.

– C'est simplement un Windsor.

Maintenant qu'il est habillé, Rabbit retrouve son calme. En s'éveillant, il avait regretté la présence encombrante de Janice, le petit et ses cris, les murs de son appartement. Il s'était demandé de qu'il faisait ici. Mais maintenant ces réflexes, vite égratignés, ont cessé, et des instincts plus profonds se manifestent, pour lui dire qu'il a raison. Partout autour de lui, il sent la liberté comme de l'oxygène ; Tothero est un tourbillon d'air, et le bâtiment où il se trouve, les rues de la ville, sont simplement des escaliers et des chemins dans l'espace. Si parfaite, si solide est la liberté dans laquelle le fatras du monde s'est trouvé précipité par le simple déclic de sa décision, que tous les chemins semblent également bons, tous les mouvements provoqueront sur sa peau la même pression caressante, et que pas un atome de son bonheur ne serait altéré si Tothero lui disait qu'ils n'avaient pas rendez-vous avec deux filles, mais avec deux boucs, et s'ils n'allaient pas à Brewer, mais au Tibet. Il ajuste son nœud de cravate avec une attention infinie, comme si les petites lignes qui se forment à la rencontre de son cou étaient les branches d'une étoile qui, quand il aura fini, s'étendra jusqu'au bord de l'univers. Il est le Dalaï Lama. Comme un nuage apparaissant dans son champ visuel, Tothero s'approche de la fenêtre.

– Ma voiture est toujours là ? demande Rabbit.

– Elle est bleue ? Oui. Mets tes chaussures.

– Je me demande si personne ne l'a vue. Pendant que je dormais, vous n'avez rien entendu en ville ?

Car, dans la vaste étendue de sa liberté, Rabbit s'est souvenu de quelques imperfections, de sa maison, de sa femme, de leur appartement, autant de petites taches d'inquiétude. Il lui semble impossible que le passage du temps les ait si vite effacées, mais c'est pourtant ce que laisse entendre la réponse de Tothero.

– Non, dit-il. (Et il ajoute :) Mais bien sûr, je ne suis pas allé là où on risquait de parler de toi.

Cela agace Rabbit que Tothero ne voie en lui qu'un partenaire de bordée.

– J'aurais dû aller travailler aujourd'hui, dit-il d'un ton pincé, comme s'il accusait le vieil homme.

– Qu'est-ce que tu fais ?

– Je suis démonstrateur pour un ustensile de cuisine qui s'appelle l'éplucheuse Magic-Pluches dans les prisunics.

– Noble vocation, dit Tothero. (Puis il se retourne :) Magnifique, Harry. Te voilà enfin habillé.

– Est-ce qu'il y a un peigne quelque part, Mr. Tothero ? Et puis il faut que j'aille aux cabinets.

Sous leurs pieds, les membres de la Sunshine Athletic Association rient et échangent des plaisanteries. Rabbit s'imagine passant au milieu d'eux et demande :

– Dites donc, mais tout le monde va me voir ?

Tothero s'indigne, comme cela lui arrivait de temps en temps à l'entraînement, quand tous les joueurs se contentaient de faire le clown autour du panier sans répéter les mouvements.

– De quoi as-tu peur, Harry ? De cette pauvre petite Janice Springer ? Tu surestimes les gens. Personne ne s'intéresse à ce que tu fais. Nous allons tout simplement descendre, et ne reste pas trop longtemps aux lavabos. Dis-moi, je ne t'ai pas beaucoup entendu me remercier de tout ce que j'ai fait pour toi, et de tout ce que je fais encore.

Il prend le peigne planté dans les poils de la brosse et le tend à Harry.

La crainte de compromettre sa liberté paralyse l'aisance avec laquelle Rabbit exprimerait sa gratitude. Il dit : « Merci » sans desserrer les dents.

Ils descendent. Contrairement à ce qu'avait promis Tothero,

tous les hommes – des hommes âgés, pour la plupart, mais pas des vieillards, si bien que leur impuissance a une vigueur déplaisante – tous le regardent avec intérêt. Comme une mécanique, Tothero le présente :

– Fred, tu ne connais pas mon meilleur élève, un merveilleux joueur de basket-ball, Harry Angstrom, tu as probablement lu son nom dans les journaux, il a deux fois battu un record régional, en 1950, et puis de nouveau en 1951, un très bel exploit.

– Pas possible, Marty.

– Harry, enchanté de vous connaître.

Leurs yeux vifs et décolorés, les petites taches sombres que forment leurs bouches ouvertes, se repaissent de l'étrange spectacle qu'il offre et expédient des impressions acides que digérera leur grosse panse pleine de bière. Rabbit comprend que tous ces gens trouvent Tothero ridicule et il a honte pour son ami et pour lui-même. Il se cache dans les toilettes. La peinture du siège est écaillée et les larmes rouillées du robinet d'eau chaude ont laissé des traces dans le lavabo. Les murs sont huileux et il n'y a pas de serviette. Le petit plafond a quelque chose d'effrayant : un mètre carré de léger grillage tapissé de toiles d'araignées auxquelles sont suspendues quelques carapaces blanches d'insectes. Sa dépression s'aggrave, tourne presque à la paralysie; il sort et s'en va rejoindre Tothero en boitillant et en grimaçant et ils quittent le gymnase dans un rêve. Il se sent insulté, vaguement envahi, quand Tothero monte dans sa voiture. Mais, comme dans un rêve il ne s'arrête jamais pour poser des questions, Rabbit se glisse au volant et, en retrouvant les gestes qui relient ses bras et ses jambes aux commandes des pédales, il endosse de nouveau le manteau du pouvoir. Ses cheveux tout frais peignés lui semblent raides sur sa tête.

– Alors, dit-il sèchement, vous croyez que j'aurais dû boire avec Janice ?

– Il faut faire ce que le cœur nous dicte, répond Tothero. Le cœur est notre seul guide.

Il a l'air las et lointain.

– On va à Brewer ?

Pas de réponse.

Rabbit remonte l'allée, vers Potter Avenue, où ruisselait l'eau de l'usine à glace. Il tourne à droite, en s'éloignant de Wilbur Street, où se trouve son appartement, et deux tournants l'amènent dans Central Street, en direction de Brewer. Sur la gauche, la terre disparaît dans un gouffre dont le fond est occupé par le cours large et lisse de la Running Force River ; sur la droite, les postes d'essence brillent, les banderoles s'agitent au vent, les projecteurs protestent.

Comme ils sortent de l'agglomération, la langue de Tothero se délie :

– Tu sais, Harry, en ce qui concerne les jeunes personnes avec qui nous avons rendez-vous, je n'ai aucune idée de ce que va être l'autre, mais je suis certain que tu te conduiras en gentleman. Et je t'assure que mon amie te plaira. C'est une fille remarquable, Harry, qui a dû surmonter bien des handicaps depuis sa naissance, mais elle a fait quelque chose d'extraordinaire.

– Quoi donc ?

– Elle s'est bagarrée. Est-ce que ça n'est pas tout le secret, Harry ; de se bagarrer ? Ça me rend heureux, heureux et humble, d'avoir avec elle cette association si subtile. Harry ?

– Oui ?

– Te rends-tu compte, Harry, qu'une jeune femme a du poil sur toutes les parties de son corps ?

– Je n'y avais pas pensé.

Le dégoût, comme une sécrétion glandulaire machinale, l'a pris à la gorge.

– Penses-y, dit Tothero. Ce sont des singes, Harry, les femmes sont des singes.

Il dit cela d'un ton si grave que Rabbit éclate de rire. Tothero rit aussi et se rapproche de lui sur la banquette.

– Et pourtant nous les aimons, Harry, n'est-ce pas ? Harry, pourquoi les aimons-nous ? Réponds à cette question et tu répondras à l'énigme de la vie. (Il se tortille, croisant et recroisant ses jambes, se penchant et tapant sur l'épaule de Rabbit, se renversant en arrière, jetant un coup d'œil par la vitre, puis se retournant et se démenant encore.) Je suis un être affreux, Harry. Quelqu'un que l'on doit abhorrer, Harry, laisse-moi te dire une chose. (Quand il était entraîneur, il avait toujours quelque chose à vous dire.) Ma femme dit que je suis abominable. Mais sais-tu quand cela a commencé ? Ça a commencé avec sa peau. Un jour de printemps, en 1943 ou 1944, c'était pendant la guerre, brusquement, ça a été affreux. On aurait dit des milliers de peaux de lézards cousues ensemble. Cousues ensemble *maladroitement.* Tu t'imagines ? Cette impression de quelque chose en morceaux m'a horrifié, Harry. Tu m'écoutes ? Tu n'écoutes pas. Tu te demandes pourquoi tu es venu me trouver.

– Ce que vous m'avez dit de Janice ce matin m'inquiète un peu.

– Janice ! Ne parlons pas de petites dindes comme Janice Springer, Harry, mon garçon. C'est le soir. Ce n'est pas l'heure de s'apitoyer. C'est le moment où les vraies femmes tombent des arbres. (Avec ses mains, il imite des objets qui tombent des arbres.) Plippiti, plippiti.

Il a beau considérer son compagnon comme un fou, Rabbit commence à éprouver une certaine curiosité. Ils garent la voiture à côté de Weiser Avenue et retrouvent les filles devant un restaurant chinois.

Les filles qui attendent sous la lumière cramoisie du néon ont une délicatesse de fleur ; la lumière rouge donne un air un peu fané à leurs cheveux flous. Rabbit sent son cœur qui se met à battre. Ils se retrouvent et Tothero présente Margaret :

– Margaret Kosko, Harry Angstrom, mon meilleur athlète, c'est un plaisir pour moi que de pouvoir présenter l'un à l'autre deux aussi magnifiques jeunes gens.

Le vieil homme se montre étrangement timide ; il a une petite toux hésitante.

Après tout le baratin que lui a fait Tothero, Rabbit est tout étonné de constater que Margaret n'est qu'une autre Janice : le même teint jaune et brouillé, la même petitesse empâtée. Remuant à peine les lèvres, elle dit :

– Je vous présente Ruth Leonard. Marty Tothero, et vous mais je ne sais pas votre nom.

Ruth est grosse auprès de Margaret, mais pas tellement. Potelée, plutôt. Mais grande. Elle a des yeux bleus et plats dans des orbites un peu carrées. Sa lèvre supérieure se retrousse un peu, comme si elle se boursouflait, et ses cuisses emplissent sa robe, si bien que même debout elle a un peu de ventre. Ses cheveux, d'un roux un peu sale, sont réunis en chignon sur sa nuque.

– Harry, dit Rabbit. Ou plutôt Rabbit.

– C'est vrai ! s'écrie Tothero. Les autres garçons t'appelaient Rabbit. J'avais oublié.

Il tousse.

– Vous êtes plutôt grand pour un lapin, observe Ruth.

Derrière elle, les compteurs de stationnement avec leurs langues rouges reculent le long du trottoir et à ses pieds, boudinés sous des barrettes de cuir lavande, quatre dalles du trottoir forment un X.

– Oh ! je ne suis grand qu'à l'extérieur, dit-il.

– Moi aussi, dit-elle.

– Bon sang, j'ai faim, dit Rabbit s'adressant à tous, simplement pour dire quelque chose.

– La faim, la faim, dit Tothero, comme s'il accueillait cette réplique avec reconnaissance. Où veulent aller mes chères petites ?

– Ici ? propose Harry.

Il comprend, à la façon dont les deux filles le regardent qu'on s'attend à le voir prendre l'initiative. Tothero se dandine comme un crabe et finit par bousculer un couple d'un certain âge qui passe par là. Son visage exprime une telle surprise au moment de la collision, et il se confond si longuement en excuses, que Ruth éclate de rire ; son rire retentit dans la rue comme une poignée de monnaie qu'on aurait fait tomber. A ce bruit, Rabbit commence à se détendre ; l'espace compris entre les muscles de sa poitrine lui semble empli d'air chaud. Tothero pousse le premier la porte vitrée, Margaret suit, et Ruth prend le bras de Rabbit en disant :

– Je vous connais. J'étais au collège de West Brewer, et j'en suis sortie en 1951.

– C'est ma classe.

Comme cette main qu'elle a posée sur son bras, le fait qu'ils aient le même âge lui plaît. On dirait que, dans des collèges situés chacun à un bout de la ville, ils ont appris les mêmes choses et acquis le même point de vue sur la vie : le point de vue de la classe 51.

– Vous nous avez battus, reprend-elle.

– Vous aviez une mauvaise équipe.

– Pas du tout. Je sortais avec trois des joueurs.

– Trois à la fois ?

– A peu près.

– C'est pour ça qu'ils avaient l'air fatigués.

Elle rit de nouveau, avec le même bruit de monnaie qui dégringole, mais il a honte de ce qu'il a dit, elle a l'air si brave et peut-être qu'elle était jolie alors. Elle n'a pas bon teint maintenant. Mais elle a les cheveux drus. Un jeune Chinois en veste de toile écrue leur barre la route devant le comptoir de verre où une Américaine en kimono est assise en train de compter des billets fripés.

– S'il vous plaît, vous êtes combien ?

– Quatre, dit Rabbit, en constatant que Tothero reste muet.

D'un geste inattendu, généreux, Ruth ôte sa courte veste blanche et la donne à Rabbit ; cela fait un doux tas de vêtements. Dans son mouvement, il émane d'elle une bouffée de parfum.

– Quatre, oui, par ici s'il vous plaît.

Et le garçon les guide jusqu'à une niche rouge.

L'établissement vient récemment de rouvrir comme restaurant chinois ; il y a encore aux murs des vues roses de Paris. Ruth trébuche un peu ; Rabbit constate par-derrière que ses talons, jaunis par la corne, ont tendance à glisser dans le réseau de courroies de cuir lavande qui maintiennent ses pieds sur ses hautes chaussures. Mais, sous la surface verte et luisante de sa robe, son large derrière remplit bien l'étoffe. Elle a la taille bien marquée, nette comme les traits de son visage. La coupe de sa robe dénude un grand triangle de son splendide dos un peu gras. En s'installant dans la niche, il se cogne contre elle ; le haut de sa tête lui arrive à la hauteur du nez. L'odeur piquante de sa chevelure se marie avec le parfum bon marché qu'elle s'est mis derrière les oreilles. Ils se heurtent parce que Tothero fait mille cérémonies pour amener Margaret jusqu'à son siège, on dirait un gnome à l'entrée de sa caverne. En attendant là, debout, Rabbit est ravi de penser qu'un étranger passant devant le restaurant, comme lui la nuit dernière devant ce snack-bar de Virginie, l'apercevrait avec une femme. Il a l'impression d'être cet étranger, qui regarde, qui lui envie son corps et le corps de la femme qui est avec lui. Ruth se penche et glisse sur la banquette. Ses épaules s'éclairent, puis s'assombrissent dans l'ombre de la niche. Rabbit s'assied à son tour et la sent qui remue auprès de lui, pour s'installer, comme font les femmes, avec toute une série de gestes, à croire qu'elles se font un nid.

Il s'aperçoit qu'il tient toujours sa veste. Une fourrure pâle et molle qui repose sur ses genoux. Sans se lever, il tend le bras et l'accroche au porte-manteau au-dessus de lui.

– C'est agréable d'avoir le bras long, dit-elle.

Puis elle regarde dans son sac et y prend un paquet de Newports.

– Tothero dit que j'ai les bras courts.

– Où avez-vous connu ce vieux machin ?

Elle dit cela assez fort pour que Tothero puisse l'entendre si ça l'intéresse.

– Ce n'est pas un vieux machin, c'est mon ancien entraîneur.

– Vous en voulez une ?

(Une cigarette.)

– J'ai arrêté, fait-il avec un geste négatif.

– Alors comme ça ce type était votre entraîneur, soupire-t-elle.

Elle prend une cigarette dans le paquet turquoise de Newports, la colle entre ses lèvres orange et considère d'un œil méfiant le bout sulfuré de l'allumette qu'elle craque, avec une étrange maladresse féminine, en tenant l'allumette loin d'elle, de côté, si bien qu'elle la tord. L'allumette finit par s'enflammer au troisième essai.

– Ruth, dit Margaret.

– Un vieux machin ? dit Tothero (et son lourd visage semble défait comme s'il commençait à fondre). Mais c'est ce que je suis. Un sale vieux machin tombé parmi des princesses.

Margaret ne voit là rien contre elle, elle pose sa main par-dessus celle de Tothero sur la table et déclare d'une voix grave et sans timbre :

– Pas du tout.

– Où est notre jeune disciple de Confucius ? demande Tothero, en regardant autour de lui, son bras libre levé.

Quand le garçon arrive, il demande :

– Peut-on nous servir ici des boissons alcooliques ?

– Nous allons les chercher à côté, répond le garçon.

C'est drôle cette façon qu'ont les sourcils des Chinois de sembler insérés dans la peau au lieu de dépasser. Leurs visages ont toujours l'air lavés.

– Un double scotch, dit Tothero. Ma chère ?

– Daiquiri, dit Margaret ; on dirait un calembour.

– Et vous, les enfants ?

Rabbit regarde Ruth. Elle a le visage recouvert de poussière orange. Ses cheveux, ses cheveux qui, au premier abord, paraissaient d'un blond sale ou d'un brun fané, sont en fait de plusieurs couleurs, roux et jaunes et bruns et noirs, chaque cheveu passant à la lumière par une série de nuances, comme les poils d'un chien.

– Ma foi, dit-elle. Je crois que je vais prendre un Daiquiri.

– Trois, dit Rabbit au garçon, pensant qu'un Daiquiri sera comme un gin-fizz.

– Trois Daiquiris, un double scotch sec (et il s'en va).

– Quand est votre anniversaire ? demande Rabbit à Ruth.

– En août. Pourquoi ?

– Le mien est en avril, dit-il, je vous bats.

– Vous me battez.

Comme si elle savait combien ça lui fait plaisir ; on ne

peut pas se sentir tout à fait maître d'une femme qui est plus âgée.

– Si vous m'avez reconnu, demanda-t-il, pourquoi n'avez-vous pas reconnu Mr. Tothero ? C'était l'entraîneur de l'équipe.

– Qui regarde les entraîneurs ? Ils ne servent à rien, d'ailleurs.

– Comment, ils ne servent à rien ? L'équipe d'un collège dépend d'un entraîneur, n'est-ce pas ?

– Tout dépend des joueurs, Harry, répond Tothero. On ne peut pas faire de l'or avec du plomb. Ça n'est pas possible.

– Bien sûr que si, dit Rabbit. Quand je suis arrivé comme bizuth, je ne distinguais pas mes pieds de mon coude.

– Mais si, Harry, mais si. Je n'ai rien eu à t'apprendre ; je t'ai simplement laissé courir. Tu étais un jeune cerf, reprend-il, avec de grands pieds.

– Quelle pointure ? demande Ruth.

– Du 44, lui dit Rabbit. Et vous ?

– Oh ! j'ai de petits pieds, dit-elle. De tout petits, petits pieds.

– J'avais l'impression qu'ils tombaient de vos chaussures. Il renverse la tête en arrière et se penche un peu, pour regarder par-delà le bord de la table dans le crépuscule sous-marin où ses jarrets raccourcis par la perspective pendent comme du poisson fumé. Ils battent aussitôt en retraite sous la banquette.

– Ne regardez pas comme ça, vous allez tomber, dit-elle, un peu déconcertée (ce qui est bon signe ; les femmes aiment bien qu'on les brutalise un peu. Elles ne le disent jamais, mais c'est vrai).

Le serveur arrive avec les consommations et commence à déposer devant chacun d'eux de petites nappes en papier et de l'argenterie qui ne brille plus d'aucun feu. Il le fait devant Margaret et il commence à le faire devant Tothero, quand celui-ci repose le verre de whisky qu'il portait à ses lèvres et dit d'une voix plus ferme :

– Des couverts ? Pour de la cuisine orientale ? Vous n'avez pas de baguettes ?

– Des baguettes, si.

– Des baguettes pour tout le monde, dit Tothero d'un ton catégorique. Dans un restaurant chinois, on dîne à la chinoise.

– Ne reprenez pas mon couvert ! s'écrie Margaret en appliquant bruyamment sa cuillère contre sa fourchette que le garçon s'apprête à reprendre. Je ne veux pas de baguettes.

– Harry et Ruth ? demande Tothero. Votre préférence ?

Le Daiquiri a bien le goût de gin-fizz, on dirait du pétrole flottant par-dessus un liquide fort et transparent.

– Des baguettes, dit Rabbit d'une voix grave, ravi d'agacer Margaret. Au Texas, on ne mangeait jamais de poulet au bambou avec du métal.

– Ruth ? demande Tothero, avec une expression timide et empruntée.

– Oh ! aussi, je pense. Si cette cloche y arrive, pourquoi pas moi ?

Elle écrase sa cigarette dans le cendrier et en prend une autre.

Le garçon repart comme une demoiselle d'honneur avec son bouquet d'argenterie inutile. Margaret est seule à avoir refusé des baguettes et ça la gêne. Rabbit est enchanté ; elle porte ombrage à son bonheur.

– Vous mangiez de la cuisine chinoise au Texas ? interroge Ruth.

– Tout le temps. Donnez-moi une cigarette.

– Vous avez arrêté de fumer.

– Je viens de recommencer. Donnez-moi une pièce de dix cents.

– Dix cents ! Sûrement pas.

L'inutile énergie de son refus le choque, on dirait qu'elle est près de ses sous. Pourquoi croit-elle qu'il la volerait. Que volerait-il ? Il fouille dans la poche de sa veste, en remonte des pièces, en prend une de dix cents et l'introduit dans le petit juke-box qui brille doucement le long du mur auprès de leur table. En se penchant devant elle, il tourne la liste des titres et finit par presser les boutons correspondant à *Rocksville, P-A.*

– La cuisine chinoise du Texas est la meilleure des Etats-Unis, à l'exception de Boston, déclare-t-il.

– Ecoutez le grand voyageur, dit Ruth.

Elle lui donne une cigarette. Il lui pardonne le coup de la pièce.

– Alors vous vous imaginez, reprend Tothero, que les entraîneurs ne font rien ?

– Ils ne servent à rien, dit Ruth.

– Allons, allons, dit Rabbit.

Le garçon revient avec leurs baguettes et deux menus. Rabbit est déçu par les baguettes : elles ont l'air en matière plastique plutôt qu'en bois. La cigarette a un goût désagréable, on dirait une poignée de foin. Fini le tabac.

– Nous allons chacun commander un plat et puis nous partagerons, annonce Tothero. Qui a des plats préférés ?

– Du porc laqué, dit Margaret.

On peut dire d'elle une chose, elle a des idées bien arrêtées.

– Harry ?

– Je ne sais pas.

– Eh bien, le grand spécialiste de la cuisine chinoise ? demande Ruth.

– Les plats sont indiqués en anglais. J'ai l'habitude de commander d'après un menu chinois.

– Allons, allons, dites-moi ce qui est bon.

– Attendez, vous me démontez.

– Vous n'avez jamais mis les pieds au Texas, dit-elle.

Il se rappelle la maison dans cette étrange rue sans arbres d'un quartier résidentiel, la nuit verte qui montait de la prairie, les fleurs sur la fenêtre, et il dit :

– Je vous assure que j'y suis allé.

– Pourquoi faire ?

– Pour servir l'Oncle Sam.

– Oh ! dans l'armée ; alors, ça ne compte pas. Tout le monde est allé au Texas avec l'armée.

– Commandez ce que vous croyez bon, dit Rabbit à Tothero.

Il est agacé par tous ces soldats que Ruth semble avoir connus, et il tend l'oreille pour entendre les dernières mesures de la chanson qu'il s'est fait jouer avec son *dime*. Dans ce restaurant chinois, il arrive à peine à retrouver, venant, semble-t-il de la cuisine, la mélodie discordante qui l'enthousiasmait dans la voiture la nuit dernière.

Tothero passe la commande au garçon et, quand celui-ci est reparti, il s'efforce de donner la réplique à Ruth. Les lèvres minces du vieil homme sont humides de whisky, et la salive a tendance à couler aux commissures de sa bouche.

– L'entraîneur, dit-il, l'entraîneur s'intéresse au développement des trois instruments qu'on nous donne dans la vie : la tête, le corps et le cœur.

– Et l'entrejambe, dit Ruth.

Margaret, bien entendu, se met à rire. Rabbit ne peut vraiment pas la sentir.

– Jeune personne, vous m'avez mis au défi, et je mérite que vous me prêtiez attention, déclare-t-il avec une pesante gravité.

– Tu parles, murmure-t-elle (et elle baisse les yeux). N'allez pas me raconter ça à moi.

Il l'a vexée. Elle a les ailes du nez qui ont pâli, son épais maquillage paraît plus foncé.

– Primo. La tête. La stratégie. La plupart des garçons qui arrivent chez un entraîneur de basket-ball ont joué dans la rue et n'ont aucune idée de la, de l'*élégance* du jeu pratiqué sur un vrai terrain avec deux paniers. Tu n'est pas de mon avis, Harry ?

– Si, bien sûr. Hier encore...

– Secundo – laisse-moi finir, Harry, ensuite tu pourras parler –, secundo, le corps. Mettre les garçons en forme. Leur donner des jambes. (Il frappe du poing sur la table.) Des jambes, courir, courir, courir. Courir à chaque minute où ils ont les pieds par terre. Tertio (de l'index et du pouce, il s'essuie les commissures des lèvres), le cœur. Et c'est là que le bon entraîneur que, jeune personne, j'ai certainement essayé d'être et que, selon certains, j'ai bien été, a le rôle le plus grave à jouer. Il faut donner aux garçons la volonté de réussir. J'ai toujours mieux aimé cela que la volonté de gagner, car il peut y avoir un exploit même dans la défaite. Leur faire sentir le, oui, je crois que le mot est bon, le caractère sacré de la réussite, qui consiste à faire de son mieux. (Il ose marquer un temps d'arrêt maintenant, et il en profite pour leur jeter à chacun l'un après l'autre un coup d'œil qui leur fige la langue.) Un garçon qui a été entre les mains d'un bon entraîneur, conclut-il, ne peut jamais devenir, au sens le plus profond, un raté dans le grand jeu de la vie.

Persuadé de les avoir convaincus, il porte à ses lèvres son verre où il n'y a plus guère que des cubes de glace. Comme il le renverse, ils glissent en avant et viennent se heurter à ses lèvres.

Ruth se tourne vers Rabbit et lui demande tranquillement, comme pour changer de sujet :

– Qu'est-ce que vous faites ?

Il rit.

– Ma foi, je ne suis pas très sûr de faire encore quelque chose. J'aurais dû aller à mon travail ce matin. Je... euh, c'est assez difficile à décrire. Je fais des démonstrations pour quelque chose qui s'appelle le Magic-Pluches de cuisine.

– Je suis sûr qu'il s'en tire très bien, déclare Tothero. Je suis sûr que quand le conseil d'administration de Magic-Pluches se réunit pour sa session annuelle et qu'on se demande : « Voyons, qui donc a fait le plus pour gagner à notre cause le public américain ? », le nom de Rabbit Angstrom vient en tête.

– Et vous, qu'est-ce que vous faites ? lui demande à son tour Rabbit.

– Rien, répond Ruth. Rien.

Et ses paupières s'abaissent comme un rideau bleu un peu gras tandis qu'elle boit son Daiquiri à petites gorgées. Le vert clair du cocktail se reflète un peu sur son menton.

La cuisine chinoise arrive. Il en salive d'avance. Il n'en a vraiment jamais mangé depuis le Texas. Il aime cette nourriture qui ne comporte aucun rappel dégoûtant d'animaux abattus, comme une tranche saignante de côte de bœuf, ou le squelette tendineux d'une poule ; ces fantômes ont été hachés, détruits et mélangés sans douleur avec des légumes insensibles et ces corps verts et dodus excitent son innocent appétit. La viande laquée. Entassée sur un monticule fumant de riz. Chacun reçoit ainsi un morceau brûlant, et Margaret est particulièrement pressée d'arroser le sien de légumes luisants ; ils mangent tous de bon appétit. Leur visage prend des couleurs et de la vigueur de ces plats ovales qui contiennent du porc sombre, des pois sucrés, du poulet, une sauce épaisse et douce, des crevettes, des noix d'eau, Dieu sait quoi d'autre encore. Leur conversation se fait plus animée.

– Il était formidable, dit Rabbit en parlant de Tothero. C'était le meilleur entraîneur de la région. Sans lui, je n'aurais jamais rien été.

– Non Harry, non. Tu as fait plus pour moi que je n'ai fait pour toi. Savez-vous, fillettes, que le premier match qu'il a joué, il a marqué vingt points.

– Vingt-trois, dit Harry.

– Vingt-trois points ! Vous vous rendez compte. (Les filles continuent de manger.) Tu te souviens, Harry, le tournoi de Harrisburg ; Dennistown et leur soi-disant buteur infaillible ?

– Il était minuscule, explique Harry à Ruth. A peu près un mètre cinquante-cinq et vilain singe. Et mauvais joueur avec ça.

– Ah ! mais il connaissait son affaire, dit Tothero, il connaissait son affaire. D'ailleurs, il nous battait jusqu'au moment où Harry s'est déchaîné.

– Tout d'un coup, le panier m'a paru large comme un puits. Tout ce que je lançais entrait. Là-dessus, ce nabot me fait un croche-pied.

– C'est vrai, dit Tothero, j'avais oublié.

– Il me fait un croche-pied, et bang ! je dégringole contre le mur. Si ça n'avait pas été capitonné, je me serais tué.

– Alors, qu'est-ce qui s'est passé, Harry ? Tu l'as calotté ? J'ai oublié cet épisode.

Tothero a la bouche pleine, et son appétit de vengeance n'est pas beau à voir.

– Oh ! non, dit lentement Rabbit. Je n'ai jamais fait de coup fourré. L'arbitre l'a vu, c'était sa cinquième faute personnelle, et il est sorti du terrain. Ensuite, nous les avons étouffés.

Quelque chose disparaît dans l'expression de Tothero, son visage se défait.

– C'est vrai, tu n'as jamais fait de coup fourré. Harry a toujours été un idéaliste.

– Je n'en avais pas besoin, fait Rabbit en haussant les épaules.

– Une autre chose bizarre à propos de Harry, raconte Tothero aux deux femmes. Il n'a jamais été blessé.

– Si, une fois je me suis foulé le poignet, précise Rabbit. Mais ce que vous disiez qui m'a vraiment aidé...

– Qu'est-ce qui s'est passé ensuite dans le tournoi ? Je suis affolé de voir combien j'ai oublié tout cela.

– Ensuite ? Nous avons rencontré Pennoak, je crois. Il ne s'est rien passé. Ils nous ont battus.

– Ils ont gagné ? Je croyais que nous les avions battus ?

– Oh ! fichtre non. Ils étaient forts. Ils avaient cinq bons joueurs, et nous, qu'est-ce que nous avions ? Rien que moi, en fait. Nous avions Harrison, qui n'était pas mal, mais après s'être blessé au rugby, il n'a plus jamais eu vraiment la touche.

– *Ronnie* Harrison ? demande Ruth.

– Vous le connaissez ? fait Rabbit, stupéfait.

Harrison était un coureur de jupons notoire.

– Je ne suis pas sûre, dit-elle avec une certaine complaisance.

– Un type plutôt courtaud, avec des cheveux crépus. Qui boitait un tout petit peu.

– Non, je ne sais pas, dit-elle. Je ne crois pas.

Elle manie les baguettes avec une agréable dextérité en gardant une main posée sur ses genoux. Il aime quand elle baisse la tête, il aime ce cou simple et robuste se penchant en avant, faisant saillir les tendons de son épaule, pour prendre quelque chose entre ses lèvres. Elle serre les baguettes juste comme il faut ; c'est drôle comme les femmes un peu boulottes ont ce doigté délicat. Margaret, elle, enfourne tout avec sa cuillère.

– Nous n'avons pas gagné, répète Tothero. (Et il appelle :) Garçon !

Quand celui-ci arrive, Tothero demande une autre tournée des mêmes consommations.

– Non, pas pour moi, merci, dit Rabbit. J'ai assez bu comme ça.

– Vous êtes un grand garçon qui a des principes d'hygiène, déclare Margaret.

Elle ne sait même pas encore son nom. Bon sang, qu'elle lui tape sur les nerfs.

– Oui, je commençais à vous expliquer ; ce que vous m'aviez dit qui m'a vraiment aidé, explique Rabbit à Tothero, c'est ce truc qui consiste à rapprocher les pouces sur les prises à deux mains. Au fond, c'est tout le secret, d'avoir la balle devant vos mains, là où on les lance facilement. On n'a qu'à les laisser filer.

Les mains écartées, il fait une démonstration.

– Oh ! Harry, dit Tothero d'un ton triste, tu savais shooter quand tu es venu me voir. Tout ce que je t'ai inculqué, c'est la volonté de gagner. La volonté de réussir.

– Vous savez, mon meilleur match, dit Rabbit, mon meilleur match, ça n'a pas été celui où j'ai marqué quarante points contre Allenville, c'était dans mon année de junior, nous étions allés à l'autre bout du comté, tout à fait au début de la saison pour jouer dans un petit collège campagnard, une boîte où ils étaient peut-être une centaine en tout pour les six classes; comment ça s'appelait ? Le collège du Nid ? Quelque chose comme ça. Vous vous en souviendrez.

– Le Nid, dit Tothero, non.

– Je crois bien que c'est le seul match que nous ayons disputé contre eux. Il y avait un drôle de petit gymnase carré où les spectateurs étaient assis sur les planches. Une boîte qui avait un drôle de nom.

– Le Nid, dit Tothero.

Il se tripote sans cesse l'oreille. C'est agaçant.

– Le collège d'Oriole ! s'exclame Rabbit, au comble du

ravissement. Le collège d'Oriole. Ce genre de petite ville très étendue, et on était tôt dans la saison si bien qu'il faisait encore chaud, et en passant en car on voyait les bâtons du maïs comme des wigwams dans les champs. Et le collège lui-même sentait un peu le cidre. Je me souviens que vous avez fait une plaisanterie là-dessus. Vous m'avez dit d'y aller doucement, que nous étions là pour nous entraîner et que nous n'étions pas censés essayer de les étouffer.

– Tu as meilleure mémoire que moi, dit Tothero.

Le serveur revient, et Tothero prend son verre sur le plateau, sans laisser au garçon le temps de le déposer devant lui.

– Donc, reprend Rabbit, nous arrivons là-bas et nous trouvons ces cinq culs-terreux qui se démènent dans tous les sens ; nous marquons tout de suite une quinzaine de points, et je ne m'en fais pas. Il n'y a que vingt ou trente spectateurs, ce n'est pas un match de championnat, alors rien n'a d'importance et j'ai cette impression que je peux faire n'importe quoi, que je n'ai qu'à circuler en faisant des passes et tout d'un coup je sais, vous comprenez, j'ai la certitude que je peux faire n'importe quoi. Pendant la seconde mi-temps, je tente peut-être dix shoots, et chacun entre juste dans le panier, sans rebondir, sans toucher le bord, comme si je jetais des pierres au fond d'un puits. Et tous ces péquenots courent d'un bout à l'autre du terrain, se mettent en nage, et ils n'avaient pas plus de deux remplaçants, mais nous n'étions pas dans leur poule non plus, alors ça leur était égal, et l'arbitre se contentait de s'appuyer au bord de la tribune, en parlant à leur entraîneur. Le collège d'Oriole. Oui, c'est ça, et puis après leur entraîneur est descendu au vestiaire où les deux équipes se changeaient il a pris un pichet de cidre dans un placard et l'a fait circuler. Vous ne vous rappelez pas ?

Ça l'étonne, et en même temps ça lui donne envie de rire, de ne pouvoir faire comprendre aux autres ce qu'il y avait de si spécial. Il se remet à manger. Les autres ont fini et s'attaquent à leur second cocktail.

– C'est vrai, vous êtes un bon gosse, lui dit Margaret.

– Harry, lui dit Tothero, ne fais pas attention à la façon dont s'expriment ces créatures.

Margaret le frappe : sa main jaillit de la table et s'abat sur la bouche de Tothero, à plat, mais sans claquer.

– Touché, dit Ruth.

Elle parle d'un ton indifférent. Tout cela se passe si discrètement que le Chinois qui débarrasse leur table ne lève même pas les yeux et semble ne rien entendre.

– Nous partons, annonce Tothero. (Et il essaie de se lever, mais le bord de la table touche ses cuisses, et il n'arrive pas à se redresser. La gifle lui a laissé une petite crispation à la bouche que Rabbit ne peut supporter de regarder, c'est si ambigu, si confus, c'est un mélange si écœurant de bravade et de honte et, pire encore, d'orgueil ou de moins que cela, de vanité. De cette bouche au ricanement sinistre sortent les mots :) Tu viens, ma chérie ?

– Salaud, dit Margaret. (Mais son petit corps dur glisse entre la table et la banquette et elle jette un coup d'œil derrière elle pour voir si elle ne laisse rien, des cigarettes ou un sac.) Salaud, répète-t-elle. (Il y a quelque chose de charmant dans la façon dont elle le dit. Tothero et elle semblent tous deux plus calmes maintenant.)

Rabbit s'apprête à se lever, mais Tothero pose sur son épaule une main autoritaire, la main de l'entraîneur, que Rabbit a si souvent sentie sur le banc, juste avant la petite tape sur les fesses qui l'envoyait sur le terrain.

– Non, non, Harry. Tu restes. Que notre vulgarité ne te dérange pas. Je ne pourrais pas t'emprunter ta voiture, non ?

– Hein ? Comment est-ce que je me déplacerais ?

– Tu as raison, tout à fait raison. Pardonne-moi de te l'avoir demandé.

– Non, je veux dire, prenez-la si vous voulez...

En fait, il éprouve une profonde répugnance à se séparer d'une voiture dont il n'est qu'à moitié propriétaire.

Tothero le comprend.

– Non, non. C'était une idée idiote. Bonsoir.

– Tu es tout congestionné, vieux pochard, lui dit Margaret.

Il la regarde, puis baisse les yeux, confus.

Elle a raison, constate Harry, il est congestionné. Il a le visage de travers comme un ballon fatigué. Ce ballon pourtant le dévisage, comme s'il y avait en lui un message, lourd et vague comme de l'eau.

– Où vas-tu aller ? demande Tothero.

– Je me débrouillerai. J'ai de l'argent. Je trouverai un hôtel, lui dit Rabbit.

Il voudrait, maintenant qu'il lui a refusé un service, que Tothero s'en aille.

– La porte de ma demeure est ouverte, déclare Tothero. Il n'y a qu'un lit, mais nous pouvons toujours faire un matelas...

– Non, écoutez, dit Rabbit d'un ton grave. Vous m'avez sauvé la vie, mais je ne veux pas vous encombrer. Je me débrouillerai. D'ailleurs je ne sais comment vous remercier.

– Nous bavarderons un de ces jours, lui promet Tothero. Sa main se crispe et frôle accidentellement la cuisse de Margaret.

– Je te tuerai, dit Margaret. (Et ils s'en vont, ils passent devant le comptoir où le garçon bavarde à voix basse avec la caissière américaine, puis ils franchissent la porte vitrée, Margaret la première. Tout cela semble *arrangé* : on dirait les petites figurines de bois d'un baromètre.)

– Bon Dieu, il est dans un triste état.

– Qui ne l'est pas ? rétorque Ruth.

– Vous n'en avez pas l'air.

– Je mange, voilà ce que vous voulez dire.

– Non, je vous assure, on dirait que vous avez la hantise d'être grosse. Vous n'êtes pas trop grosse. Vous êtes bien proportionnée.

Elle éclate de rire, se reprend, rit encore, lui serre le bras et dit :

– Rabbit, vous êtes un gentleman chrétien.

Le fait qu'elle l'appelle par son prénom lui chatouille l'oreille d'une troublante douceur.

– Pourquoi l'a-t-elle giflé ? demande-t-il en riant de crainte que les mains de Ruth, posées sur son bras, ne viennent lui chatouiller le côté.

Il sent, à la façon dont elle le serre, cette redoutable possibilité.

– Elle aime bien gifler les gens. Un jour elle m'a frappée.

– Oui, mais vous l'aviez probablement cherché.

– Lui aussi. Il aime bien être battu.

– Vous le connaissez ? demande-t-il.

– J'ai entendu parler de lui par elle.

– Oh ! ça ne s'appelle pas le connaître. Cette fille est idiote.

– Ça, c'est vrai. Encore plus bête que vous ne pouvez croire.

– Je sais. J'ai épousé sa jumelle.

– Oh ! vous êtes marié.

– Dites donc, qu'est-ce que c'est que cette histoire à propos de Ronnie Harrison ? Vous le connaissez ?

– Et qu'est-ce que c'est que cette histoire d'être marié ?

– Eh bien, je l'étais. Je le suis encore.

Il regrette qu'ils aient commencé à en parler. Comme une grosse bulle, l'énormité de la chose lui envahit le cœur. C'est comme quand il était gosse et qu'il pensait soudain, en revenant de quelque part à la fin d'un dimanche après-midi, que tout cela – ces arbres, ce trottoir – c'était la vie, la seule réalité.

– Où est-elle ?

C'est encore pire de se représenter Janice : où pourrait-elle aller ?

– Sans doute avec ses parents. Je ne l'ai quittée qu'hier soir.

– Oh ! Alors, ce sont seulement des vacances. Vous ne l'avez pas quittée.

– Je crois que si.

Le garçon leur apporte des gâteaux au sésame. Rabbit en prend un d'une main hésitante, en pensant qu'ils seront durs, et il est enchanté de le sentir devenir dans sa bouche une douce gelée élastique, derrière la carapace d'amandes.

– Ils sont partis pour de bon, vos amis ? demande le garçon.

– Ça ne fait rien, dit Rabbit. Je paierai.

Le Chinois hoche la tête et bat en retraite.

– Vous êtes riche ? demande Ruth.

– Non, pauvre.

– Vous allez vraiment dans un hôtel ?

Ils prennent chacun plusieurs galettes de sésame. Il y en a peut-être vingt sur l'assiette.

– Je crois. Je vais vous expliquer pour Janice : Je n'ai jamais pensé à la quitter jusqu'à l'instant où je l'ai fait. Tout d'un coup, ça m'a paru évident. Elle a à peu près un mètre soixante-cinq, elle est brune...

– Je ne veux pas que vous me parliez de ça.

Son ton est catégorique ; ses cheveux multicolores, quand elle renverse la tête en regardant au plafond, prennent une seule teinte foncée. La lumière était plus flatteuse pour ses cheveux que pour son visage ; sur ce côté du nez, elle a des taches sur la peau, des marbrures que la poudre ne dissimule pas.

– Ah ! non, dit-il. (La bulle qui lui pesait sur la poitrine se dissipe. Si personne ne s'en soucie, pourquoi s'inquiéterait-il.) Bon. De quoi allons-nous parler ? Combien pesez-vous ?

– Soixante-huit kilos.

– Ruth, vous êtes minuscule. Un poids welter. Sans blague. Personne ne veut que vous soyez tout en os. Chaque livre de chair que vous avez n'a pas de prix.

Il parle pour le plaisir de parler, mais quelque chose qu'il dit la crispe soudain.

– Vous n'êtes pas bête, hein ? demande-t-elle en levant son verre vide.

Le verre est une coupe sur un pied court, comme une coupe à glace à une réception d'anniversaire, et on voit sur le visage de Ruth de pâles reflets en arcs de cercles.

– Vous ne voulez pas parler de votre poids non plus. Ah ! Ah ! (Il fourre un autre gâteau dans sa bouche et attend que le premier goût de gelée se soit dissipé.) Essayons ceci. Ce qu'il vous faut, madame Amérique, c'est l'éplucheuse Magic-Pluches. Notre appareil préserve les précieuses vitamines. Supprime l'excès de graisse. Un simple réglage de cette vis en plastique et vous pouvez gratter les carottes ou tailler le crayon de votre mari. Ça peut servir à un tas de choses.

– Allons. Ne faites pas d'esprit.
– Bon.
– Soyons gentils.
– D'accord. A vous de commencer.

Elle engloutit un gâteau et regarde Rabbit avec un drôle de sourire, la bouche pleine, tout en mâchant d'un air satisfait. Elle avale, tout en ouvrant tout grands ses yeux bleus et prend une brève inspiration avant de se lancer dans ce qui, croit-il, va être une remarque pertinente, mais qui s'achève en un rire qui lui éclate au nez.

– Attendez, supplie-t-elle. J'essaie. (Elle se remet à regarder le fond de son verre en réfléchissant, et tout ce qu'elle trouve c'est :) N'allez pas vivre à l'hôtel.

– Il le faut bien. Indiquez-m'en un bon.

Il pense instinctivemnt qu'elle s'y connaît en hôtels. Sur le côté de son cou, là où il rejoint l'épaule, il y a un petit creux blanc où l'attention de Rabbit s'attarde et se complaît.

– Ils sont tous chers, dit-elle. Tout est cher. Même mon petit appartement.

– Où avez-vous un appartement ?

– Oh ! à quelques blocs d'ici. Dans Summer Street. C'est au premier, au-dessus d'un docteur.

– Il est à vous toute seule.

– Oui. Mon amie s'est mariée.

– Alors, vous avez tout le loyer sur les bras et vous ne faites rien.

– Ce qui veut dire ?

– Rien. Vous avez simplement dit que vous ne faisiez rien. C'est cher ?

Elle le regarde d'un air curieux, avec cette vivacité qu'il avait tout de suite remarquée, quand il l'avait vue devant le restaurant.

– L'appartement, dit-il.

– Cent dix dollars par mois. Plus le gaz et l'électricité.

– Et vous ne faites rien.

Elle contemple son verre, elle fait jouer les reflets le long du bord en lui imprimant un mouvement de balancement.

– A quoi pensez-vous ? demande-t-il.

– Oh ! je me demande des choses.
– Lesquelles ?
– Si vous comprenez.

De sa place, sans bouger la tête, il sent le vent. C'est donc le courant d'air, il n'était pas sûr.

– Tenez, dit-il, je vais vous dire. Pourquoi ne me laissez-vous pas vous donner quelque chose pour votre loyer ?
– Pourquoi feriez-vous ça ?
– Parce que j'ai un cœur d'or, dit-il. Dix dollars ?
– J'en ai besoin de quinze. Pour le gaz et l'électricité. D'accord, d'accord.

Il ne sait plus très bien quoi faire maintenant. Ils restent assis à regarder l'assiette vide sur laquelle se dressait une pyramide de gâteaux au sésame : ils les ont tous mangés. Le garçon, quand il vient, en est surpris : son regard va de l'assiette à Rabbit, puis à Ruth, tout cela en une seconde. L'addition s'élève à neuf dollars soixante. Rabbit pose dessus un billet de dix et un billet d'un dollar, et il prend en outre un billet de dix et un billet de cinq. Il compte ce qui reste dans son portefeuille : trois billets de dix et quatre billets d'un. Quand il lève les yeux, l'argent de Ruth a disparu. Il se lève, prend sa petite veste de fourrure et la lui tend et, comme un grand poisson vert, qu'il aurait pris, elle se lève et froidement se la laisse passer. Il calcule. Un peu plus de vingt cents le kilo.

Et sans compter l'addition. Il porte la note jusqu'à la caisse et donne à la fille un billet de dix. Elle lui rend la monnaie en fronçant les sourcils : le vide effrayant de ses yeux est méthodiquement encerclé de rimmel. Son kimono rouge tout simple ne va pas avec ses cheveux crêpés par la permanente, son visage fardé, creux et sous-alimenté. Elle pose les pièces de monnaie sur les fentes roses du petit tapis de caoutchouc, il lève sa main en l'air au-dessus de la monnaie, y ajoute le billet d'un dollar et fait signe au jeune serveur chinois juché d'un air attentif auprès d'elle.

– Merci beaucoup, monsieur. Merci beaucoup, lui dit le garçon.

Mais sa gratitude ne dure même pas jusqu'à ce qu'ils

aient disparu. Tandis qu'ils se dirigent vers la porte vitrée, il se tourne vers la caissière et d'une voix frêle, termine son histoire :

– ... et alors l'autre gars dit : « Mais, mon vieux, le mien était à l'hélium ! »

Escorté de Ruth, Rabbit sort dans la rue. A sa droite, du côté opposé à la colline, étincelle le cœur de la ville : des lumières qui s'agitent, le dessin au néon d'une chaussure, d'une cacahuète, d'un haut-de-forme, d'un gigantesque tournesol, dont la tige de néon vert a six étages de haut, le long d'un building pour symboliser la bière Tournesol, le centre jaune est comme une seconde lune, et tous les phares des voitures qui s'agitent comme des vers luisants dans l'herbe. Un bloc plus bas, une cloche monotone tinte avec précipitation, et comme de longs couteaux les barrières à barres rouges du passage à niveau descendent, tranchant à travers la douce masse du néon, le trafic ralentit et s'arrête.

Ruth tourne à gauche, vers l'ombre du Mt Judge, et Rabbit suit ; ils montent la côte sur le trottoir rugueux. La pente de macadam est une affirmation enterrée, un écho inattendu de la terre qui était là avant la ville. Pour Rabbit, le trottoir est une ombre de la transparence lumineuse du Daiquiri ; il est tout joyeux et fait un petit bond pour régler son pas sur celui de son amour. Ses yeux sont tournés vers le haut, là où l'hôtel du Sommet ajoute sa constellation de pacotille aux étoiles qui brillent au-dessus du Mt Judge. Ils marchent ensemble en silence, tandis que derrière eux un train de marchandises chuinte et grince au passage à niveau.

Il prend conscience de son problème : elle le trouve antipathique maintenant, comme cette putain du Texas.

– Tiens, dit-il, vous êtes déjà allée là-haut ?

– Bien sûr, en voiture.

– Quand j'étais gosse, nous y montions à pied par l'autre côté. Il y a une sorte de forêt toute sombre, et je me souviens qu'un jour je suis tombé sur une vieille maison, simplement un trou dans le sol avec des pierres, où un pionnier avait dû installer une ferme.

– La seule fois où je suis jamais montée là-haut, c'était dans une voiture avec un conducteur fort entreprenant.

– Félicitations, dit-il, agacé par ce qu'il sent d'apitoiement derrière son apparente dureté.

Elle s'est découverte.

– Qu'est-ce que vous croyez que ça me fiche votre histoire de pionnier ? demande-t-elle.

– Je ne sais pas. Ça devrait vous intéresser. Vous êtes américaine ?

– Comment ? Je pourrais tout aussi bien être mexicaine.

– Vous ne pourriez jamais, vous n'êtes pas assez petite.

– Vous savez, vous êtes vraiment un salaud.

– Oh ! voyons, mon chou, dit-il, en passant un bras autour de sa taille replète, je crois que je suis plutôt gentil.

– Racontez ça à d'autres.

Elle tourne à gauche, quittant Weiser Avenue, elle lui lâche le bras. On est dans Summer Street. Des rangées de briques, pas tellement délabrées qu'usées régulièrement. Les numéros des maisons sont installés dans de petits vasistas de vitraux au-dessus des portes. La lumière orangée d'une petite épicerie éclaire les silhouettes de quelques gosses qui traînent au coin de la rue. Les supermarchés sont en train de tuer ces petites boutiques, ils les obligent à rester ouvertes toute la soirée.

Il passe son bras autour d'elle et supplie :

– Allons, allons, soyez gentille.

Il tient à lui montrer que la rudesse de ses propos ne le découragera pas. Elle veut qu'il se contente de son corps lourd, mais lui aime les vraies femmes, légères comme des plumes. A sa surprise, il sent le bras de Ruth répéter son geste et lui encercler la taille. Se tenant ainsi ils éprouvent quelque difficulté à marcher et se séparent au feu rouge.

– Je ne vous avais pas plu un peu au restaurant ? demande-t-il. Avec mes efforts pour mettre le vieux Tothero à l'aise ? Quand je lui disais comme il était formidable ?

– Je vous ai simplement entendu dire combien vous, vous étiez formidable.

– Je l'étais, c'est vrai. Je veux dire, je ne suis guère bon à grand-chose aujourd'hui, mais j'étais vraiment très fort au basket.

– Vous savez à quoi j'étais forte ?

– A quoi donc ?

– A faire la cuisine.

– On ne pourrait pas en dire autant de ma femme. Pauvre gosse.

– Vous vous rappelez qu'à l'école du dimanche on vous dit que toutes les créatures du Bon Dieu sont bonnes à quelque chose ? Eh bien, c'était ma spécialité, la cuisine. Je me disais, Seigneur, qu'un jour je serais une grande cuisinière.

– Et vous ne l'êtes pas ?

– Je ne sais pas. Je prends tous mes repas dehors.

– Eh bien, cessez !

– Ça m'est difficile avec la vie que je mène, dit-elle (et cette réponse l'arrête court).

Il ne pense pas à elle aussi crûment. Ça l'affole de la considérer sous ce jour. En termes d'amour cela la fait paraître si immense.

– C'est là que j'habite, dit-elle.

C'est un immeuble de briques, comme tous les autres de ce côté-là de la rue. Sur l'autre trottoir, une grande église pend comme un rideau gris sous le réverbère. Ils entrent, passant sous le vasistas de vitraux. Dans le vestibule, il y a une rangée de sonnettes sous des boîtes à lettres en cuivre, un porte-parapluie verni, un tapis-brosse sur le sol dallé et deux portes, l'une à droite en verre dépoli et une autre devant eux, vitrée aussi, mais renforcée d'un grillage métallique à travers lequel il voit un escalier aux marches usées. Pendant que Ruth introduit une clef dans la serrure de la seconde porte, il déchiffre les lettres d'or inscrites sur le verre de l'autre : *Docteur F. X. Pelligrini.*

– Un vieux renard, dit Ruth, en le précédant dans l'escalier.

Elle habite au premier. Sa porte est au fond d'un couloir

au plancher recouvert d'un linoléum, du côté de la rue. Il attend derrière elle tandis qu'elle tourne la clef dans la serrure. Brusquement, sous l'éclairage froid du réverbère qui pénètre par les quatre carreaux de la fenêtre à côté de lui, des vitres bleutées, si minces qu'on a l'impression qu'on pourrait les crever du doigt, il se met à trembler, d'abord des jambes, puis de tout le corps. La clef tourne et la porte s'ouvre.

Une fois à l'intérieur, tandis qu'elle cherche le commutateur, il retient son bras, la fait pivoter et l'embrasse. C'est de la folie, il a envie de la broyer, un petit mécanisme entre ses côtes double et redouble ce besoin de serrer, simplement de serrer, il n'y a là-dedans aucun amour, il ne fait pas attention à leurs peaux, c'est son cœur qu'il veut broyer dans le sien, pour la réconforter complètement. Elle se crispe sous une telle étreinte. Le petit coussin moite de ses lèvres qui avaient accueilli celles de Rabbit se sèche et durcit, et quand elle parvient à renverser la tête en arrière et à libérer sa main, elle appuie de la paume contre la mâchoire de Rabbit et pousse comme si elle voulait lui repousser le crâne dans le couloir. Ces doigts se recourbent et un ongle effilé érafle la peau délicate sous l'œil droit de Rabbit. Il la lâche. Il clignote de son œil qui l'a échappé belle et il a un tendon dans le cou qui lui fait mal.

– Va-t'en, dit-elle, son visage lourd et défait, hideux à la lumière qui vient du couloir.

Sans se retourner, d'un coup de pied il referme la porte.

– Non, dit-il. J'avais envie de te serrer dans mes bras.

Il voit dans le noir qu'elle a peur ; sa grosse silhouette noire est creusée comme d'une poche d'appréhension, que son instinct sent comme une langue qui tâte l'emplacement d'une dent arrachée. Il devine qu'il ne doit pas bouger ; sans raison, il a envie de rire. La peur qu'elle éprouve et la conscience qu'il en a sont si absurdes : il sait qu'il n'y a pas de mal en lui.

– Me serrer, dit-elle. J'ai plutôt eu l'impression que c'était de me tuer.

– Je t'ai tant désirée toute la soirée, dit-il. Il fallait que je me soulage.

– Je connais ça. Une giclée et c'est fini.

– Ce ne sera pas comme ça, promet-il.

– Ça vaudrait pourtant mieux. Je veux que tu t'en ailles.

– Mais non.

– Vous vous prenez tous pour de tels amants.

– J'en suis un, lui affirme-t-il. Je suis un amant.

Et, porté par une vague d'alcool et un élan de désir, il fait un pas en avant, comme s'il trébuchait. Bien qu'elle refuse, elle ne le fait pas assez vite pour qu'il ne puisse sentir sa peur se dissiper. A la lueur du réverbère, il voit que la pièce où ils sont est petite, et qu'elle ne comprend pour tout mobilier que deux fauteuils, un lit-divan et une table. Elle passe dans la pièce voisine, un peu plus spacieuse, avec un grand lit. Les rideaux sont à moitié tirés, et la faible lumière cerne d'ombre chaque bourrelet du dessus du lit.

– Bon, dit-elle. Tu peux entrer.

– Où vas-tu ?

Elle a la main sur un bouton de porte.

– Là-dedans.

– Tu vas te déshabiller là ?

– Oui.

– Oh ! non. Laisse-moi te déshabiller. Je t'en prie.

Il s'est approché d'elle et lui touche le bras. Elle recule.

– Tu es bien exigeant.

– Je t'en prie. Je t'en prie.

– Il faut que j'aille au cabinet, dit-elle d'une voix grinçante d'exaspération.

– Mais reviens tout habillée.

– Il faut que je fasse autre chose aussi.

– Oh ! non. Je sais ce que c'est. J'ai horreur de ça.

– Tu ne le sens même pas.

– Mais je sais que c'est là. Comme un rein de caoutchouc.

– On peut dire que tu es empoisonnant, fait Ruth en riant. Tu as une autre solution à me proposer ?

– Non. Je trouve ça encore pire.

– Ecoute. Je ne sais pas ce à quoi tu t'imagines avoir

droit pour tes quinze dollars, mais il faut que je me protège.

– Si ça doit se passer avec toutes sortes d'ustensiles, rends-moi mes quinze dollars.

Elle essaie de se dégager, mais il tient bien maintenant son bras.

– Dis-donc, fait-elle, qu'est-ce que tu crois, que nous sommes mariés, pour être autoritaire comme ça ?

De nouveau la vague transparente déferle sur lui, et il lui dit d'une voix presque inaudible :

– Oui ; marions-nous.

Si rapidement qu'elle n'a même pas le temps de bouger les bras, il s'agenouille à ses pieds et dépose un baiser sur ses doigts à la place de l'alliance. Maintenant qu'il est par terre, il commence à défaire les brides de ses chaussures.

– Pourquoi est-ce que les femmes portent des talons ? demande-t-il (et il lui soulève un pied, si bien qu'elle doit se cramponner à ses cheveux pour ne pas tomber). Ça ne fait pas mal ?

Il jette la chaussure dans la pièce voisine et en fait autant avec l'autre. Ses pieds bien à plat sur le plancher confèrent à ses jambes une fermeté sur toute leur longueur. Il lui passe les mains autour des chevilles et les masse vivement de haut en bas, jusqu'aux robustes mollets. C'est une habitude qu'il a.

– Allons, dit Ruth, d'une voix que crispe un peu la peur de tomber, avec le poids de Rabbit accroché à ses jambes. Au lit.

Il flaire le piège.

– Non, dit-il, en se relevant. Tu vas mettre une soucoupe volante.

– Non, je t'assure. D'ailleurs, tu ne sauras pas si j'en ai mis une ou non.

– Bien sûr que si. Je suis très sensible.

– Oh ! Seigneur. En tout cas, il faut que j'aille faire pipi.

– Vas-y, dit-il. Ça m'est égal (et il ne la laisse pas fermer la porte de la salle de bains).

Elle s'assied, comme les femmes, l'air très digne. A la maison, Janice et lui essayaient d'habituer Nelson à être propre, et appuyé au chambranle de la porte, il sent son instinct paternel lui inspirer la ridicule envie de la féliciter. Elle est si propre.

– Là, voilà, dit-il quand elle se lève (et il la précède dans la chambre).

Derrière eux, la plomberie vibre et murmure. Ruth avance avec raideur, un peu intimidée, déconcertée par la volonté dont il fait preuve. Tremblant de nouveau, intimidé lui-même, il la fait s'arrêter au pied du lit et cherche les agrafes de sa robe. Il trouve des boutons dans le dos et n'arrive pas à les défaire facilement ; ses mains s'empêtrent dedans.

– Laisse-moi faire.

– Ne sois pas si pressée, je vais y arriver. Tu es censée être ravie. C'est notre nuit de noces.

– Ha ! Ha !

Ce réflexe moqueur qu'elle a lui déplaît. Il la fait pivoter brutalement et soudain éprouve l'irrésistible besoin de la rassurer. Il effleure ses joues trop maquillées ; elle a l'air petite quand il regarde de toute sa hauteur son visage soucieux et noyé d'ombre. Il promène ses lèvres sur un œil, doucement, en essayant de dire que ce soir on n'est pas pressé, en essayant de percevoir sous ses lèvres la timide pulsation de sa paupière à elle. Avec un souci d'objectivité qui, craint-il, lui paraîtra comique, il embrasse aussi son autre œil. Puis, excité à l'idée de la tendresse qu'il témoigne, son ardeur l'entraîne. Sa bouche court sur le visage de Ruth, mordillant, léchant, si bien qu'elle se met à rire, chatouillée et qu'elle le repousse. Il la presse contre lui, s'accroupit et appuie ses dents écartées dans le creux tiède sur le côté de sa gorge. Ruth se crispe en sentant cette menace de morsure, et ses mains cherchent à le repousser, mais il s'accroche, ses dents découvertes dans une exclamation silencieuse, comme pour crier contre la chaleur de sa gorge que ce n'est pas son ventre qu'il veut, pas la machine, mais elle, elle.

Bien qu'il n'ait rien dit, elle comprend et murmure :

– N'essaie pas de me prouver que tu es un amant. Vas-y simplement.

– Tu te crois si fine, dit-il. (Et il va la frapper, mais se retient et reprend :) Frappe-moi, vas-y, tu en as envie, n'est-ce pas ? Allons, cogne !

– Seigneur, dit-elle, il va y en avoir pour toute la nuit.

Il s'empare de son bras inerte et le bascule vers lui, mais elle serre le poing et ce ne sont que cinq doigts repliés qui viennent heurter sans douleur sa joue.

– Voilà ce que la pauvre Maggie est obligée de faire pour ton vieux salaud d'ami.

– Ne parle pas d'eux, supplie-t-il.

– Les hommes, reprend-elle, ou bien ils veulent taper sur quelqu'un, ou bien qu'on leur tape dessus.

– Pas moi, je t'assure. Je ne veux ni l'un ni l'autre.

– Alors, déshabille-moi et cesse de déconner.

– Comme tu parles bien, soupire-t-il.

– Je suis désolée si je te choque.

Il y a pourtant dans sa voix comme une nuance de regret.

– Non, dit-il. (Et il se penche pour saisir l'ourlet de sa robe.)

Ses yeux sont assez habitués à l'obscurité maintenant pour voir que le tissu est vert. Il la remonte le long de son corps, elle lève les bras et sa tête se prend un moment dans l'encolure. Elle secoue la tête d'un air agacé, comme un chien qui agite une pantoufle, et la robe se libère, lui glisse le long des bras et il l'a dans ses mains, molle et tiède. Il la jette sur un fauteuil dans un coin.

– Bon Dieu, dit-il, tu es jolie.

Dans sa combinaison argentée, elle a l'air d'un fantôme. La robe au passage l'a décoiffée. Son visage grave se renverse tandis qu'elle ôte rapidement les épingles ; ses cheveux tombent en lourdes cascades.

– Oui, dit-elle. Plutôt boulotte.

– Non, dit-il, tu es jolie (et en un instant il s'approche d'elle et la soulève dans ses bras, la porte jusqu'au lit et la dépose dessus). Si jolie.

– Tu m'as soulevée, dit-elle. Ça n'est pas bon pour toi.

La lumière crue du réverbère éclaire son visage ; les plis de son cou paraissent noirs.

– Est-ce que je tire le rideau ?

– S'il te plaît. C'est une vue déprimante.

Il s'approche de la fenêtre et se penche pour voir ce qu'elle veut dire. Il n'y a que l'église en face, grise, sombre, confiante. Des lumières brûlent encore le vitrail rose, et ce cercle de rouge, de violet et d'or semble dans la nuit de la ville un trou percé dans la réalité pour révéler l'éclat abstrait qui brûle dessous. Il éprouve de la reconnaissance pour ceux qui ont bâti cette décoration, et il tire le store avec des remords. Il se retourne rapidement et les yeux de Ruth le guettent dans l'ombre : on dirait aussi des brèches dans la surface. La courbe de sa hanche dessine un croissant d'argent.

– Et maintenant ? (Il ôte sa veste et la lance par terre ; il adore jeter ses affaires, il aime la façon dont les vêtements qui volent le placent au centre d'une nudité de plus en plus affirmée.) Les bas ?

– Fais attention, dit-elle. Je ne tiens pas à ce que tu fasses filer une maille.

– Enlève-les, toi, alors.

Assise, avec des gestes de chatte qui fait patte de velours, elle s'extrait d'un réseau d'élastique, de soie et de coton ; il l'aide maladroitement. Ses gestes incertains le font se pencher vers une forêt qui sent les épices. Il est hors de toute dimension, dans une terre sombre, et une tendre femme semble à quelques centimètres autour d'une sorte de coin. Quand il se redresse à genoux, au pied du lit, Ruth sous ses yeux est un incroyable continent, la combinaison retroussée comme un Labrador enneigé.

– Et voilà, dit-il.

– Ça suffit.

– Non, écoute. Tu es bien.

Il l'embrasse sur les lèvres ; des lèvres qui en attendent plus qu'elles ne reçoivent. Sur leur fleur humide il dépose un baiser léger comme un vol d'abeille. Passant une main derrière son cou brûlant, il la soulève et fait glisser sa combinaison par-dessus sa tête. Il éprouve un ravissement à voir la souple aisance avec laquelle elle s'en va ; comme les vêtements ont simplement l'air de tomber d'une femme qui a envie qu'on la déshabille. Le creux frais que sa main rencontre au bas de son dos se mêle dans son esprit avec les ombres de cette étendue de peau qui descend depuis ses omoplates. Il couvre de baisers cette région. Là où elle a la peau plus blanche, c'est plus frais. D'un geste, elle se débarrasse de son soutien-gorge. Il se recule, va s'asseoir au coin du lit et se délecte du spectacle qu'elle lui offre. Elle garde un bras serré contre un sein et d'une main s'efforce de dissimuler l'autre ; il voit briller l'éclat d'une bague. Sa modestie lui fait honneur : cela montre qu'elle éprouve quelque chose. Elle s'appuie sur l'autre bras. La lampe est posée à sa droite et elle éclaire son corps, dans la pose gracieuse et embarrassée qu'elle garde ; la rigidité est sa seule défense contre le regard de Rabbit, et son corps en arrive à lui paraître à lui inviolable ; absolu ; sa nudité se balance entre des vagues de pierre. Si bien que quand sa voix jaillit, il est stupéfait d'entendre une parfaite statue, une femme sans ornements, l'image de la beauté dire : « Et toi ? »

Il est encore habillé, il a même sa cravate. Pendant qu'il pose son pantalon sur un fauteuil, de façon à ne pas froisser le pli, elle s'agite sous les couvertures.

– Maintenant, demande-t-il, tu n'as vraiment plus rien ?

– Tu ne voudrais pas.

Il se souvient de la bague qui brillait.

– Donne-moi ta bague.

Elle sort sa main droite de sous les couvertures et il fait glisser avec précaution sur sa jointure gonflée une grosse bague de cuivre, comme en portent les étudiants. Elle laisse retomber sa main qui effleure son caleçon gonflé.

Il la regarde, songeur. Les couvertures lui montent jusqu'au menton, et le bras qui repose sur le dessus de lit se tord un peu comme un serpent.

– Il n'y a rien d'autre ?

– Je suis toute nue, dit-elle. Allons, viens.

– Tu as envie de moi ?

– Ne te fais pas d'illusions. J'ai envie que ce soit fini.

– Et toute cette croûte que tu as sur la figure !

– Bon Dieu, mais tu es vexant !

– C'est simplement que je t'aime trop. Où y a-t-il un gant de toilette ?

– Je ne veux pas me laver la figure !

Il passe dans la salle de bains, il allume la lumière, et trouve un gant de toilette qu'il tend sous le robinet d'eau chaude. Il l'essore un peu et éteint la lumière. Comme il traverse la pièce, il entend Ruth qui rit dans le lit.

– Qu'est-ce qu'il y a de drôle ?

– C'est vrai que dans cette tenue tu as bien l'air un peu d'un lapin. Je croyais qu'il n'y avait que les gosses qui portaient ce genre de caleçon avec des élastiques.

Il regarde son T-shirt et son caleçon avec satisfaction et il sent son désir s'accentuer. L'entendre prononcer son nom lui fait l'effet d'une caresse. Elle considère qu'il n'est pas comme les autres. Lorsqu'il lui applique sur le visage le tissu rugueux, elle se tend et se tortille en résistant comme Nelson, et il riposte avec la pratique d'un père qui a l'habitude. Il lui frotte le front, lui pince les narines, lui frictionne les joues, et pour finir, tandis que tout son corps s'agite pour protester, il lui frotte les lèvres, brisant et étouffant ses paroles. Quand enfin il la laisse tranquille et qu'il soulève le gant de toilette, elle le dévisage sans rien dire puis ferme les yeux.

Son visage humide, détendu, n'est pas joli ; les lèvres charnues, qu'il a presque entièrement décapées de leur maquillage, sont les bords pâles d'un trou béant. Il s'immobilise et presse le gant de toilette contre son propre visage, comme un homme qui sanglote. Il va jusqu'au pied du lit, lance le gant vers la salle de bains, se dépouille de ce qui lui reste de vêtements et s'empresse d'aller chercher refuge dans le lit. Le long espace sombre entre les draps l'engloutit.

Il lui fait l'amour comme à sa femme. Après leur mariage, Janice avait besoin de cajoleries préliminaires ; il commençait par lui frotter le dos. Ruth obéit avec méfiance quand il lui dit de s'allonger à plat ventre. Pour avoir de la force dans les mains, il s'assied sur les fesses de Ruth et pèse de tout son poids sur ses pouces et sur ses paumes qui pétrissent les muscles larges et les os saillants de son épine dorsale. Elle soupire et tourne la tête sur l'oreiller.

– Tu devrais être masseur au bain turc, dit-elle.

Il s'attaque à son cou et ses doigts lui palpent la gorge, là où les artères sont comme des roseaux, il lui masse les épaules du bout des pouces et l'extrémité de ses doigts arrive tout juste à la naissance de ses seins épanouis. Il revient à son dos jusqu'à en avoir mal aux poignets et descend de sa monture vraiment las. Il remonte les couvertures jusqu'à leurs nez.

Janice était intimidée par son regard et Ruth s'échauffe devant ce masque fermé. Il garde les paupières baissées bien qu'elle se tende ardemment contre lui. La main de Ruth le cherche, quête avec empressement une caresse qui semble rouge à ses paupières closes. Il voit du bleu quand d'un geste délibéré, elle le force à ouvrir la bouche et lui enfouit la tête contre sa poitrine. Adorables bulles qui tremblent, lourdes : du parfum reste dans le creux. Un goût salé et acide se mêle à sa propre salive. Elle roule sur le dos, la caresse rouge s'interrompt, elle se tortille. Contre lui une peau neuve et fraîche. Il ouvre les yeux, pour la chercher, et aperçoit son visage comme un doux masque qui le contemple calmement, tendrement, et ses yeux se ferment sur le spectacle qu'elle lui offre de nouveau ; sa main qui s'abandonne sur ce corps déployé rencontre à bout de bras une cosse entrouverte, un repli ouvert, simple et sans forme. Ils pénètrent dans une période nonchalante. Il voudrait que le temps s'allonge, s'allonge et s'amincisse. Tandis qu'ils s'enfoncent tous deux, il sent chez elle de l'impatience à constater que, malgré toutes leurs gesticulations, ils demeurent deux chairs séparées ; il n'est pas assez hardi, maintenant qu'elle collabore avec tant d'ardeur à cette quête ; partout, il se heurte à un mur. Le corps n'a pas de voix pour chanter sa chanson. L'impatience se dissipe ; il la sent flotter dans son sang comme sous ses paupières un goût salé, une pression humide, l'impression de sa petitesse tandis que son corps va partout au-devant des mains qu'il tend, il sent son souffle, les ressorts du sommier qui grincent, des chairs qui, par moments, claquent, et la douleur qu'il éprouve à la base desséchée de sa langue, chaque sensation a sa couleur.

Un peu d'insistance, au milieu de cette douceur : « Maintenant ? » Elle a la voix rauque. Il s'agenouille dans une sorte d'élan morbide entre ses jambes écartées, son corps n'est qu'une tache blanche, distendu et accueillant sous lui. Avec son aide, leurs reins aveugles s'unissent. Il y a quelque chose de triste dans la possession. Il se soulève sur les bras au-dessus d'elle, inquiet, car c'est là qu'il a le plus souvent déçu Janice, en étant trop rapide. Pourtant, à cause de l'alcool dont il est imbibé, ou parce qu'il est encore étourdi par sa bonne fortune, son amour est lent à jaillir dans la tiédeur qu'elle lui offre. Il enfouit son visage contre sa gorge, dans ses cheveux. Avec des bras minces, tout minces, elle se serre et le presse contre elle et se dresse au-dessus de lui. Depuis ses épaules lisses, elle n'est qu'un long bas-ventre tendu dans la lumière au-dessus de lui ; il murmure doucement :

– Hé !

– Hé ! répond-elle.

– Tu es jolie.

– Allons ! Au travail.

Agacé, il l'écarte et en même temps pose une main sous sa mâchoire et lui repousse le visage si bien que ses doigts glissent dans sa bouche et que sa gorge humide se tend. Comme si cette colère la dénouait, elle s'écroule et bascule, et de nouveau il est sur elle, la peau de leurs torses collée l'une à l'autre ; elle halète. Ses cuisses s'écartent toutes grandes et lui serrent les flancs, s'ouvrent de nouveau si grand que cela lui fait peur, on dirait qu'elle veut, c'est impossible, se retourner de l'intérieur ; les muscles, les lèvres et les os qu'il sent s'épanouir sous lui se pressent contre lui, comme une nouvelle anatomie d'un autre animal. Il a l'impression qu'elle est transparente, qu'il voit son cœur. Elle l'arrête, se calme, et dans les plis qui se referment, il sent son amour et son orgueil renaître. Elle est donc la première et l'attend pendant que dans un tremblant élan de tendresse, il suit et retrace inlassablement l'arc du sourcil avec son pouce. Son flux de semence va mourir et sangloter dans un calme canal. A chaque spasme, la bouche de Ruth sourit contre la sienne et les jambes qu'elle a nouées derrière son dos resserrent leur étreinte.

Elle demande enfin :

– Ça va ?

– Tu es jolie.

Ruth retire l'étau de ses jambes et le laisse retomber de son corps comme un tas de sable. Il regarde son visage et semble lire dans ses ombres une triste expression de pardon, comme si elle savait qu'à l'ultime instant, à la racine de l'amour, il l'avait trahie en éprouvant du désespoir. La nature vous conduit comme une mère et, dès qu'elle a obtenu sa petite prime, elle vous laisse sans rien. La sueur sur sa peau lui fait froid ; il remonte les couvertures.

– Tu es un beau morceau, dit-il affalé sur l'oreiller, en caressant son flanc doux.

Sa chair à elle baigne encore dans l'acte ; les remous chez elle s'apaisent plus lentement.

– J'avais oublié, dit-elle.

– Oublié quoi ?

– Que je pouvais l'avoir aussi.

– Ça fait comment ?

– Oh ! On a l'impression de tomber.

– De tomber où ?

– Nulle part. Je ne peux pas te raconter.

Il l'embrasse sur les lèvres ; il n'a pas de reproches à lui faire. Elle accepte nonchalamment, puis dans un soudain élan d'affection, lui caresse le menton du bout de la langue. Il passe un bras autour de sa taille et s'installe contre elle pour dormir.

– Hé ! Il faut que je me lève.

– Reste.

– Il faut que j'aille dans la salle de bains.

– Non, fait-il en resserrant son étreinte.

– Mon garçon, tu ferais mieux de me laisser me lever.

– Ne me fais pas peur, murmure-t-il, en se blottissant plus confortablement contre elle.

Il glisse ses cuisses par-dessus les siennes, les faisant

peser sur un coussin tiède. C'est merveilleux, les femmes, cela va de matrices si avides à de si doux capitonnages ; il veut retrouver la chaleur que ses reins ont donnée. Il n'y a pas de meilleur compagnon de lit qu'une femme satisfaite. Leur ventre est toujours un peu comme une coupe. Oh ! et quand elle s'est dressée sur lui comme la corolle d'un grand lis bleu qui glissait par-dessus sa tête lente. Il aurait pu lui faire mal en lui repoussant la bouche. Il émerge assez de sa torpeur pour sentir son haleine sèche entre des lèvres molles tandis qu'elle échappe au poids de sa jambe et de son bras.

– Tiens, dit-il soudain, donne-moi un verre d'eau.

Elle est debout au bord du lit, un peu flasque dans sa nudité, et elle passe dans la salle de bains pour se livrer à ses ablutions. C'est ce qui le dégoûte chez les femmes : cette façon de se traiter comme une vieille enveloppe. Un tuyau dans un tuyau, il faut laver la saleté des hommes, vraiment, c'est vexant. Il y a des bruits de robinets. Plus il s'éveille, plus il est déprimé. La tête enfoncée dans l'oreiller, il fixe la bande horizontale de vitrail qu'on aperçoit sous le store. Sa vivacité enfantine semble la seule forme de réconfort qui lui reste.

La lumière qui vient de derrière la porte fermée de la salle de bains colore l'atmosphère de la chambre. Les bruits d'eau ressemblent à ceux que faisaient ses parents quand, étant enfant, Rabbit s'éveillait pour se rendre compte qu'ils étaient montés, que toute la maison n'allait pas tarder à être sombre et que sa prochaine impression serait la vue du matin. Il dort, quand, comme un faune au clair de lune, Ruth, lavée, vient se glisser à son côté, apportant un verre d'eau.

122

Pendant son sommeil, il a un rêve intense. Lui, sa mère, son père et quelques autres sont assis autour de leur table de cuisine. C'est la vieille cuisine. Une fille, assise à table, tend un très long bras alourdi d'un bracelet et tourne la poignée de la glacière en bois, et Rabbit sent sur lui une bouffée d'air froid. Elle a ouvert la porte de la caverne carrée où réside le pain de glace ; et il est là, à quelques centimètres des yeux de Harry, un peu déformé parce qu'il a fondu, mais encore gros, gardant au sein de sa masse la barre blanche que les pains de glace ont lorsqu'ils dégringolent la glissière de l'usine. Il se penche plus près du souffle froid de la glace, il sent un froid aux relents de métal qu'il associe dans son esprit avec le zinc qui tapisse les parois de la caverne et les claies sur lesquelles repose le pain, un métal d'un gris délicat de cuir de rhinocéros, tavelé par la même maladie qui marque le linoléum. S'étant penché plus près, il constate que sous la surface humide courent des centaines de veines blanches comme les capillaires d'une feuille, à croire que la glace elle aussi est bâtie de cellules vivantes. Et plus à l'intérieur, si fantomatique que c'est ce qu'il remarque en dernier, il y a un nuage déchiqueté, l'étoile d'une explosion, dont la réfraction permet mal de distinguer le centre, mais dont les bras jaillissent de ce cœur de pâleur aussi droits que de longues traînées de gomme sur tous les plans du cube. Les claies rouillées sur lesquelles repose le pain de glace dansent devant ses yeux comme les dents d'un sourire. La peur l'envahit ; cette masse froide et vivante.

Sa mère s'adresse à lui.

– Ferme la porte.

– Je ne l'ai pas ouverte.

– Je sais.

– C'est elle.

– Je sais. Mon petit garçon ne voudrait faire de mal à personne.

La fille, assise à table, chipote sa nourriture et, avec une lourdeur imposante, maman se tourne pour la réprimander. La réprimande se poursuit indéfiniment, absurdement, on répète inlassablement la même chose, c'est un débit continu de mots comme une hémorragie interne. C'est lui qui saigne ; le chagrin que lui inspire cette fille lui distend le visage jusqu'au moment où il a l'impression que ce n'est plus qu'une grande assiette blanche.

– Une traînée ne peut pas manger convenablement comme un bébé, déclare maman.

– Hé ! Hé ! Hé ! s'écrie Rabbit en se levant pour prendre la défense de sa sœur.

Maman recule, railleuse. Ils sont dans l'étroit couloir entre les deux maisons ; il n'y a que lui et la fille ; c'est Janice Springer. Il essaie de lui expliquer l'attitude de sa mère. Janice fixe humblement l'épaule de Rabbit ; quand il passe son bras autour d'elle, il s'aperçoit qu'elle a les yeux injectés de sang. Bien que leurs visages ne soient pas proches l'un de l'autre, il sent son souffle chaud de larmes. Ils sont dehors, derrière la salle des fêtes de Mt Judge, entre les mauvaises herbes, le sol nu et piétiné, truffé de tessons de bouteilles ; à travers le mur, ils entendent la musique diffusée par des haut-parleurs. Janice a une robe à danser rose et elle pleure. Le cœur lourd, il recommence à lui expliquer l'attitude de sa mère, que c'était à lui qu'elle en voulait, mais la jeune fille continue à sangloter, et il constate avec horreur que son visage commence à glisser, la peau se détachant lentement de l'os, mais il n'y a pas d'os, simplement dessous quelque chose qui fond. Il tend la main, avec l'intention de rattraper cette matière et de la remettre en place ; au moment où cela lui dégouline dans le creux de ses paumes, l'air devient blanc du cri qu'il vient de pousser.

Le blanc l'éblouit ; l'oreiller est tout blanc contre ses yeux et le soleil projette les défauts des carreaux sur le store. La femme est pelotonnée sous les couvertures entre lui et la fenêtre. Ses cheveux au soleil sont roux, bruns, dorés, blancs et noirs en travers de l'oreiller. Avec un sourire de soulagement, il se dresse sur un coude et pose un baiser sur sa large joue molle, admirant le réseau serré des pores. Il constate aux traînées roses qu'elle a encore combien il l'a mal démaquillée dans le noir. Il reprend la position dans laquelle il a dormi, mais il a trop dormi déjà. Comme pour chercher l'accès à un autre rêve, il tend les mains vers son corps nu, sa main erre sur des courbes généreuses, tièdes comme un gâteau qui sort du four. Elle a le dos tourné vers lui ; il la caresse dans une torpeur nonchalante durant laquelle sans bouger un muscle sinon ceux de ses paupières qu'il ne voit pas, elle s'éveille. Ce n'est que lorsqu'elle pousse un profond soupir, qu'elle s'étire et qu'elle se retourne vers lui qu'il sait qu'elle l'a senti.

Alors, ils font de nouveau l'amour dans la lumière du matin, la bouche embrumée, ses seins comme des sacs de lait soyeux flottant sur l'armature de ses côtes. Les boutons comme des bourgeons bruns enfoncés. Sa toison une écume de métal teinté. C'est presque trop nu ; son spasme lui semble disproportionné à la somptuosité de cette peau luisante, et il se demande si elle fait semblant. Elle dit que non ; non, c'était différent, mais très bien. Vraiment très bien. Dans sa honte, il se retire sous les couvertures tandis qu'elle trottine pieds nus pour s'habiller. C'est drôle, elle met son soutien-gorge avant son slip. Quand elle enfile son slip, il se rend compte que ses jambes sont des choses séparées, d'épaisses colonnes d'un rouge liquide qui vont en s'affinant vers ses chevilles. Chacune prenant des reflets roses de l'autre quand elle se déplace. Cela le flatte qu'elle accepte qu'il regarde. Qu'elle le tolère. Ils sont devenus un ménage.

Les cloches de l'église sonnent bruyamment. Il passe du côté du lit qu'elle occupe pour regarder les gens en costumes du dimanche pénétrer dans l'église, dont le vitrail éclairé l'avait aidé à s'endormir. Il tend le bras et soulève un peu le store. Le vitrail rose est tout sombre maintenant et au-dessus de l'église, au-dessus du Mt Judge, le soleil brille dans une façade bleue. Il projette l'ombre du clocher, comme une négation courte et fraîche où quelques hommes avec des fleurs à la boutonnière s'attardent à bavarder tandis que le gros des ouailles s'engouffre par les portes, tête basse. La pensée de ces gens qui ont la hardiesse de quitter leur maison pour venir prier ici est agréable à Rabbit, elle le rassure, et l'incite à fermer les yeux et à incliner la tête d'un mouvement si imperceptible que Ruth ne le remarquera pas. *Aide-moi, Christ. Pardonne-moi. Conduis-moi le long de la route. Bénis Ruth, Janice, Nelson, mon père et ma mère, Mr. et Mrs. Springer et le bébé à naître. Pardonne à Tothero et à tous les autres. Amen.*

Il ouvre les yeux au jour et dit :

– C'est une grande paroisse.

– Le dimanche matin, dit-elle. Tous les dimanches matin, ça me donne la nausée.

– Pourquoi ?

Elle se contente de dire : « Psstt », comme s'il connaissait la réponse. Après avoir réfléchi un peu et l'avoir vu allongé sur le lit en train de regarder gravement par la fenêtre, elle dit :

– Un jour j'ai eu un type ici qui m'a réveillée à huit heures parce qu'il devait faire un cours à l'Ecole du Dimanche à neuf heures et demie.

– Tu ne crois à rien ?

– Et toi ?

– Oh ! si. Je crois.

Son assurance le fait tiquer ; il se demande s'il ne ment pas. Dans ce cas, il est suspendu dans le vide, et cette pensée lui creuse l'estomac, le fait trembler. De l'autre côté de la rue, quelques personnes sur leur trente et un passent sur le trottoir devant la rangée de maisons de briques usées ; est-ce que ces gens-là marchent sur l'air ? Leurs vêtements, ils mettent leurs plus beaux vêtements : ils se cramponnent à cette idée, cela lui semble une preuve visuelle du monde invisible.

– Alors, si c'est ça, qu'est-ce que tu fais ici ? demande-t-elle.

– Comment ça ? Tu te prends pour Satan ?

Elle s'arrête un instant, debout, son peigne à la main, avant d'éclater de rire.

– Vas-y surtout si ça te fait plaisir.

– Pourquoi ne crois-tu à rien ? insiste-t-il.

– Tu plaisantes ?

– Non. Est-ce que jamais, ne serait-ce que pour une seconde, ça ne te semble évident ?

– Tu veux dire Dieu ? Non. C'est le contraire qui me semble évident. Tout le temps.

– Mais voyons, si Dieu n'existe pas, quelque chose existe-t-il ?

– Quelque chose ? Il n'y a pas de raison. C'est comme ça.

Elle est debout devant la glace, en train de se peigner, sa lèvre supérieure retroussée découvrant ses dents ternes.

– Ce n'est pas ce que je pense à propos de toi, dit-il, que tu es simplement comme ça.

– Allons, pourquoi ne t'habilles-tu pas au lieu de rester allongé à me prêcher la bonne parole ?

Cette réplique, le fait qu'elle tourne sur ses talons, ses cheveux tourbillonnant, pour la lancer, tout cela l'excite.

– Viens ici, dit-il.

L'idée de le faire pendant que les églises sont emplies de fidèles l'excite.

– Non, répond Ruth.

Elle lui en veut vraiment un peu. Le fait qu'il croie en Dieu l'agace.

– Tu ne m'aimes plus ?

– Qu'est-ce que ça peut te faire ?

– Tu sais très bien.

– Sors de mon lit.

– Je pense que je te dois quinze dollars de plus.

– Tout ce que tu me dois, c'est de ficher le camp.

– Comment ! Te laisser toute seule ?

Tout en disant cela, tandis qu'elle reste figée sur place, il saute du lit avec une rapidité comique, ramasse quelques vêtements, plonge dans la salle de bains et referme la porte. Quand il en ressort, en caleçon, il dit, faisant toujours le clown : « Tu ne m'aimes plus » et s'approche d'un pas triste de l'endroit où son pantalon est soigneusement plié sur le dossier d'une chaise. Pendant qu'il était dans la salle de bains, elle a fait le lit.

– Je t'aime bien assez, dit-elle d'un ton préoccupé, en tirant le dessus de lit pour qu'il n'y ait pas de plis.

– Assez pourquoi ?

– Assez.

– Pourquoi m'aimes-tu ?

Parce que tu es plus grand que moi. (Elle va lisser

l'autre coin.) C'est comme ces petites femmes que tout le monde trouve si mignonnes qui sautent sur tous les grands types.

– Ils ont quelque chose, lui dit-il. Ils ont l'air plus faciles à accrocher.

Elle rit et dit :

– Je crois que c'est vrai.

– Il enfile son pantalon et boucle la ceinture.

– Pour quelle autre raison est-ce que je te plais ?

– Tu veux que je te le dise ?

– Dis-le moi.

– Parce que tu n'as pas renoncé. Parce que, à ta façon stupide, tu luttes encore.

– Il est ravi d'entendre cela ; un frisson de plaisir court le long de ses nerfs, il se sent très grand et il sourit. Mais la réaction américaine de modestie est instinctive chez lui et lui murmure d'un ton railleur : « La volonté de réussir. »

– Ce pauvre type, dit-elle. Tu sais que c'est vraiment un pauvre type.

– Tiens, dit Rabbit. Voilà ce que je te propose. Je vais descendre acheter des provisions à l'épicerie pour que tu puisses nous préparer à déjeuner.

– Dis donc, mais tu t'installes, non ?

– Pourquoi ? Tu avais rendez-vous avec quelqu'un ?

– Non, je n'ai personne.

– Alors très bien. Tu as dit hier soir que tu aimais faire la cuisine.

– J'ai dit que je la faisais autrefois.

– Bah ! si tu savais la faire, tu sais encore. Qu'est-ce que je prends ?

– Comment sais-tu que l'épicerie est ouverte ?

– Elle n'est pas ouverte ? Bien sûr que si. Ces petits magasins font tout leur fric le dimanche, avec les supermachés.

– Il s'approche de la fenêtre et regarde par le coin. Bien sûr, la porte du magasin s'ouvre et un homme en sort avec un journal.

– Ta chemise est sale, dit-elle derrière lui.

– Je sais. (Il s'éloigne de la fenêtre.) Elle est à Tothero.

Il faut que j'achète des vêtements. Mais laisse-moi aller faire les courses maintenant. Qu'est-ce que je prends ?

– Qu'est-ce que tu aimes ? demande-t-elle.

Ce qu'il y a avec elle, c'est qu'elle a bon caractère. Il l'a deviné dès l'instant où il l'a vue sur le trottoir. Il l'a senti rien qu'à la douceur de son ventre. Avec les femmes, on passe son temps à se cogner contre elles, parce qu'elles veulent autre chose, qu'elles sont d'une race différente. Ou bien elles donnent, comme une plante, ou bien elles grattent comme une pierre. Il n'y a rien d'aussi agréable au monde qu'une femme qui a bon caractère. Le trottoir résonne sous ses pas tandis qu'il court jusqu'à l'épicerie dans sa chemise sale. Qu'est-ce que tu aimes ? Il la possède. Il sait qu'il la possède.

Il rapporte huit hot-dogs enveloppés de cellophane, un paquet de haricots congelés, un paquet de frites congelées, un litre de lait, un pot de moutarde, un pain aux raisins, une boule de fromage enveloppée dans de la cellophane rouge et, sur le dessus, une tarte. Le tout pour deux dollars quarante-trois. En étalant les provisions dans la cuisine en désordre, Ruth déclare :

– Tu n'aimes pas beaucoup la viande.

– Je voulais des côtes d'agneau, mais ils n'avaient que des hot-dogs, du salami et du hachis en boîte.

Pendant qu'elle fait la cuisine, il traîne dans le living-room et découvre une série de romans policiers sur une étagère, sous une table auprès d'un fauteuil. Le type qui occupait la couchette auprès de lui à Fort Hood en lisait tout le temps. Ruth a ouvert les fenêtres et l'air frais de mars est avivé par ce souvenir du Texas brûlant. Les rideaux de Ruth en voile suisse fané s'agitent, ils s'enflent doucement sous la brise, se gonflent vers lui, qui reste là, paralysé par un souvenir bien plus beau : sa maison, quand il était enfant, les journaux du dimanche bruissant sur le parquet, agités par la brise de l'après-midi, et sa mère remuant la vaisselle dans la cuisine ; quand elle a fini, elle leur organise à tous leur journée, papa et lui et la petite Miriam s'en vont faire un tour. A cause de la petite, ils ne vont pas loin, quelques blocs seulement, peut-être jusqu'à la vieille carrière, où l'étang glacé par l'hiver a fondu pour devenir un lac profond de quelques centimètres, et qui fait paraître deux fois plus haute la falaise qui se reflète dans ses eaux. Ce n'était que de l'eau ; ils font quelques pas encore le long du bord et, sous cet angle, l'étang reflète le soleil, l'illusion des falaises à l'envers n'existe plus et l'eau sous la lumière semble aussi solide que de la glace. Rabbit tient la petite Mim par la main.

– Dis donc, crie-t-il à Ruth. J'ai une idée formidable. Allons marcher un peu cet après-midi.

– Marcher ! Je marche tout le temps.

– Allons d'ici jusqu'au sommet du Mt Judge.

Il ne se souvient pas y être jamais allé en partant de Brewer ; il est tout excité à cette idée et tandis qu'il se retourne, très exalté, en s'éloignant des rideaux gonflés de brise, les cloches de l'église se mettent à sonner.

– Oh ! oui, allons-y crie-t-il dans la cuisine. Je t'en prie.

Dans la rue, les gens quittent l'église en tenant d'un air absent des rameaux verts.

Quand Ruth sert le déjeuner, il constate qu'elle est meilleure cuisinière que Janice; elle a réussi à faire chauffer les hot-dogs sans qu'ils éclatent. Avec Janice, ils arrivaient toujours sur la table tordus et déchiquetés, fendus d'un bout à l'autre d'une large bouche rouge qui avait l'air de crier qu'ils avaient été torturés. Ruth et lui mangent sur une petite table émaillée de la cuisine. En portant sa fourchette à son assiette, il se souvient de l'impression de froid qu'il avait éprouvée dans son rêve quand le visage de Janice lui était tombé dans les mains, et ce souvenir lui gâche sa première bouchée, la rend un peu horrible. Il dit quand même : « Formidable ! » et continue vaillamment à manger, et finit par retrouver quelque appétit. Le visage de Ruth en face de lui se trouve un peu marqué par la blancheur crue du dessus de la table; la peau de son large front brille et les deux taches qu'elle a sur le côté du nez ont l'air d'avoir été produites par quelque chose qu'on aurait renversé Elle a l'air de se rendre compte qu'elle n'est pas séduisante, et elle mange humblement, à petites bouchées discrètes.

– Dis donc, fait-il.

– Quoi ?

– Tu sais que j'ai toujours cette voiture garée dans Cherry Street.

– Tu ne risques rien. Les compteurs ne marchent pas le dimanche.

– Oui, mais ils marcheront demain.

– Vends-la.

– Comment ?

– Vends la voiture. Enrichis-toi.

– Non, mais... Oh ! Tu veux dire pour toi. Ecoute, j'ai encore trente dollars, pourquoi ne me laisses-tu pas te les donner maintenant ?

Il porte la main à sa poche-revolver.

– Non, non, ce n'est pas du tout ce que je voulais dire. Je ne voulais rien dire. C'est une idée qui m'est venue comme ça.

Elle est gênée ; son cou se marbre de rouge, il sent la pitié l'envahir, en pensant combien elle lui a paru jolie la veille au soir.

– Tu comprends, explique-t-il, le paternel de ma femme est marchand de voitures et, quand nous nous sommes mariés, il nous a vendu cette voiture avec une grosse remise. Si bien qu'au fond, c'est plutôt la voiture de ma femme, et d'ailleurs, puisqu'elle a le gosse avec elle, je crois qu'elle devrait l'avoir. Et puis, comme tu me l'as dit, ma chemise est sale et je devrais prendre mes affaires si je peux. Alors je me suis dit que, après le déjeuner, pourquoi est-ce que je n'irais pas discrètement jusque chez moi, je laisserais la voiture et je prendrais mes affaires ?

– Et si elle est la ?

– Elle n'y sera pas. Elle sera chez sa mère.

– Je crois que ça te ferait plaisir si elle était là, dit Ruth.

Il se demande, il s'imagine ouvrant la porte et trouvant Janice assise là, dans le fauteuil, avec un verre vide auprès d'elle, en train de regarder la télévision, et il sent, comme un petit effondrement en lui, comme un bout de nourriture coincé dans sa gorge qui finit par descendre, il sent son soulagement de trouver le visage de Janice encore ferme, toujours cette même noix obstinée qu'est son visage.

– Non, ça ne me ferait pas plaisir, dit-il à Ruth. Elle me fait peur.

– C'est l'évidence même, dit Ruth.

– Il y a quelque chose en elle, insiste-t-il. C'est une menace.

– Cette pauvre femme que tu as abandonnée ? C'est toi la menace, si tu veux mon avis.

– Non.

– Oh ! bon. Tu te prends pour un lapin. (Elle a dit cela d'un ton un peu railleur et agacé, il ne sait pas pourquoi.) Qu'est-ce que tu crois que tu vas faire avec tes affaires ? demande-t-elle.

C'est ça : elle devine qu'il va s'installer ici.

– Les apporter ici, avoue-t-il.

Elle prend une profonde inspiration, mais ne dit rien.

– Rien que pour ce soir, supplie-t-il. Tu ne fais rien, n'est-ce pas ?

– Probablement. Je ne sais pas. Sans doute que non.

– Alors, parfait. Tu sais. Je t'aime.

Elle se lève pour débarrasser et elle reste là, le pouce sur la porcelaine, les yeux fixés sur le milieu de la table immaculée. Elle secoue lentement la tête et dit :

– Tu es bien encombrant.

Devant lui, le large bassin de Ruth, douillettement drapé dans une jupe brune, est là, solide et symétrique, comme la base d'une puissante colonne. Le cœur de Rabbit s'élève de cette robuste colonne et, ravi de sentir son amour pour elle partir sur de nouvelles bases, mais n'osant quand même pas lever les yeux pour affronter son regard à elle, il dit :

– Je n'y peux rien. Je suis bien avec toi.

Il mange trois parts de tarte et une miette de pâte accrochée au coin de ses lèvres tombe sur le chandail de Ruth quand il l'embrasse sur la poitrine dans la cuisine. Il la laisse avec la vaisselle. Sa voiture l'attend dans Cherry Street, mystérieusement, dans le frais midi printanier. On dirait qu'une pièce d'une maison qu'il possédait s'est détachée pour venir tomber le long de ce trottoir et maintenant que le flux de la nuit s'est retiré, qu'elle l'attend là, luisante sur le sable, un peu penchée, mais intacte, prête à voguer au premier tour de clef. Sous ses vêtements sales et froissés, il sent son corps propre, net et creux. Il y a dans la voiture une ambiance de sécurité : une odeur de caoutchouc, de poussière et de peinture chauffée au soleil. Comme une gaine pour le couteau qu'il est. Il file à travers la ville abrutie par le dimanche, passe devant les douces rangées de maisons de briques, les vérandas, calmes étangs de bois. Il contourne le vaste flanc du Mt Judge; ses pentes, au bord de la route sont parsemées du jaune vert des feuilles neuves; plus haut, les sapins dressent un horizon noir contre le ciel. Le paysage a changé depuis la dernière fois qu'il est passé par ici. Hier matin, le ciel était strié des nuages allongés de l'aube, lui-même était épuisé, il fonçait vers le centre du filet, vers le seul endroit où il pensait trouver une chance de se reposer. Maintenant le midi d'un autre jour a brûlé les nuages et le ciel derrière la vitre est pur et froid, et il sent qu'il n'a rien devant lui, le délicieux rien de Ruth, le rien qu'elle lui a dit qu'elle faisait. Elle avait les yeux de ce bleu-là. D'un bleu très pur. On a le cœur qui se soulève dans ce ciel immense.

Sa belle assurance s'effondre lorsqu'il se retrouve descendant vers les maisons familières de Mt Judge. Il devient prudent, nerveux. Il tourne dans Jackson, dans Potter, dans Wilbur, et essaie de deviner à quelque signe extérieur s'il y a quelqu'un dans son appartement. Il ne peut pas compter sur une lumière révélatrice : c'est le plein jour. Pas de voiture devant. Il fait deux fois le tour du pâté de maisons, tendant le cou pour voir un visage à la fenêtre. Rien ne transparaît à travers les carreaux. Ruth avait tort ; il n'a pas envie de voir Janice.

Cette seule possibilité lui coupe tellement les jambes que quand il descend de la voiture, le brillant soleil l'assomme ou presque. Tandis qu'il monte l'escalier, les marches semblent se graduer, se diviser par petits crans et dans son appréhension, il a du mal à mouvoir son corps. Il frappe à la porte, prêt à détaler. Rien ne répond de l'autre côté. Il frappe encore, tend l'oreille, et tire la clef de sa poche.

Bien que l'appartement soit vide, il est encore si plein de Janice que Rabbit se met à trembler ; la vue de ce fauteuil tourné vers la télévision lui coupe les jambes. Les jouets cassés de Nelson sur le parquet lui dérangent la tête : tout ce qu'il a dans le crâne, la matière grise, les os de ses oreilles, ses yeux semblent s'amasser pour boucher le tube qu'il est devenu ; ses sinus s'engorgent parce qu'il va éternuer ou pleurer, il ne sait pas. Ça sent la poussière dans le living-room. Les stores sont encore tirés. Janice les tirait dans l'après-midi pour ne pas avoir de reflet sur l'écran du téléviseur. Quelqu'un a fait un simulacre de ménage : les cendriers et le verre vide ont été rangés. Rabbit pose la clef de la maison et les clefs de la voiture sur le téléviseur, une carcasse métallique peinte en marron, imitation bois. En ouvrant la porte de la penderie, le bouton heurte le bord du poste. Quelques-uns des vêtements de Janice ont disparu.

Il veut prendre ses vêtements à lui, mais au lieu de cela, il tourne les talons et repart vers la cuisine, en essayant de comprendre l'essence de son acte. Leur lit fait un creux sous les rais de soleil qui filtrent par la fenêtre. Ça n'a jamais été un bon lit. Ce sont les parents de Janice qui le leur avaient donné. Sur la commode, il y a quelques-unes des fioles et des flacons de Janice, des ciseaux à ongles, une bobine de fil blanc, une aiguille, des épingles à cheveux, un annuaire de téléphone, un petit réveil avec des chiffres lumineux, une recette découpée dans un magazine et qu'elle n'a jamais utilisée, et un collier de perles de bois sculptées à Java qu'il lui a offert pour Noël. Posé en équilibre contre le mur, le grand miroir ovale qu'ils ont récupéré quand les parents de Janice ont fait installer une nouvelle salle de bains ; il comptait toujours le fixer au mur au-dessus de sa commode à elle, mais il n'a jamais pris le temps d'acheter des chevilles. Un verre sur le bord de la fenêtre, à moitié plein d'eau gazeuse éventée, projette une tache de soleil sur l'espace nu où aurait dû se trouver le miroir. Trois longues éraflures en cet endroit marquent le mur, parallèles. Qu'est-ce qui a bien pu faire ça, et quand ? Par-delà le bord du lit fait, on aperçoit un triangle blanc du carrelage de la salle de bains. Cela lui rappelle le jour où il l'avait surprise après sa douche, le derrière encore rosi par l'eau chaude, quand elle levait les bras d'un geste heureux pour l'embrasser, ses poils tout mouillés sous les aisselles. Quel joyeux élan l'avait saisie et lui aussi, spontanément ?

Dans la cuisine il découvre un bizarre oubli : les côtes de porc jamais retirées de la poêle, froides comme la mort, émergeant de la graisse congelée. Il les jette dans le sac de papier sous l'évier et, avec une cuillère de bois, gratte un peu les graillons. Le sac, dont le fond est taché de sombre, dégage une odeur de douce pourriture. Il s'étonne, la boîte à ordures est en bas derrière la maison, il ne peut pas faire deux voyages. Il décide de ne pas s'en occuper. Il fait couler de l'eau bouillante dans l'évier et laisse la poêle pleine d'eau. Le sifflement de la vapeur comme un murmure dans une tombe l'effraie.

En hâte, il prend dans un tiroir des caleçons, des T-shirts et les chaussettes, trois chemises enveloppées de cellophane dans un autre, un pantalon de toile kaki dans un troisième, décroche ses deux complets et une chemise de sport de la penderie et enveloppe le linge dans les costumes pour former un baluchon qu'il puisse porter. Il est bientôt en nage. Coinçant ses vêtements entre deux bras et une cuisse levée, il jette un dernier regard à l'appartement, et le mobilier, le papier peint, tout lui semble recouvert de la même pellicule sombre dont est enduit son visage; une atmosphère de situation gênante flotte dans les pièces, et il est content de s'en aller. La porte claque derrière lui, irrévocablement. Sa clef est à l'intérieur.

Brosse à dents. Rasoir. Boutons de manchettes. Chaussures. A chaque pas il se rappelle quelque chose qu'il a oublié. Il se hâte, ses pieds courent. Sa tête heurte presque l'ampoule nue qui brûle au bout d'un fil noirci dans le vestibule. Son nom sur la boîte à lettres semble l'appeler quand il passe devant ; les caractères à l'encre bleue sont comme un cri. Il se sent ridicule, à plonger dans le sommeil comme un de ces étranges voleurs dont on parle aux dernières pages des journaux et qui, au lieu de voler de l'argent et des objets précieux, s'en vont en emportant une cuvette de porcelaine, vingt rouleaux de papier peint ou un tas de vieux vêtements.

– Bonjour, monsieur Angstrom.

C'est une voisine qui passe, miss Arndt, coiffée d'un chapeau d'église bleu lavande, et portant un rameau dans ses mains crispées.

– Oh ! Bonjour. Comment allez-vous ?

Elle habite trois maisons plus haut, on dit qu'elle a un cancer.

– Ça va magnifiquement.

Et elle reste là, dans la lumière, ahurie de magnificence, les pieds plats, penchée inconsciemment pour lutter contre la pente du trottoir. Une voiture verte passe trop lentement, miss Arndt bloque le chemin à Rabbit, pleine d'une charmante confusion, heureuse d'on ne sait quoi, de simplement adhérer au trottoir, semble-t-il comme une mouche qui cesse d'arpenter le plafond pour s'émerveiller sur elle-même.

– Que pensez-vous de ce temps ? demande-t-il.

– Je l'adore, je l'adore ! Il fait toujours beau le dimanche des Rameaux. Ça fait monter ma sève.

Elle éclate de rire et il l'imite ; elle reste plantée sur le macadam brûlant, entre les plumeaux d'ombre de deux érables. Elle ne sait rien, il commence à en être sûr.

– Oui, dit-il car le regard de la vieille fille s'est posé sur ses bras. Voyez-vous, je fais mes nettoyages de printemps.

Et il hisse le paquet sur son épaule.

– C'est bien, dit-elle, avec un ricanement surprenant. Vous autres jeunes maris, on peut dire que vous prenez votre part. (Puis elle se retourne et s'écrie :) Tiens il y a un pasteur dans la voiture !

La voiture verte est revenue, roulant plus lentement encore au milieu de la rue. Avec une consternation qui redouble le poids qu'il tient dans ses bras, Rabbit se rend compte qu'il est coincé. Il dévale les dernières marches du perron et passe devant miss Arndt en disant : « Il faut que je file », au moment où elle disait de son côté : « Ce n'est pas le révérend Kruppenbach. »

Non, bien sûr que ce n'était pas Kruppenbach. Rabbit sait qui c'est, bien qu'il ne sache pas son nom. C'est un pasteur de l'Eglise épiscopale. Les Springer étaient épiscopaliens : encore l'arrivisme du vieux, tout le monde sauf eux était luthérien ou réformé, si on était quelque chose. Il ne court pas tout à fait ; la pente du trottoir lui secoue les talons à chaque pas, il ne voit pas le macadam sous le ballot qu'il porte. Pourvu qu'il puisse aller jusqu'à la ruelle. Son seul espoir est que le pasteur ne puisse être sûr que c'est bien lui. Il sent la voiture verte qui roule tout doucement derrière lui ; il songe à jeter le paquet de vêtements et à se mettre vraiment à courir. S'il pouvait entrer dans la vieille usine à gaz. Mais c'est à un bloc de là. Il sent la présence de Ruth, de la vaisselle faite, qui l'attend de l'autre côté de la montagne. Bleu au-delà du bleu sous le bleu.

Comme un requin fend sans bruit les eaux devant lui, l'aile verte de la voiture fait des remous d'air qui viennent se briser derrière les genoux de Rabbit. Plus il marche vite, plus ces remous sont durs. Derrière lui, une voix à l'accent enfantin s'écrie :

– Je vous demande pardon. Etes-vous Harry Angstrom ?

Avec l'affreuse sensation de dire un mensonge, Rabbit se retourne et murmure : « Oui. »

Le jeune homme blond à la gorge encerclée de blanc approche sa voiture du trottoir, serre le frein à main et coupe le contact, se garant sur le mauvais côté de la rue, avec insolence. C'est drôle, comme les ecclésiastiques ne tiennent aucun compte des règlements mineurs. Rabbit se souvient comme le fils de Kruppenbach sillonnait la ville à motocyclette. Ça l'impressionnait toujours.

– Je suis Jack Eccles, dit le pasteur, avec un petit rire sur la dernière syllabe.

La ligne blanche d'une cigarette non allumée qui pend à ses lèvres fait de façon amusante écho au col blanc dans l'encadrement de la portière. Il descend de sa voiture, une Buick olive à quatre portes, et il lui tend la main.

Pour la prendre, Rabbit doit poser son gros ballot de vêtements sur l'étroite bande de pelouse qui sépare la chaussée du trottoir.

La poignée de main d'Eccles, empressée et vigoureuse, d'un homme qui a l'habitude d'en distribuer, semble symboliser pour lui une étreinte. Rabbit un instant a peur que l'autre ne le lâche jamais. Il se sent pris, il prévoit des explications à donner, des moments de gêne, des prières, des réconciliations qui se dressent comme autant de murs humides ; sa peau se hérisse de désespoir. Il devine chez son adversaire une redoutable ténacité.

Le pasteur a environ son âge, ou un tout petit peu plus, et il est nettement moins grand. Mais il n'est pas vraiment petit ; on sent sous son habit noir une sorte de musculature inutile. Il est là, immobile, un peu voûté. Il a de longs sourcils roux et une ride soucieuse contourne l'arête de son nez et un petit menton pâle et pointu qui fait saillie sous sa bouche. Bien qu'il ait l'air vexé, il a quelque chose d'amical et d'un peu ridicule.

– Où allez-vous ? demande-t-il.

– Hein ? Nulle part.

Rabbit est déconcerté par le costume de son interlocuteur ; son habit fait seulement semblant d'être noir. En réalité, il est bleu, d'un bleu sobre, mais élégant, bleu nuit. Alors que son petit gilet est noir comme un four. L'effort qu'il fait pour garder sa cigarette entre ses lèvres crispe un peu le rire d'Eccles. Il tâte ses poches.

– Vous n'avez pas d'allumettes par hasard ?

– Je suis désolé, non. Je ne fume plus.

– Vous êtes plus courageux que moi. (Il se tait, l'air songeur, puis il regarde Harry en haussant les sourcils. Du coup, ses yeux gris semblent ronds et pâles comme des billes de verre.) Est-ce que je peux vous déposer quelque part ?

– Oh ! non. Ne vous dérangez pas.

– J'aimerais vous parler.

– Mais non, en fait vous n'en avez aucune envie, n'est-ce pas ?

– Mais si, beaucoup.

– Ah ! bon. (Rabbit ramasse son baluchon, passe devant la Buick et s'y installe. L'intérieur a cette douce odeur de matière plastique d'une voiture neuve ; il en aspire une grande bouffée et cela calme son appréhension.) C'est à propos de Janice ?

Eccles acquiesce regardant par la lunette arrière tout en reculant du trottoir. Il a la lèvre supérieure un peu épaisse ; et des cernes de fatigue sous les yeux.

– Comment va-t-elle ? Qu'est-ce qu'elle a fait ?

– Elle a l'air beaucoup plus calme aujourd'hui. Son père et elle sont venus au service ce matin.

Ils descendent la rue. Eccles n'ajoute rien, il se contente de regarder par le pare-brise en clignotant Il enfonce l'allume-cigarette du tableau de bord.

– Je pensais bien qu'elle serait avec eux, dit Rabbit.

Il est un peu agacé de voir que le pasteur ne l'invective pas, ne monte pas sur ses grands chevaux ; il n'a pas l'air de connaître son affaire.

L'allume-cigarette jaillit avec un déclic. Eccles allume sa cigarette, aspire une bouffée et semble revenir sur terre.

– Naturellement, reprend-il, en ne vous voyant pas revenir au bout d'une demi-heure, elle a téléphoné à vos parents et a demandé à votre père de ramener votre fils chez vous. Votre père, à ce que j'ai cru comprendre, s'est montré très rassurant et lui a dit que vous aviez probablement été retardé quelque part. Elle s'est souvenue que vous étiez déjà rentré en retard parce que vous aviez rencontré des gosses qui jouaient dans la rue et elle s'est dit que vous étiez peut-être retourné là-bas. Je crois même que votre père est reparti à pied pour essayer de retrouver ces gosses.

– Où était le vieux Springer ?

– Elle n'a pas téléphoné à ses parents. Elle ne les appelés que vers deux heures du matin, au moment où j'imagine que la pauvre avait perdu tout espoir.

« La pauvre » sur ses lèvres ne fait qu'un seul mot, lisse et poli.

– Elle a attendu jusqu'à deux heures ? demande Harry.

La pitié l'envahit ; ses mains se crispent sur son ballot, comme pour réconforter Janice.

– A peu près. A ce moment-là, elle était dans un tel état, entre l'alcool et l'inquiétude, que sa mère m'a appelé.

– Pourquoi vous ?

– Je ne sais pas. Les gens ont l'habitude. (Eccles se met à rire.) C'est une tradition : ça les réconforte. Pour ma part, en tout cas, j'ai toujours cru que Mrs. Springer me détestait. Cela faisait des mois qu'elle n'était pas venue au temple.

Il se tourne vers Rabbit pour voir les effets de sa plaisanterie, avec un petit haussement de sourcils interrogateur et un sourire un peu forcé.

– C'était vers deux heures du matin ?

– Entre deux et trois.

– Oh ! je suis navré. Je ne pensais pas vous tirer du lit.

Le pasteur secoue la tête avec agacement.

– C'est sans la moindre importance.

– Mais je suis tout à fait désolé.

– Vraiment ? C'est bon signe. Alors, quels sont exactement vos projets ?

– Je n'ai pas à proprement parler de projets. J'improvise plutôt.

Le rire d'Eccles le surprend ; Rabbit se dit que le pasteur s'y connaît en affaires de ce genre, ménages brisés, maris en fuite et que ce « j'improvise plutôt » l'a frappé par son accent nouveau. Rabbit se sent flatté ; il n'est pas bête, cet Eccles.

– Votre mère a une opinion tout à fait intéressante, reprend le pasteur. Elle croit que votre départ n'est qu'une illusion que votre femme et moi partageons. Elle prétend que vous êtes un garçon beaucoup trop bien pour rien faire de pareil.

– Cette histoire vous a pris beaucoup de temps, n'est-ce pas ?

– Il y a eu ça et un décès hier.

– Vraiment, je suis navré.

Ils ont roulé lentement à travers les rues familières ; à un moment, ils sont passés devant l'usine à glace, puis ils ont tourné à un endroit d'où la vue s'étend sur la vallée.

– Si vous voulez vraiment me déposer quelque part, dit Rabbit, vous pourriez me conduire à Brewer.

– Vous ne voulez pas que je vous conduise auprès de votre femme ?

– Oh ! non, Seigneur. Je veux dire, je ne pense pas que ça servirait à quoi que ce soit, vous ne trouvez pas ?

Un long moment, on dirait que l'autre ne l'a pas entendu ; son profil net et fatigué est penché vers le pare-brise, tandis que la grosse voiture ronronne régulièrement. Harry s'apprête à répéter quand Eccles dit :

– Pas si vous ne voulez pas qu'il en sorte du bien.

La question semble réglée aussi simplement. Ils descendent Porter Avenue en direction de la route nationale. Dans les rues ensoleillées, il n'y a que des enfants, certains encore vêtus de leur costume du dimanche. Des petites filles en robes cloches roses qui s'épanouissent autour de leur taille. Avec des rubans assortis à leurs chaussettes.

– Qu'a-t-elle fait qui vous a poussé à partir ? demande Eccles.

– Elle m'a demandé de lui acheter un paquet de cigarettes.

Eccles ne rit pas comme il l'avait espéré ; il semble laisser passer cette remarque comme une imprudence, une phrase un peu déplacée, mais c'était pourtant la vérité.

– C'est la vérité. J'ai eu l'impression que je passais mon temps à aller chercher ceci ou cela, à essayer de remettre de l'ordre dans le désordre qu'elle n'arrêtait pas de créer. Je ne sais pas, il m'a semblé que j'étais englué au milieu de jouets cassés, de verres vides, de programmes de télévision, de repas en retard et sans moyen de m'en sortir. Et, tout d'un coup, je me suis dit que c'était rudement facile de m'en sortir, qu'il n'y avait qu'à partir et je dois dire que c'était bien facile en effet.

– Ça l'a été en tout cas pendant moins de quarante-huit heures.

– Oh ! Je suppose qu'il y a la loi...

– Je ne pensais pas si loin. C'est une idée qui est venue aussitôt à votre belle-mère mais votre femme et Mr. Springer y sont résolument opposés. Pour des raisons différentes, j'imagine. Votre femme semble presque paralysée ; elle refuse qu'on fasse quoi que ce soit.

– Pauvre gosse. C'est une telle gourde.

– Pourquoi êtes-vous ici ?

– Parce que vous m'avez pincé.

– Je veux dire pourquoi vous trouviez-vous devant votre maison ?

– Je suis revenu pour prendre des vêtements de rechange.

– Des vêtements de rechange comptent-ils tant pour vous ? Pourquoi vous cramponner à ces convenances si vous piétinez si facilement les autres ?

Rabbit sent maintenant le danger de parler ; ces mots lui reviennent, comme autant de petits hameçons et de pièges.

– Et puis je lui laissais la voiture.

– Pourquoi ? Vous n'en avez donc pas besoin, pour fuir ?

– Je me suis dit qu'elle devait l'avoir. C'est son père qui nous l'a vendue à bon compte. D'ailleurs, elle ne me servait à rien.

– Ah ! (Eccles écrase sa cigarette dans le cendrier de la voiture et en cherche une autre dans sa poche. Ils contournent la montagne, c'est la partie la plus haute, où la pente est trop forte d'un côté et trop abrupte de l'autre pour qu'on puisse installer une maison ou un poste d'essence. Tout en bas, il y a la rivière.) Si moi, je devais quitter ma femme reprend-il, je me mettrais au volant et je roulerais quinze cents kilomètres.

On dirait presque un conseil, qu'énonce calmement ce visage surmontant le col blanc.

– C'est ce que j'ai fait ! s'écrie Rabbit, ravi de voir tout ce qu'ils ont en commun. Je suis allé jusqu'en Virginie. Et puis je me suis dit : bon Dieu, ça suffit, et je suis revenu.

Il se dit qu'il devrait cesser de jurer ; il se demande pourquoi il le fait. Peut-être pour qu'ils restent bien séparés. Il sent un dangereux courant qui l'entraîne vers cet homme en noir.

– Dois-je vous demander pourquoi ?

– Oh ! je ne sais pas. Pour un tas de raisons. Ça me semblait plus sûr d'être dans un endroit que je connais.

– Vous n'êtes pas revenu pour protéger votre femme ?

Rabbit reste muet à cette idée.

– Vous parlez de ce sentiment de confusion, reprend Eccles. Que croyez-vous que ce soit pour les autres jeunes ménages ? En quoi vous estimez-vous exceptionnel ?

– Je ne crois pas que je puisse vous l'expliquer, mais c'est ce que je pense. Il m'est arrivé autrefois de pratiquer vraiment bien un sport. Vraiment. Et quand on a excellé dans quelque chose, quoi que ce soit, ça ne vous amuse plus d'être un type de second ordre. Et notre mariage, à Janice et à moi, je vous assure que c'était vraiment de second ordre.

L'allume-cigarette du tableau de bord jaillit de nouveau. Eccles le prend et son regard revient rapidement à la route. Ils arrivent dans les faubourgs de Brewer.

– Croyez-vous en Dieu ? demande-t-il.

Comme il a répété tout cela ce matin, Rabbit répond aussitôt : « Oui. »

Eccles tressaille. La paupière de l'œil que Rabbit aperçoit de profil frémit, mais il ne tourne pas la tête.

– Croyez-vous alors que Dieu veuille que vous fassiez souffrir votre femme ?

– Permettez-moi de vous poser une question. Pensez-vous que Dieu veuille qu'une cascade soit un arbre ?

Cette question de Jimmy, Rabbit s'en rend compte, paraît ridicule ; il est agacé que Eccles se contente de l'avaler, avec une bouffée de fumée. Il comprend que quoi qu'il dise, Eccles l'encaissera avec la même tranquilité : c'est par profession un homme qui sait écouter. Sa grosse tête blonde semble bourrée de la masse grise des précieux secrets et des questions passionnées de tout le monde, une masse que rien, si jeune qu'il soit, ne puisse colorer. Pour la première fois, Rabbit le trouve antipathique.

– Non, reprend Eccles après un instant de réflexion. Mais je crois qu'il veut qu'un petit arbre devienne un grand arbre.

– Si vous voulez me dire que je ne suis pas adulte,

c'est une chose dont je me fiche éperdument puisque, à mon avis, c'est pareil que d'être mort.

– Je ne suis pas tellement adulte moi-même non plus, dit Eccles.

Cette tentative de conciliation ne suffit pas. Rabbit le repousse.

– En tout cas, vous aurez beau la plaindre, je ne m'en vais pas retourner auprès de cette petite dinde. Je ne sais pas ce qu'elle éprouve. Je ne l'ai jamais su. Tout ce que je sais, c'est ce que je sens, moi. C'est tout ce que j'ai. Savez-vous ce que je faisais pour faire vivre ma petite famille ? Je faisais la démonstration d'un petit appareil à deux sous pour éplucher les légumes dans les bazars !

Eccles le regarde en riant, l'air tout surpris maintenant.

– Voilà qui explique vos dons oratoires, dit-il.

Cette raillerie aristocratique sonne juste : ça les remet tous les deux à leur place. Rabbit se sent moins perdu.

– Je voudrais bien que vous me déposiez là, dit-il.

Ils sont dans Weiser Street.

– Vous ne voulez pas que je vous conduise là où vous vous êtes installé ?

– Je ne suis installé nulle part.

– Très bien.

Avec un rien de mauvaise humeur juvénile, Eccles freine et s'arrête devant une bouche d'incendie. Comme le coup de frein est assez brutal, quelque chose bringuebale dans la malle.

– Vous vous démantibulez, lui dit Rabbit.

– Ce ne sont que mes clubs de golf.

– Vous jouez ?

– Mal. Et vous ?

Il est plein d'animation ; la cigarette brûle, oubliée entre ses doigts.

– Je faisais le caddy.

– Puis-je vous inviter à faire une partie ?

Ah ! voilà l'hameçon !

Rabbit descend sur le trottoir et fait un petit pas de côté, tout heureux de se retrouver libre.

– Je n'ai pas de clubs.

– Ça se loue facilement. Je vous en prie. Vraiment. (Eccles se penche pour lui parler par la portière.) J'ai beaucoup de mal à trouver des partenaires. Tout le monde travaille sauf moi, ajoute-t-il en riant.

Rabbit sait qu'il devrait s'en aller en courant, mais l'idée de faire une partie et sa théorie suivant laquelle le plus prudent est de voir le chasseur opposent une certaine résistance.

– J'ai peur que vous ne recommenciez à faire des démonstrations d'éplucheuses, insiste Eccles, si je ne vous rattrape pas bientôt. Voulez-vous mardi ? Mardi à deux heures ? Faut-il que je vienne vous prendre ?

– Non, je viendrai chez vous.

– Promis ?

– Oui. Mais ne vous fiez pas à une promesse de ma part.

– Il faudra bien.

Eccles donne une adresse à Mt Judge et ils se disent au revoir. Un vieux sergent de ville, passe, l'air entendu, devant les vitrines fermées et abruties du dimanche. Il doit croire que c'est un pasteur qui prend congé du président de son groupe de jeunes. Harry sourit au policier et s'éloigne, l'estomac gargouillant.

Ruth lui ouvre la porte, un roman policier à la main. Elle a l'air un peu endormie à force d'avoir lu. Elle a changé de chandail. Ses cheveux semblent plus foncés. Il dépose ses affaires sur le lit.

– Tu as des cintres ?

– Dis donc, tu crois vraiment que le monde t'appartient ?

– Tu m'appartiens, dit-il. Toi, et le soleil et les étoiles. (La serrant dans ses bras, il en a bien l'impression. Elle est tiède et ferme dans ses bras, pas amicale, non, non. Une légère odeur de savon lui monte aux narines tandis qu'il sent sur sa joue de l'humidité. Elle s'est lavé les cheveux. Ils sont tirés sur son front en mèches plus sombres et plus droites, où le peigne a tracé des sillons réguliers. Propre, elle est propre. Il appuie le nez contre son crâne pour humer l'odeur piquante du shampooing. Il l'imagine nue sous la douche, les cheveux dégoulinant de mousse, baissant la tête sous l'eau qui la fouette.) Je t'ai fait t'épanouir, dit-il.

– Oh ! tu es une vraie merveille, répond-elle en le repoussant.

Pendant qu'il accroche soigneusement ses complets, Ruth demande :

– Tu as donné la voiture à ta femme ?

– Il n'y avait personne là-bas. Je suis entré et ressorti sans qu'on me voie. J'ai laissé la clef à l'intérieur.

– Et personne ne t'a surpris ?

– Figure-toi que si. Le pasteur épiscopal m'a ramené en voiture à Brewer.

– Dis donc ; tu es drôlement religieux, non ?

– Je ne lui ai rien demandé.

– Qu'est-ce qu'il a dit ?

– Pas grand chose.

– Comment était-il ?

– Plutôt mal à l'aise. Il riait tout le temps.

– C'est peut-être toi qui le fais rire.

– Je dois jouer avec lui au golf mardi.

– Tu plaisantes.

– Non, c'est vrai. J'ai accepté je ne sais pas comment.

Elle se met à rire, et son rire se prolonge comme cela arrive aux femmes quand vous les excitez, mais qu'elles en ont honte.

– Oh ! Mon Rabbit, s'écrie-t-elle tendrement. Tu es tout désorienté, n'est-ce-pas ?

– C'est lui qui m'a mis le grappin dessus, insiste-t-il, sachant que, pour des raisons confuses, ses tentatives d'explication l'amuseront. Moi, je n'ai rien fait.

– Pauvre petit, dit-elle. Tu es irrésistible.

Avec un secret soulagement, il finit par enlever ses vêtements sales et il passe du linge propre, des chaussettes propres, sa chemise de sport et son pantalon de toile kaki. Il doit remettre ses chaussures de daim. Il a oublié de prendre ses espadrilles.

– Allons faire cette promenade dont nous parlions, annonce-t-il quand il est habillé.

– Je lis, dit-elle de son fauteuil.

Elle a presque fini. Elle lit proprement, sans faire craquer la couverture, bien que ce ne soient que des livres de poche à trente-cinq cents.

– Allons, viens profiter du beau temps.

Il s'approche et essaie de lui arracher son livre des mains. Ça s'appelle *les Morts d'Oxford.* Comment peut-elle s'intéresser à des morts d'Oxford ? Quand elle l'a, lui, ici.

– Attends, supplie-t-elle. (Elle tourne une page et lit encore quelques phrases avant que le livre ne lui soit lentement arraché des mains, elle le suit des yeux et puis brusquement laisse Rabbit le prendre.) Mon Dieu, tu es une brute.

Il marque la page avec une allumette brûlée et regarde ses pieds nus.

– Tu n'as pas d'espadrilles ?

– Non. J'ai envie de dormir.

– Nous nous coucherons de bonne heure.

A cette phrase, elle tourne les yeux vers lui, les lèvres un peu froncées. Toujours cette vulgarité chez elle, qui a fait qu'elle n'a pas pu laisser passer ça.

– Viens, dit-il. Mets des chaussures plates et nous allons te sécher les cheveux.

– Il faut que je porte des talons.

Ils approchent de la montagne par le jardin municipal. On n'a pas encore installé les corbeilles à papiers et les bancs métalliques mobiles. Sur les bancs de ciment des vieillards pelucheux se chauffent au soleil comme des pigeons, vêtus de diverses nuances de gris, comme des plumes. Les arbres, encore peu feuillus, promènent leur ombre sur le terrain demi-nu. Des bâtons et des ficelles protègent les bordures nouvellement ensemencées des allées où le râteau n'est pas encore passé. Des pigeons dont la tête semble mue par un mécanisme volettent sur leurs pattes roses et vont se reposer un peu plus loin. Un clochard étend un bras le long du dossier d'un banc et un éternuement secoue son visage buriné. Quelques jeunes durs, quatorze ans tout au plus, fument et discutent près du vestiaire fermé à clef du petit pavillon de jeu dont les planches jaunes portent à la peinture rouge les inscriptions Tex & Josie, Rita & Jay. Où se sont-ils procuré de la peinture rouge ? Des brins de verdure pointent à travers le tapis brun du sol. Rabbit prend la main de Ruth. Le petit bassin devant le kiosque à musique est vide et il y a des plaques de mousse au fond ; ils suivent un sentier parallèle à la courbe de sa lèvre froide, qui fait écho au silence du kiosque. Un tank de la Seconde Guerre mondiale, transformé en monument, braque ses canons vers des montants de courts de tennis. Les filets ne sont pas installés, les lignes n'ont pas été repassées à la chaux.

Les arbres s'assombrissent ; les pavillons glissent vers le bas. Ils traversent la partie supérieure du parc, fréquentée la nuit par des gens de mauvais aloi, qui répandent partout des emballages de bonbons. La naissance des marches est presque cachée par un massif de grands buissons auxquels les premiers bourgeons donnent une coloration ambrée. Il y a longtemps, quand la marche à pied était une distraction courante, on a construit des escaliers sur le flanc de la montagne qui domine Brewer. Les marches sont faites de madriers de deux mètres de long passés au goudron, avec de la terre bien tassée derrière eux. On a depuis posé des tuyaux de fer pour maintenir en place ces contremarches, et l'on a répandu du fin gravier bleu par-dessus la terre qu'elles retiennent. Ruth a du mal à marcher ; Rabbit la voit faire des efforts pour propulser son poids sur les pointes de ses talons qui s'enfoncent dans le sol. Ils s'accrochent sur des aspérités de terrain dissimulées sous la couche de gravier. Elle trébuche, ses bras battent l'air.

– Enlève tes chaussures, lui dit-il.

– Pour me massacrer les pieds ? Tu en as des idées.

– Alors, redescendons.

– Non, non, dit-elle. Nous devons être à mi-chemin.

– Absolument pas. Ote des chaussures. Ces cailloux bleus vont bientôt cesser ; après, ce sera de la terre tassée.

– Avec des morceaux de verre.

Mais un peu plus loin, elle enlève quand même ses

chaussures. Sans bas, ses pieds blancs s'élèvent légèrement sous les yeux de Rabbit ; la peau jaune de ses talons apparaît. Elle a les chevilles minces sous la rondeur du jarret. Dans un geste de reconnaissance, il enlève ses chaussures pour partager sa souffrance, si souffrance il y a. La terre est bien tassée, mais des petits cailloux inscrustés, imperceptibles au regard, vous écorchent quand même. Et puis le sol est froid.

– Ouch ! dit-il. Ououtch !

– Allons, soldat, dit-elle, du courage !

Ils s'habituent à marcher sur l'herbe au bord des madriers. Des branches d'arbres surplombent une partie du chemin, dont elles font un tunnel qui s'élève vers le haut. A d'autres endroits, l'air est pur derrière eux, et ils aperçoivent par-dessus les toits de Brewer le vingtième étage du palais de justice, le seul gratte-ciel de la ville. Des aigles de ciment se dressent en relief, ailes déployées, entre les dernières fenêtres. Deux couples d'un certain âge, drapés dans des écharpes écossaises, des amateurs d'ornithologie, les croisent en descendant ; dès qu'ils ont disparu derrière le bras rabougri d'un chêne, Rabbit bondit sur Ruth et l'embrasse, serre contre lui son corps chaud, goûte le sel de la sueur qui ruisselle sur son visage, lequel demeure impassible. Elle trouve que ça n'est pas le moment ; elle ne pense qu'à escalader la colline. Mais l'idée qu'elle pose sur les pierres ses pâles pieds nus de citadine pour lui faire plaisir déchaîne des sanglots dans son cœur épuisé de fatigue, et il se cramponne au cœur robuste de Ruth avec la faiblesse du chagrin. Un avion passe au-dessus d'eux, ébranlant brièvement l'air.

– Ma reine, dit-il, mon bon cheval.

– Ton quoi ?

– Cheval.

Aux abords du sommet, la montagne s'élève en une falaise abrupte, et là les hommes ont construit un escalier de béton avec une rampe en fer qui, en trois volées parvient au parking macadamisé de l'Hôtel du Sommet. Ils remettent leurs chaussures et grimpent l'escalier en regardant la ville se déployer lentement au-dessous d'eux.

Il y a un garde-fou au bord de la falaise. Il saisit une barre blanche, tiédie par le soleil qui plonge maintenant vers l'horizon et regarde en bas, vers les têtes déployées des arbres. C'est un paysage effrayant, dont il garde le souvenir depuis son enfance, quand il se demandait si, lorsqu'on sautait, on se tuait ou bien si la chute était amortie par ces têtes vertes comme sur les nuages d'un rêve ?

Le regard de Ruth, les yeux mi-clos comme si elle lisait un livre, s'étend sur la ville. Le dur contour de sa pommette dans l'air vigilant de l'altitude est immobile. Se sent-elle une âme d'Indienne ? Elle a dit qu'elle pourrait être mexicaine.

Bon. Ils sont montés ici. Pour voir quoi ? La ville étend ses rangées de maisons de poupées au pied du parc à travers une vaste étendue d'un rouge couleur pot de fleur, parsemée du noir des toits et de l'étincellement des voitures pour se terminer dans la brume rose qui flotte au-dessus de la rivière au loin. Les réservoirs d'essence brillent dans cette fumée. Les faubourgs s'étendent comme des écharpes. Mais la ville est immense, au milieu, et il ouvre les lèvres comme pour forcer les lèvres de son âme à percevoir le goût de la vérité, comme si la vérité était un secret tellement dilué que seule l'immensité peut nous en donner un goût perceptible. L'air lui dessèche la bouche.

Dieu lui a gâché sa journée : les railleries de Ruth, la surprise d'Eccles, pourquoi vous enseignait-on des choses pareilles si personne n'y croyait ? Il semble évident, de cette terrasse, que si ce plancher là-bas est un plafond, le véritable espace où nous vivons, c'est le ciel. Quelqu'un meurt. Dans cette vaste étendue de briques, quelqu'un est en train de mourir. C'est une pensée qui lui vient de nulle part : simple question de pourcentage. Dans une maison d'une de ces rues, quelqu'un, sinon à cette minute alors dans une ou deux minutes, va mourir ; et le cœur de cet appartement baigné de lumière rose lui semble apparaître soudain dans ce coffre de pierre. Il tourne les yeux pour trouver l'endroit ; peut-être apercevra-t-il l'âme noircie par le cancer dans un vieil homme monté dans le ciel bleu comme un singe à une corde. Il tend l'oreille pour guetter le bruit de la libération : c'est le silence qui le frappe. Les chaînes des voitures se traînent sans bruit ; un point sort d'une porte. Que fait-il ici, immobile sur ce sommet ? Pourquoi n'est-il pas chez lui ? La peur le prend et il dit à Ruth :

– Passe ton bras autour de moi.

Elle obéit tendrement, elle fait un pas en avant et vient se blottir contre lui. Il la serre plus fort et se sent mieux. Brewer à leurs pieds semble se chauffer dans les rayons obliques du soleil ; son vaste tissu rouge semble se lever de la vallée dont il tapisse le fond, pour s'emplir comme un sein qui se gonfle d'air, Brewer, la mer de cent mille habitants, abri d'amour, ingénieux et lumineux artifice. C'est donc dans un accès de sécurité qu'il demande, exprimant comme un enfant aimé un doute qui le ronge : « Tu étais vraiment une putain ? » A sa surprise, elle se raidit dans ses bras, se dégage et se plante auprès de la balustrade, d'un air menaçant. Son regard s'est durci ; son menton change de forme. Dans sa nervosité, il remarque trois boy-scouts qui les observent en souriant à quelques pas.

– Tu es vraiment un salaud ? demande-t-elle.

Il éprouve le besoin de faire attention à sa réponse :

– Dans une certaine mesure.

– Alors, très bien.

Ils prennent un car pour descendre.

147

Le mardi après-midi, le temps est couvert, il prend un car pour Mt Judge. Eccles habite dans le quartier nord de la viile ; Rabbit traverse sans encombre son quartier, descend à Spruce et continue à pied en chantonnant d'une voix aiguë la phrase : « Oh ! que j'aime, que j'aime Harry ! » : ce n'est pas le commencement de la chanson, mais le passage vers la fin où la chanteuse répète plusieurs fois « que j'aime ».

Il se sent à l'aise. Depuis deux jours Ruth et lui ont vécu sur l'argent qu'il avait, et il lui reste encore quatorze dollars. D'ailleurs, il a découvert, en fouillant dans sa commode ce matin pendant qu'elle était sortie faire les courses, qu'elle a un énorme compte en banque, avec plus de cinq cents dollars à la fin de février. Ils sont allés au Bowling une fois et ils ont vu quatre films : *Gigi ; Bell, Book and Candle ; l'Auberge du Sixième Bonheur et The Shaggy Dog.* Il avait vu tant de séquences du film de Walt Disney à l'émission du Club Mickey Mouse qu'il était curieux de voir le film en entier. Cela lui a fait l'impression de feuilleter un album de photographies dont on connaît la moitié des visages. La scène de la fusée qui passe à travers le toit tandis que Fred Macmurray s'enfuit avec la cafetière, c'est un passage qu'il connaissait aussi bien que son propre visage.

Ruth était drôle. Elle jouait affreusement mal aux quilles ; elle s'avançait tant bien que mal jusqu'à la ligne et lâchait la balle. *Ploc.* Dans *Gigi,* chaque fois que les haut-parleurs stéréophoniques du cinéma se mettaient à gueuler derrière eux, elle se retournait en disant « Chut », comme si c'était quelqu'un dans la salle qui parlait trop fort. Dans *l'Auberge du Sixième Bonheur,* quand le visage d'Ingrid Bergman apparaissait sur l'écran, elle se penchait vers Rabbit et lui demandait à voix basse : « C'est vraiment une prostituée ? » Robert Donat le bouleversa : il avait l'air terrible. Il savait qu'il était mourant. Imaginez ce que ce doit être que de savoir que l'on est mourant et de continuer à prétendre qu'on est un mandarin. A propos de *Bell, Book and Candle* qu'ils avaient vu la veille au soir, Ruth avait dit : « Pourquoi ne voit-on jamais de bongos par ici ? » Il fit secrètement le vœu de s'en procurer. Une demi-heure plus tôt, alors qu'il attendait le bus dans Weiser Street, il en avait vu dans la vitrine d'un magasin d'instruments de musique. Dix-neuf dollars quatre-vingt quinze. Pendant tout le trajet en autobus, il battit un rythme de bongo sur ses genoux.

– Car c'est Harry que j'aime, que j'aime...

Le numéro 61 est une grande maison de briques avec des décorations de bois peintes en blanc, un petit fronton dans le style temple grec et un toit d'ardoises qui brille sous la morne lumière que reflètent les nuages. Derrière, un enclos abrite une bascule jaune et un tas de sable. Un petit chiot jappe là-bas quand Harry remonte l'allée. L'herbe est de ce vert intense et graisseux et signe de pluie, la couleur de l'herbe sur les kodachromes. La maison a l'air trop gaie : Rabbit se représente les pasteurs vivant dans de sombres demeures. Mais une petite plaque au-dessus du heurtoir en forme de poisson porte la mention gravée *Presbytère.* Il actionne deux fois le poisson et, après avoir attendu, encore deux fois. Une petite bonne femme aux yeux verts lui ouvre la porte.

– Qu'est-ce que c'est ? (D'un ton qui veut dire : comment osez-vous ?)

Elle lève la tête pour le regarder, et ses yeux s'agrandissent, découvrant un peu plus du blanc très clair sur quoi se détachent ses iris couleur de mousse.

Tout de suite, et sans raison aucune, il sent qu'il l'a en main, il sent qu'elle le trouve sympathique. Des taches de rousseur parsèment son petit nez, un nez un peu pincé, pâle et étroit sous les taches de rousseur. Elle a la peau claire et fine d'un enfant. Elle porte un short orange. Avec une amabilité qui frise l'arrogance, il dit :

– Salut !

– Bonjour.

– Dites-moi, le Révérend Eccles est là ?

– Il dort.

– Au milieu de la journée ?

– Il a été debout une grande partie de la nuit.

– Oh ! le pauvre.

– Vous voulez entrer ?

– Oh ! je ne sais pas. Il m'a dit de venir. C'est vrai qu'il me l'a dit.

– C'est bien possible. Entrez donc.

Elle le fait entrer dans le vestibule, au fond duquel il y a un escalier, et l'introduit dans une pièce fraîche, haute de plafond, avec du papier peint argenté aux murs, un piano, des paysages à l'aquarelle, des tas de livres sur des rayonnages, une cheminée sur laquelle est posée une de ces horloges avec un balancier à quatre boules d'or qui sont censées ne s'arrêter pratiquement jamais. Partout, des photographies dans des cadres. Les meubles sont tendus de vert foncé et de rouge, sauf un long canapé avec un dos recourbé et des bras dont le capitonnage est blanc crème. Il règne l'odeur froide du ménage bien fait. De loin viennent les effluves plus tièdes d'un gâteau qu'on fait cuire. Elle s'arrête au milieu du tapis et dit : « Ecoutez. »

Il s'arrête. Le choc assourdi qu'il a entendu aussi ne se répète pas.

– Je croyais que cet affreux marmot s'était endormi.

– Vous êtes le baby-sitter ?

– Je suis la femme du pasteur, dit-elle.

Et elle s'installe au milieu du canapé blanc pour le prouver.

Il choisit un fauteuil bien rembourré en face d'elle. Le tissu prune gratte doucement ses avant-bras nus. Il porte une chemise de sport à carreaux, avec les manches retroussées jusqu'aux coudes.

– Oh ! je vous demande pardon.

Bien sûr. Les jambes nues, croisées, montrent les taches bleues de varices. Son visage, quand elle est assise, n'est pas aussi jeune que quand elle a ouvert. Quand elle se détend, elle a un double menton. Elle a une petite frimousse satisfaite. Une poitrine qui a l'air de se tenir.

– Quel âge a votre enfant ? demande-t-il.

– J'ai deux enfants. Deux filles, l'une qui a un an et l'autre trois.

– J'ai un fils de deux ans.

– J'aimerais bien avoir un fils, dit-elle. Les filles et moi, ça pose des problèmes de personnalité : nous nous ressemblons trop. Nous savons exactement ce que l'autre pense.

Elle n'aime pas ses propres enfants ! Rabbit est scandalisé de voir cela chez une femme de pasteur.

– Est-ce que votre mari s'en aperçoit ?

– Oh ! c'est merveilleux pour Jack. Il adore avoir des femmes qui se battent autour de lui. C'est son petit harem. Je crois qu'un garçon le menacerait. Vous ne vous sentez pas menacé ?

– Pas par le petit, non. Il n'a que deux ans.

– Cela commence beaucoup plus tôt, croyez-moi. L'hostilité sexuelle commence pratiquement à la naissance.

– Je n'avais pas remarqué.

– Tant mieux pour vous. Vous devez être un père primitif. Je crois que Freud est comme Dieu ; vous l'authentifiez.

Rabbit sourit, en pensant que Freud doit avoir un rapport avec le papier peint et cette aquarelle d'un palais au bord d'un canal au-dessus de sa tête. Tout ça ne manque pas de classe. Elle porte ses doigts à ses tempes, renverse la tête en arrière, ferme les yeux et un soupir s'exhale entre ses lèvres pleines. Il est frappé : à ce moment, on dirait une Ruth plus raffinée.

La voix frêle d'Eccles, bizarrement amplifiée par les échos de la maison, crie du haut de l'escalier :

– Lucy ! Joyce vient dans le lit avec moi.

Lucy ouvre les yeux et dit fièrement à Rabbit :

– Vous voyez ?

– Elle prétend que tu lui as dit qu'elle pouvait le faire, reprend la voix plaintive, perçant les murs et les épaisseurs de papier peint.

Mrs. Eccles se lève et se dirige vers l'escalier. Le fond de son short orange est froissé ; le tissu remonté par les plis révèle la quasi-totalité de ses cuisses. Plus blanches que le sofa ; la roseur causée par la position assise s'estompe.

– Je ne lui ai absolument pas dit ça ! crie-t-elle tandis que, d'une main, elle tire son short vers le bas et lisse le tissu de son derrière bien rond, avec une poche bordée de fil noir sur la fesse droite. Jack, reprend-elle, tu as un visiteur ! Un très grand jeune homme qui dit que tu l'as invité !

En attendant parler de lui, Rabbit s'est levé et dit juste derrière elle :

– Pour jouer au golf.

– Pour jouer au golf ! s'écrie-t-elle en écho.

– Oh ! c'est vrai, dit la voix en haut, qui reprend plus fort : Bonjour, Harry ! Je descends tout de suite.

Une voix d'enfant crie là-haut :

– Maman l'a fait aussi ! Maman l'a fait aussi !

– Bonjour ! répond Rabbit sur le même ton.

Mrs. Eccles tourne vers lui un visage interrogateur.

– Harry ?...

– Angstrom.

– Que faites-vous, monsieur Angstrom ?

– Ma foi, je suis en quelque sorte en chômage.

– Angstrom. Ah ! j'y suis ! Vous n'êtes pas celui qui a disparu ? Le gendre des Springer ?

– Exactement, dit-il avec entrain.

Et, sans y penser, par une sorte de geste machinal, comme en l'entendant répondre, elle s'est détournée de nouveau de lui d'un air hautain, pan ! il lui donne une petite tape sur les fesses. Pas fort ; un petit coup, tout à la fois de reproche et de tendresse, bien ajusté sur la poche du short.

Elle pivote vivement sur ses talons, remettant ses arrières à l'abri. Ses taches de rousseur ressortent sur la pâleur brusque de son visage. Puis elle se fige sur place, et cette rigidité de superbe statue va si mal avec la condescendance affectueuse qu'il éprouve à son égard qu'il fait une grimace, repoussant sa lèvre supérieure par-dessus sa lèvre inférieure dans une parodie d'air contrit.

Une dégringolade dans les escaliers ébranle les murs. Eccles stoppe devant eux, prenant son équilibre, enfonçant encore une chemise blanche douteuse dans un pantalon de toile tout froissé. Il a les yeux gonflés de sommeil sous ses paupières lourdes.

– Je suis navré, dit-il. Mais, vous savez, je n'avais pas oublié.

– De toute façon, il fait plutôt nuageux, dit Rabbit, sans pouvoir s'empêcher de sourire.

Ce petit derrière lui avait paru si bien, juste ce qu'il fallait, ferme, mais élastique, sa main avait presque rebondi. Il imagine qu'elle va lui raconter, ce qui mettra fin à son séjour ici. C'est aussi bien. De toute façon, il se demande pourquoi il est là.

Elle lui aurait peut-être raconté l'incident, mais son mari commence tout de suite à l'agacer.

– Oh ! je suis sûr que nous pouvons faire neuf trous avant qu'il pleuve, déclare-t-il à Rabbit.

– Jack, tu ne vas quand même pas rejouer au golf. Tu disais que tu avais toutes ces visites à faire cet après-midi.

– Je les ai faites ce matin.

– Deux. Tu en as fait deux. Tu as vu Freddy Davis et Mrs. Lamdis. Ceux avec qui tu ne risques rien. Et les Ferry ? Voilà six mois que tu parles d'aller voir les Ferry.

– Qu'est-ce qu'ils ont de si sacré, les Ferry ? Il ne font jamais rien pour l'église. Elle est venue le dimanche de Noël et elle est sortie par la porte du chœur pour ne pas avoir à me parler.

– Bien sûr, ils ne font rien pour l'église, et c'est pour cela que tu devrais aller les voir, comme tu le sais parfaitement. Je ne pense pas que les Ferry aient rien de sacré, sinon que tu as été navré de la voir s'en aller par la porte de côté et que, depuis des mois, tu empoisonnes tout le monde avec cela. Et maintenant, si elle vient pour Pâques, ce sera la même chose. Si tu veux mon avis, Mrs. Ferry et toi devriez vous entendre à merveille, vous êtes tous les deux aussi enfantins !

– Lucy ! ce n'est pas parce que Mr. Ferry possède une usine de chaussures que cela fait d'eux des chrétiens plus importants que quelqu'un qui travaille dans une usine de chaussures.

– Oh ! Jack, ce que tu est fatigant. Tu as simplement peur qu'on te batte froid, alors ne va pas citer les Ecritures pour te justifier. Peu m'importe que les Ferry viennent à l'église, qu'ils n'y viennent pas, ou qu'ils deviennent témoins de Jehovah.

– En tout cas les témoins de Jehovah mettent en pratique les croyances qu'ils disent professer.

Quand Eccles se tourne vers Harry avec un petit rire complice après avoir lancé cette flèche, l'amertume gâte un peu son rire, crispe ses lèvres, si bien que ses dents sont découvertes comme sur un crâne.

– Je ne sais pas ce que tu veux dire par là, reprend Lucy, mais quand tu m'as demandé de t'épouser, je t'ai dit quelles étaient mes opinions et tu as trouvé cela très bien.

– Je t'ai dit : tant que ton cœur reste ouvert à la grâce.
Eccles lui lance ces paroles d'une voix qui sonne comme un coup de trompette ou qui lui brûle le front, lequel s'empourpre soudain.

– Maman, j'ai fait la sieste.

La petite voix qui s'insinue timidement les surprend d'en haut. Au sommet de l'escalier, une petite fille brune, en culotte, se penche vers eux. Rabbit la trouve trop brune pour ses parents, trop sombre dans l'ombre, plantée sur des jambes trapues et encore potelées. Ses mains frottent sa poitrine nue avec exaspération.

– Joyce. Retourne tout de suite dans ton lit faire un petit somme.

– Je ne peux pas. Il y a trop de bruit.

– Nous étions là à hurler sous sa tête, dit Eccles à sa femme.

– *Tu* étais à hurler. A propos de la Grâce.

– J'ai eu un rêve qui m'a fait peur, dit Joyce, en descendant deux marches d'un pas mal assuré.

– Mais non. Tu n'as même pas dormi.

Mrs. Eccles se dirige vers l'escalier, en se tenant le cou.

– Qu'est-ce que c'était, ton rêve ? demande Eccles à sa fille. Un lion qui mangeait un petit garçon ?

– Ce n'est absolument pas un rêve, réplique la femme. (Et, se tournant vers son mari :) Ce sont ces exécrables poèmes de Belloc que tu insistes pour lui lire.

– C'est elle qui me le demande.

– Ils sont odieux. Cela lui donne des chocs.

– Joyce et moi nous les trouvons drôles.

– Eh bien, vous avez tous les deux un sens de l'humour perverti. Chaque soir elle me parle de ce maudit poney de Tom et elle me demande ce que « mourir » veut dire ?

– Explique-le-lui. Si tu croyais comme Belloc et moi au surnaturel, ces questions parfaitement naturelles ne te démonteraient pas.

– Ne te mets pas à réciter des litanies, Jack. Tu es affreux quand tu fais ça.

– Tu veux dire que je suis affreux quand je me prends au sérieux.

– Oh ! Je sens une odeur de gâteau qui brûle, dit Rabbit.

Elle le regarde et son œil se durcit. Il sent bien qu'il y a dans son regard une sorte d'appel froid, un faible cri parvenant d'au milieu de ses ennemis, mais il ne veut pas en tenir compte, il laisse son regard s'amollir par-dessus la tête de la jeune femme, lui montrant les narines frémissantes qui ont senti le gâteau qui brûlait. L'arc pur de son crâne qu'on aperçoit sous ses cheveux courts donne à penser qu'on l'a tournée sur un tour d'une exceptionnelle précision.

– Si seulement tu voulais te prendre au sérieux, dit-elle à Eccles, et dans un envol de jambes nues, se précipite vers le morne vestibule du presbytère.

– Joyce, crie Eccles, retourne dans ta chambre, passe une chemise et tu pourras descendre.

Au lieu d'obéir, l'enfant descend encore trois marches.

– Joyce, tu m'as entendu ?

– Tu me la donnes dis, papa ?

– Pourquoi faut-il que ce soit moi qui te la trouve ? Papa est en bas.

– Je ne sais pas où elle est.

– Mais si. Sur ta commode.

– Je ne sais pas où est ma commode.

– Dans ta chambre, ma chérie. Bien sûr que tu sais où elle est. Mets ta chemise et je te laisserai descendre.

Mais elle est déjà au milieu de l'escalier.

– J'ai peur du li-on, chante-t-elle avec un petit sourire qui trahit la conscience qu'elle a de son impudence.

Sa voix est bien posée, bien modulée ; Rabbit a déjà remarqué ces articulations soignées dans la voix de sa mère, quand elle se moquait du même homme, et il se demande ce qu'attend Eccles pour intervenir et rétablir la discipline. C'est vrai que lui-même n'en serait pas capable non plus.

– Il n'y a pas de lion là-haut. Il n'y a personne là-haut que Bonnie qui dort. Bonnie n'a pas peur, elle.

– Je t'en prie, papa. Je t'en prie, je t'en prie, je t'en prie, je t'en prie !

Elle est arrivée au pied de l'escalier, et elle s'empare des genoux de son père auxquels elle se cramponne.

Eccles éclate de rire, prenant appui pour ne pas tomber

sur la tête de l'enfant, qui est assez large et qui a le dessus du crâne plat comme lui.

– Bon, dit-il. Attends ici et bavarde avec le monsieur.

Sur quoi il bondit dans l'escalier avec une surprenante agilité.

– Joyce, dit Rabbit, est-ce que tu es une bonne petite-fille ?

Elle tortille le ventre et rentre la tête dans les épaules. Un petit son guttural sort de sa gorge. Elle secoue la tête ; il a l'impression qu'elle essaie de se dissimuler derrière un écran de fossettes. Mais elle dit en articulant avec une netteté un peu guindée qui le surprend :

– Oui.

– Et ta maman est gentille aussi ?

– Oui.

– Qu'est-ce qui la rend si gentille ?

Il espère que Lucy l'entend dans la cuisine. Les bruits de four ont cessé.

Joyce lève les yeux vers lui et, comme des rides qui courent sur une nappe d'eau, la peur tire un coin de la surface de son visage. Les larmes semblent vraiment proches. Elle détale dans le vestibule, comme sa mère est partie. Abandonné, Rabbit déambule d'un air gêné dans le hall, en essayant de fixer son attention sur les tableaux accrochés là. Des plans de capitales étrangères, une femme en blanc sous un arbre dont chaque feuille est bordée d'or, un laborieux dessin à la plume représentant brique par brique l'église épiscopale de St John, daté de 1927 et la signature de Mildred L. Kramer, artistement paraphée. Au-dessus d'une petite table au milieu du vestibule est accrochée la photographie prise dans un studio d'un vieillard aux cheveux blancs et au col de pasteur, l'œil fixé par-dessus votre épaule comme s'il regardait droit au cœur des Choses. Dans le cadre est coincée une photo jaunie, découpée dans un journal, et montrant en un grain plus gros le même vieillard brandissant un cigare et riant comme un fou avec trois autres personnages en soutane. Il ressemble un peu à Jack, mais il est plus gros et plus fort. Un peu plus loin, il y a une gravure en couleurs représentant une scène de travail dans un atelier où le charpentier s'affaire à la lumière que lui dispense la tête de son divin Assistant : le verre qui protège cette gravure renvoie à Rabbit le reflet de sa propre tête ; ce semi-miroir repousse son attention, qui erre ça et là sans s'attacher nulle part. Il flotte dans le hall une odeur piquante de... d'encaustique ? De vernis ? De naphtaline ? De vieux papier peint ? Il hésite parmi ces possibilités, lui, « l'homme qui a disparu ». « L'hostilité sexuelle commence pratiquement à la naissance. » Quelle garce, en fait. Avec pourtant une belle flamme en veilleuse en elle, qui lui éclaire les jambes. Ces jambes blanches. Elle doit avoir un petit côté anxieux et vouloir qu'on lui fiche la paix. Malgré elle, il l'aime.

Il doit y avoir un escalier de service, parce qu'il entend maintenant la voix d'Eccles dans la cuisine, qui exhorte Joyce à mettre son chandail, qui demande à Lucy si le gâteau est perdu, qui explique la situation, sans savoir que Rabbit entend leur conversation.

– Ne crois pas que ce soit un plaisir pour moi. C'est du travail.

– Il n'y pas d'autres façons de lui parler ?

– Il a peur.

– Mon chou, tout le monde a peur à tes yeux.

– Mais il a même peur de moi.

– En tout cas il a franchi cette porte avec assez d'assurance.

C'était le moment de dire : *et il m'a donné une claque sur les fesses que tu as la charge de défendre.*

– *Quoi ! Sur les fesses ! Je vais tuer cette brute. Je vais appeler la police.*

En vérité, la voix de Lucy s'est arrêtée sur « assurance », et Eccles est en train d'expliquer ce qu'il faut répondre si un tel téléphone, et où sont ces balles de golf neuves ? Joyce, tu as déjà mangé un gâteau il y a dix minutes, puis d'une voix dont la douceur veut masquer les éraflures de leur querelle, il dit au revoir.

Rabbit remonte vers le salon, et il est appuyé sur le radiateur quand Eccles, avec l'air d'un jeune hibou, maladroit, empêtré, sort de la cuisine.

Ils vont jusqu'à sa voiture. Sous le ciel menaçant, la carrosserie verte de la Buick a un éclat tropical. Eccles allume sa cigarette et ils descendent la route 422, dans la vallée vers le terrain de golf. Après avoir pris plusieurs profondes inspirations, Eccles dit :

– Vos difficultés ne viennent donc pas d'un manque de religion.

– Comment ?

– Je me souvenais de notre dernière conversation. A propos de la cascade et de l'arbre.

– Ah ! oui : j'ai piqué ça dans Mickey Mouse.

Eccles se met à rire, surpris. Rabbit remarque comme sa bouche reste ouverte après qu'il a ri, les dents régulières attendent un moment tandis que ses sourcils se haussent et s'abaissent en attendant.

– Ça m'a arrêté net, reconnaît-il, en refermant enfin la bouche. Et puis vous avez dit que vous saviez ce qu'il y avait en vous. Je me suis demandé pendant tout le week-end ce que c'était. Pouvez-vous me le dire ?

Rabbit ne veut rien lui dire du tout. Plus il en dit, plus il s'expose. Il est en sûreté à l'intérieur de sa peau, il n'a pas envie d'en sortir. La méthode de ce type consiste à le faire sortir à découvert, là où on peut le manipuler. Mais l'implacable convention de la politesse oblige Rabbit à ouvrir la bouche :

– Oh ! ça n'est pas grand-chose, dit-il. Au fond, il n'y a que ça, c'est tout. Vous ne croyez pas ?

Eccles hoche la tête et continue à conduire sans dire un mot. Le piège est là qui attend. Le salaud, il est si sûr que je vais tomber dedans.

– Comment va Janice maintenant ? interroge Rabbit.

Eccles est étonné de le sentir virer de bord ainsi.

– Je suis passé lundi matin pour leur dire que vous étiez dans la région. Votre femme était dans la cour avec votre fils et quelqu'un qui m'a paru être une vieille amie, une Mrs... Forster ? Fogelman ?

– Comment était-elle ?

– Je ne sais vraiment pas. J'ai été déconcerté par ses

lunettes de soleil. Avec des verres qui font miroir, vous savez, et des branches très larges.

– Oh ! c'est Peggy Gring. Cette idiote. Elle a épousé ce péquenot de Morris Fosnacht.

– Fosnacht. Comme les galettes. Je savais que c'était un nom du pays.

– Vous n'avez jamais entendu parler du jour Fosnacht avant de venir ici ?

– Jamais. Pas à Norwalk.

– Je me souviens, j'avais, oh ! je devais avoir six ou sept ans, parce qu'il est mort en 1940, mon grand-père attendait en haut que je sois descendu pour que je ne sois pas le Fosnacht. Il habitait avec nous à cette époque-là.

Il a l'impression que cela fait des années qu'il n'a pas pensé à son grand-père ni parlé de lui. Il sent dans sa bouche un goût un peu sec.

– Quel était l'inconvénient d'être un Fosnacht ?

– Je ne sais plus. C'était simplement quelque chose qu'on ne voulait pas être. Attendez. Je me souviens, une année j'ai été le dernier à descendre et mes parents ou quelqu'un s'est moqué de moi et ça ne me plaisait pas, je crois que je me suis mis à pleurer. Je ne sais pas. En tout cas, c'est pour ça que mon grand-père restait en haut.

– C'était votre grand-père paternel ?

– Maternel. Il habitait avec nous.

– Je me souviens de mon grand-père paternel, dit Eccles. Il venait nous voir dans le Connecticut et il avait de terribles discussions avec mon père. Mon grand-père était évêque de Providence et il avait empêché son église de passer aux Unitariens, en devenant presque unitarien lui-même. Il se qualifiait de déiste darwinien. Mon père, par réaction j'imagine, devint très orthodoxe ; presque anglican. Il adorait Belloc et Chesterton. C'était lui qui nous lisait ces poèmes que vous avez entendu ma femme critiquer.

– A propos du lion ?

– Oui. Belloc a cette tendance à la raillerie un peu amère que ma femme est incapable d'apprécier. Il se moque des enfants, ce qu'elle ne lui pardonne pas. Parce qu'elle a fait de la psychologie. En psychologie, les enfants sont sacrés. Où en étais-je ? Ah ! oui ; avec sa théologie diluée, mon grand-père avait conservé dans sa pratique religieuse une certaine couleur et une rigueur que mon père avait perdues. Grand-père estimait que papa était extrêmement négligent de ne pas avoir un culte familial chaque soir. Mon père disait qu'il ne voulait pas ennuyer ses enfants comme on l'avait ennuyé avec Dieu et que d'ailleurs à quoi cela rimait-il d'adorer un dieu de la jungle dans le living-room ? « Tu ne crois pas que Dieu soit dans les bois ? disait mon grand-père. – Juste derrière les vitraux ? » Et ainsi de suite. Mes frères et moi, nous tremblions, car cela mettait papa dans un état terrible, finalement, toutes ces discussions. Vous savez comment sont les pères, on ne se débarrasse jamais de l'idée qu'après tout ils ont peut-être raison. Mon grand-père était un petit vieillard desséché avec un accent yankee, et qui était tout à fait charmant au fond. Je me souviens qu'il nous prenait par le genou au repas, de sa main brune et osseuse en croassant : « Est-ce qu'il vous a fait croire à l'enfer ? »

Harry éclate de rire ; l'imitation d'Eccles est bonne : ça lui va bien de jouer les vieillards.

– Et il y est arrivé ? Vous croyez à l'enfer ?

– Oui, je pense. L'enfer tel que Jésus l'a décrit. En tant qu'être séparé de Dieu.

– Alors, nous y sommes tous plus ou moins.

– Je ne crois pas. Je ne crois absolument pas. Je ne pense pas que même l'athée le plus exacerbé ait une idée de ce que sera la véritable séparation. Les ténèbres extérieures. Ce dans quoi nous vivons, vous pourriez appeler cela – il regarde Harry en riant – les ténèbres intérieures.

La bonne volonté d'Eccles finit par faire fondre la réserve de Rabbit. Il veut apporter un peu de lui pour combler l'espace qui les sépare. L'excitation de l'amitié, une excitation émulatrice qui lui fait lever les mains et les agiter comme si les pensées étaient des ballons de basket, l'incite à dire :

– Oh ! je ne m'y connais pas en théologie, mais je vais vous dire une chose. Je sens quand même, je crois que quelque part derrière tout cela (il désigne le paysage ; ils traversent le lotissement qui est avant le golf, des petites maisons d'un étage et demi moitié bois moitié briques, plantées sur de petites cours aplanies au bulldozer, avec des tricycles et de petits arbres de trois ans, le paysage le moins magnifique du monde) il y a quelque chose qui veut que je Le trouve.

Eccles écrase soigneusement sa cigarette dans le petit cendrier de la voiture.

– Bien sûr, tous les errants croient qu'ils mènent une quête. En tout cas au début.

Rabbit ne trouve pas, après avoir essayé de donner quelque chose à cet homme, qu'il mérite cette gifle. Il suppose que c'est ce qu'il faut aux pasteurs, réduire tout le monde à la même taille misérable.

– Il me semble, fit-il, que cela donne à votre ami Jésus l'air bien ridicule.

L'énoncé du saint nom fait monter des taches roses sur les joues d'Eccles.

– Il a bien dit, proteste le pasteur, que les saints ne devraient pas se marier.

Ils quittent la route pour s'engager dans l'allée qui monte en lacets vers le club-house, un grand bâtiment portant un panneau avec l'inscription *Terrain de golf de Chestnut Grove* entre deux panonceaux de Coca-Cola. Quand Harry était caddy au club, il n'y avait qu'une sorte de baraque en bois avec un poêle, des tableaux de vieux tournois, deux fauteuils et un comptoir où l'on vendait des bonbons et les balles de golf repêchées dans le marais et que Mrs. Wenrich revendait. Il imagine que Mrs. Wenrich est morte. C'était une vieille veuve délicatement maquillée comme une poupée, avec des cheveux blancs, et c'était toujours drôle de l'entendre parler de greens, de gazon, de tournois et de bogey. Eccles gare la Buick sur l'asphalte du parking et dit :

– Oh ! avant que j'oublie...

Rabbit a la main sur la poignée de la portière.

– Quoi donc ?

– Voulez-vous un emploi ?

– Quel genre ?

– Une de mes paroissiennes, une Mrs. Horace Smith, a

environ trois hectares de jardin autour de sa maison, du côté d'Appleboro. Son mari était un incroyable amateur de rhododendrons. Je ne devrais pas dire incroyable ; c'était un charmant vieux monsieur.

– Je ne connais rien au jardinage.

– Personne n'y connaît rien, c'est ce que dit Mrs. Smith. Il ne reste plus de jardiniers. A quarante dollars par semaine, je la crois volontiers.

– Un dollar l'heure. Ça n'est pas lourd.

– Ce ne serait pas quarante heures. Les horaires sont un peu élastiques. C'est ce que vous voulez, n'est-ce pas ? Pas d'horaires trop astreignants ? Pour que vous puissiez être libre de prêcher aux multitudes.

Eccles a vraiment une tendance à la méchanceté. Lui et Belloc. Sans son col rond, il se laisse un peu aller. Rabbit descend de la voiture. Eccles en fait autant, et sa tête vue de l'autre côté de la voiture a l'air de reposer sur le toit comme sur un plateau. La bouche large remue.

– Je vous en prie, songez-y.

– Ça n'est pas possible. Il se peut que je ne reste même pas dans la région.

– La fille va vous flanquer dehors ?

– Quelle fille ?

– Comment s'appelle-t-elle déjà ? Leonard. Ruth Leonard.

– Tiens ! Vous êtes malin, dites donc, hein. (Qui donc avait pu lui dire ? Peggy Gring ? Tothero ? Plutôt la petite amie de Tothero. Elle ressemblait à Janice. Ça n'a pas d'importance, le monde est si petit, de toute façon les choses finissent pas se savoir.) Je n'ai jamais entendu parler d'elle, dit Rabbit.

La tête sur le plateau a un sourire bizarre qu'éclaire le reflet du soleil sur la carrosserie.

Ils marchent côte à côte jusqu'au club-house. En chemin, Eccles observe :

– Ce qu'il y a d'étrange avec vous autres mystiques, c'est combien souvent vos petites extases portent la jupe.

– Dites donc. Je n'étais pas obligé de venir aujourd'hui, vous savez !

– Je sais. Pardonnez-moi. Je suis très déprimé.

Il n'y a vraiment rien de mal à ce qu'il dise ça, mais cela agace Harry. Cette façon de raccrocher, de dire : « Ayez pitié de moi. Aimez-moi. » Il en a les lèvres qui se collent ; il est incapable de les entrouvrir pour répondre. Lorsque Eccles paie pour lui, c'est à peine s'il parvient à le remercier. Quand ils choisissent un jeu de clubs à louer pour lui, il est si indifférent et si taciturne que le gosse criblé de taches de rousseur qui tient le comptoir le dévisage comme s'il était un simple d'esprit. Eccles et lui se dirigent vers le premier tee et il se sent en partie détruit, comme un bon cheval attelé avec une haridelle. La présence d'Eccles l'entraîne si fort qu'il doit lutter pour pencher de l'autre côté.

Et la balle le sent aussi, la balle qu'il frappe après un bref conseil donné par Eccles. Elle dévie d'un côté, détournée par un effet pervers qui la fait choir en plein vol aussi lourdement qu'une motte d'argile.

Eccles se met à rire.

– C'est le meilleur premier drive que j'aie jamais vu.

– Ce n'est pas un premier drive. Je tapais un peu la balle quand j'étais caddy. Je devrais faire mieux que ça.

– Vous attendez trop de vous-même. Regardez-moi, ça vous réconfortera.

Rabbit se recule, et il est surpris de voir Eccles qui, dans ses gestes inconscients, a un certain ressort, manier son club avec l'étrange raideur d'un quinquagénaire. On dirait qu'il veut se débarasser d'un pot qui est sur son chemin. Il frappe la balle avec une molle obstination. Elle file droit, et il a l'air ravi. Il en caracole sur le fairway. Harry le suit d'un pas lourd. Le gazon détrempé par le dégel récent cède sous ses grosses chaussures de daim. Ils sont sur un parcours en dents de scie : Eccles monte, lui descend.

Le long des buissons païens et des allées vertes du terrain, Eccles est transformé. Une absurde gaieté l'anime. Il rit, il balance son club, il glousse et il crie. Harry ne le déteste plus ; il est si terrible lui-même. Son ineptie semble l'envelopper comme une maladie honteuse. Il est reconnaissant à Eccles de ne pas le fuir. Souvent Eccles, qui est à cinquante mètres plus loin – il a l'habitude de se précipiter dans un joyeux élan –, Eccles revient en arrière pour trouver une balle que Harry a perdue. Rabbit, lui, n'arrive pas à détourner son attention de l'endroit où la balle aurait dû aller, vers la petite serviette idéale de gazon bien taillé ornée d'un joli drapeau. Son regard est incapable de voir où elle est allée en réalité.

– Ici, dit Eccles. Derrière une racine. Vous avez vraiment de la chance.

– Ça doit être un cauchemar pour vous.

– Pas du tout, pas du tout. Vous êtes très doué. Vous n'avez jamais joué et pourtant pas une fois vous n'avez complètement manqué la balle.

Cette fois, ça y est : il vise et, dans son désir de la frapper malgré la racine, il manque complètement la balle.

– Votre seul défaut, c'est d'essayer d'utiliser votre haute taille, dit Eccles. Vous avez un magnifique swing naturel.

Rabbit frappe de nouveau, la balle s'élève péniblement et retombe quelques mètres plus loin.

– Penchez-vous vers la balle, dit Eccles. Imaginez que vous allez vous asseoir.

– Je vais me coucher, dit Harry.

Il se sent malade, il a le vertige, il se sent entraîné de plus en plus profondément dans un tourbillon dont la bordure supérieure est marquée par le faîte des arbres feuillus. Il semble se souvenir d'être déjà venu ici. Il glisse dans des flaques, il est englouti par les arbres, il sombre invariablement dans les maigres buissons qui bordent le fairway.

Cauchemar est le mot. Dans l'état de veille, seuls les êtres animés se démènent ainsi. Il s'est toujours bien débrouillé avec les objets. Sa façon irréelle de manier ses clubs l'étourdit. A demi hypnotisé, il se sent victime de tours dont l'étrangeté lui apparaît lentement. Dans sa tête, il s'adresse aux clubs comme si c'étaient des femmes. Les fers légers et minces et pourtant traîtres dans ses mains, sont Janice. *Allons, crétin, du calme : là, doucement !* Quand la surface cannelée du club heurte la terre derrière la balle et que la secousse se répercute par ses bras jusqu'à ses épaules, il a l'impression que c'est Janice qui l'a frappé. *Oh ! elle est idiote, vraiment idiote ! Qu'elle aille se faire voir ! Qu'elle aille au diable !* La colère lui pourrit la peau, si bien que l'extérieur passe à travers ; il sent ses entrailles se déchiqueter sur les petites arêtes sèches des ronces, où des mots restent accrochés comme des nids de chenilles qu'on ne peut pas brûler. *Elle frappe, frappe, gras, elle frappe la terre* déchirée en une gueule brune *la terre frappe gras :* avec les bois, le « elle » est Ruth. Un bois trois à la main, contemplant sa grosse tête rougeâtre et la face tachée d'herbe ainsi que la ligne blanche bien nette sur la tranche, il pense *bon, si tu es si malin,* ses mains se crispent et il balance son club. Ah ! quand elle basculait si facilement, louper ça ! La plaie dans l'herbe déchirée et la balle court ; bondit et rebondit, disparaît dans un buisson ; comme une queue blanche. Et quand il va jusque là-bas, le buisson est Dieu sait qui, sa mère peut-être ; il soulève les branches touffues, tout honteux, mais en prenant soin de ne pas en casser une, et ces branches lui gênent les jambes, tandis qu'il s'efforce de déverser sa volonté dans cette petite boule d'une irréductible dureté qui n'est pas vraiment lui-même et qui, pourtant, l'est dans une certaine mesure ; ça se voit rien qu'à la façon dont elle reste là au milieu de tout. Quand le fer sept s'abat, *je t'en prie Janice, juste une fois,* la maladresse s'accroche à ses coudes et la balle, sous ses yeux, va s'accrocher avec une décourageante lenteur dans d'autres tristes mauvaises herbes un peu plus loin, couleur kaki comme au Texas. *Oh ! idiot, rentre !* Le trou, c'est la maison et au-dessus, dans le cadre de la triste vision qui ronge son attention et grâce à une superposition presque optique de diverses présences, le ciel gris de pluie est son grand-père attendant au premier étage pour que Harry ne soit pas un Fosnacht.

Et tantôt dans les coins, tantôt au centre de ce rêve inquiétant, Eccles s'agite dans sa chemise sale comme un drapeau blanc de pardon, prodiguant les encouragements, voletant sur le gazon pour le guider sur le chemin du retour.

La pelouse, pas encore éveillée de son sommeil hivernal,

est parsemée d'une poussière sèche ; de l'engrais ? La balle glisse, faisant jaillir de la poussière.

– Ne jouez pas vos putts comme ça, dit Eccles. Un petit swing détendu, les bras raides. Pour le premier coup, la distance compte plus que le but. Essayez encore.

Il lui renvoie la balle. Harry a mis environ douze coups pour arriver au quatrième trou, mais cette façon satisfaite de considérer qu'on n'a pas besoin de compter ses coups l'irrite. *Viens, chérie,* dit-il à sa femme, *voilà le trou, gros comme un seau. Tout va bien !*

Mais non, il faut qu'elle s'affole au moment du collier ; de quoi avait-elle peur ? La balle passe peut-être à un mètre cinquante. Rejoignant Eccles, il dit :

– Vous ne m'avez jamais dit comment va Janice.

– Janice ? (Eccles, au prix d'un effort, cesse de s'intéresser au jeu. Il adore gagner ; *il me dévore,* pense Harry.) Elle semblait en bonne forme lundi. Elle était dans la cour avec cette autre femme, et elles riaient toutes les deux quand je suis arrivé. Vous devez comprendre que pendant un moment, maintenant qu'elle est un peu adaptée, elle sera probablement contente d'être revenue chez ses parents. C'est sa version à elle de votre irresponsabilité.

– En fait, dit Harry d'un ton grinçant, s'accroupissant pour bien soigner son putt, comme on le voit faire aux champions à la télévision, elle ne peut pas plus supporter ses parents que moi. Elle ne m'aurait sans doute pas épousé si elle n'avait pas été si pressée de s'en aller de chez eux.

Sa balle glisse sur la pente et s'en va soixante ou quatre-vingts foutus centimères trop loin. Même plus d'un mètre. Eccles loge sa balle dans le trou. La balle hésite un peu, puis, avec un gargouillement de glotte, tombe dedans. Le pasteur relève un visage triomphant.

– Harry, demande-t-il, doucement, mais non sans audace, pourquoi l'avez-vous quittée ? De toute façon, vous tenez beaucoup à elle.

– Je vous ai expliqué. C'est à cause de cette chose qui n'était pas là.

– Quelle chose ? L'avez-vous vue ? Etes-vous sûr qu'elle existe ?

Harry fait encore un putt trop court et il ramasse sa balle avec des doigts tremblants.

– Oh ! si vous n'êtes pas sûr que ça existe, ne m'interrogez pas. C'est quand même votre partie. Si vous ne le savez pas, personne ne le sait.

– Non, s'écrie Eccles de la même voix tendue avec laquelle il a dit à sa femme de garder son cœur ouvert à la grâce. Le christianisme ne consiste pas à chercher un arc-en-ciel. Si c'était ce que vous pensez, on distribuerait de l'opium aux services. Nous essayons de servir Dieu, pas d'être Dieu.

Ils ramassent leurs sacs et suivent le chemin que leur indique une flèche de bois.

– Tout cela a été réglé, il y a des siècles, reprend Eccles, au moment des hérésies de l'Eglise primitive.

– Je vais vous dire, je sais ce que c'est.

– Qu'est-ce que c'est ? Qu'est-ce que c'est vraiment ? Est-ce dur ou doux ? Harry, est-ce bleu ? Est-ce rouge ? Est-ce à pois ?

Cela déprime Rabbit de constater que l'autre veut vraiment qu'on le lui dise. Derrière toutes ces déclarations j'en-sais-plus-que-vous et hérésie-de-l'église-primitive, il a vraiment envie qu'on le lui dise, il veut qu'on lui dise que c'est là, qu'il ne ment pas à tous ces gens chaque dimanche. Comme si ça ne suffisait pas d'essayer de comprendre quelque chose à ce jeu idiot, il faut encore trimbaler ce timbré qui essaie d'avaler votre âme. La courroie du sac lui scie l'épaule.

– La vérité, lui dit Eccles, excité comme une femme, d'une voix pétrifiée de gêne, c'est que vous êtes d'un égoïsme monstrueux. Vous êtes un lâche. Cela vous est égal d'avoir raison ou tort ; vous ne respectez rien que vos pires instincts.

Ils arrivent au tee, une plate-forme de gazon auprès d'un arbre fruitier ratatiné qui offre des poignées de bourgeons pâles.

– Je ferais mieux de passer le premier, dit Rabbit. Ça vous donnera le temps de vous calmer.

La colère fait taire son cœur. Plus rien ne l'intéresse

que de se tirer de là. Il voudrait bien que la pluie se mette à tomber. Evitant de regarder Eccles, il considère la balle perchée sur le tee et qui semble déjà voler au-dessus du sol. Très simplement, il fait décrire une longue trajectoire à son club et frappe la balle. Cela fait un bruit d'un creux, d'un bizarre, comme il n'en a jamais entendu. Dans son élan il relève la tête, et sa balle plane au loin, d'une pâleur lunaire contre le magnifique bleu-noir des nuages d'orage, la couleur de son grand-père s'étendant du côté de l'est. La balle s'éloigne suivant une ligne droite comme une règle. Frappée par le club, c'est une sphère, une étoile, un point. Elle hésite et Rabbit pense qu'elle va s'arrêter, mais il se trompe, car cette hésitation sert de tremplin à la balle, pour un ultime bond : dans une sorte de sursaut perceptible, elle parcourt un dernier bout d'espace avant de retomber.

– Ça y est ! s'écrie-t-il. (Et, se tournant vers Eccles avec un sourire radieux, il répète :) Ça y est !

Soleil et lune, soleil et lune, le temps passe. Dans le jardin de Mrs. Smith, les crocus percent. Les narcisses déroulent leurs trompes. L'herbe renaissante abrite des violettes, et la pelouse est soudain hérissée de pissenlits et d'herbes folles à larges feuilles. D'invisibles ruisselets courant au hasard font chanter les basses terres de la propriété. Les parterres, bordés de briques enterrées en diagonales, sont transpercés de pointes d'un rouge sombre qui seront des pivoines, et la terre elle-même, frottée, parsemée de cailloux, calleuse, avec ça et là des taches d'humidité et de sécheresse, a l'air infiniment vieille et semble pourtant comme ce qu'il y a de plus nouveau sous le soleil. La mousse dorée de la forsythie en fleur luit à travers la fumée qui embrume le jardin tandis que Rabbit brûle des pelletées de tiges racornies, d'herbes mortes, de feuilles de chêne tombées dans la sombre solitude de l'hiver, et des bouts de rosiers taillés qui s'accrochent pour former d'exaspérants enchevêtrements où l'on se prend les chevilles. Ces amas de broussailles, allumés peu après qu'il arrive, l'œil hargneux, un goût de café encore dans la bouche, au milieu des tissus de rosée, rougeoient encore quand il s'en va, dressant derrière lui dans la nuit des fantômes de fumée tandis que ses pas crissent sur le gravier de l'allée des Smith. Et pendant tout le trajet du retour en car jusqu'à Brewer, il sent les cendres tièdes.

C'est drôle, pendant ces deux mois il n'a jamais eu à se couper les ongles. Il taille, il soulève, il creuse. Il sème des plantes annuelles, en utilisant les sachets que lui donne la vieille dame : des nasturtiums, des pavots, des pois de senteur, des pétunias. Il aime replier par-dessus les graines les bords de la brèche creusée à la pelle. Ainsi scellées, elles cessent d'être à lui. Quelle simplicité. Se débarrasser de quelque chose en le donnant. Dieu lui-même replié dans ce minuscule et robuste organisme, destiné à une série d'explosions, au lent et progressif épanouissement à partir de l'eau, de l'air et de la silice : perçu sans qu'il soit besoin de mots dans le mouvement de la bêche entre les paumes.

Maintenant, après que les magnolias aient perdu de leur vigueur, mais avant que les feuilles, sauf celles de l'érable, aient de quoi projeter une ombre épaisse, les cerisiers, les pommiers sauvages, et dans un coin éloigné du jardin, un prunier solitaire, sont en fleurs, couverts d'une blancheur que les branches noires semblent puiser dans les nuages, pour la rejeter au bout d'un moment, si bien que l'herbe renaissante est blanchie sous une stupéfiante tempête de confetti. Dans des relents d'essence, la tondeuse à moteur mâche les pétales ; la pelouse les digère. Les buissons de lilas fleurissent auprès des clôtures effondrées du court de tennis. Des oiseaux viennent jusqu'à l'orée noire. Un matin qu'il manie la faucille, Harry est pris dans une vague de parfum, car derrière lui la brise a tourné et passe sur une pente tapissée d'un épais massif de muguet où, à la faveur de cette douce nuit, mille clochettes se sont ouvertes, celles qui sont haut perchées sur leurs tiges ayant encore le vert un peu acide du pépin de pastèque. Des pommiers et des poiriers. Des tulipes. Ces affreux lambeaux pourpres que sont les iris. Enfin, précédés par les azalées, les rhododendrons eux-mêmes, se faisant de plus en plus nombreux dans la dernière semaine de mai. Rabbit avait attendu tout le printemps pour ce couronnement. Les buissons allaient l'intriguer, ils étaient si gros, presque des arbres, certains deux fois plus hauts que lui, et ils semblaient si nombreux. Ils étaient plantés tout le long des sapins qui abritaient la propriété, et dans les zones protégées, il y avait des douzaines de grands massifs rectangulaires comme des niches d'un teint vert et poreux. Les buissons restaient verts. Avec leurs branches en zigzags et leurs longues feuilles pointant dans toutes les directions, ils semblaient appartenir à un climat différent, à une terre différente, où la pesanteur était moins forte qu'ici. Quand les premières fleurs apparurent, on aurait dit la grande fleur que portent les prostituées d'Orient sur le côté de la tête, comme sur les couvertures des romans d'espionnage que lit Ruth. Mais quand les émissaires des fleurs surgissent en foule, ils lui rappellent surtout les chapeaux que portent à Pâques pour aller au service les filles pauvres. Harry a souvent eu envie et n'a jamais eu une fille comme ça, une petite catholique d'une maison pauvre, vêtue de robes voyantes achetées en solde, dans les feuilles brunes, sous la douce cape des fleurs à cinq pétales, il imagine son visage, avec ses sourcils épilés, ses petites narines noires rondes comme des boutons, ses yeux que les religieuses ont rendus maussades. Il peut presque sentir son parfum quand elle passe près de lui sur les marches de la cathédrale, tête basse, les jambes enfermées dans la jupe d'un tailleur. Tout absorbée par sa prière, elle a cette douce façon d'une fille un peu sotte de mettre tout son corps dans une chose à la fois. Il peut approcher près, si près des pétales. Chaque fleur porte au creux de son calice deux éventails de taches d'où jaillissent les anthères. Il la sent.

Lors de cet apogée du jardin de feu son mari, Mrs. Smith sort de la maison, et au bras de Rabbit, s'enfonce au cœur de la plantation de rhododendrons. Elle qui, jadis, était assez grande, elle est tassée par les ans, et les mèches noires qui s'attardent dans ses cheveux ont l'air sales parmi ses cheveux blancs. Elle porte une canne, mais par oubli peut-être, elle la suspend à son bras et trottine avec la canne qui pend comme un bizarre bracelet. Pour s'accrocher à son jardinier, voici comment elle s'y prend : il arrondit le bras droit, le coude tendu vers l'épaule de Mrs. Smith, et elle avance en tremblant son bras gauche qu'elle appuie sur celui de Rabbit, en étreignant de ses doigts noueux et tachetés de brun le poignet du jardinier. Elle s'y accroche comme une plante grimpante à un mur. En tirant un bon coup, on la détruit, mais sinon elle survit à toutes les intempéries. Il sent son corps tressaillir à chaque pas et chaque mot lui secoue la tête. Non pas que l'effort de parler soit si grand ; c'est l'excitation de communiquer qui s'empare d'elle, elle fronce farouchement le nez, ses lèvres se retroussent sur ses dents saillantes en une grimace dont elle perçoit le comique comme celle que fait une fille de treize ans qui proclame sans cesse qu'elle n'est pas jolie. Elle renverse la tête en arrière pour regarder Harry et dans ses petites orbites à la peau brune sillonnée d'un réseau de rides, ses yeux d'un bleu craquelé pétillent frénétiquement d'une vie captive tandis qu'elle dit :

– Oh ! je n'aime vraiment pas Mrs. R. S. Holford ; je la trouve toujours si délavée, si incolore. Harry aimait tant ses tons saumon. Je lui disais : si je veux du rouge, qu'on me donne du rouge, une grosse rose rouge. Et si je veux du blanc, qu'on me donne du blanc, un grand lis blanc ; et qu'on ne m'ennuie pas avec tous ces intermédiaires, ces nuances roses et ces presque violets qui ne savent pas se décider. Le rhododendron est une plante doucereuse, disais-je à Harry, sans cervelle, alors elle vous donne quelque chose. Je disais ça pour le taquiner. Mais au fond, je le pensais.

Cette idée semble la frapper. Elle s'arrête net sur la pelouse et ses yeux, dont les iris sont d'un blanc de verre cassé avec des anneaux d'un bleu intense, roulent nerveusement, regardant à droite et à gauche.

– En vérité, je le pensais. Je suis une fille de fermiers, monsieur Angstrom, et j'aurais préféré voir cette terre plantée en luzerne. Je lui disais : pourquoi ne plantes-tu pas du blé noir si tu tiens à tripoter la terre ? Ça, c'est une vraie récolte. Tu moissonneras le sarrasin et je ferai cuire le pain. Et je l'aurais fait. Je lui disais : qu'avons-nous à faire de toutes ces boutonnières, alors qu'une fois passées nous avons sous les yeux leur affreux feuillage tout le long de l'année. Pour quelle jolie fille est-ce que tu les fais pousser ? Il était plus jeune que moi, c'est pourquoi j'en profitais pour le taquiner. Qu'est-ce que nous avons à défendre ici ? Un vieux corps comme le mien, si on reste piqué à un endroit, on ne tarde pas à prendre racine. (Elle enfonce sa canne dans l'herbe, ce qui signifie pour

Rabbit qu'il doit lui tendre le bras. Ils descendent l'allée en fleurs.) Je n'aurais jamais cru que je lui survivrais. C'était sa faiblesse. Chaque fois qu'il allait dans le jardin, il était toujours assis. Une fille de fermiers n'apprend pas à s'asseoir.

La main incertaine qu'elle a posée sur son poignet oscille comme le faîte des sapins géants. Il associe ces arbres à des domaines défendus ; cela lui fait plaisir d'être sous leur protection.

– Ah ! voilà qui est une plante.

Ils s'arrêtent à un coin et elle tend sa canne vers un petit rhododendron drapé de rose d'une pénétrante pureté, d'une couleur à travers la simplicité sans apprêt de laquelle on a l'impression de regarder dans le sous-sol idéal de la réalité comme dans du verre coloré.

– Le Bianchi de Harry, explique Mrs. Smith. Le seul rhododendron, sauf certains des blancs, j'oublie toujours leurs noms, des noms idiots d'ailleurs, qui dise ce qu'il veut dire. C'est le seul vraiment rose qu'il y ait. La première fois que Harry l'a acheté, il l'a planté parmi les autres soi-disant roses et cela les faisait paraître si sales qu'il les a arrachés et qu'il a entouré le Bianchi de rhododendrons rouges. Les rouges sont à côté, n'est-ce pas ? Nous sommes bien en juin aujourd'hui ?

Son regard égaré le fixe et l'étreinte de sa main se resserre.

– Je ne sais pas. Je ne crois pas. Le *Memorial Day* est samedi prochain.

– Oh ! je me rapelle si bien le jour où nous avons acheté cette plante ridicule. Il faisait chaud ! Nous sommes allés en voiture jusqu'à New York pour aller la chercher au bateau et nous l'avons installée sur le siège arrière de la Packard comme une tante à héritage. Elle est arrivée dans un grand cylindre de bois bleu empli de terre. Il n'y avait qu'une seule pépinière en Angleterre qui en avait et les frais d'expédition nous ont coûté deux cents dollars. Un homme descendait dans la cale pour l'arroser tous les jours. Il faisait une chaleur, et tous ces encombrements pour traverser Jersey City et Trenton, et cette plante décharnée trônant dans son cylindre bleu sur la banquette arrière comme un prince de la couronne ! Il n'y avait pas d'autoroute alors, si bien que le voyage de New York prenait six bonnes heures. On était en pleine crise et on aurait dit que tout le monde avait une voiture. On franchissait le Delaware à Burlington. C'était avant la guerre. J'imagine que quand je dis « la guerre », vous ne savez pas de laquelle je parle. Vous croyez probablement qu'il s'agit de l'affaire de Corée.

– Non, pour moi, c'est la Seconde Guerre mondiale.

– Moi aussi ! Moi aussi ! Vous vous en souvenez vraiment ?

– Bien sûr. Vous savez, j'étais déjà grand. J'aplatissais des boîtes de conserve, j'achetais des timbres de guerre et on nous donnait des primes au lycée.

– Notre fils a été tué.

– Oh ! je suis désolé.

– Il était vieux, il était vieux. Presque quarante ans. On l'avait nommé officier tout de suite.

– Mais...

– Je sais qu'on pense qu'il n'y a que les jeunes gens qui se font tuer.

– Oui, c'est vrai.

– C'était une bonne guerre. Ce n'était pas comme la première. C'était à nous de la gagner, et nous l'avons gagnée. Toutes les guerres sont détestables, mais celle-là était satisfaisante à gagner. (De nouveau, elle gesticule avec sa canne devant le rhododendron.) Le jour où nous l'avons ramené du bateau, bien entendu il n'était pas en fleur aussi tard dans l'été, alors ça me paraissait vraiment ridicule de le voir trôner sur la banquette arrière comme... (elle se rend compte qu'elle se répète, bredouille un peu, puis continue...) comme un prince de la couronne. (Dans ses yeux bleus presque transparents, on voit le regard un peu aux aguets qu'elle fixe sur le visage de Rabbit pour voir s'il sourit de la voir bafouiller. Comme elle ne remarque rien, elle reprend sèchement :) C'est le seul.

– Le seul Bianchi ?

– Oui ! Parfaitement. Il n'y en a pas d'autres dans tous les Etats-Unis. Il n'y en a pas un seul rose de la Porte d'Or à... à je ne sais où. Le pont de Brooklyn, sans doute. Tout ce qui existe comme vraiment beaux rhododendrons dans le pays est là sous nos yeux. Un fleuriste de Lancaster a pris quelques boutures, mais elles n'ont pas pris. Il a dû les étouffer dans la chaux. L'imbécile ! Un Grec.

Elle se cramponne à son bras et avance d'un pas plus lourd et plus rapide. Le soleil est haut, et elle a probablement envie de rentrer dans la maison. Des abeilles volettent dans le feuillage ; des oiseaux qu'on ne voit pas pépient. Les feuilles l'ont emporté sur les fleurs et l'odeur un peu amère émane des murs de fraîche verdure. Des érables, des bouleaux, des chênes, des ormes et des châtaigniers forment une maigre forêt qui court, plus ou moins profonde, le long du mur de clôture. Dans la zone d'ombre moite entre la pelouse et ce rideau d'arbres, les rhododendrons s'épanouissent encore, mais les massifs exposés au centre de la pelouse ont déjà perdu leurs pétales, par rangées étrangement régulières, au bord des allées.

– Je n'aime pas ça, je n'aime pas ça, dit Mrs. Smith, boitillant au bras de Rabbit le long d'une de ces tranchées éblouissantes. J'apprécie la beauté, mais j'aimerais mieux voir de la luzerne. Il y avait une femme – je ne sais pas pourquoi ça m'agace tellement – Horace encourageait toujours les voisins à venir visiter le jardin quand tout était en fleurs, il était comme un enfant à bien des égards. Cette femme, Mrs. Foster, qui habitait sur la colline une petite baraque orange avec un chat en fer forgé qui avait l'air de grimper sur les volets, disait invariablement, en se tournant vers moi avec du rouge à lèvres barbouillé presque jusqu'au nez, elle me disait (elle imite une voix sucrée avec un mépris qui secoue sa frêle silhouette) : « Mon Dieu ! Mrs. Smith, ce doit être ainsi qu'est le Paradis ! » Une année, je lui ai dit, je ne pouvais plus me retenir, je lui ai dit : « Eh bien, si je fais tous les dimanches dix kilomètres aller et retour pour aller à l'église épiscopale de St John rien que pour me retrouver parmi d'autres buissons de rhododendrons, je pourrais aussi bien m'épargner le trajet, parce que je n'en ai aucune envie. » Vous ne trouvez pas que c'était une chose terrible à dire pour une vieille pécheresse ?

– Oh ! je ne sais pas...

– A cette pauvre femme qui essayait seulement d'être polie ? Bien sûr, elle n'avait pas de bon sens ; elle se peinturlurait la figure comme une jeune folle. Elle est morte maintenant, la pauvre ; Alma Foster a passé voilà deux ou trois hivers. Maintenant elle connaît la vérité et moi pas.

– Bah ! peut-être que ce qui lui semble des rhododendrons semblera pour vous de la luzerne.

– Eh ! Eh-ha ! Exactement ! Exactement ! Vous savez, Monsieur Angstrom, je suis si ravie...

Elle interrompt leur marche et lui caresse gauchement l'avant-bras ; sous le soleil, le petit paysage hâlé de son visage est levé vers lui, et dans son regard, sous ses façons de jeune fille qui flirte maladroitement, sous cette imprécision humide, on voit briller le bord d'une vieille sagacité, si bien que Rabbit, planté là, mal à l'aise, perçoit les atteintes de la force mauvaise qui a poussé Mrs. Smith vers ces fleurs sans cervelle.

– Vous et moi, dit-elle, nous avons la même opinion. N'est-ce pas ? N'est-ce pas que nous avons la même opinion ?

– Tu te la coules douce, n'est-ce pas ? lui demande Ruth.

L'après-midi du *Memorial Day*, ils sont allés à la piscine municipale de West Brewer. Elle était un peu gênée de se mettre en costume de bain, mais en fait elle a fière allure, debout jusqu'aux cuisses dans l'eau turquoise, avec des mèches de cheveux roux trempées qui sortent de son bonnet de bain. Elle nage bien, ses grandes jambes agitées d'un battement lent et l'eau ruisselant en un bouillonnement transparent par-dessus ses épaules et ses beaux bras levés, son dos et le creux de ses reins luisant sous le vert tourbillonnant. Parfois, quand elle s'arrête et qu'elle se laisse flotter un moment, enfonçant le visage dans l'eau dans un geste qui fait battre un peu plus vite le cœur de Rabbit par ce qu'il y voit d'un peu dangereux, son derrière se met à flotter naturellement et apparaît à la surface : pas grand-chose, rien qu'un îlot rond et noir qui luit, une image nette soudain dans l'eau oscillant comme un récepteur de télévision mal réglé, mais cette image solide emplit son cœur d'orgueil, et un sentiment de propriétaire le fait vibrer tout entier. Elle est à lui, à lui, il la connaît aussi bien que l'eau qui a parcouru tout son corps. Quand elle nage sur le dos, l'eau vient se briser et ruisseler entre ses seins, dont elle effleure la coupe ; l'arc de son corps submergé se tend, faisant pointer ses seins ; elle ferme les yeux et avance en aveugle. Deux petits garçons décharnés qui pataugent au bord de la piscine où l'on a pied s'éloignent en la voyant foncer la tête la première. Elle en effleure un d'un revers du bras, reprend conscience et s'accroupit en soupirant dans l'eau ; ses bras ondulent souplement pour la maintenir en équilibre dans l'eau agitée de la piscine. Une piquante odeur de chlorine flotte dans l'air. Il est ravi de voir quelle impression de propreté elle donne : de propreté, de pureté. Qu'est-ce que c'est ? Elle est dans l'eau, lui dans l'herbe et dans l'air. Sa tête flottant dans la piscine comme un ballon, elle lui fait une grimace. Rabbit, lui, n'est pas un animal aquatique. L'humidité, ça lui paraît froid. Quand il s'est mouillé, il préfère s'asseoir sur le bord en mosaïque, en agitant les pieds et en s'imaginant que les collégiennes derrière lui admirent les muscles qui jouent sur son large dos. Il roule des épaules avec application et sent ses omoplates lui tendre la peau sous le soleil. Ruth patauge jusqu'au bout, dans une eau si peu profonde que les carreaux du fond de la piscine se reflètent à la surface. Elle grimpe la petite échelle, laissant tomber l'eau en grappes de gouttes. Il rampe jusqu'à leur couverture et s'allonge si bien que quand elle arrive, il la voit dressée devant lui, grande comme le ciel, les poils noirs à l'intérieur de ses cuisses collés en mèches par l'eau. Elle ôte son bonnet, se secoue les cheveux et se penche pour prendre la serviette. L'eau qu'elle a sur le dos ruisselle sur le haut par de douces vallées de graisse et vient couler sur ses épaules. Il la regarde se frictionner les bras et l'odeur d'herbe monte à travers la couverture tandis que l'air cristallin vibre de cris. Elle s'étend auprès de lui, ferme les yeux et s'abandonne au soleil. Son visage, vu de si près, semble composé de grands méplats de peau décolorés par le soleil, à part un léger brunissage qui ajoute à leur dimension un poids minéral, le poids d'une pierre pure et lisse apportée droit des carrières au temple. Des paroles sortent de cette Ruth monumentale, des paroles à la même échelle, comme des roues massives roulant vers les porches de ses oreilles.

– Tu te la coules douce.

– Comment ça ?

– Oh !... (Les mots qu'elle prononce semblent un peu retardés en passant par ses lèvres ; il voit celles-ci bouger, et puis il entend.) ... regarde tout ce que tu as. Tu as Eccles pour jouer au golf avec toi toutes les semaines et pour empêcher ta femme de te harceler. Tu as tes fleurs, et tu as Mrs. Smith qui est amoureuse de toi. Et tu m'as, moi.

– Tu crois qu'elle est vraiment amoureuse de moi, Mrs. Smith ?

– Tout ce que j'en sais, c'est ce que tu me dis. Tu affirmes qu'elle l'est.

– Non, je n'ai jamais dit ça. Si ?

Elle ne prend pas la peine de lui répondre, son large visage agrandi par une béatitude ensommeillée. Sur sa peau bronzée brillent des reflets plus clairs.

Il répète : « Si ? » et lui pince le bras, violemment. Il ne voulait pas le faire si fort ; mais en touchant sa peau, quelque chose l'a mis en colère. Son mutisme.

– Ouye. Salaud !

Mais elle reste quand même là, s'intéressant plus au soleil qu'à lui. Il se dresse sur un coude et regarde par-dessus le corps inerte de Ruth les silhouettes plus légères de deux filles de seize ans en train de boire du jus d'orange dans des gobelets en carton. Celle qui a un costume de bain blanc sans bretelles l'observe à la dérobée par-dessus son chalumeau. Ses jambes minces sont brunes comme celles d'un Noir. Les os de ses hanches pointent de chaque côté de son ventre plat.

– Oh ! tout le monde t'aime, dit soudain Ruth. Ce que je me demande, c'est pourquoi.

– Parce que je suis aimable, dit-il.

– Je veux dire pourquoi toi. Qu'est-ce que tu as de si extraordinaire ?

– Je suis un mystique, dit-il. Je donne la foi aux gens.

C'est Eccles qui lui a dit cela. Un jour, en riant, sans doute pour plaisanter. On ne savait jamais ce qu'Eccles voulait vraiment dire ; on n'avait qu'à prendre ce qu'on voulait. Rabbit avait pris cette déclaration à la lettre. Il n'y aurait jamais pensé tout seul. Il ne réfléchit pas beaucoup à ce qu'il donne à autrui.

– A moi, dit-elle, tu me donnes la migraine.

– Ça alors !

Quelle injustice : alors qu'il était si fier d'elle quand elle était dans la piscine, qu'il l'aimait tant.

– Qu'est-ce qui te permet de penser que tu n'as pas besoin d'y mettre du tien ?

– Qu'est-ce qui te prend ? Je t'entretiens.

– Tu parles. Je travaille.

C'est vrai. Peu après qu'il eut commencé à travailler pour Mrs. Smith, elle a pris un emploi de sténo-dactylo dans une compagnie d'assurances qui a une agence à Brewer. C'est lui qui y tenait ; il s'était agacé en pensant à la façon dont elle passerait ses après-midi quand lui n'était pas là. Elle disait que ce métier ne lui avait jamais plu ; il n'en était pas si sûr. Elle n'avait pas tellement l'air de souffrir quand il l'avait rencontrée.

– Lâche-le, dit-il. Ça m'est égal. Reste toute la journée à lire des romans policiers. Je t'entretiendrai.

– Tu m'entretiendras. Si tu es si malin, pourquoi n'entretiens-tu pas ta femme ?

– Pourquoi veux-tu que je le fasse ? Son père est bourré de fric.

– Tu es si content de toi, ça me dépasse. Tu ne te dis jamais qu'un jour il faudra que tu paies ?

Elle le regarde maintenant, bien en face, avec ses yeux congestionnés pour être restés longtemps dans l'eau. Elle les protège avec sa main en visière. Ce ne sont pas les yeux qu'il avait rencontrés l'autre nuit, près des compteurs de stationnement, des disques pâles et plats comme pourrait en avoir une poupée. Le bleu de ses iris est devenu plus profond, s'est assombri d'une richesse qui, en chantant la vérité à ses instincts, le déconcerte.

Elle a les yeux qui piquent et elle détourne la tête pour dissimuler les larmes, en pensant : c'est un des symptômes, de pleurer facilement. C'est terrible, au bureau elle est obligée de se lever de sa table et de se précipiter aux toilettes comme si elle avait la colique, pour pleurer, pleurer, pleurer. Elle reste là, debout dans un cabinet, en train de regarder un siège en riant de la situation ridicule où elle est, tout en sanglotant à s'en faire mal à la poitrine. Mon Dieu, quand elle revient de déjeuner, il lui faut faire un effort pour ne pas s'allonger sur le plancher sale entre Lilly Orff et Rita Fiorvante, où cette vieille baderne de Honing serait obligée de l'enjamber. Et elle a faim. En guise de déjeuner un ice-cream soda avec un sandwich, puis un beignet avec son café et il lui reste encore de quoi s'acheter une barre de chocolat à la caisse. Elle a essayé de mincir pour lui et elle a effectivement perdu trois kilos. En tout cas, c'est ce qu'indiquait une balance. Pour lui : c'était le comble, se changer pour lui alors qu'il ne valait rien, moins que rien, et qu'avec tous ces airs gentils, il constituait une menace. Parce qu'il avait cet air doux et gentil. Les autres pas. Ce qu'il y avait, c'était que quand ils savaient qui vous étiez, ils ne vous considéraient pas comme une créature humaine et estimaient que tout leur était permis. Ce qui était à peu près le cas, mais pas tout à fait. On aurait dit qu'ils détestaient les femmes et qu'ils se servaient d'elles. Mais maintenant elle leur pardonne, parce que tout ça se fond, le lendemain c'est le lendemain et on est toujours la même et eux sont loin. Plus ils étaient vieux, plus ils avaient l'air de présidents, plus ils auraient dû être sages, pires ils étaient. Ils voulaient alors des trucs qu'ils ne pouvaient pas avoir avec leurs femmes, faire ça par derrière, ce qui lui était égal, une fois qu'on y était habituée, c'est comme si on était à des kilomètres, ou bien avec la bouche. Quelle idée. Qu'est-ce que ça leur fait ? Ça ne peut pas être aussi profond, enfin, c'est ce qu'elle pense. Après tout, ce n'est pas pire que quand ils vous agacent les boutons des seins et d'ailleurs, pourquoi ne pas être généreuse : la première fois c'était Harrison, et de toute façon elle était saoule comme une grive, mais quand elle s'était éveillée le lendemain matin, elle s'était demandé ce que c'était que ce goût qu'elle avait dans la bouche. Mais c'était simplement parce qu'elle était une grosse superstitieuse, car ça ne vous laisse pas beaucoup de goût dans la bouche, un peu comme de l'eau de mer, c'est simplement un travail plus dur que les clients ne le croient généralement, les femmes travaillent toujours plus dur qu'on ne le croit. L'ennui, c'était qu'il voulaient qu'on les admire. Ils y tenaient vraiment. Ils n'étaient pas laids à ce point-là, mais ils le croyaient. C'était ce qui la surprenait au collège, combien en fait ils avaient honte, combien ils vous en étaient reconnaissants si on les touchait simplement et avec quelle rapidité alors la nouvelle se répandait que vous le faisiez. Qu'est-ce qu'ils croyaient, qu'ils étaient des monstres ? S'ils avaient un peu réfléchi, ils auraient pu se douter que leur curiosité était partagée, que ce qu'ils avaient de bizarre là pouvait vous plaire autant que ce que vous-même aviez de bizarre là aussi, et au fond ça n'était pas plus terrible que chez les femmes, tout ça était rouge et fripé, mon Dieu, qu'est-ce que c'était au bout du compte ? Il n'y avait pas de mystère. C'était la grande découverte qu'elle avait faite, qu'il n'y avait pas de mystère, rien qu'un petit appendice qui avait l'air rajouté qui faisait d'eux des rois et qui pouvait être agréable si on se laissait faire, et puis d'ailleurs ça vous mettait de leur côté contre les autres, ces petites dindes qui tournaient autour d'elle pendant les matches de hockey, avec des airs de vache dans cette tenue bleue semblable à une barboteuse qu'elle refusait de porter, ce qui lui valait de mauvaises notes. Mon Dieu, qu'elle détestait certaines de ces filles. Mais elle se rattrapait le soir, cédant à cet élan dont elles ignoraient même l'existence. Il n'était pas question de fioritures en ce temps-là, on n'avait même pas besoin de se déshabiller, il suffisait de se frotter un peu à travers l'étoffe, avec dans la bouche le goût d'oignon des hamburgers qu'on avait mangés au dîner, et le radiateur de la voiture qui crépitait doucement en refroidissant, tout se passait à travers les vêtements, tout, et hop ! ça y était. Ils n'avaient pas pu sentir grand-chose, ça devait être seulement l'idée qu'on était là. Toutes leurs idées. Quelquefois, ils se contentaient d'un baiser à la française : d'ailleurs ça ne lui avait jamais vraiment plu, ces langues molles, qui vous font étouffer, mais tout d'un coup on savait rien qu'à la façon dont leurs lèvres se durcissaient, s'ouvraient, puis se refermaient et s'éloignaient que c'était fini. Il ne fallait plus compter sur eux et qu'on ferait mieux de se reculer si on tenait à ne pas mouiller sa robe. Ça vous salissait à leurs yeux. C'était ça qu'ils ne pouvaient pas lui pardonner. Qu'elle leur pardonne ! Elle ne leur en voulait pas que leurs mères leur fassent écrire son nom sur les murs des cabinets. Allie lui avait expliqué cela, gentiment. Mais elle avait quelques agréables souvenirs en commun avec Allie ; un jour, après la classe, alors que le soleil était encore haut, ils étaient partis en voiture le long d'une route de campagne, ils avaient remonté un vieux sentier et s'étaient arrêtés dans une clairière d'où on pouvait voir le Mt Judge, la ville se détachant contre la montagne, estompée par la distance ; Allie avait posé la tête sur ses genoux, elle avait relevé son chandail et défait son soutien-gorge, et elle l'avait là comme un bébé, doucement, ses boutons plus fermes et plus ronds alors qu'aujourd'hui, plus sensibles ; sa bouche humide et avide si heureuse et si aveugle, et les oiseaux qui pépiaient doucement au-dessus de leurs têtes dans le soleil. Allie jacassait. Il ne pouvait pas s'en empêcher. Elle lui pardonna, mais cela la rendit plus sage. Elle se mit à essayer les hommes plus âgés ; l'erreur, s'il y en avait une, mais pourquoi pas ? Pourquoi pas ? c'était la question qui se posait et qui se posait encore. Se demander s'il y avait une erreur la fatigue rien que d'y penser, allongée là, encore mouillée de bain, voyant du rouge à travers ses paupières closes, essayant de reculer à travers tout ce rouge en se demandant si elle a eu tort. En fait, elle avait raison. Avec eux, le fait d'être jeune remplaçait le fait d'être jolie et comme eux étaient plus âgés, ça n'allait pas si vite. Je vous assure, il y a des types avec qui on croit que ça ne viendra jamais, à croire que leur petite contribution est la merveille que le monde attend si jamais ça arrive.

Mais celui-là. Quel timbré. Pourtant, il avait cette douceur. En tout cas, il voyait qu'on était là. Cette première nuit, quand il avait dit, avec une sorte de fierté : « Hé », ça ne l'avait pas ennuyée tellement de faire le plongeon, en fait, elle avait eu l'impression qu'elle ne pouvait pas faire moins. Elle leur avait pardonné à tous à ce moment-là, son visage à lui était tous leurs visages rassemblés en une tache floue et elle avait eu l'impression de tomber sous la coupe de quelque chose de mieux qu'elle. Et puis après, on s'aperçoit qu'il n'est pas différent à ce point-là, qu'il traîne sur vous tout déprimé et balbutiant d'amour, et puis qu'il en a marre de vous ou même qu'il s'ennuie tout simplement quand c'est fini. Ça va de plus en plus vite, ça devient une habitude, il se dépêche vraiment quand il sent ou quand elle lui dit que pour elle ça y est. Alors elle peut se contenter de rester allongée là, et d'écouter, et c'est calmant ; seulement alors elle ne peut plus s'endormir après. Certains soirs, il essaie de l'exciter un peu, mais elle est si ensommeillée et si lourde qu'il n'y a rien à faire ; quelquefois, elle voudrait tout simplement le repousser, le secouer et crier : je ne peux pas, crétin, tu ne sais donc pas que tu es père ! Mais non, elle ne doit pas lui dire. Dire un mot, ça donnerait aux choses un côté définitif ; ça ne fait qu'un mois, elle attend ses règles d'ici un jour ou deux, peut-être qu'elle les aura et alors elle n'aura plus rien. Malgré tout le tintouin que ça fait, elle ne sait pas dans quelle mesure ça la rendrait vraiment heureuse. En tout cas, comme ça elle fait quelque chose, en bouffant tout ce chocolat. Elle n'est même pas sûre qu'elle n'en veuille pas, parce que lui en veut, à voir la façon dont il agit, sans prendre aucune précaution ni rien. Elle n'est même pas sûre de ne pas l'avoir fait exprès en tombant endormie dans ses bras rien que pour montrer à cet abruti. Car cela lui était bien égal qu'elle se lève quand il dormait pour aller en catimini dans la salle de bains dès l'instant qu'il n'avait rien à voir ni rien à faire. Il était comme ça, il se contentait de vivre dans sa peau et ne s'intéressait absolument pas aux conséquences de quoi que ce soit. Si elle lui parlait des barres de chocolat, de ses envies de dormir, il allait probablement s'affoler et ficher le camp, avec ses airs saints, son petit Dieu et son bon pasteur qui joue au golf tous les mardis. Car, ce qu'il y avait de pire à propos de ce pasteur, c'était qu'avant, Rabbit avait au moins l'idée qu'il agissait mal, mais maintenant, il se persuadait qu'il était Jésus-Christ venu sauver le monde en faisant tout simplement ce qui lui passait par la tête. J'aimerais bien mettre la main sur l'évêque ou sur un des supérieurs de ce pasteur pour lui dire que cet individu est un danger public. Il est là en train de bourrer le pauvre Rabbit de notions que personne n'est fichu de comprendre, et dont il lui rebat les oreilles, répondant d'une voix douce et pleine d'assurance aux questions qu'elle lui pose, avec une nonchalance lointaine et suffisante qui l'exaspère si fort que les larmes lui viennent aux yeux.

– Je vais te dire, déclare-t-il. Quand j'ai quitté Janice, j'ai fait une intéressante découverte. (Les larmes débordent des yeux de Ruth, et sa bouche garde le goût horrible de l'eau de la piscine.) Si on a le cran d'être soi-même, reprend-il, il y a toujours d'autres gens prêts à payer ton prix.

Pour Eccles, c'est un supplice que de faire des visites embarrassantes ; c'est un supplice en tout cas que de penser qu'il aura à les faire. Généralement, le rêve est pire que la réalité ; ainsi Dieu a-t-il disposé le monde. La présence réelle des gens est toujours supportable. Mrs. Springer est une petite femme brune et dodue aux airs de gitane. La mère comme la fille baignent dans une aura sinistre, mais chez la mère, cette faculté de mettre mal à l'aise est un don inné, solidement ancré dans la stratégie de la vie bourgeoise. Chez la fille, c'est une qualité flottante, inutile et aussi dangereuse pour elle que pour les autres. Eccles est soulagé de constater que Janice est sortie ; c'est en sa présence qu'il se sent coupable. Mrs. Fosnacht et elles sont allées à Brewer voir en matinée *Some Like It Hot*. Leurs deux fils sont dans la cour des Springer. Mrs. Springer lui fait traverser la maison jusqu'à la véranda d'où elle peut surveiller les enfants. La maison est meublée de façon coûteuse, mais désordonnée ; chaque pièce semble contenir un fauteuil de plus qu'il est nécessaire. Pour passer de la porte de la rue à celle de la cour, ils suivent un chemin tortueux à travers les pièces encombrées. Elle le guide lentement ; elle a des bandes élastiques autour des deux chevilles. Ses petits pas pénibles renforcent l'illusion dont est victime Eccles qu'elle a la partie inférieure du corps prise dans un plâtre. Elle se laisse doucement tomber sur les coussins de la balançoire de la terrasse et surprend Eccles en agitant les jambes tandis qu'en grinçant la balançoire s'ébranle. Elle semble exprimer dans ce geste un plaisir enfantin ; ses jarrets pâles et nus se tendent, tout raides, et ses chaussures un moment se soulèvent au-dessus du sol. Ses bottines sont craquelées et usées, comme si elles avaient tourné des années dans une baignoire humide. Lui-même s'assied dans un fauteuil de jardin en aluminium et tissu plastique à l'armature inquiétante. A travers le store à côté de lui, il aperçoit Nelson Angstrom et le petit Fosnacht, un peu plus âgé, qui jouent au soleil autour d'un tas de sable.

– Je suis ravie de vous voir, dit Mrs. Springer. Cela fait si longtemps que vous êtes venu.

– Trois semaines, non ? dit-il. (Le dossier du fauteuil lui presse le dos et il accroche ses talons à la barre inférieure pour empêcher l'engin de se replier.) J'ai été très pris, avec les classes de confirmation, le Groupe de Jeunesse qui a décidé d'avoir cette année une équipe de foot-ball et toute une série de décès dans la paroisse.

Ses précédents contacts avec cette femme ne l'ont pas disposé à se confondre en excuses. Le fait qu'elle ait une si grande maison lui semble déplacé ; il la trouverait plus sympathique s'il était sur le porche d'un simple chalet.

– Oh ! oui, je ne voudrais pas de votre place pour tout l'or du monde.

– La plupart du temps, je suis enchanté de ce que je fais.

– C'est ce qu'on dit. On dit que vous devenez un excellent joueur de golf.

Oh ! Seigneur. Et lui qui croyait qu'elle se détendait. Il avait l'impression qu'ils se trouvaient sur la véranda d'une maison délabrée et qu'il était en compagnie d'une vieille ouvrière d'usine qui en avait vu de toutes les couleurs et qui avait appris à prendre les choses comme elle venaient. C'était de quoi elle avait l'air ; et ce qu'elle aurait fort bien pu être. Fred Springer, quand il l'avait épousée, était probablement moins séduisant que Harry Angstrom quand elle lui avait donné sa fille. Il essaie d'imaginer Harry il y a quatre ans et obtient une image séduisante : grand, blond, célèbre parmi les étudiants, pas bête : un fils du matin. Janice avait dû être particulièrement sensible à son air assuré. Les maris sont une dure loterie. Il se gratte le front et dit :

– Jouer au golf avec quelqu'un est une bonne façon d'arriver à le connaître. C'est ce que j'essaie de faire, vous comprenez : arriver à connaître les gens. Je ne crois pas qu'on puisse amener quelqu'un au Christ sans le connaître.

– Eh bien, dites-moi donc ce que vous savez de mon gendre que je ne sais pas ?

– D'abord, qu'il est bon.

– Bon à quoi ?

– Doit-on être bon à quelque chose ? (Il essaie de réfléchir.) Oui, je suppose que oui.

– Nelson ! Arrête tout de suite !

Elle se crispe sur son fauteuil à côté de la balançoire, mais ne se lève pas pour voir ce qui fait pleurer l'enfant. Eccles, qui est assis auprès du store, voit. Le petit Fosnacht est debout près du tas de sable et brandit deux camions rouges en matière plastique. Le fils d'Angstrom, plus petit de quelques centimètres, tend la main vers la poitrine de son compagnon, mais n'a pas tout à fait le courage de faire un pas en avant pour le frapper. Le jeune Fosnacht est là, avec l'exaspérante invulnérabilité des imbéciles, en train de contempler la main qui s'agite et le visage crispé du petit garçon, sans même un sourire de satisfaction, comme un vrai savant, observant sans passion les effets de son expérience. La voix de Mrs. Springer monte et clame à travers le store :

– Tu m'as entendue ! Je t'ai dit de cesser de hurler !

Nelson se tourne vers la véranda et il essaie d'expliquer : « Pilly a... Pilly... » Mais le simple effort de décrire l'injustice dont il est victime confère à celle-ci une force intolérable et, comme si on le frappait par-derrière, il trébuche en avant, assène une claque sur la poitrine du voleur et essuie une petite bourrade qui l'envoie s'asseoir par terre. Il roule sur le ventre et culbute dans l'herbe, entraîné par les coups de pieds frénétiques qu'il décoche. Eccles a l'impression que son cœur se tord avec le corps de l'enfant ; il connaît si bien la force que vous inspire une injustice, la façon dont l'esprit se bat contre elle et dont chaque coup inutile aspire l'air jusqu'au moment où il semble que toute cette carcasse d'os et de sang doive éclater dans un univers capable d'être aussi vide.

– L'autre garçon lui a pris son camion, explique-t-il à Mrs. Springer.

– Eh ! bien, qu'il le reprenne lui-même, dit-elle. Il n'a qu'à apprendre. Je ne peux pas être sans arrêt sur mes jambes à courir dans le jardin ; ils n'ont pas arrêté de tout l'après-midi.

– Billy ! (Le garçon lève un visage surpris en entendant la voix mâle d'Eccles.) Rends-le-lui. (Billy examine cette nouvelle intervention et hésite.) Allons, je t'en prie !

Convaincu, Billy s'approche et laisser tomber le jouet sur la tête de son compagnon de jeu en larmes.

Cette nouvelle douleur provoque chez Nelson une recrudescence de chagrin, mais en voyant le camion sur l'herbe auprès de lui, il suffoque. Il lui faut un moment pour comprendre que la cause de son angoisse a disparu et un autre moment pour maîtriser son émotion. Les grands sanglots qui le secouent encore au moment où il se retourne semblent soulever le gazon bien tondu et les reflets du soleil eux-mêmes. Une guêpe qui ne cesse de se heurter contre le store plonge et sous le poids d'Eccles, le fauteuil d'aluminium menace de s'effondrer ; comme si le vaste monde participait à la réadaptation de Nelson.

– Je ne sais pas pourquoi ce garçon est une telle poule mouillée, observe Mrs. Springer. Au fond, peut-être que si.

Cette flèche de Parthe irrite Eccles.

– Pourquoi ?

La peau violacée sous ses yeux se soulève et les coins de sa bouche s'abaissent un un ricanement méprisant.

– Eh bien ! il est comme son père : gâté. On a fait trop de tintouin autour de lui et il croit que le monde lui doit tout ce dont il a envie.

– C'était la faute de l'autre garçon ; Nelson ne réclamait que ce qui lui appartenait.

– Mais oui, et vous estimez sans doute avec son père que tout est de la faute de Janice.

Elle prononce « Janice » avec un accent allemand, Chanisse, et du coup la jeune femme semble plus épaisse, plus sombre, plus précieuse et plus importante que la petite image pitoyable qu'il y avait dans l'esprit d'Eccles. Il se demande si elle n'a pas raison après tout : s'il n'est pas passé de l'autre côté.

– Non, je ne pense pas, dit-il. J'estime que son comportement ne se justifie pas. Cela ne veut pas dire pourtant que son comportement n'ait pas de raisons, des raisons dont votre fille est en partie responsable. Je crois avec mon Eglise que nous sommes tous des individus responsables, responsables de nous-mêmes et les uns des autres.

Ces paroles, si bien tournées, lui laissent un goût de craie dans la bouche. Il voudrait bien qu'elle lui offre quelque chose à boire. Le printemps devient bien chaud.

La vieille gitane perçoit son hésitation.

– Bah ! c'est facile à dire, dit-elle. Ce n'est peut-être pas si facile de prendre une position pareille quand on est enceinte de neuf mois, qu'on a une maison respectable et que votre mari part en goguette à quelques kilomètres avec on ne sait qui et que tout le monde trouve qu'il n'y a rien de plus drôle.

– Personne ne trouve ça drôle, Mrs. Springer.

– Vous n'entendez pas les commérages que j'entends. Vous ne voyez pas les sourires. Voyons, une femme m'a pratiquement dit l'autre jour que si elle n'était pas capable de le garder, elle n'avait pas de droits sur lui. Elle a eu le toupet de me ricaner au nez. Je l'aurais étranglée. Je lui ai dit : un homme a des devoirs aussi. Tout n'est pas du même côté. Ce sont des femmes comme elle qui donnent aux hommes les idées qu'ils ont, que le monde n'est là que pour leur plaisir. A voir la façon dont vous agissez, vous le croyez un peu aussi. Eh bien ! si le monde doit être plein d'Harry Angstrom, combien de temps encore pensez-vous qu'ils auront besoin de votre Eglise ?

Elle s'est redressée et ses yeux sombres brillent de larmes qui ne tombent pas. Son ton a monté et sa voix râpe le visage d'Eccles comme une lime ; il a l'impression d'être couvert de coupures. Les allusions qu'elle a faites aux ragots entourant cette affaire l'ont mis en présence d'une redoutable réalité, comme celle de ces centaines de visages qu'il affronte quand le dimanche matin à onze heures trente, il monte en chaire, que le texte de son sermon s'évanouit de son esprit et que ses notes perdent toute signification. Il fouille dans sa mémoire et réussit à dire :

– Il me semble que Harry est à certains égards un cas particulier.

– Tout ce qu'il a de particulier, c'est que peu lui importe qui il blesse ni dans quelle mesure. Comprenez-moi, Révérend Eccles, je ne veux pas vous blesser et je suis sûre que vous avez fait de votre mieux, étant donné vos occupations, mais à vrai dire je regrette de ne pas avoir appelé la police cette première nuit comme je voulais le faire.

Il croit entendre qu'elle va appeler la police pour le faire arrêter, lui. Pourquoi pas ? Avec son col blanc, il falsifie le nom de Dieu à chaque mot qu'il prononce. Il assassine la foi dans l'esprit de tous ceux qui l'écoutent vraiment jacasser. Il commet une escroquerie à chaque instant du service, quand il récite *Notre Père* alors que son cœur sait quel est le vrai père auquel il essaie de plaire, auquel il a essayé de plaire toute sa vie. Lorsqu'il lui demande : « Que peut faire la police ? » il a l'impression de demander ce que la police peut lui faire, à lui.

– Oh ! je ne sais pas, mais autre chose que jouer au golf, j'imagine.

– Je suis absolument sûr qu'il reviendra.

– Ça fait deux mois que vous dites ça.

– Je le crois encore.

Mais ce n'est pas vrai, il ne croit rien. Silence.

– Pourriez-vous... (sa voix a changé ; elle implore) m'apporter ce tabouret qui est là-bas dans le coin ? Il faut que je soulève mes jambes.

Quand il clignote, ses paupières le démangent. Il se tire de sa torpeur, va prendre le tabouret et le lui apporte. Ses grands pieds dans leurs chaussettes vertes d'enfant se soulèvent docilement et, tandis qu'il dispose le tabouret sous ses talons, ce geste, comme un écho des images des publications religieuses où l'on voit le Christ laver les pieds des mendiants, prépare son corps à recevoir un nouvel afflux de force. Il se redresse et se plante devant elle. Elle tire sur sa jupe pour cacher ses genoux.

– Merci, dit-elle. Cela me soulage beaucoup !

– Je crains que ce soit le seul soulagement que je vous aie apporté, avoue-t-il avec une sincérité qu'il estime – et cette idée le fait rire – qu'il estime admirable.

– Ah ! soupire-t-elle. Je crois bien que personne n'y peut grand-chose.

– Non, il y a des choses à faire. Peut-être avez-vous raison à propos de la police. La loi protège les épouses ; pourquoi ne pas s'adresser à elle ?

– Fred ne veut pas.

– Mr. Springer a de bonnes raisons. Je ne parle pas seulement de raisons d'affaires. Tout ce que la loi peut obtenir de Harry, c'est un soutien financier, et je ne pense pas que dans cette affaire l'argent soit vraiment le problème. En fait, je ne suis même pas sûr que l'argent soit jamais vraiment le problème.

– C'est facile à dire, quand on n'en a jamais manqué.

Ça lui est égal. Cette remarque a semblé lui échapper machinalement, avec moins de malice que de lassitude ; il est certain qu'elle ne demande qu'à écouter.

– Peut-être. Je ne sais pas. Mais en tout cas, ce qui me préoccupe – ce qui préoccupe tout le monde, d'ailleurs, j'en suis sûr – c'est l'aspect d'ensemble de la situation. Et s'il doit y avoir une véritable guérison, ce doit être à Harry et à Janice d'agir. Vraiment, malgré toute l'envie que nous avons de leur rendre service, malgré tous nos efforts, nous sommes *en dehors*.

Imitant son père, il a croisé les mains derrière lui et tourné le dos à son auditrice ; à travers le store, il regarde le seul autre qui, peut-être, n'est pas à l'extérieur, Nelson, qui entraîne le jeune Fosnacht sur la pelouse à la poursuite du chien d'un voisin. Le rire de Nelson jaillit tandis qu'il court en trébuchant. Le chien est vieux, roux, petit et lent ; le jeune Fosnacht est surpris, mais pas mécontent d'entendre son copain crier : « Lion ! Lion ! » Cela intéresse Eccles de constater que, en période de paix, c'est le fils Angstrom qui dirige l'autre. L'air vert qu'il voit à travers les mailles du store semble vibrer de la voix de Nelson. Eccles sent la situation : ce déversement constant d'excitation égoïste doit naturellement de temps en temps s'accumuler dans les goulets plus étroits de l'autre garçon, moins vif, et produire de mornes remous, des réactions tyranniques. Il plaint Nelson dont l'innocence sera surprise plus d'une fois avant qu'il découvre lui-même la source de cet étrange reflux. Eccles a l'impression que lui-même était ainsi quand il était enfant, donnant sans cesse et donnant encore, et se laissant toujours déborder soudain. Le vieux chien agite la queue en voyant les enfants approcher. Puis il cesse de l'agiter et la laisse retomber en un arc méfiant quand ils le cernent, comme des chasseurs. Nelson tend le bras et frappe à deux mains le dos du chien. Eccles a envie de crier ; le chien pourrait les mordre il ne peut supporter ce spectacle.

– Oui, mais il dérive encore plus loin, gémit Mrs. Springer. Il ne manque de rien. Il n'a aucune raison de revenir si nous ne lui en fournissons pas une.

Eccles se rassied dans le fauteuil de jardin.

– Mais si. Il reviendra pour la même raison qui l'a fait partir. Il est méticuleux. Il a besoin de boucler la boucle. Le monde dans lequel il se trouve maintenant, le monde de cette fille de Brewer, ne continuera pas à satisfaire son imagination. Rien que de le voir de semaine en semaine, j'ai remarqué un changement.

– Il ne semble pas, à entendre Peggy Fosnacht. Elle prétend avoir entendu dire qu'il menait la vie à Riley. Je ne sais pas combien de femmes il a.

– Une seule, j'en suis sûr. Ce qu'il y a d'étrange à propos d'Angstrom, c'est que par nature il a des goûts domestiques. Oh ! mon Dieu !

Une certaine agitation se manifeste dans le petit groupe là-bas sur la pelouse : les deux garçons s'enfuient dans une direction et le chien dans l'autre. Le jeune Fosnacht s'arrête, mais Nelson continue à courir, le visage agrandi par la terreur.

Mrs. Springer l'entend sangloter et dit d'un ton furieux :

– Ils ont encore agacé Elsie ? Ce chien doit être idiot pour revenir sans arrêt.

Eccles se lève d'un bond – son fauteuil s'effondre derrière lui –, il pousse le store et se précipite au-devant de Nelson dans le soleil. Le jeune garçon l'évite. Il l'empoigne.

– Le chien t'a mordu ?

Les sanglots du petit garçon sont paralysés par cette frayeur nouvelle que lui inspire l'homme en noir qui l'a empoigné.

– Elsie t'a mordu ?

Le jeune Fosnacht reste à distance respectueuse.

Nelson, que Eccles ne s'attendait pas à trouver aussi robuste et aussi moite dans ses bras, laisse échapper de grands soupirs et commence à retrouver sa voix.

Eccles le secoue pour l'empêcher de geindre et, tenant absolument à se faire comprendre, il fait claquer ses dents près de la joue de l'enfant.

– Comme ça ? Le chien a fait ça ?

Devant cette pantomime, l'enfant s'extasie.

– Comme ça, dit-il (et sa petite lèvre délicate découvre

ses dents, son nez se fronce et il penche un peu la tête de côté).

– Mais sans mordre ? insiste Eccles, en relâchant l'emprise de ses bras.

La petite lèvre se soulève de nouveau, aussi farouche qu'elle le peut, comme si cette mimique résumait toute la merveilleuse histoire. Eccles sent une moquerie dans ce petit visage aux aguets dont l'expression lui rappelle celle de Harry. Nelson est repris de sanglots, il se libère et grimpe les marches de la véranda pour rejoindre sa grand-mère. Eccles se redresse ; bien qu'il soit resté peu de temps accroupi, le soleil a commencé à faire perler la sueur sur son dos drapé de noir.

En grimpant les marches à son tour, il est déconcerté par quelque chose de pathétique, d'extrêmement touchant dans le souvenir de ces petites dents bien régulières et découvertes par ce pseudo-rictus. Un grognement inoffensif, mais qui a pourtant la réalité de l'instinct. L'instinct du petit chat qui le pousse à tuer la bobine avec ses petites pattes.

Il arrive sous la véranda pour trouver le petit garçon entre les jambes de sa grand-mère, le visage enfoui dans ses jupes. En se pelotonnant contre sa chaleur, il a remonté sa robe au-dessus de ses genoux et leur pâleur déplaisante, révélée sans défense, se superposant aux petites dents vaillamment découvertes dans la grimace de l'enfant, cette vieille peau blanche et ridée, tout cela compose un lait dont Eccles a l'impression qu'il est comme son propre sang. D'un pas énergique – comme si la pitié, ainsi qu'on le lui a enseigné, n'était pas un cri désemparé, mais une vague puissante capable de faire disparaître la poussière et les débris du moindre recoin du monde – il s'avance et promet aux deux têtes penchées :

– S'il ne revient pas quand elle aura son bébé, alors nous lui mettrons la police aux trousses. Il y a des lois, bien sûr, il y en a un certain nombre.

– Elsie veut vous mordre, explique Mrs. Springer, parce que Billy et toi vous la taquinez.

– Vilaine Elsie, dit Nelson.

– Vilain Nelson, corrige Mrs. Springer. (Elle lève la tête vers Eccles et continue du même ton réprobateur :) Elle doit accoucher dans une semaine maintenant, et je ne le vois pas revenir en courant.

Son moment de tendresse pour elle a passé ; il la laisse sur la terrasse. *L'amour n'a jamais de fin,* se dit-il, reprenant la version moderne de la Bible. Dans celle du roi James, on disait qu'il ne fait jamais défaut. La voix de Mrs. Springer le poursuit dans la maison :

– La prochaine fois que je te prends à taquiner Elsie, tu te fais fouetter par ta grand-mère.

– Oh ! non, mémé, supplie l'enfant d'un air timide, sa frayeur dissipée.

Eccles croyait trouver la cuisine et boire un verre d'eau au robinet, mais la cuisine lui échappe dans l'enchevêtrement des pièces. Il s'efforce de faire une provision de salive et l'avale en quittant la maison. Il monte dans sa Buick et descend Joseph Street, puis encore un bloc le long de Jackson Road jusqu'à l'adresse des Angstrom.

Mrs. Angstrom a des narines en forme de losange, dans un nez qui n'est pas tellement grand qu'extra-anatomique : les petits bouts de muscles, de cartilages et d'os ressortent séparément et divisent la peau en de nombreuses facettes sous la lumière crue. Leur entrevue a lieu dans la cuisine, où sont allumées plusieurs ampoules. Allumées en plein jour : ils habitent le côté sombre d'une maison divisée en deux. Elle est venue lui ouvrir, les bras rougis de lessive et elle revient avec lui jusqu'à un évier empli de chemises et de linge gonflé. Tout en bavardant, elle frotte vigoureusement sa lessive. C'est une femme vigoureuse. Le visage doux et gras de Mrs. Springer s'était gonflé autour d'une ossature délicate, celle d'une fille jadis frêle comme Janice ; celui de Mrs. Angstrom est construit sur une grande et solide armature. C'est d'elle que Harry doit tenir sa taille. Eccles est hanté par les longs robinets, annonciateurs d'eau fraîche, que dissimule sa formidable stature ; mais l'occasion ne se présente jamais de formuler une aussi humble requête.

– Je ne sais pas pourquoi vous vous adressez à moi,

dit-elle. Harold a vingt et un ans. Je n'ai aucune autorité sur lui.

– Il n'est pas venu vous voir ?

– Non, monsieur. (Elle se montre de profil par-dessus son épaule gauche.) Vous lui avez fait tellement honte que j'imagine qu'il n'ose pas.

– Mais il devrait avoir honte, vous ne trouvez pas ?

– Je ne sais pas pourquoi. Je ne voulais pas qu'il épouse cette fille pour commencer. Il n'y a qu'à la regarder pour savoir qu'elle est aux deux tiers folle.

– Allons donc, ça n'est pas vrai, n'est-ce pas ?

– Pas vrai ! Mais la première chose que cette fille m'a dite ça a été de me demander pourquoi je n'avais pas de machine à laver. Elle entre comme ça dans ma cuisine, elle jette un coup d'œil autour d'elle et se met à m'expliquer comment arranger ma vie.

– Vous ne croyez tout de même pas que c'était son intention.

– Non, elle n'avait aucune intention. Elle se demandait simplement ce que je faisais à vivre dans une moitié de maison si délabrée alors qu'elle venait d'une grande baraque de Joseph Street, avec une cuisine pleine de toutes sortes d'appareils et quelle chance j'avais de coller mon garçon à une fille aussi bien équipée. D'abord, je n'ai jamais aimé ses yeux. Ils ne vous regardaient jamais en face.

Elle se tourne vers Eccles et celui-ci, ainsi prévenu, soutient son regard. Derrière ses lunettes embuées – de vieilles lunettes à monture d'acier où les croissants de verres bifocaux accrochent un reflet de lumière plus rose – son nez dressé avec arrogance exhibe sa base charnue et complexe. Eccles se rend compte que cette femme a un tempérament d'humoriste. Ce qu'il y a d'ennuyeux avec les humoristes, c'est qu'ils mélangent ce qu'ils croient avec ce qu'ils ne croient pas ; ils choisissent ce qui leur semble le plus susceptible de faire de l'effet. Ce qui est étrange, c'est combien il la trouve sympathique, bien qu'au fond elle l'attaque avec autant de vigueur que son linge sale. Mais c'est justement cela, pour elle c'est la même chose. Contrairement à Mrs. Springer, elle ne le voit absolument pas. C'est avec le monde entier qu'elle se confronte et, bien à l'abri sous l'ampleur de sa satire, elle peut dire ce que bon lui semble.

Il défend carrément Janice.

– Elle est timide.

– Timide ! Elle n'était pas trop timide pour se faire mettre enceinte de façon que le pauvre Harry soit obligé de l'épouser alors qu'il n'était encore qu'un gamin.

– Il avait vingt et un ans, vous venez de le dire.

– Oui, si vous voulez, en années. Il y en a qui meurent jeunes ; il y en a d'autres qui naissent vieux.

Toujours des épigrammes. Ma foi, elle est drôle. Eccles se met à rire tout haut. Elle ne fait pas mine de l'entendre et revient à sa lessive avec fureur.

– Elle est à peu près aussi timide qu'un serpent, cette fille, riposte-t-elle. Ces petites femmes sont un poison. Elles se tortillent avec leurs yeux de serpent en récoltant la sympathie de tout le monde. En tout cas elle n'a pas la mienne ; que les hommes pleurent s'ils veulent. A entendre parler son beau-père, on n'a pas vu pareille martyre depuis Jeanne d'Arc.

Il rit de nouveau ; mais ne raille-t-elle pas ?

– Et, euh, que devrait faire Harry, selon Mr. Angstrom ?

– Revenir en rampant. Qu'est-ce que vous croyez ? Et c'est ce qu'il fera, d'ailleurs, le pauvre garçon. Au fond, il est tout comme son père. Un cœur d'artichaut. J'imagine que c'est pour cela que les hommes gouvernent le monde. Ils ne sont que tendresse.

– C'est une opinion originale.

– Vraiment ? C'est ce qu'on vous répète tout le temps à l'église. Les hommes ne sont que bonté et les femmes ne sont que chair. Je ne sais pas qui est censé être intelligent. Dieu, j'imagine.

Il sourit, se demandant si l'Eglise luthérienne inculque à tous les fidèles ce genre d'idées. Luther lui-même était un peu comme ça, peut-être : exagérant des demi-vérités dans une sorte de colère comique. C'est peut-être de là que provient toute cette manie de paradoxe des protestants. Il y a dans une telle attitude un désespoir fondamental.

De la démesure en écartant le cas particulier. Peut-être : il a oublié beaucoup de théologie. L'idée lui vient qu'il devrait voir le pasteur d'Angstrom.

Mrs. Angstrom reprend un fil de la conversation qu'elle avait laissé tomber.

– Tenez, ma fille Miriam est vieille comme les collines, et elle l'a toujours été ; je ne me suis jamais fait de mauvais sang pour elle. Je me souviens, les dimanches d'autrefois où nous allions nous promener du côté de la carrière, Harold avait si peur – il n'avait pas plus de douze ans alors –, il avait si peur qu'elle tombe par-dessus le bord. Je savais que cela n'arriverait pas. Il n'y a qu'à la regarder. Elle ne se mariera pas par pitié comme le pauvre Harry pour que tout le monde lui tombe dessus ensuite parce qu'il a essayé de s'en sortir.

– Je ne pense pas que le monde lui soit tombé dessus. La mère de Janice et moi estimons justement que ce semblait être tout à fait le contraire.

– Ne croyez pas cela. Je n'ai aucune sympathie pour cette fille. Mais elle a tout le monde de son côté, depuis Eisenhower jusqu'en bas de l'échelle. On arrivera bien à le persuader. Vous y arriverez bien. Et tenez, en voilà un autre.

La porte de la rue s'est ouverte si doucement qu'elle seule l'a entendue. Son mari entre dans la cuisine, en manches de chemises et avec une cravate, mais ses ongles cernés de noir : il est imprimeur. Il est aussi grand que sa femme, mais il paraît plus petit. Sa bouche fait une moue un peu ricanante par-dessus de fausses dents mal ajustées. Son nez est comme celui de Harry, un bouton net et lisse.

– Comment allez-vous, mon Père ? dit-il.

Ou bien il a été élevé dans la religion catholique, ou parmi des catholiques.

– Monsieur Angstrom, je suis très heureux de vous rencontrer. (Il a la main creusée de sillons, mais la paume douce est sèche.) Nous parlions de votre fils.

– Je suis navré de cette histoire.

Eccles le croit. Earl Angstrom a un air grisonnant, un

peu délabré. Cette histoire l'a accablé. Il crispe les lèvres comme un homme souffrant de l'estomac qui retient des renvois. Il est grignoté de l'intérieur. On dirait que ses cheveux et que ses yeux se sont décolorés comme si c'était de l'encre de mauvaise qualité. C'est un homme droit, qui a mesuré sa vie au lignomètre, qui a préparé sa composition et qui est revenu le matin pour trouver tous les caractères mélangés.

– Il parle de cette fille comme si c'était la mère du Christ, dit Mrs. Angstrom.

– C'est faux, répond doucement Angstrom. (Et il s'assied devant la table blanche de la cuisine. La place de quatre couverts, année après année, a fini par user l'émail.) Je ne vois simplement pas comment Harry a pu faire un tel gâchis. Quand il était enfant, il était toujours si soigné. Il n'était pas débraillé comme les autres garçons. Il travaillait proprement.

Avec ces mains gercées et pleines de savon, Mrs. Angstrom a mis le café à chauffer pour son mari. Ce petit geste semble la mettre en harmonie avec lui ; comme cela arrive brusquement à de vieux couples dont on croit qu'ils ne sont pas du même avis, ils se mettent tout d'un coup à parler comme s'ils ne faisaient qu'un.

– C'est dans l'armée, dit-elle. Quand il est revenu du Texas, il n'était plus le même.

– Il n'a pas voulu venir à l'imprimerie, dit Angstrom. Il ne voulait pas se salir.

– Révérend Eccles, voudriez-vous du café ? demande Mrs. Angstrom.

Enfin la chance qu'il attendait.

– Non, merci. Mais ce que j'aimerais, par contre, c'est un verre d'eau.

– Rien que de l'eau ? Avec de la glace ?

– N'importe comment. N'importe comment me conviendra.

– Oui, Earl a raison, dit-elle. Les gens maintenant parlent de la paresse de Hassy, mais il n'est pas paresseux. Il ne l'a jamais été. Quand on était fier de la façon dont il jouait au basket-ball au collège, vous savez, les gens disaient : oui, bien sûr, mais il est si grand, c'est facile pour lui. Mais ils ne savaient pas combien il avait travaillé pour cela. Tous les soirs, dans la cour, il s'escrimait avec son ballon, bien après la tombée de la nuit ; on se demandait comment il pouvait y voir.

– Depuis l'âge de douze ans environ, dit Angstrom, il s'entraînait tous les jours. Je lui avais installé un poteau dans la cour ; le garage n'était pas assez haut.

– Quand il s'attelait à quelque chose, reprend Mrs. Angstrom, il n'y avait pas moyen de l'arrêter. (D'un geste énergique, elle manœuvre le levier du casier à glace et dans de multiples craquements qui envoient des éclats jaillir ici et là, les cubes de glace se détachent.) Il voulait être le meilleur et je crois sincèrement qu'il l'était.

– Je sais ce que vous voulez dire, répond Eccles. Je joue un peu au golf avec lui, et déjà il commence à jouer mieux que moi.

Elle met les cubes de glace dans un verre, elle maintient le verre sous un robinet et le lui tend. Il le porte à ses lèvres et la voix véhémente mais sans timbre d'Earl Angstrom parvient jusqu'à lui entre deux gorgées.

– Et puis il revient de l'armée et tout ce qui l'intéresse, c'est courir les filles. Il ne veut pas venir travailler à l'imprimerie parce que ça lui salira les ongles. (Eccles repose le verre et Angstrom poursuit en le regardant bien en face.) Il est devenu le pire voyou de Brewer. Si je pouvais mettre la main sur lui, mon Père, j'essaierais de lui casser la gueule même s'il devait me crever en se défendant.

Une moue de défi crispe son visage couleur de cendre, ses yeux incolores brillent.

– Surveille ton langage, Earl, dit sa femme, en versant du café dans une tasse à fleurs posée sur la table entre ses mains.

Il regarde la vapeur et dit :

– Excusez-moi. Quand je pense à ce que fait ce garçon, j'en ai l'estomac qui se retourne.

Eccles lève son verre et dit : « Non » dedans comme dans un mégaphone, puis il boit jusqu'au moment où il ne peut plus aspirer une goutte d'eau de sous les cubes de glace qui viennent lui heurter le nez. Il s'essuie la bouche et dit :

– Votre fils a beaucoup de bons côtés. Quand je suis avec lui – c'est assez regrettable, vraiment – je me sens si joyeux que j'oublie complètement les raisons pour lesquelles je le vois.

Il se met à rire, d'abord en regardant monsieur, puis, ne parvenant pas à éveiller chez lui un sourire, en regardant madame.

– Ces parties de golf que vous faites, dit Angstrom, à quoi ça rime ? Pourquoi les parents de Janice ne lancent-ils pas la police à ses trousses ? A mon avis, un bon coup de pied dans le derrière, voilà ce qu'il lui faut.

Eccles jette un coup d'œil vers Mrs. Angstrom et il sent ses sourcils se figer en accent circonflexe comme de la pâte en train de sécher sur son front. Il ne s'attendait pas, une minute plus tôt, à trouver en elle une alliée et en ce brave homme usé un ennemi plutôt vulgaire et décevant.

– Mrs. Springer le voudrait, dit-il à Angstrom. Mais la jeune femme et son père veulent l'attendre.

– Ne dis pas de bêtises, Earl, dit Mrs. Angstrom. Est-ce que le vieux Springer tient à avoir son nom dans les journaux ? A t'entendre parler, on croirait que ce pauvre Harry est ton ennemi.

– Il est mon ennemi, dit Angstrom. (Ces doigts tachés encerclent la soucoupe.) Cette nuit que j'ai passée à arpenter les rues en le cherchant, il est devenu mon ennemi. Tu ne peux rien dire. Tu n'as pas vu la tête de cette pauvre fille.

– Qu'est-ce que ça peut me faire la tête qu'elle a ? C'est de traînées que tu me parles : elles ne deviennent pas pour moi des saintes blanches comme neige simplement parce qu'elles ont un acte de mariage. Cette fille voulait Harry, elle l'a eu grâce au seul truc qu'elle connaissait, et maintenant elle ne sait plus comment le retenir.

– Ne parle pas comme ça, Mary. Pour toi ce ne sont que des mots. Imagine que j'aie agi comme l'a fait Harry.

– Ah ! dit-elle, en se retournant. (Et Eccles tressaille en

voyant son visage tendu prêt à décocher un nouveau trait.) Ce n'est pas toi que je voulais ; c'était moi que tu voulais, n'est-ce pas ?

– Oui, bien sûr, marmonne Angstrom.

– Alors : il n'y a pas de comparaison.

Angstrom est assis, voûté devant son café, recroquevillé, comme si elle l'avait peint dans un tout petit coin.

– Oh ! Mary, soupire-t-il, n'osant pas en dire plus.

Eccles essaie de le défendre ; presque machinalement il vole au secours du plus faible.

– Je ne crois pas, déclare-t-il à Mrs. Angstrom, que vous puissiez dire que Janice n'imaginait pas son mariage bâti sur une attraction mutuelle. Si cette fille était si habile, elle n'aurait pas laissé Harry filer si facilement.

Maintenant qu'elle sait qu'elle s'est trop acharnée sur son mari, l'intérêt que Mrs. Angstrom porte à cette discussion s'est dissipé ; elle s'obstine dans une position si manifestement fausse – à savoir que Janice tire toute les ficelles – que cela équivaut à une concession.

– Elle ne l'a pas laissé filer, proteste-t-elle. Elle le fera revenir, vous verrez.

Eccles se tourne vers le mari ; si lui est d'accord, ils seront tous les trois à l'unisson, et il pourra s'en aller.

– Croyez-vous aussi que Harry va revenir ?

– Non, répond Angstrom, en baissant les yeux, jamais. Il est allé trop loin. Il va simplement glisser de plus en plus profond maintenant, jusqu'au moment où nous pourrons aussi bien l'oublier. S'il avait vingt ans ou vingt-deux ans, mais à son âge... à l'atelier on voit quelquefois de ces jeunes voyous de Brewer. Ils ne peuvent pas garder leur place. Ils sont comme des infirmes, seulement ils ne boitent pas. Des déchets humains, voilà ce que c'est. Et je reste assis là devant la machine à me demander comment ça a pu arriver à mon Harry, qui avait une telle horreur du gâchis.

Eccles regarde la mère de Harry et cela lui donne un coup de la voir appuyée contre l'évier, ses joues ruisselantes luisant sous les lunettes. Il se lève, bouleversé. Pleure-t-elle parce qu'elle croit que son mari dit la vérité, ou parce qu'elle estime qu'il dit cela simplement pour lui faire de la peine, pour se venger de l'avoir forcée à reconnaître que c'était lui qui avait eu envie d'elle ?

– J'espère que vous vous trompez, dit Eccles. Il faut que je m'en aille maintenant. Je vous remercie tous les deux d'avoir discuté cette affaire avec moi. Je me rends bien compte que c'est pénible.

Angstrom le raccompagne et, dans l'ombre de la salle à manger, lui prend le bras.

– Il aimait les choses bien en ordre, dit-il. Je n'ai jamais vu un garçon comme lui. La moindre scène dans la famille, il prenait ça terriblement à cœur.

Dans l'obscurité du living-room, une jeune fille apparaît, bras nus, dans une robe d'été.

– Mim ! Tu viens de rentrer ?

– Oui.

– Voici le Père... je veux dire le Révérend...

– Eccles.

– Eccles ; il est venu parler de Harry. Ma fille Miriam.

– Bonjour, Miriam. J'ai entendu Harry parler de vous avec beaucoup de tendresse.

– Salut.

Avec cet accueil désinvolte semblent traîner derrière elle des volutes de fumée de cigarette et des relents de parfum bon marché. Le nez de Mrs. Angstrom a pris une certaine délicatesse sur le visage de la jeune fille, son arête est sarrasine ou même plus ancienne, barbare. Au premier abord, elle semble de la même taille que sa mère, mais quand son père est debout près d'elle, Eccles constate qu'ils ont la même taille ; leurs corps, celui de la belle fille et celui du vieil homme las sont identiques. Ils ont la même étroitesse; un tranchant durable dont Eccles sait qu'il peut couper, après avoir vu les plaies ouvertes sous les lunettes de Mrs. Angstrom. Cette étroitesse et une certaine vulgarité qui le gênent. Mais ils réussiront. Ils savent ce qu'ils font. C'est une de ses faiblesses à lui, de préférer les gens qui ne savent pas ce qu'ils font. Les gens désemparés : ceux-là, et puis ceux qui sont tout en haut perdus. Ceux qui manœuvrent plus ou moins bien entre deux eaux, à ses yeux de féodal semblent toujours voler. Lorsqu'ils se regroupent à la porte, Angstrom passe un bras autour de la taille de sa fille et Eccles pense à Mrs. Angstrom, silencieuse dans la cuisine avec ses joues humides et ses bras rouges.

Ça n'est qu'une brève image ; une impression fugitive. Sur le trottoir, quand il se retourne pour les saluer tous les deux sur le pas de la porte, il est heureux de la belle image qu'ils font, et il rit de leur symétrie incongrue, elle, avec son air de jeune garçon arabe, et le mépris innocent que lui inspire son col de pasteur, et l'imprimeur, avec son visage mou de vieille femme, unissant leurs silhouettes frêles, enlacées.

Il monte dans sa voiture, assoiffé et vexé. On a dit quelque chose d'agréable dans la dernière demi-heure, mais il n'arrive pas à se rappeler ce que c'était. Il a chaud, il est écorché, désemparé et desséché : il a l'impression d'avoir passé un après-midi dans les bruyères. Il a vu une demi-douzaine de personnes, un chien, et nulle part il n'a rencontré d'opinions qui s'accordent avec la sienne, à savoir que Harry Angstrom valait la peine d'être sauvé et pouvait être sauvé. Au contraire, là-bas, dans les bruyères, on aurait dit qu'il n'y avait pas de Harry. Rien que de l'air vicié et les souches mortes de l'an dernier. L'eau glacée de Mrs. Angstrom l'a laissé plus assoiffé qu'avant ; son palais lui semble tapissé de toiles d'araignées. Dans la blancheur de l'après-midi le jour décline vers le long soir bleu de printemps. Il passe un carrefour où quelqu'un s'exerce à la trompette derrière une fenêtre ouverte. *Du du do do da da dee. Dee dee da da do du.* Des voitures rentrent en chuintant. Il traverse toute la ville, empruntant les rues diagonales suivant une trace parallèle à la crête lointaine de la montagne. Fritz Kruppenbach, le pasteur luthérien de Mt Judge depuis vingt-sept ans, habite une haute maison de briques non loin du cimetière. La motocyclette appartenant à son fils, qui fait ses études au collège, est couchée sur le côté dans l'allée, en partie démontée. La pelouse en pente, étagée en paliers pomponnés, a cette coloration chartreuse artificielle que donne l'emploi de grandes quantités d'engrais, de désherbant, et le fréquent passage de la tondeuse. Mrs. Kruppenbach – Lucy parviendra-t-elle jamais à avoir cet air docile et potelé ? – vient lui ouvrir, dans une robe grise qui ne fait aucune concession à la saison. Ses cheveux gris enserrent sa tête de tresses serrés. Quand elle laisse retomber tous ses cheveux, elle doit avoir l'air d'une sorcière.

– Il est en train de passer la tondeuse derrière, dit-elle.

– J'aimerais lui parler simplement quelques minutes. Il s'agit d'un problème qui concerne nos deux Congrégations.

– Montez donc dans sa chambre. Je vais aller le chercher.

Toute la maison, le vestibule, les couloirs, l'escalier, même le cabinet de travail du pasteur au premier avec ses meubles tendus de cuir, tout est imprégné de l'odeur de rôti de bœuf. Comme si chaque jour, quand on fait le ménage, on imprégnait ce parfum dans le bois avec un chiffon humide. Eccles s'assied près de la fenêtre du bureau de Kruppenbach, sur un banc au dossier de chêne qu'on a dû retirer du temple à la suite de travaux d'embellissement. Assis sur le banc, il éprouve un besoin juvénile de prier, mais il se contente de regarder à travers la vallée les fragments vert pâle du terrain de golf où il aimerait être, avec Harry. Il a un peu menti à Mrs. Angstrom. Harry ne joue pas mieux au golf que lui. Il semble avoir du mal à ce que le club soit un prolongement de son corps, il semble paralysé par la crainte que cette baguette d'acier le trahisse. Entre les coups de Harry, tantôt magnifiques et tantôt affreux et la faiblesse constante de son jeu à lui, il s'établit une sorte d'égalité qui rend imprévisible l'issue de chaque partie. Eccles a trouvé d'autres partenaires, soit meilleurs, soit plus mauvais que lui ; seul Harry est les deux à la fois, et seul Harry donne au jeu une gaieté désespérée, comme s'ils étaient tous les deux lancés dans une quête impossible, stupéfiante, sans fin, imposée par un seigneur bienveillant, mais absurde, une quête dont les humiliations leur font monter presque les larmes aux yeux, mais qui se renouvelle à chaque *tee,* dans un nouveau flux de vert. Et pour Eccles, il y a un autre espoir, la secrète détermination de battre Harry à plate couture. Il a l'impression que ce qui rend Harry irrégulier, ce qui le met dans l'incapacité de retrouver à chaque fois son magnifique swing, c'est ce qui se trouve à la base de tous les problèmes qu'il a créés; et qu'en le battant de façon décisive, lui, Eccles, tombera sur cette faiblesse, sur cette faille, et par là même résoudra les problèmes. En attendant, il y a toujours le plaisir d'entendre Harry s'écrier de temps en temps : « Oui, oh ! oui », ou bien : « Ça, c'est joué ! » Leurs rapports atteignent par moments pour Eccles un degré de plaisir, une innocente extase qui font que le monde avec tous ses infinis détails semble lointain sphérique et vert.

La maison retentit sous le pas du maître. De tous les pasteurs de la ville, c'est Kruppenbach qu'il aime le moins. L'homme est rigide dans sa croyance et brutal dans ses façons. Eccles aime bien les presbytères ; c'est dans un presbytère qu'il a grandi. Mais il sent ici toute l'absence d'humour, toute la dévote oppression que les gens imaginent souvent à tort. Pourtant le fils de Kruppenbach n'a pas dû avoir ce sentiment : témoin la moto.

L'homme monte les marches jusqu'à son bureau, furieux d'avoir été interrompu dans ses travaux de jardin. Il porte un vieux pantalon noir et un tricot de corps trempé de sueur. Ses épaules sont couvertes d'un poil gris et dru, et une large touffe émerge de l'U de son maillot de corps et recouvre la peau rouge et ruisselante de sa poitrine.

– Bonjour, Chack, dit-il, comme s'il était en chaire, et sans la moindre cordialité. (Son accent allemand fait que ses paroles ont l'air de pierres entassées avec colère les unes par-dessus les autres.) Qu'est-ce qu'il y a ?

Eccles n'ose pas appeler le vieil homme « Fritz », et se contente de rire en s'écriant : « Bonjour ! ».

Kruppenbach grimace. Il a une tête massive et carrée, avec les cheveux taillés en brosse. C'est un homme de brique. Comme s'il était né littéralement de l'argile et que des années d'exposition aux intempéries l'aient cuit jusqu'à lui faire prendre la couleur et la dureté de la brique.

– Qu'est-ce qu'il y a ? répète-t-il.

– Vous avez parmi vos paroissiens une famille nommée Angstrom.

– Oui.

– Le père est imprimeur.

– Oui.

– Leur fils, Harry, a abandonné sa femme voilà plus de deux mois ; sa famille à elle, les Springer, sont de ma paroisse.

– Oui, en effet. Le garçon. Le garçon est un *Schussel.*

Eccles ne sait pas très bien ce que cela veut dire. Il suppose que Kruppenbach ne s'assied pas parce que qu'il ne veut pas salir son mobilier avec sa transpiration. Le fait qu'il reste debout met Eccles dans une position de suppliant, il est assis sur le banc comme un choriste. L'odeur de la viande qui cuit se fait plus insistante à mesure qu'il explique ce qui, selon lui, s'est passé : comment Harry a été dans une certaine mesure gâté par ses succès d'athlète ; comment la femme, pour être juste, avait peut-être mal imaginé ce que serait leur mariage ; comment lui-même, en tant que pasteur, avait essayé de maintenir la conscience du jeune jomme en contact avec sa femme sans lui imposer une réunion prématurée, car son problème n'était pas tant un manque, qu'au contraire un excès de sentiment mal contenu. Comment les quatre parents, pour diverses raisons, n'étaient pas d'un grand secours ; comment il avait été témoin, quelques minutes plus tôt, d'une querelle entre les Angstrom qui expliquait peut-être pourquoi leur fils...

– Croyez-vous, l'interrompt Kruppenbach (Jack ne s'attendait pas à le voir si longtemps muet – l'homme n'avait rien d'un auditeur paisible ; même en maillot de corps, on avait l'impression qu'il portait ses habits sacerdotaux) ; croyez-vous que ce soit votre travail de vous mêler de la vie de ces gens ? Je sais bien ce qu'on vous enseigne au séminaire maintenant : la psychologie et tout le tremblement. Mais je ne suis pas d'accord. Vous vous imaginez maintenant que votre tâche est celle d'un docteur qui pratique gratis, qui s'en va courir partout pour boucher les trous et tout aplanir. Ce n'est pas mon avis. Je ne trouve pas que ce soit votre mission.

– Mais j'ai seulement...

– Laissez-moi finir. Voilà vingt-sept ans que je suis à Mt Judge et vous y êtes depuis deux ans. J'ai écouté votre récit, mais je n'écoutais pas ce que cela disait des gens, j'écoutais ce que cela m'apprenait sur vous. Et voici ce que j'ai entendu : l'histoire d'un ministre de Dieu qui vend son message pour quelques ragots et quelques parties de golf. Que croyez-vous que cela semble à Dieu, un mari enfantin qui abandonne une femme enfantine ? Ne pensez-vous jamais plus à ce que voit Dieu ? Ou bien avez-vous dépassé ce stade ?

– Non, bien sûr que non. Mais il me semble que notre rôle dans une situation comme celle-ci...

– Il vous semble que notre rôle est de jouer aux gendarmes, aux gendarmes sans menottes, sans revolver, sans rien que notre bonne nature d'homme. Ça n'est pas cela ? Ne répondez pas, voyez simplement si je n'ai pas raison. Eh bien, je vous dis que c'est une idée du diable. Je dis, moi, que les gendarmes fassent la police et s'occupent de leurs lois qui n'ont rien à faire avec nous.

– Je suis d'accord, jusqu'à un certain point...

– Il n'y a pas de certains points ! Il n'y a ni raison ni mesure dans ce que nous devons faire. (Son gros index, poilu entre les jointures, a commencé à taper sur le dossier d'un fauteuil de cuir pour ponctuer ce qu'il dit.) Si Gott veut mettre un terme à la misère, il déclarera maintenant le Royaume. (Jack sent son visage s'empourprer.) Quelle importance croyez-vous qu'aient vos petits amis parmi les milliards que Dieu voit ? En ce moment même, à Bombay, il y a des gens qui meurent dans les rues à chaque minute. Vous parlez de rôle. Je prétends que vous ne savez pas quel est votre rôle, sinon vous seriez enfermé chez vous en train de prier. Voilà votre rôle : donner l'exemple de la foi. C'est de là que vient le réconfort : de la foi, et non pas de ce que l'on peut tirer ici et là d'un corps en le harcelant. Courant dans tous les sens, vous esquivez le devoir que vous a confié Dieu, de fortifier votre foi de façon, quand l'appel viendra, que vous puissiez aller leur dire : « Oui, il est mort, mais vous le reverrez dans les cieux. Oui, vous souffrez, mais vous devez aimer votre souffrance, car c'est la souffrance du Christ. » Quand le dimanche arrive, quand nous apparaissons devant eux, nous ne devons pas nous avancer l'air accablé de malheur, mais pleins du Christ, *brûlants* (il crispe ses poings velus) du Christ, pleins d'ardeur : et les brûler avec la force de notre croyance. C'est pour cela qu'ils viennent ; sinon, pourquoi nous paieraient-ils ? Tout ce que nous pouvons faire ou dire d'autre, n'importe qui peut le faire et le dire. Ils ont des docteurs et des juristes pour ça. Tout est dans la Bible : un voleur qui a la foi vaut tous les pharisiens. Ne vous y trompez pas. Je parle sérieusement. Ne vous y trompez pas. Il n'y a rien pour nous que le Christ. Tout le reste, toutes les convenances, tous ces efforts, ça n'est rien. C'est l'œuvre du diable.

– Fritz, appelle la voix de Mrs. Kruppenbach, dans l'escalier. Le dîner est prêt.

L'homme roux en maillot de corps toise Eccles et demande :

– Voulez-vous vous agenouiller un moment avec moi et prier pour que le Christ vienne dans cette pièce ?

– Non. Non, je ne veux pas. Je suis trop en colère. Ce serait de l'hypocrisie.

Ce refus, impensable de la part d'un profane, n'adoucit pas Kruppenbach, mais le rend plus calme.

– L'hypocrisie, murmure-t-il. Vous n'avez aucun sérieux. Vous ne croyez pas à la damnation ? Vous ne saviez donc pas, quand vous avez passé ce col, ce que vous risquiez ? Sur son visage brique, ses yeux semblent de petites imperfections, roses et luisants d'eau, comme cuits par la chaleur intense.

Il se tourne sans attendre la réponse de Jack et descend dîner. Jack le suit dans l'escalier et le suit jusqu'à la porte. Son cœur bat comme celui d'un enfant apeuré et ses genoux tremblent de colère. Il est venu échanger des renseignements et voilà qu'il s'est fait accueillir par l'allocution d'un dément. Ce vieux Hun tonnant et plein d'onction ne considérait absolument pas son ministère comme un legs de lumière et sortait sans doute lui-même d'une boutique de boucher. Jack se rend compte que ce sont des pensées indignes et entachées de mépris, mais il ne peut les réprimer. Il est si accablé qu'il s'efforce de creuser encore son désespoir en se disant : il a raison, il a raison, faisant ainsi jaillir les larmes et se purgeant, si absurdement que ce soit, au-dessus du cercle vert et parfait du volant de la Buick. Mais il ne peut pas pleurer ; il est desséché. Sa honte et son échec pèsent sur lui, lourds mais vains.

Bien qu'il sache que Lucy voudrait qu'il rentre – si le dîner n'est pas tout à fait prêt, il arrivera à temps pour donner leur bain aux enfants –, il s'en va jusqu'au drugstore dans le centre de la ville. La fille aux cheveux coupés en caniche derrière le comptoir fait partie de son Groupe de Jeunesse, et deux de ses paroissiens, qui achètent des médicaments, des préservatifs ou des Kleenex, le saluent gaiement ; il se sent chez lui dans les lieux publics, il pose les poings sur la froideur pure du marbre et commande un ice-cream soda à la vanille, avec un peu de glace à l'érable et aux marrons. Puis il boit deux grands verres d'une eau pure et délicieuse avant qu'on lui serve sa glace.

Le Castagnettes Club fut ainsi nommé pendant la guerre, à l'époque où l'Amérique du Sud était à la mode, et il occupe un immeuble triangulaire là où Warren Avenue coupe Running Horse Street à angle aigu. C'est dans le quartier sud de Brewer, le quartier italo-négro-polonais, et Rabbit ne l'aime pas. Avec ses fenêtres en briques de verre qui grimacent au bord de sa façade, on dirait une forteresse de mort; l'intérieur est aménagé dans le style discret d'un hall de pompes funèbres moderne, avec des plantes vertes en pots ici et là, une musique dont les doux accords flottent partout, et la même odeur de tapis cloué, de tubes fluorescents, de stores vénitiens et l'odeur, plus secrète, de l'alcool. On en boit, et c'est dedans qu'on finit embaumé. Depuis le jour où un type de Jackson Road a perdu sa place d'assistant d'un entrepreneur de pompes funèbres pour devenir barman, Rabbit estime qu'il y a un lien entre les deux professions ; ceux qui pratiquent l'une et l'autre parlent bas, ont l'air très soigné et parlent toujours debout. Ruth et lui s'assoient dans une niche sur le devant, d'où ils reçoivent à travers la vitre de faibles reflets de lumière rouge quand la castagnette de l'enseigne au néon pendue dehors s'allume et s'éteint, passant de l'une à l'autre de ces positions qui imitent le claquement de l'instrument.

Cette lueur rose affine le visage de Ruth. Elle est assise en face de lui. Il essaie d'imaginer le genre de vie qu'elle menait ; elle trouve sans doute un endroit sinistre comme cet établissement aussi accueillant que serait pour lui un vestiaire. Mais cette seule idée le rend nerveux ; la vie désordonnée qu'elle menait, comme le fait que lui ait une famille, c'est une chose qu'il essaie toujours d'oublier. Il était heureux de traîner simplement chez elle la nuit, pendant qu'elle lisait des romans policiers et que lui descendait jusqu'à l'épicerie acheter de la bière, d'aller certains soirs au cinéma, mais rien de comparable à ça. Le premier soir, il avait vraiment utilisé ce Daiquiri, mais depuis lors, il n'avait aucune envie d'en boire d'autres et il espérait que c'était la même chose pour elle. C'était vrai un moment, mais depuis quelque temps quelque chose la rongeait ; elle est lourde au lit et de temps en temps elle le regarde comme s'il était une sorte de porc. Il ne sait pas ce qu'il fait de différent, mais il sait qu'il n'y a plus, entre eux, cette aisance du début. Ainsi ce soir, sa soi-disant amie Margaret téléphone. Il a une peur bleue quand le téléphone sonne. Il s'est mis dans l'idée depuis quelque temps que ça va être la police, ou sa mère, ou quelqu'un ; il a l'impression de quelque chose qui se développe de l'autre côté de la montagne. Deux ou trois fois depuis qu'il s'est installé chez elle, le téléphone a sonné et c'était un homme à la voix rauque qui disait : « Ruth ? » ou bien qui raccrochait simplement, tout surpris d'entendre Rabbit répondre. Quand ils ne raccrochaient pas, Ruth se contentait de dire un tas de « non » dans le récepteur et par chance, tout se passait toujours bien. Elle savait comment les traiter et d'ailleurs il n'y en avait guère plus de cinq qui téléphonaient. On aurait dit que le passé était une plante grimpante qui ne tenait que par ces cinq racines peu profondes, faciles à arracher, la laissant pure, bleue et vacante. Mais ce soir, c'est Margaret qui jaillit de son passé, et elle veut qu'ils descendent au Castagnettes Club, Ruth en a envie aussi et Rabbit suit le mouvement. N'importe quoi pour changer un peu. Il s'ennuie.

– Qu'est-ce que tu veux ? demande-t-il.

– Un Daiquiri.

– Tu es sûre ? Tu es sûre que ça ne te rendra pas malade. (Il a remarqué cela, que tantôt elle a l'air un peu malade et ne veut rien manger et que tantôt elle dévorerait n'importe quoi.)

– Non, je n'en suis pas sûre, mais pourquoi est-ce que je ne serais pas malade si ça me chante ?

– En effet, je ne sais pas pourquoi. Tout le monde a le droit d'être malade.

– Ecoute, pour une fois ne philosophons pas. Commande-moi simplement ma consommation.

Une serveuse de couleur en uniforme orange, dont les franges lui font supposer qu'elle voudrait avoir un air sud-américain, s'approche de leur table et il commande deux Daiquiris. Elle referme son bloc, s'éloigne et il remarque qu'elle a le dos à moitié nu, si bien qu'on voit un peu de son soutien-gorge noir. Auprès du tissu, sa peau n'est pas noire du tout, elle a simplement une coloration douce et soutenue qui donne un peu de sincérité à cet établissement. Des ombres violettes flottent sur les méplats de son dos, là où la lumière les frappe. Elle trottine comme un pigeon, en faisant trembler toutes ces franges orange. Il ne l'intéresse pas ; cela lui plaît. L'ennui avec Ruth, c'est que depuis quelque temps, elle essaie de lui donner des remords.

– Ne t'effondre pas, lui dit-elle.

– Je ne fais rien.

– C'est vrai, tu ne fais rien.

Si c'est une menace, il n'aime pas les menaces.

Margaret arrive et le type qui l'accompagne, constate-t-il sans plaisir, est Ronnie Harrison. Margaret lui dit :

– Bonjour, vous. Alors, vous êtes toujours là ?

– Bon sang, fait Harrison, c'est le grand Angstrom, comme s'il essayait de remplacer Tothero. J'ai entendu parler de toi, ajoute-t-il d'un ton visqueux.

– Oh ! Des nouvelles, comme ça.

Harrison n'a jamais fait partie des amis de Rabbit et il ne s'est pas amélioré. Au vestiaire, il parlait toujours de tout piger et se tripotait sous ce petit pot velu qui lui servait de ventre, et il a encore grossi. Harrison est gras. Gras et à moitié chauve. Ses cheveux roux et crêpus se sont clairsemés et la peau de son crâne apparaît, selon la façon dont il incline la tête. Cette tache rose qu'on aperçoit paraît obscène à Rabbit, comme les idées qui percent toujours à travers la conversation de Harrison. Il se souvient pourtant d'un soir où Harrison est revenu d'un match après avoir perdu deux dents sur le coude de quelqu'un, et il s'efforce d'être content de le voir. Vous n'étiez que cinq là-bas, et les quatre autres cette fois-là étaient uniques au monde.

Mais il y a longtemps semble-t-il, et plus longtemps encore après chaque seconde que passe Harrison debout là, ricanant. Il porte un complet d'été aux épaules étroites, dans une imitation de lin, et cela agace Rabbit d'avoir à la hauteur de son oreille ce tissu gonflé de satisfaction. Il se sent coincé. Le problème est : qui s'assiéra où ? Ruth et lui se sont installés de part et d'autre de la table, ce qui était une erreur. Harrison se décide et va s'asseoir auprès de Ruth, avec quelque chose d'un peu crispé dans ses mouvements qui trahit le léger boitillement qu'il garde de sa vieille blessure de rugby. Rabbit est obsédé par les imperfections de Harrison ; il a gâché l'effet de son complet d'été en portant une cravate de laine noire comme un macaroni. Quand il ouvre la bouche, ses deux fausses dents ne vont pas tout à fait avec les autres.

– Alors, dit-il, comment la vie traite-t-elle le vieux maître ? Il paraît que ça ne va pas trop mal.

Il a un coup d'œil significatif vers Ruth, qui est assise là mollement, les mains nouées autour de son Daiquiri. Elle a les doigts rougis par de trop nombreuses vaisselles. Quand elle porte le verre à ses lèvres, on voit à travers son menton déformé.

Margaret se tortille auprès de Rabbit. Elle est un peu comme Janice : nerveuse. Sa présence dans le coin gauche de son champ visuel lui donne l'impression d'un linge humide qui approche de ce côté-là.

– Où est Tothero ? lui demande-t-il.

– Tother qui ?

Ruth pouffe, la garce. Harrison se penche vers elle, exhibant sa calvitie rose et lui chuchote une remarque à l'oreille. Les lèvres de Ruth se froncent en un sourire ; c'est exactement comme à cette soirée au restaurant chinois : tout ce qu'il dit lui plaira, à cela près que ce soir c'est Harrison et que lui, Rabbit, est assis en face d'eux apparié à cette fille qu'il déteste. Il est sûr que Harrison parle de lui, « le vieux maître ». Dès l'instant où ils se sont retrouvés tous les quatre, il a compris qu'il serait la tête de Turc. Comme Tothero l'autre soir.

– Vous savez très bien qui je veux dire, déclare-t-il à Margaret. Tothero.

– Notre vieil entraîneur, Harry ! s'écria Harrison, en tendant, à travers la table, la main vers les doigts de Rabbit. L'homme qui nous a rendus immortels !

Rabbit replie les doigts hors d'atteinte de Harrison et celui-ci, avec un ricanement satisfait, retire sa main, faisant glisser ses paumes sur la surface lisse de la table avec un chuintement humide.

– Parle pour moi, dit Rabbit. Toi, tu n'étais rien.

– Rien. Ça me paraît un peu sévère. Ça me paraît un peu sévère, mon vieil Harry. Revenons un peu en arrière. Quand Tothero voulait faire démolir un peu un gars, qui envoyait-il ? Quand il voulait quelqu'un pour surveiller de près un fin tireur comme toi, à qui s'adressait-il ? (Il se frappe la poitrine.) Tu étais une trop grande vedette pour te salir les mains. Tu n'as jamais touché personne, n'est-ce pas ? Tu n'as jamais joué au rugby non plus pour t'écorcher les genoux, n'est-ce pas ? Oh ! non, monsieur, pas Harry l'Oiseau ; lui, il volait plus haut. Il n'y avait qu'à lui donner la balle, et la regarder entrer dans le panier.

– Elle entrait, tu as remarqué.

– Quelquefois ; quelquefois elle entrait. Allons, Harry, ne fronce pas le nez. Tu sais que nous apprécions tous tes talents.

A la façon dont il se sert de ses mains, orchestrant une paisible symphonie de sarcasmes, de patience et d'insistance avec ses paumes, Rabbit se dit qu'il doit beaucoup parler à table. Il perçoit pourtant un frémissement ; et en voyant que Harrison a peur de lui, Rabbit cesse de s'intéresser à la scène. La serveuse arrive – Harrison commande un bourbon pour Margaret et pour lui et un autre Daiquiri pour Ruth – et Rabbit la regarde s'éloigner comme si c'était le seul élément réel du monde : la corde noueuse de sa colonne vertébrale entre deux coussins de muscles d'un brun bleuté. Il tient à ce que Ruth le voie regarder.

Harrison perd son assurance de commis voyageur.

– Je ne t'ai jamais dit ce que Tothero m'a raconté un jour à ton sujet ? Alors, champion, tu écoutes ?

– Qu'est-ce qu'a dit Tothero ? (Seigneur, quel raseur que ce type !)

– Il m'a dit : tout à fait entre nous, Ronnie, je compte sur toi pour animer l'équipe. Harry n'est pas un joueur d'équipe.

Rabbit regarde Margaret, puis Ruth.

– Maintenant, je vais vous expliquer ce qui s'est vraiment passé, leur déclare-t-il. Ce vieil Harrison que voici est allé voir Tothero et lui a dit : « Dites donc, je suis un véritable animateur, n'est-ce pas, professeur ? Un vrai capitaine, hein ? Pas comme ce m'as-tu-vu d'Angstrom ? » Et Tothero roupillait probablement et n'a pas répondu, si bien que Harrison pensera jusqu'à la fin de ses jours : « Voilà, je suis un vrai héros. Un véritable animateur de jeu. » Dans une équipe de basket-ball, vous comprendrez, chaque fois que vous avez un petit type maladroit et bas sur pattes qui ne peut rien faire, on le baptise organisateur de jeu. Je ne sais pas ce qu'il est censé organiser. Ses loisirs, sans doute.

Ruth se met à rire ; il se demande si c'était cela qu'il voulait.

– Ça n'est pas vrai. (Les mains éloquentes de Harrison accélèrent leur battement.) C'est une confidence qu'il m'a faite spontanément. D'ailleurs, je le savais déjà, ça n'était un secret pour personne dans tout le collège.

Vraiment ? Personne ne lui a jamais dit.

– Mon Dieu, dit Ruth, ne parlons pas basket-ball. Chaque fois que je sors avec ce type, nous ne parlons de rien d'autre.

Il se demande si le doute ne s'est pas lu sur son visage et si elle n'a pas dit cela pour le rassurer. Est-ce que par hasard elle ne le plaindrait pas ?

Harrison se dit qu'il a peut-être outrepassé les bornes de sa suavité de commis voyageur. Il prend une cigarette et exhibe un briquet gainé de cuir.

Rabbit se tourne vers Margaret – quelque chose dans la façon dont ce mouvement fait jouer les nerfs de son cou éveille des échos, lui donne l'impression qu'il s'est tourné vers elle exactement comme cela il y a un million d'années – et dit :

– Vous ne m'avez jamais répondu.

– Bah, je ne sais pas où il est. Je pense qu'il est rentré chez lui. Il était malade.

– Simplement malade, ou bien... (La bouche de Harrison se plisse en une étrange mimique, souriante et plissée à la fois, comme s'il faisait pour la première fois profiter ses amis campagnards de cet échantillon de l'esprit new-yorkais, et il se tape la tête pour être bien sûr d'être compris)... ou bien est-il malade de là ?

– De partout, dit Margaret.

Une ombre grave passe sur son visage, qui semble l'éloigner, elle et Harry qui s'en rend compte, des autres, et les emporter vers cette étrange région d'une époque lointaine dont ils se sont égarés ; un étrange remords traverse Harry à l'idée qu'il est ici au lieu d'être là-bas, où il n'est jamais allé. Ruth et Harrison en face d'eux, touchés par le rythme saccadé de la lumière rouge, semblent des spectres aperçus au cœur de la damnation.

– Ma chère Ruth, dit Harrison, qu'est-ce que tu deviens ? Je me fais souvent du souci pour toi.

– Ne te fais pas de souci pour moi, dit-elle (et pourtant elle semble contente).

La serveuse noire apporte leurs consommations, et Harrison pose son briquet auprès de son verre, comme pour montrer que c'est un article à vendre.

– Tu savais, demanda-t-il à Harry, avec un doux sourire, comme s'il bavardait avec un enfant, que Ruth et moi sommes un jour allés ensemble à Atlantic City ?

– Il y avait un autre couple, précise-t-elle à Harry.

– Un couple répugnant, dit Harrison, qui préférait le triste abri de leur bungalow à l'éclatant soleil qu'il y avait dehors. Le mâle m'a confié par la suite, avec un orgueil mal dissimulé, qu'il avait connu onze fois l'orgasme au cours d'une trop courte période de trente-six heures.

Margaret éclate de rire.

– Vraiment, Ronnie, à vous entendre on croirait quelquefois que vous êtes allé à Harvard.

– Princeton, corrige-t-il. C'est à Princeton que je veux faire penser. Par ici, Harvard est suspect.

Rabbit se tourne vers Ruth pour voir si elle est toujours de son côté. Il constate sans plaisir que le second Daiquiri est entamé et que le premier est déjà fini. Elle glousse un peu.

– Ce qu'il y avait de terrible avec eux, dit-elle, c'est qu'ils ont fait l'amour dans la voiture. Ce pauvre Ronnie essayait de conduire au milieu de toute la circulation du dimanche soir, et voilà qu'à un feu rouge je regarde derrière et que je vois Betsy avec sa robe retroussée jusqu'au cou.

– Je n'ai pas conduit tout le temps, lui dit Harrison. Souviens-toi que nous avons quand même fini par lui faire prendre le volant.

Il penche la tête vers elle, quêtant sa confirmation, et on voit briller sa calvitie rose.

– Oui.

Ruth regarde dans son verre et se met à glousser de nouveau, peut-être en pensant à Betsy nue. Harrison guette la réaction de Rabbit.

– Ce type, reprend-il, de la voix paisible du vendeur qui propose une affaire, avait une intéressante théorie. Il estimait (les mains de Harry fouettent l'air) qu'à l'instant, comment dirai-je ? crucial, il fallait gifler sa partenaire le plus fort possible, en pleine figure. Dans la mesure où la position le permet. Sinon, la gifler où on pouvait.

Rabbit sursaute ; il ne sait vraiment pas quoi faire de

ce type impossible. Et tout d'un coup, le temps de sursauter, tandis que l'alcool se vaporise sous ses côtes, il se sent perdre connaissance. Il rit, il rit vraiment. Ils peuvent tous aller se faire voir.

– Et mordre, qu'est-ce qu'il en pensait ?

Le sourire de Harrison se fige ; il n'a pas les réflexes assez rapides pour prendre un virage aussi brusque.

– Mordre ? Je ne sais pas.

– Bah, il n'avait pas dû beaucoup y réfléchir. Une bonne morsure bien saignante, rien ne vaut ça. Bien sûr, je comprends que tu sois handicapé, avec tes fausses dents.

– Tu as des fausses dents, Ronnie ? s'écria Margaret. Comme c'est passionnant ! Tu ne m'avais jamais dit.

– Bien sûr, lui dit Rabbit. Vous ne pensiez tout de même pas que ces deux touches de piano étaient à lui, si ? Elles ne vont pas du tout avec le reste.

Harrison serre les lèvres, mais il ne peut se permettre de renoncer à son sourire forcé et cela lui crispe le visage. Ça le gêne également pour parler.

– Il y avait également cet endroit où nous allions, au Texas, reprend Rabbit, où il y avait cette fille dont le dos avait été mordu si souvent qu'on aurait dit un morceau de vieux carton. Vous savez, du carton exposé à la pluie. Elle ne faisait que ça. A part ça, elle était vierge.

Il regarde ses auditeurs et Ruth secoue imperceptiblement la tête, comme pour dire : « Non, Rabbit », et cela lui semble extrêmement triste, si triste qu'un voile de poussière descend sur lui et vient assourdir son enthousiasme.

– C'est comme l'histoire, commence Harrison, de cette putain qui avait le plus grand... Ha... vous ne voulez pas que je vous la raconte, n'est-ce pas ?

– Mais si. Vas-y, dit Ruth.

– Eh bien, ce type, voyez-vous, était en pleine action et voilà qu'il perd son... hum... son engin. (Le visage de Harrison oscille dans la lumière changeante. Il commence à expliquer avec des gestes. Rabbit se demande ce que ce pauvre type vend... des idées, sans doute. Rien d'aussi tangible que l'éplucheur Magic Peluches.)... jusqu'au coude, à ramper dans ce tunnel... (Ce bon vieux Magic Peluches, songe Rabbit, il a l'impression d'en avoir un dans la main. Le manche se fait en trois couleurs, turquoise, rouge et or. Ce qu'il y a de drôle, à propos de cet appareil, c'est qu'il fait vraiment ce qu'on annonce sur le prospectus, ça enlève vraiment la peau des navets et les épluchures sont nettes et fines...) ... et voilà qu'il rencontre un autre type et qu'il lui dit : dites donc, vous n'avez pas vu... (Ruth est assise là, résignée, et il pense avec horreur que, dans son esprit, c'est la même chose pour elle, qu'il n'y a pas de différence entre Harrison et lui, et d'ailleurs, sur ce plan là, y a-t-il une différence ? Tout l'établissement se brouille autour de lui et devient rouge comme l'intérieur d'un estomac où ils seraient tous digérés.) ... et l'autre lui dit : vous pensez. Ça fait trois semaines que je suis ici à chercher ma moto !

Harrison, qui attend de faire écho aux rires, lève la tête dans le silence. Il a loupé son coup.

– C'est trop insensé, dit Margaret.

Rabbit a la peau moite sous ses vêtements ; le courant d'air qui arrive par la porte le fait frissonner.

– Tiens, fait Harrison, ça n'est pas ta sœur ?

Ruth lève le nez de son verre.

– C'est elle ? (Comme il ne répond pas, elle dit :) Ils ont la même allure chevaline.

Un coup d'œil a suffi à Rabbit. Miriam et son cavalier heureusement s'enfoncent un peu dans la salle, passent devant leur table et attendent au fond de trouver une niche vide. L'établissement est en forme de coing et va en s'élargissant à partir de l'entrée. Le bar est au milieu, flanqué de chaque côté de rangées de niches. Le jeune couple se dirige vers la rangée. Mim a des chaussures blanches avec de très hauts talons. Le garçon qui est avec elle a des cheveux d'un blond laineux, coupés juste assez longs pour qu'il puisse les peigner et un visage délibérément brun, avec un hâle qui a l'air de dire : je suis allé dans le Midi cet hiver.

– C'est votre sœur ? dit Margaret. Elle est jolie. Vous ne devez pas avoir les mêmes parents.

– Comment la connais-tu, toi ? demande Rabbit à Harrison.

– Oh !... fait-il avec un geste vague. On la voit ici et là.

Le premier réflexe de Rabbit était de ne pas bouger, mais en entendant Harrison laisser entendre qu'elle est une grue, il se lève et traverse la salle en contournant le bar.

– Mim ?

– Tiens, salut.

– Que fais-tu ici ?

– C'est mon frère, annonce-t-elle au garçon qui l'accompagne. Il est revenu d'entre les morts.

– Salut, grand frère.

Rabbit n'est pas content d'entendre le garçon l'appeler ainsi, et il n'aime pas la façon dont ce gosse est assis au fond de la niche, avec Mim à l'extérieur, à la place de l'homme. Tout ça ne lui plaît pas, il n'aime pas cette impression que Mim le fait marcher. Le jeune homme porte une veste à carreaux, un nœud de cravate serré, et il a un air bien innocent de collégien. Il a les lèvres trop épaisses. Mim ne le présente pas.

– Tu sais, Harry, papa et maman se disputent tout le temps à cause de toi.

– Eh bien, s'ils savaient que tu étais dans une boîte comme ici, ça leur donnerait un autre sujet de conversation.

– Ça n'est pas si terrible, pour ce quartier.

– Si. Pourquoi junior et toi ne partez-vous pas ?

– Dites donc, qu'est-ce qui commande ici ? demande le jeune garçon, en bombant le torse et en retroussant les lèvres.

Harry tend le bras, passe un doigt dans le nœud de cravate du jeune homme et tire d'un coup sec. La cravate vole en l'air, vient balayer les lèvres épaisses et le visage bien pomponné. Il commence à se lever mais Rabbit passe la main sur son crâne étroit, le repousse sur la banquette et s'en va, sentant encore sous ses doigts la tête dure du jeune homme. Derrière lui, il entend le son le plus doux qu'il ait entendu de toute la soirée, sa sœur qui appelle : « Harry. »

Il a l'ouïe si fine qu'il entend, en contournant le bar, junior lui expliquer d'une voix que la lâcheté rend rauque :

– Il est amoureux de toi.

Il regagne sa table et dit :

– Viens, Ruth. Prends ta motocyclette.

– Mais je suis très bien là, proteste-t-elle.

– Viens.

Elle commence à rassembler ses affaires, et Harrison, après avoir promené autour de lui un regard incertain, sort de la niche pour la laisser passer. Il est debout auprès de Rabbit et celui-ci, dans un brusque élan, pose la main sur l'épaule de Ronnie, dans son costume de pseudo-étudiant. Auprès du gosse qui était avec Mim, il le trouve sympathique.

– Tu as raison, Ronnie, lui dit-il, tu étais un vrai organisateur de jeu.

Dit comme ça, ça n'a pas l'air très gentil, mais il a pourtant ajouté ça en souvenir de l'équipe d'autrefois.

Harrison, trop lent pour se rendre compte que Rabbit est sincère, repousse sa main et dit :

– Quand vas-tu te décider à grandir ?

C'est de raconter cette histoire idiote qui l'a démonté.

Une fois dehors, sur les marches chauffées par l'été, Rabbit se met à rire.

– Je cherche ma moto, dit-il (et son sourire redouble sous l'enseigne au néon).

Ruth n'est pas d'humeur à lui faire écho.

– Toi, on peut dire que tu es cinglé, dit-elle.

Cela l'agace de constater qu'elle est trop bête pour se rendre compte qu'il est vraiment furieux. Cette façon qu'elle a eue de secouer la tête pour lui dire « non » quand il blaguait tout à l'heure l'agace ; il y repense et chaque fois ça l'irrite un peu plus. Tant de choses le rendent furieux qu'il ne sait pas par où commencer ; tout ce qu'il sait, c'est qu'il va lui en faire voir.

– Alors, ce salaud et toi vous êtes allés à Atlantic City ensemble.

– Pourquoi est-il un salaud ?

– Oh ! Il n'est pas un salaud et moi non plus.

– Je n'ai pas dit que tu en étais un.

– Mais si. Tu viens de le dire.

– Ça n'était qu'une expression. Une expression tendre, mais je ne sais pas pourquoi.

– Tu ne sais pas ?

– Non. Tu vois ta sœur arriver avec un garçon et tu en fais pratiquement dans ta culotte.

– Tu as vu avec quelle lopaille elle était ?

– Qu'est-ce qu'il avait ? demande Ruth. Il avait l'air très bien.

– Oh ! toi, tu trouves tout le monde très bien, n'est-ce pas ?

– Ma foi, je ne vois pas ce qui te permet de te poser en juge infaillible.

– Mais oui, dès l'instant qu'on a du poil aux pattes, tu trouves qu'on a l'air bien.

Ils remontent Warren Avenue. Ils habitent à sept blocs de là. Les gens sont assis sur les marches de leurs maisons, dans la tiédeur de la nuit ; leur conversation est donc dans une certaine mesure publique, et il s'efforce de ne pas parler trop fort.

– Mon vieux, si ça te fait cet effet-là de voir ta sœur, je suis rudement contente que nous ne soyons pas mariés.

– Qui a parlé de ça ?

– Qui a parlé de quoi ?

– De mariage ?

– Toi, tu ne te rappelles pas, le premier soir, tu ne parlais que de ça en m'embrassant l'annulaire.

– C'était une nuit charmante.

– Alors tant mieux.

– Alors tant mieux rien du tout.

Rabbit a l'impression de s'être fait entraîner dans un coin où il ne peut pas l'engueuler sans renoncer à elle complètement, sans oublier toutes les douceurs qu'il y a entre eux. Mais c'est elle la responsable, c'est elle qui l'a emmené dans cette horrible boîte.

– Tu as couché avec Harrison, n'est-ce pas ?

– Je crois. Oui.

– Tu crois. Tu n'es même pas sûre ?

– Je t'ai dit que si.

– Et avec combien d'autres ?

– Je ne sais pas.

– Une centaine ?

– C'est une question absurde.

– Pourquoi est-ce absurde ?

– C'est comme si je te demandais combien de fois tu es allé au cinéma.

– Pour toi, c'est la même chose, hein ?

– Non, ce n'est pas la même chose, mais je ne vois pas à quoi ça rime de faire le compte. Tu savais ce que j'étais.

– Je n'en suis pas sûr. Tu étais une vraie putain ?

– Je prenais de l'argent. Je te l'ai dit. J'avais des amis quand je travaillais comme dactylo, et ils avaient des amis et j'ai perdu ma place à cause des racontars, peut-être, je ne sais pas, et puis d'autres types plus âgés ont eu mon numéro de téléphone. Par Margaret, je crois, je ne sais pas. En tout cas, c'est du passé. Si c'est une question de pureté, un tas de femmes mariées en ont fait plus que moi.

– Tu as posé pour des photos ?

– Tu veux dire pour des collégiens ? Non.

– Ecoute, on devrait peut-être se dire au revoir.

A cette pensée, le menton de Ruth se met à trembler, ses yeux la brûlent, et elle le déteste trop pour songer à partager son secret avec lui. Le secret qu'elle porte en elle semble n'avoir pas de rapport avec lui, avec ce grand corps qui déambule à ses côtés sous les réverbères, avide comme un fantôme, attendant d'entendre les mots avec lesquels il va se flageller. C'était toujours comme ça avec les hommes, ils attachaient tant d'importance à la bouche. Rabbit lui semble comme un autre homme, avec cette différence : sans le savoir il l'a soudée à lui, et elle ne peut pas le laisser partir.

Avec une gratitude humiliante, elle l'entend dire :

– Non, je ne veux pas que nous nous disions au revoir. Je voudrais simplement que tu répondes à ma question.

– La réponse à ta question est oui.

– Harrison ?

– Pourquoi Harrison a-t-il tant d'importance à tes yeux ?

– Parce que c'est une ordure. Et que si Harrison et moi à tes yeux c'est la même chose, alors je suis une ordure.

En cet instant précis, ils sont la même chose à ses yeux – en fait, elle préférerait Harrison, ne serait-ce que pour changer, ne serait-ce que parce qu'il ne prétend pas être un type extraordinaire –, mais elle ment.

– Vous n'êtes pas du tout pareils. Vous n'êtes pas du même groupe.

– J'ai pourtant eu une drôle d'impression d'être assis en face de vous deux dans ce restaurant. Qu'est-ce que tu as donc fait avec lui ?

– Oh ! je ne sais pas. Qu'est-ce qu'on fait ? On fait l'amour, on essaie de se rapprocher de quelqu'un.

– Et me ferais-tu tout ce que tu lui as fait ?

Ça lui donne un choc étrange, ça lui contracte la peau si bien que son corps a l'impression d'être ratatiné dedans.

– Si tu y tiens.

Son soulagement est enfantin, il arbore un sourire ravi.

– Juste une fois, promet-il, vraiment. Je ne te le redemanderai jamais.

Il essaie de la prendre par la taille, mais elle se dégage. Tout ce qu'elle espère, c'est qu'ils ne parlent pas de la même chose.

Arrivés dans l'appartement, il demande d'un ton plaintif :

– Tu vas le faire ?

Elle est frappée par son air désemparé ; dans l'obscurité de la chambre à laquelle ses yeux ne se sont pas habitués, il a l'air d'un complet pendu au large bouton blanc qu'est son visage.

– Tu es sûre que nous parlons de la même chose ? demande-t-il.

– De quoi crois-tu que nous parlions ?

Il n'ose pas prononcer les mots.

Elle les dit.

– C'est ça, dit-il.

– De sang-froid. C'est ça que tu veux ?

– Exactement. C'est si terrible pour toi ?

Cet éclair de tendresse chez son doux lapin lui donne de l'audace.

– Je peux demander ce que j'ai fait ?

– Je n'ai pas aimé la façon dont tu t'es comportée ce soir.

– En quoi faisant ?

– En étant ce que tu étais.

– Je ne pensais pas à mal.

– Ça ne fait rien. Je t'ai vue comme ça ce soir, j'ai senti un mur entre nous, et il me semble que c'est un moyen de le franchir.

– Très astucieux. En fait, c'est simplement que tu en as envie.

Elle a envie de le frapper, de lui dire de s'en aller, mais il est trop tard.

– C'est si terrible pour toi ? répète-t-il.

– Oh ! c'est parce que toi tu le trouves.

– Peut-être pas.

– Ecoute, je t'ai aimé.

– Eh bien, moi aussi je t'ai aimée.

– Et maintenant ?

– Je ne sais pas. Je veux me calmer.

Voilà ces maudites larmes qui reviennent. Elle s'empresse de parler avant que sa voix chavire.

– C'est bon de ta part. C'est héroïque.

– Ne plaisante pas. Ecoute, ce soir, tout est tourné contre moi. Il faut que je te voie à genoux.

– S'il n'y a que ça...

– Non. Il n'y a pas que ça.

Les deux apéritifs qu'elle a bus ne lui ont pas réussi ; elle a envie de dormir et elle a un goût âcre dans la bouche. Elle sent dans son ventre le besoin qu'elle a de le garder et elle se demande : est-ce que ça va lui faire peur ? Est-ce que ça va le faire fuir ?

– Si je le faisais, qu'est-ce que ça prouverait ?

– Ça prouverait que tu es à moi.

– Est-ce qu'il faut que je me déshabille ?

– Bien sûr.

Il se dépouille rapidement de ses vêtements et reste planté tout nu devant le mur. Il se penche gauchement, lève une main et la pose sur son épaule, ne sachant pas quoi en faire. Toute son attitude intimidée sent la tension, on dirait un ange qui attend une parole divine. Elle laisse tomber ses derniers vêtements, elle trouve froid le contact de ses bras contre ses flancs. Depuis un mois, elle a tout le temps froid ; comme si sa température avait baissé. Dans la lumière qui monte, il remue un peu. Elle ferme les yeux et se dit : ils ne sont pas laids, non.

Mrs. Springer téléphona au domicile du pasteur peu après huit heures. Mrs. Eccles dit que Jack avait emmené l'équipe junior de football disputer une rencontre à vingt kilomètres de la ville et qu'elle ne savait pas quand il rentrerait. La panique de Mrs. Springer était perceptible au téléphone et Lucy passa près de deux heures à donner des coups de fil pour essayer de le joindre. La nuit tombait. Elle finit par avoir le pasteur de la paroisse dont l'équipe de football avait rencontré celle de son mari, et il lui annonça que le match était fini depuis plus d'une heure. Dehors, les ténèbres s'épaississaient. La fenêtre sur le rebord de laquelle était posé le téléphone devenait un miroir cireux dans lequel elle pouvait se voir ; les cheveux défaits, oscillant entre le carnet d'adresses et l'appareil. Joyce, à force d'entendre le déclic constant du cadran, finit par descendre et se pencha sur sa mère. A trois reprises, Lucy la remonta dans son lit et deux fois l'enfant redescendit pour venir appuyer sa petite forme tiède contre les jambes de sa mère dans un silence apeuré. La maison tout entière, pièce par pièce, entourant d'ombre le petit lot de lumière du téléphone, s'emplissait d'une sourde menace et quand, la troisième fois, Joyce ne redescendit pas de sa chambre, Lucy se sentit tout à la fois coupable et abandonnée, comme si elle venait de livrer sa seule alliée aux ténèbres. Elle composa le numéro de tous les gens à problèmes dont son mari pouvait s'occuper, elle essaya les marguilliers, le secrétaire de la paroisse, les trois coprésidents du comité de charité, et même l'organiste, un professeur de piano qui habitait Brewer.

L'aiguille de sa montre a dépassé dix heures ; cela

devient embarrassant. Elle a l'impression d'être abandonnée. Et c'est cela qui l'affole, l'idée que son mari semble n'être nulle part. Elle prépare du café et pleure sans bruit, dans sa cuisine. Comment en est-elle arrivée là ? Qu'est-ce qui l'a poussé ? Sa gaieté, il était toujours si gai. Quand on se souvenait de ce qu'il était au séminaire, on n'aurait jamais pensé qu'il prendrait tout cela si au sérieux ; ses amis et lui, assis dans leurs vieilles chambres pleines de courants d'air, tapissées de beaux livres d'exégèse reliés de bleu, donnaient à tout cela l'allure d'une élégante plaisanterie. Elle se souvient d'une partie de football qu'ils avaient disputée entre eux, les Athanasiens contre les Ariens. Et voilà maintenant qu'elle n'a jamais compris sa gaieté, qu'il l'a tout entière consacrée aux autres, à cette triste paroisse grise et intangible, son ennemie. Oh ! comme elle les déteste, toutes ces veuves à la larme facile et tous ces jeunes gens qui n'ont que le Christ à la bouche ; la seule bonne chose, si les Russes arrivent, c'est qu'ils supprimeront la religion. On aurait dû la supprimer il y a cent ans. Peut-être que non, peut-être que nos esprits en ont besoin, mais que quelqu'un d'autre s'en occupe. Pour Jack, c'était si ennuyeux. Il y a les jours où elle le plaint et, brusquement, elle sent qu'elle est dans un de ces jours-là.

Quand il finit par rentrer, à onze heures moins le quart, elle apprend qu'il est resté à discuter dans un drugstore avec quelques-uns des membres de son équipe ; ces petits idiots lui racontent tout, en fumant comme des cheminées, alors il rentre, tout excité d'avoir entendu « jusqu'où » on peut « aller » avec les filles et continuer quand même à adorer Jésus.

Eccles s'aperçoit tout de suite qu'elle est furieuse. Il s'est beaucoup trop amusé au drugstore. Il adore les gosses ; pour eux la foi est si réelle et si lumineuse.

Lucy lui transmet son message ; elle estime que c'est une réprimande suffisante, mais cela n'a pas l'effet sur lequel elle comptait ; car, songeant à peine à l'affreuse soirée qu'elle a dû passer, il se précipite vers le téléphone. Il tire son portefeuille et, entre son permis de conduire et sa carte de bibliothèque, il trouve le numéro qu'il a gardé, la clef qu'il pourrait tourner dans la serrure juste une fois. Il se demande, en composant le numéro, si la clef entrera, s'il n'a pas été stupide de laisser tout le poids de l'affaire reposer sur la parole de la jeune Mrs. Fosnacht, avec ses lunettes de soleil au reflet peut-être moqueur. La sonnerie du téléphone retentit longuement dans le lointain, comme si l'électricité, cette souris étonnamment dressée, n'avait parcouru des kilomètres de fil que pour ronger au terme de sa course une plaque de métal impénétrable. Il prie, mais c'est une mauvaise prière, une prière entachée de doute ; il ne surimpose pas Dieu aux complexités de l'électricité. Il leur concède leurs lois inviolables. L'espoir s'est dissipé, il est plongé dans une sorte de torpeur quand la sonnerie s'arrête, la barrière de métal se soulève et une impression d'air et de lumière parvient au long du fil jusqu'à l'oreille d'Eccles.

– Allô !

C'est une voix d'homme, mais pas celle de Harry. Elle est plus rauque, plus brutale que celle d'un ami.

– Est-ce que Harry Angstrom est là ?

Les lunettes de soleil se moquent de son cœur serré ; ce n'est pas le bon numéro.

– Qui est à l'appareil ?

– Je m'appelle Jack Eccles.

– Oh ! Salut.

– C'est vous, Harry ? Je ne reconnaissais pas votre voix. Vous dormiez ?

– Un peu.

– Harry, votre femme est sur le point d'accoucher. Sa mère a téléphoné ici vers huit heures et je viens de rentrer.

Eccles ferme les yeux ; dans le silence, il sent que l'on juge son ministère.

– Oui, murmure la voix du fond des ténèbres. Je pense que je devrais aller la voir.

– J'aimerais bien.

– Je pense que je devrais. Au fond, ce gosse est à moi aussi.

– Exactement. Je vous retrouverai là-bas. C'est à St Joseph, à Brewer. Vous savez où c'est ?

– Oui, bien sûr. J'en ai pour dix minutes à pied.

– Vous ne voulez pas que je passe vous prendre en voiture ?

– Non, j'irai à pied.

– Très bien. Si vous préférez. Harry ?

– Oui ?

– Je suis fier de vous.

– Ah ! Bon. A tout à l'heure.

210

Il avait l'impression qu'Eccles était venu le tirer littéralement vers lui. Sa voix au téléphone avait un son grêle. La pénombre règne dans la chambre de Ruth ; le réverbère, comme une lune basse, burine les ombres sur les méplats du fauteuil, sur le lit occupé, sur le drap froissé qu'il a fini par rejeter en constatant que le téléphone paraissait décidé à ne jamais s'arrêter. Le vitrail rose de l'église d'en face est toujours éclairé : pourpre, rouge, bleu, or, comme les notes de plusieurs cloches. Son corps, toute son armature de nerfs et d'eau, vibre comme de l'écho de petites cloches attachées à sa peau d'argent. Il se demande s'il a dormi, et combien de temps, dix minutes ou cinq heures. Il trouve ses vêtements jetés sur un fauteuil et les prend à tâtons ; non seulement ses doigts, mais sa vision elle-même tremble dans cette pénombre lumineuse. Sa chemise blanche semble ramper, comme un groupe de vers luisants dans l'herbe. Il hésite une seconde avant de plonger le doigt dans le nid, qui se révèle être du tissu inoffensif, mort. Il la porte jusqu'au lit tristement effondré.

– Hé ! Chérie.

La longue forme sous les couvertures ne répond pas. Seuls les cheveux de Ruth émergent sur l'oreiller. Il n'a pas l'impression qu'elle dorme.

– Dis donc. Il faut que je sorte.

Pas de réponse, pas un geste. Si elle ne dormait pas, elle a entendu tout ce qu'il a dit au téléphone, mais qu'est-ce qu'il a dit ? Il ne se souvient de rien, sinon qu'on est venu le chercher. Ruth est allongée, lourde et silencieuse, son corps dissimulé sous les couvertures. La nuit est assez chaude pour qu'un drap suffise, mais elle a mis une couverture sur le lit, en disant qu'elle avait froid. C'est à peu près tout ce qu'elle a dit. Il n'aurait pas dû l'obliger à faire ça. Il ne sait pas ce qui l'a pris, sinon que sur le moment ça lui paraissait bien. Il pensait qu'elle aimerait ça, ou en tout cas que l'humiliation lui plairait. Si elle ne voulait pas, si ça la rendait malade, pourquoi n'a-t-elle pas dit non comme il l'espérait à moitié ? Il ne cessait de lui effleurer les joues du bout du doigt. Il avait sans cesse envie de la relever et de la serrer en la remerciant et en lui disant : «Assez, tu es de nouveau à moi», mais il n'arrivait pas à la faire s'arrêter et il pensait sans cesse que ce serait tout à l'heure, jusqu'au moment où c'était trop tard, où c'était fini. Et en même temps disparut aussitôt cet étrange sentiment flottant d'orgueil. La honte déferla.

– Ma femme est en train d'accoucher. Il faut que je passe la voir, je crois. Je reviendrai dans deux heures. Je t'aime.

Le corps sous les couvertures et le croissant de cheveux fous qui émergent ne bougent pas. Il est si sûr qu'elle ne dort pas qu'il pense : « Je l'ai tuée. » C'est ridicule, ce n'est pas une chose pareille qui la tuerait, ça n'a rien à voir avec la mort ; mais cette idée l'empêche de s'avancer pour la toucher et pour l'obliger à écouter.

– Ruth. Cette fois il faut que j'y aille, c'est mon bébé qu'elle est en train d'avoir et elle est tellement idiote que je ne pense pas qu'elle puisse y arriver toute seule. L'accouchement du premier a été vraiment difficile. C'est le moins que je lui doive.

Ce n'était peut-être pas la meilleure façon de lui dire, mais il cherche à lui expliquer, son immobilité l'effraie et commence à l'agacer.

– Ruth. Hé. Si tu ne dis rien, je ne reviens pas. Ruth.

Elle gît là, comme un animal mort, ou comme la victime d'un accident de voiture, quand on a étendu la bâche dessus. Il a l'impression que s'il s'approchait et s'il la soulevait, elle reviendrait à la vie, mais il n'aime pas qu'on lui force la main, et il est furieux. Il enfile sa chemise, sans se donner la peine de prendre une veste ni une cravate, mais il a l'impression de mettre un temps fou à passer ses chaussettes ; il a la plante des pieds qui colle.

211

Quand la porte se referme, le goût d'eau de mer qu'elle a dans la bouche est balayé par l'épais chagrin qui la prend à la gorge si totalement qu'elle est obligée de s'asseoir pour respirer. Des larmes coulent de ses yeux qui ne voient rien, et ruissellent jusqu'aux coins de sa bouche, tandis que les murs vides de la pièce deviennent réels, puis opaques. C'est comme quand elle avait quatorze ans et que le monde entier, les arbres, le soleil et les étoiles auraient basculé en place, si seulement elle pouvait perdre dix kilos, rien que dix kilos, qu'est-ce que ça pouvait bien faire à Dieu qui guidait la croissance de chaque fleur des champs ? Seulement, maintenant, ce n'est pas qu'elle supplie, elle sait maintenant que c'est de la superstition, tout ce qu'elle veut c'est qu'elle l'avait, lui, dans la chambre une minute plus tôt, lui, qui quand il était gentil pouvait la faire s'épanouir, qui pouvait la déshabiller de sa chair et la changer en douce brise. Douce Ruth qu'il l'appelait, et s'il avait simplement dit « Douce » pour lui parler, elle aurait peut-être répondu et il serait encore ici. Mais non. Elle savait depuis le premier soir que la femme gagnerait, elles ont des crochets, et d'ailleurs elle se sent vraiment mal fichue : une vague de nausée déferle sur elle et dissipe le plus clair de ses soucis. Elle va aux cabinets, s'agenouille sur la mosaïque et regarde l'ovale tranquille de l'eau dans la cuvette, comme si cela allait lui faire quelque chose. Elle ne croit pas, après tout, qu'elle ait besoin de vomir, mais elle reste là quand même parce que ça lui plaît, son bras nu posé sur le rebord glacé de porcelaine, et elle s'habitue à la menace qui pèse toujours sur son estomac, qui ne se dissipe pas, qui reste avec elle, si bien que dans l'état de faiblesse où elle est, elle en vient à trouver que cette chose qui la rend malade est un peu, au fond, une amie.

Il fait en courant presque tout le chemin jusqu'à l'hôpital. Il remonte Summer Street, puis tourne dans Youngquist, une rue parallèle à Weiser au nord, une rue de maisons de rapport en briques et d'anciens immeubles de bureaux, avec de petites échoppes de cordonnier où flotte une furtive odeur de cuivre, des confiseries sombres, des agences d'assurances avec, en vitrine, des photographies montrant des dégâts causés par une tornade, des agences immobilières à l'enseigne en lettres d'or. Une librairie. Youngquist Street traverse sur un vieux pont de bois la voie de chemin de fer qui se coule entre les murs de pierres noircies jusqu'au centre de la ville, des files de métal tout en bas, dans une ombre qui ressemble à celle d'un fleuve, où les enseignes au néon des boîtes de Railway Street allument ça et là de petits reflets roses couleur de crépuscule. De la musique monte jusqu'à lui. Les lourdes planches du vieux pont, noircies par la fumée des locomotives, grondent sous ses pas. Elevé dans une petite ville, il a toujours eu peur de se faire poignarder dans les faubourgs d'une grande cité. Il court plus vite ; le trottoir s'élargit ; les compteurs de stationnement apparaissent et une nouvelle banque avec un comptoir pour automobilistes se dresse en face de l'antique YMCA. Il coupe par la ruelle entre l'YMCA et une église blanche dont les vitraux tournent vers la rue l'envers de scènes bibliques. Il n'arrive pas à deviner de quoi il s'agit. D'une fenêtre des étages de l'YMCA parvient le cliquetis d'une partie de billard ; à part cela, toute cette face de l'immeuble est sans vie. Par la porte vitrée, il voit un vieux Noir qui balaie dans une lumière verte d'aquarium. Il sent maintenant sous ses pieds les graines pulpeuses d'un arbre. Ses étroites feuilles tropicales sont comme des pics noirs qui se découpent sur le jaune sombre du ciel. Ce doit être une essence importée de Chine ou du Brésil ou de Dieu sait où parce qu'elle supporte la suie et les fumées. Le parc de stationnement de St Joseph est un carré d'asphalte dont les côtés sont bordés d'arbres citadins ; et au-dessus d'eux, dans ce coin d'espace, il aperçoit la lune, et une seconde il s'arrête et communie avec ce visage triste, il s'arrête net, sa petite ombre ratatinée sur l'asphalte, pour lever les yeux vers la pierre céleste qui reflète avec un éclat métallique la pierre qui vient de se former sous sa peau brûlante. Faites que tout aille bien, supplie-t-il. Et il entre par la porte de derrière.

Il traverse un hall au sol recouvert de linoléum, et où flotte un parfum d'éther.

– Angstrom, dit-il à la religieuse installée derrière une machine à écrire au bureau de réception. Je crois que ma femme est ici.

Son visage replet est ridé comme un napperon de dentelle. Elle examine ses fiches, dit « oui » et sourit. Ses petites lunettes à monture métallique sont perchées loin de ses yeux, sur les bourrelets de graisse qui couronnent ses joues.

– Vous pouvez attendre là, dit-elle en lui montrant la direction avec un stylo à bille rose. (Son autre main repose, auprès de la machine à écrire, sur un chapelet de perles noires grosses comme le collier de Java qu'il a un jour acheté à Janice pour Noël. Il reste là, s'attendant à l'entendre dire : elle est ici depuis des heures, où étiez-vous ? Il n'arrive pas à croire qu'elle l'accepte tout simplement. Tandis qu'il la regarde, la main blanche de la religieuse, qui n'a jamais vu le soleil, fait glisser le chapelet noir du bureau sur ses genoux.)

Deux autres hommes sont déjà installés dans la partie de la pièce qui sert de salle d'attente. C'est l'entrée principale, des gens entrent et sortent. Rabbit s'assied dans un fauteuil en faux cuir avec des bras chromés et il se dit qu'il est dans un commissariat de police et que ces deux autres hommes sont les flics qui l'ont arrêté. Dans sa nervosité, il prend un magazine sur la table. C'est une publication catholique, du format du *Reader's Digest*. Il essaie de lire un article à propos d'un avocat anglais qui s'est tellement intéressé aux illégalités commises par Henry VIII en confisquant les biens des monastères qu'il s'est converti au catholicisme et qu'il a fini par devenir moine. Les deux hommes conversent en chuchotant ; peut-être que l'un est le père de l'autre. Le plus jeune ne cesse de remuer les doigts en hochant la tête à ce que lui murmure son compagnon plus âgé.

Eccles arrive, clignotant et l'air décharné avec son col rond. Il salue la religieuse assise derrière le bureau en l'appelant par son nom, Sœur Bernard. Rabbit se lève sur des chevilles de coton et Eccles s'approche, avec ce froncement de sourcils qui lui est familier, mais que durcit l'éclairage de l'hôpital. Il est allé chez le coiffeur aujourd'hui ; quand il tourne la tête, ses tempes bien rasées luisent comme les plumes bleues de la gorge d'un pigeon.

– Est-ce qu'elle sait que je suis ici ? demande Rabbit.

Il n'aurait pas cru qu'il chuchoterait aussi. Le ton affolé de sa voix lui déplaît.

– Je vais le lui faire dire si elle est encore consciente, dit Eccles d'une voix forte qui fait tressaillir les hommes qui chuchotent.

Il se dirige vers Sœur Bernard. La religieuse semble enchantée de bavarder, tous deux se mettent à rire, Eccles en pouffant comme Rabbit l'a toujours entendu et Sœur Bernard avec un rire grêle et puéril de grosse femme qui jaillit de sa gorge légèrement rétractée, courbée par l'encadrement de dentelles empesées qui lui entourent le visage. Quand Eccles s'éloigne, elle décroche le téléphone.

Eccles revient et le regarde droit dans les yeux, pousse un soupir et lui offre une cigarette. Rabbit accepte avec l'impression de faire pénitence. La première bouffée, après tant de mois sans fumer, lui détend les muscles si bien qu'il doit s'asseoir. Eccles prend une chaise à côté et ne fait aucun effort pour engager la conversation. Rabbit ne trouve pas grand-chose à lui dire hors du terrain de golf et, après avoir fait maladroitement passer la cigarette dans sa main gauche, il prend un autre magazine sur la table, en s'assurant que ce n'est pas une publication religieuse : c'est *The Saturday Evening Post.* Cela commence par un article dans lequel l'auteur qui, d'après la photographie, a l'air italien, raconte comment il a emmené sa femme, ses quatre enfants et sa belle-mère camper pendant trois semaines dans les montagnes Rocheuses au Canada, en ne dépensant que cent vingt dollars, sans compter l'investissement initial d'un Piper Cub. Rabbit n'arrive pas à se concentrer sur les mots, son attention part sans cesse à la dérive et il a de brèves visions de Janice en train de hurler, de la tête du bébé s'épanouissant dans le sang, de la petite lumière bleue que Janice doit regarder si elle est encore consciente, *si elle est encore consciente,* a dit Eccles, des mains gantées de caoutchouc rouge du chirurgien et des visages masqués et des narines de bébé de Janice s'élargissant pour humer l'odeur d'antiseptique qu'il sent, cette odeur qui court partout le long des murs blanchis à la chaux, de ces murs lavés, lavés de sang, lavés à en vomir jusqu'à ce que chaque surface sente comme l'intérieur d'un seau, mais qui ne sera jamais propre parce que nous ne cesserons de le remplir de nos déchets. Il a l'impression qu'un linge humide et tiède lui entoure le cœur. Il est certain qu'à cause de son péché, ou Janice ou le bébé va mourir. Son péché où se retrouvent tout à la fois le besoin de fuir, la cruauté, l'ordure et l'orgueil. Un caillot noir inséré dans les entrailles de la naissance. Bien qu'il ait les intestins crispés de l'envie d'expulser ce caillot, de se rétracter, de revenir sur ses pas et de tout effacer, il ne se tourne pas vers le prêtre assis auprès de lui, mais se contente de lire et de relire la même phrase sur les délices de la truite frite.

A l'extrême bord de son arbre de peur, Eccles est perché, comme un oiseau noir, feuilletant les pages des magazines et grimaçant tout seul. Rabbit le trouve irréel, tout lui semble irréel qui n'appartient pas au domaine de ses propres sensations. Ses paumes des mains le chatouillent ; une étrange impression de tension lui pèse sur le corps, tantôt aux jambes, tantôt à la base du cou. Ses aisselles le démangent comme cela lui faisait quand il était petit et qu'il était en retard pour l'école, et qu'il courait dans Jackson Road.

– Où sont ses parents ? demande-t-il à Eccles.

Celui-ci a l'air surpris.

– Je ne sais pas. Je vais demander à la Sœur.

Il s'apprête à se lever.

– Non, non, restez tranquille, je vous en supplie.

Cela l'agace de voir Eccles se comporter avec des airs de propriétaire. Harry ne demande qu'à passer inaperçu ; Eccles est bruyant. Il remue les magazines si bien qu'on dirait qu'il démantèle des caisses d'oranges. Et il lance des mégots autour de lui comme un jongleur.

Une femme en blanc, qui n'est pas une religieuse, entre dans la salle d'attente et demande à Sœur Bernard :

– Je n'ai pas laissé ici un bidon d'encaustique ? Je ne le trouve nulle part. Un bidon vert, avec un petit bouton en haut qui fait vaporisateur.

– Non, ma chère.

Elle cherche, s'en va et revient au bout d'une minute en annonçant :

– C'est vraiment un mystère.

Dans la rumeur lointaine des bassins, des chariots et des portes, un jour s'achève et un autre commence. Sœur Bernard est remplacée par une autre religieuse, très âgée, vêtue de bleu foncé, signe de quelque mystérieuse infériorité dans la sainteté. Les deux hommes chuchotant se dirigent vers le bureau, échangent quelques mots et s'en vont, sans que leur crise ait trouvé de solution. Eccles et lui restent seuls. Rabbit tend l'oreille pour percevoir le cri de son enfant quelque part dans les profondeurs du labyrinthe de l'hôpital ; souvent il croit l'entendre ; le crissement d'une chaussure, un chien dans la rue, le rire d'une infirmière : autant de bruits qui suffisent à le tromper. Il ne s'attend pas à entendre le fruit de la souffrance de Janice émettre un bruit très humain. L'idée s'impose à lui que ce sera un monstre, un monstre qu'il aura fait. Le spasme dans lequel il a été conçu se confond dans son esprit avec l'acte pervers qu'il a commis quelques heures plus tôt sur la personne de Ruth. Provisoirement vidé de tout désir, il évoque, l'œil vague, les contorsions auxquelles il a été entraîné. Sa vie lui semble une suite de causes grotesques prises sans raison, une danse magique ignorant toute croyance. *Il n'y a pas de Dieu ; Janice peut mourir :* les deux pensées lui viennent en même temps, en une seule lente vague. Il a l'impression d'être sous l'eau, pris dans les chaînes d'une vase transparente, comme les fantômes des éjaculations frénétiques qu'il a déversées dans les doux corps des femmes. Ses doigts sur ses genoux tirent sans cesse des fils.

Mary Ann. Fatigué, courbattu et un peu abruti après un match, il la trouvait qui attendait sous les marches, sous le fronton de l'école, et ils s'en allaient, piétinant les feuilles humides et pourrissantes dans le brouillard blanc de novembre jusqu'à la voiture de son père, ils roulaient un peu pour que le radiateur se chauffe et s'arrêtaient. Son corps à elle comme un arbre dont chaque branche abrite un nid tiède, et pourtant ce rien de timidité. Comme si elle n'était pas sûre d'elle, mais il était beaucoup plus grand, c'était un vainqueur. Il venait à elle en vainqueur, et c'était une impression qu'il n'avait pas connue depuis. De même, c'était avec elle que c'était le meilleur, parce que c'était à elle qu'il apportait le plus, si épuisé qu'il fût. Parfois, l'éclairage criard de la salle de gymnastique s'assombrissait derrière ses yeux brûlés par la sueur dans une ombre qu'il entrevoyait déjà pleine de tendres attouchements sous le capitonnage gris du toit de la voiture, et une fois là, le triomphe éclatant de la rencontre terminée, illuminait sa peau tranquille, que striait l'ombre des filets de pluie ruisselant sur le pare-brise. Si bien que les deux triomphes s'unissaient dans son esprit. Elle s'était mariée alors qu'il était dans l'armée ; un PS, dans une lettre de sa mère, le lui avait appris. C'était ce jour-là qu'il avait été parachuté.

Mais il est tout joyeux maintenant ; malgré les crampes qu'il commence à sentir d'être assis dans ce vieux fauteuil, écœuré par les cigarettes, il éprouve de la joie en se souvenant de cette fille qui lui avait appartenu ; l'eau de son cœur s'est déversée dans un frêle vase de joie que la voix d'Eccles ébranle et brise.

– Tiens, je viens de lire cet article de Jackie Jensen, jusqu'au bout, et je ne sais pas ce qu'il a dit, déclare Eccles.

– Comment ?

– Cet article de Jackie Jensen expliquant pourquoi il veut abandonner le baseball. Pour autant que je puisse juger, cela pose autant de problèmes d'être joueur de baseball que d'être pasteur.

– Dites donc, vous ne voulez pas rentrer ? Quelle heure est-il ?

– Environ deux heures. J'aimerais bien rester, si vous permettez.

– Je n'ai pas l'intention de filer, si c'est ça qui vous fait peur.

Eccles se met à rire et reste là. Ce qui avait frappé Harry la première fois qu'il l'avait vu, c'était sa ténacité, et maintenant que tout ce que leur amitié a fait intervenir entre-temps a disparu, c'est à cela qu'il revient.

– Quand elle a eu Nelson, lui explique Harry, la pauvre gosse a mis douze heures à accoucher.

– Pour le second, c'est généralement plus facile, dit Eccles, en regardant sa montre. Ça ne fait pas tout à fait six heures.

Les incidents se succèdent. Mrs. Springer arrive du petit salon réservé où elle attendait et adresse un petit salut guindé à Eccles ; en apercevant Harry, elle trébuche, et Eccles se lève et l'escorte jusqu'à la porte. Au bout d'un moment, ils reviennent tous deux avec Mr. Springer, qui arbore un tout petit nœud de cravate et une chemise toute fraîche repassée. A deux heures du matin, on dirait qu'il sort de chez le tailleur. Sa petite moustache rousse a été taillée si souvent que sa lèvre supérieure est devenue grise dessous. Il dit :

– Bonjour, Harry.

Cette intervention de son mari, malgré les renseignements qu'elle a dû obtenir d'Eccles, incite la vieille dame à se tourner vers Harry en lui disant :

– Si vous êtes assis là comme un vautour, jeune homme, en espérant qu'elle va mourir, vous feriez aussi bien de retourner là où vous étiez, parce qu'elle se débrouille très bien sans vous, comme elle l'a toujours fait.

Les deux hommes l'entraînent tandis que la vieille religieuse sourit derrière son bureau, elle est peut-être sourde ? Cette sortie de Mrs. Springer, destinée pourtant à le blesser, ce sont, depuis le début de cette histoire, les premières paroles qu'on ait dites à Harry qui semblent adaptées à l'énormité de l'événement qui se déroule quelque part derrière l'écran de cette odeur de désinfectant qui flotte dans l'hôpital. Jusqu'alors, il se sentait seul sur une planète morte, tournant autour du grand soleil gazeux du travail de Janice ; l'interpellation de Mrs. Springer, bien que ce soit un cri de haine, a percé sa solitude. La redoutable pensée que Janice pourrait mourir : le fait de l'entendre exprimée tout haut a diminué de moitié le poids qu'elle fait peser. Cet étrange parfum de mort que Janice respirait : Mrs. Springer l'a humé aussi, et cette impression qu'ils ont en commun lui semble le lien le plus précieux qu'il ait avec qui que ce soit au monde.

Mr. Springer revient et traverse le hall pour sortir, adressant à son gendre un sourire péniblement complexe, qui veut à la fois excuser l'attitude de sa femme (nous sommes tous les deux des hommes, je comprends) ; maintenir les distances (vous vous êtes quand même conduit de façon impardonnable ; ne me touchez pas), auquel s'ajoute le réflexe machinal de politesse du vendeur de voitures. *Pauvre type,* pense Harry. Il lance cette pensée vers la porte qui se referme. *Pauvre esclave.* Où vont-ils donc tous ? D'où viennent-ils ? Eccles revient, lui offre une autre cigarette et repart. Le tabac fait trembler son estomac. Il a dans la gorge cette sensation que l'on éprouve en s'éveillant après avoir dormi toute la nuit la bouche ouverte. Sa mauvaise haleine, de temps en temps, lui effleure les narines. Un médecin, trapu, avec des petites mains incroyablement douces, croisées devant la poche de sa blouse, entre d'un pas hésitant dans l'antichambre. Il demande à Harry :

– Vous êtes monsieur Angstrom ?

Ce doit être le docteur Crowe. Harry ne l'a jamais rencontré. Janice allait le voir une fois par mois, et racontait en revenant combien il était doux, combien il était délicat.

– Félicitations. Vous avez une belle petite fille.

Il tend sa main si précipitamment que Harry n'a que le temps de se soulever à moitié et qu'il reçoit la nouvelle à demi accroupi. Le rose bien lavé du visage du docteur – son masque stérile est dénoué et pend sur un côté, exposant des lèvres pâles et charnues – se plisse dans l'effort qu'il fait pour donner forme et couleur à ce mot inattendu de « fille ».

– Pas possible ? Elle est bien ?

– Sept livres et demie. Votre femme a été consciente pendant tout l'accouchement et a tenu le bébé pendant une minute après sa naissance.

– Vraiment ? Elle l'a tenu ? Est-ce que... Est-ce qu'elle a beaucoup souffert ?

– No-on. L'accouchement a été normal. Au début, elle semblait tendue, mais tout s'est passé normalement.

– C'est merveilleux. Merci. Oh ! merci.

Crowe est planté là, un sourire gêné. Remontant du puits de la création, il n'est pas à son aise à l'air libre. C'est étrange : pendant ces dernières heures, il a été plus près de Janice que Harry ne l'a jamais été, il a fouillé jusqu'à ses racines, et pourtant il n'a remonté aucun secret, aucun enseignement à confier, rien qu'une bénédiction stérile. Harry craint que les yeux du médecin ne laissent échapper dans un fracas de tonnerre l'horreur qu'ils ont vue ; mais le regard de Crowe ignore toute colère. On n'y lit même pas une réprimande. Il semble considérer Harry comme simplement un autre membre du cortège des maris plus ou moins consciencieux, qui sèment étourdiment une semence qu'il passe son temps à essayer de moissonner.

– Est-ce que je peux la voir ? demande Harry.

– Qui ?

Qui ? Que « la » désigne deux personnes maintenant le surprend. Le monde prend de l'ampleur.

– Ma, ma femme.

– Bien sûr, naturellement. (Crowe semble un peu surpris que Harry lui demande la permission. Il doit être au courant de la situation, et pourtant il a l'air d'ignorer l'abîme que le remords creuse entre Harry et l'humanité.) Je croyais que vous parliez du bébé. J'aimerais mieux que vous attendiez les heures de visites demain pour cela ; il n'y a pas d'infirmière pour la montrer tout de suite. Mais, comme je vous l'ai dit, votre femme a toute sa conscience. Nous lui avons donné de l'Equanil. C'est simplement un tranquillisant. Du meprobamate. Dites-moi, ajoute-t-il en s'approchant, avec sa peau rose et sa blouse immaculée, vous ne voyez pas d'inconvénients si sa mère la voit un moment ? Nous l'avons eue sur le dos toute la nuit.

C'est à lui qu'on demande l'autorisation, à lui le fuyard, le fornicateur, le monstre. Ce médecin doit être aveugle. Ou bien peut-être que le seul fait d'être père vous assure le pardon de tous.

– Bien sûr. Elle peut entrer.

– Avant ou après vous ?

Harry hésite et se souvient de la façon dont Mrs. Springer est venue le visiter sur la planète déserte où il croupissait.

– Elle peut entrer avant.

– Merci. Très bien. Ensuite elle pourra rentrer. Nous la ferons entrer dans une minute. C'est l'affaire de dix minutes en tout. Les infirmières sont en train de préparer votre femme.

– Parfait. (Il s'assoit pour montrer sa docilité, puis se relève.) Au fait, je vous remercie. Merci beaucoup. Je ne comprends pas comment vous vous y prenez, les médecins.

– Elle a été très bien, dit Crowe en haussant les épaules.

– Quand nous avons eu le premier, j'étais terrifié. Ça a duré une éternité.

– Où a-t-elle accouché ?

– A l'autre hôpital. Homéopathique.

– Ah !

Et le docteur, qui était entré dans la fosse et qui n'avait pas ramené de tonnerre, émet une étincelle de mépris à la pensée de l'hôpital rival et pousse un petit grognement désapprobateur tout en hochant sa tête bien raclée et, la secouant toujours, s'éloigne.

Eccles entre, souriant comme un collégien, et Rabbit n'arrive pas à concentrer son attention sur son visage stupide. Le pasteur lui propose de rendre grâce au Seigneur, et Rabbit baisse la tête dans le silence de son ami. Chaque battement de son cœur semble s'aplatir contre un vaste mur blanc. Quand il relève la tête, les objets semblent infiniment solides et ont l'air de pencher un peu, ils semblent si pleins qu'ils sont sur le point de tomber. Son bonheur est une échelle du dernier barreau de laquelle il continue à essayer de sauter encore plus haut, car il sait qu'il le devrait.

La phrase de Crowe à propos des infirmières en train de « préparer » Janice sonne bizarrement. Quand on le conduit dans sa chambre, il s'attend à la trouver avec des rubans dans les cheveux et des fleurs en papier accrochées au montant du lit. Mais il retrouve la même Janice, couchée entre deux draps lisses sur un lit d'hôpital. Elle tourne la tête vers lui en disant :

– Tiens, quelle surprise !

– Hé ! dit-il. (Et il s'approche pour l'embrasser ; il veut le faire doucement. Elle a la bouche qui baigne dans les doux relents de l'éther. Il est surpris de la voir sortir les bras de dessous les draps, les lui nouer derrière la tête et lui presser le visage contre sa bouche molle et ravie.) Hé ! doucement, dit-il.

– Je n'ai pas de jambes, dit-elle, ça fait une drôle d'impression.

Elle a les cheveux tirés en un chignon bien hygiénique, et elle n'est pas maquillée. Son petit crâne est sombre contre l'oreiller.

– Pas de jambes ?

Il baisse les yeux et les aperçoit sous les draps, étendues bien à plat en un V immobile.

– A la fin, on m'a fait une piqûre dans la colonne vertébrale et je n'ai rien senti. J'étais couchée là, à les entendre dire : poussez, et ensuite je me suis retrouvée avec ce minuscule petit bébé fripé avec cette grosse tête de lune qui me regardait en louchant. J'ai dit à maman que le bébé te ressemble et elle n'a pas voulu m'entendre.

– Elle m'a traité de tous les noms.

– Je regrette qu'on l'ait laissée entrer. Je n'avais pas envie de la voir. C'était toi que je voulais voir.

– C'est vrai, mon Dieu. Pourquoi, chérie ? Alors que j'ai été si moche.

– Mais non, pas du tout. On m'avait dit que tu étais ici et pendant tout le temps je pensais, alors, que c'était ton bébé et c'était comme si je t'avais toi. Je suis si gavée d'éther que j'ai l'impression de flotter, sans jambes. Je pourrais parler et parler indéfiniment. (Elle pose les mains sur son ventre, ferme les yeux et sourit.) Je suis vraiment complètement ivre, tu vois, je suis plate.

– Maintenant, tu peux porter ton costume de bain, dit-il, souriant et en se laissant entraîner dans le flux de son bavardage de droguée, se sentant lui aussi comme s'il n'avait pas de jambes et qu'il flottait sur le dos, sur une vaste mer de pureté, léger comme une bulle parmi les draps amidonnés et les champs stériles avant l'aube. (La peur et le regret sont oubliés, la gratitude est si immense qu'elle n'a plus de bord coupant.)

– Le docteur a dit que tu avais été très bien.

– C'est ridicule ; pas du tout. J'ai été horrible. J'ai pleuré, j'ai hurlé, je lui ai dit d'ôter ses mains. Mais je crois que ce qui m'a été le plus pénible c'est quand cette horrible vieille religieuse m'a rasée avec un rasoir sec.

– Pauvre Janice.

– Non, c'était merveilleux. J'ai essayé de compter ses doigts de pied, mais j'étais si abrutie que je n'ai pas pu, alors j'ai compté ses yeux. Elle en avait deux. Est-ce que nous voulions une fille ? Dis que nous en voulions une.

– J'en voulais une.

Il découvre que c'est vrai, au fond.

– Maintenant, j'aurai quelqu'un pour prendre mon parti contre Nelson et toi.

– Comment va Nelson ?

– Oh ! Tous les jours c'est : « Papa à la maison aujourd'hui ? » jusqu'au moment où je l'aurais giflé, le pauvre innocent. Ne m'oblige pas à en parler, c'est trop déprimant.

– Oh ! bon sang, dit-il (et ses larmes, dont il croyait qu'elles n'existaient plus, lui picotent la base du nez). Je n'arrive pas à croire que c'était moi. Je ne sais pas pourquoi je suis parti.

– Woouuf, fait-elle, en s'enfonçant plus profondément dans l'oreiller, tandis qu'un radieux sourire s'épanouit sur son visage. J'ai eu un petit bébé.

– C'est formidable.

– Tu es magnifique. Tu as l'air si grand. (Elle dit ça, les yeux fermés, et quand elle les ouvre, ils sont pleins d'une idée que l'ivresse lui a inspirée ; il ne les a jamais vus briller ainsi.) Harry, murmure-t-elle, la fille qui occupait l'autre lit est rentrée chez elle aujourd'hui, alors, en partant, pourquoi ne reviens-tu pas sans qu'on te voie par la fenêtre, comme ça nous pourrons rester réveillés toute la nuit à nous raconter des histoires ? Comme quand tu es revenu de l'armée. Tu as couché avec d'autres femmes ?

– Dis donc, je crois que tu devrais dormir maintenant.

– Ça ne fait rien, tu m'aimeras mieux maintenant. (Elle glousse et essaie de remuer dans le lit.) Non, ce n'est pas ce que je voulais dire, tu fais bien l'amour, tu m'as donné un bébé.

– Je te trouve bien du sex-appeal pour quelqu'un dans ton état.

– C'est vrai ? dit-elle. Je t'inviterais bien dans le lit avec moi mais, c'est si étroit. Oh !

– Qu'est ce qu'il y a ?

– J'ai terriblement soif d'orangeade.

– Tu es drôle !

– Tu es drôle !

– C'est toi, qui est drôle. Oh ! ce bébé avait l'air si furieux.

Une religieuse apparaît, ses cornettes emplissant l'encadrement de la porte.

– Monsieur Angstrom. C'est l'heure.

– Viens m'embrasser, dit Janice. (Elle lui touche le visage quand il se penche pour respirer de nouveau l'odeur d'éther qui l'entoure ; sa bouche est un nuage tiède qui, soudain, se fend et ses dents lui mordent la lèvre inférieure.) Ne t'en va pas, dit-elle.

– C'est juste maintenant. Je reviendrai demain.

– Je t'aime.

– Ecoute. Moi aussi je t'aime.

Eccles, qui l'attend dans l'antichambre, demande :

– Comment était-elle ?

– Formidable.

– Est-ce que vous retournez maintenant... où vous étiez ?

– Non, répond Rabbit horrifié, Seigneur, non, je ne peux pas.

– Alors, dans ce cas, voudriez-vous venir à la maison avec moi ?

– Ecoutez, vous en avez déjà trop fait. Je peux aller chez mes parents.

– Il est trop tard pour les réveiller.

– Non, vraiment. Je ne pourrais pas vous donner ce mal.

Il a déjà décider d'accepter. Chaque os de son corps lui semble mou.

– Ça ne me donne aucun mal ; je ne vous demande pas de venir habiter avec nous, dit Eccles. (Après cette longue nuit, il a les nerfs à vif.) Nous avons toute la place que nous voulons.

– Bon, d'accord. Bon. Merci.

Il regagnent Mt Judge par la route habituelle. A cette heure, il n'y a même pas de camion. Harry est assis, sans un mot, il regarde par le pare-brise, le corps crispé, l'esprit crispé. L'autoroute avec ses larges virages semble une grande route droite qui se déroule devant lui. Tout ce qu'il veut, c'est descendre cette route.

On le conduit dans une chambre avec des glands sur le dessus de lit. Il passe rapidement dans la salle de bains, et gardant ses sous-vêtements, se coule entre les draps, se recroquevillant le plus possible. Ainsi pelotonné près du bord, il se retire dans le sommeil comme une tortue dans sa carapace. Le sommeil, cette nuit là, n'est pas un domaine sombre et hanté que l'esprit doit délibérément décider d'envahir, mais une grotte à l'intérieur de lui, où il se blottit pendant que les griffes de l'ours font du bruit comme la pluie dehors.

237

Le soleil, ce vieux clown, borde la pièce. Deux fauteuils roses encadrent la fenêtre aux rideaux de tulle, beurrés de lumière qui éclabousse un petit bureau encombré d'enveloppes. Au-dessus, le portrait d'une dame en rose s'avance vers vous. Une voix de femme se fait entendre derrière la porte :

– Monsieur Angstrom, monsieur Angstrom.

– Oui, voilà, crie-t-il d'une voix rauque.

– Il est midi vingt. Jack m'a dit de vous rappeler que les heures de visite à l'hôpital sont de une heure à trois heures.

Il reconnaît le petit ton crispé de la femme d'Eccles, comme si elle ajoutait : « Et qu'est-ce que vous fichez chez moi, d'ailleurs ? »

– Oui, très bien. Je sors tout de suite.

Il enfile le pantalon marron qu'il avait la veille au soir et, ennuyé par l'impression que tout cela est sale, il emporte dans la salle de bains ses chaussures, ses chaussettes et sa chemise, reculant le moment de les mettre contre sa peau, leur donnant une minute encore pour s'aérer. L'esprit encore embrumé malgré ses ablutions, il les rapporte de la salle de bains, et descend pieds nus, en T-shirt.

La petite femme d'Eccles est dans sa grande cuisine, en short kaki cette fois-ci, en sandales et les ongles de pieds peints.

– Vous avez bien dormi ? demande-t-elle de derrière la porte du réfrigérateur.

– Comme un plomb. Sans un rêve ni rien.

– C'est l'indice d'une conscience pure, dit-elle, en posant un verre de jus d'orange sur la table.

Il pense qu'en voyant comment il est habillé, avec simplement le T-shirt sur sa poitrine, elle détourne précipitamment les yeux.

– Ne vous donnez pas de mal. Je prendrai quelque chose à Brewer.

– Je ne vous donnerai pas d'oeufs ni rien. Vous aimez les céréales ?

– J'adore ça.

– Parfait.

Le jus d'orange lui rafraîchit un peu la bouche. Il contemple de dos les jambes nues de la femme du pasteur ; les tendons blancs derrière ses genoux tressautent, tandis qu'elle rassemble les affaires du petit déjeuner sur le buffet.

– Comment va Freud ? lui demande-t-il.

Il sait que ce pourrait être dangereux, car s'il évoque

le souvenir de cet après-midi-là, il évoquera aussi le souvenir de la façon dont il lui a tapé sur les fesses ; mais avec Mrs. Eccles, il a ce sentiment ridicule de dominer la situation, et de ne pas pouvoir commettre d'erreurs.

Elle se retourne, la langue contre ses dents de côté, lui tordant la bouche en une moue songeuse, et elle le regarde sans se démonter. Il sourit ; elle a l'air d'une collégienne qui voudrait paraître en savoir plus qu'elle ne dit.

– Il est toujours pareil. Vous voulez du lait ou de la crème avec les céréales ?

– Du lait. La crème, c'est trop épais. Où sont passés les autres ?

– Jack est au temple, sans doute en train de jouer au ping-pong avec un de ses garçons. Joyce et Bonnie dorment, Dieu sait pourquoi. Toute la matinée, elles n'ont pas arrêté de demander à regarder le vilain monsieur dans la chambre d'amis. Il a fallu une poigne solide pour les empêcher d'entrer.

– Qui leur a dit que j'étais un vilain monsieur ?

– C'est Jack. Il leur a dit au petit déjeuner : « Hier soir j'ai ramené à la maison un vilain monsieur qui va cesser d'être vilain. » Les enfants donnent des noms à tous les problèmes de Jack. Vous êtes le vilain monsieur ; Mr. Carson, un alcoolique, est l'idiot ; Mrs. Mac Daniel est la femme qui téléphone la nuit. Et puis il y a la dame qui penche la tête, le monsieur sourd, Mme Petite Porte et Joyeux Haricot. Joyeux Haricot est sans doute très loin d'être heureux, mais un jour il a apporté aux enfants quelques-unes de ces petites capsules de celluloïd avec du lest dans le fond qui les fait toujours se redresser. Depuis ce jour-là, elles l'appellent Joyeux Haricot.

Rabbit éclate de rire et Lucy lui sert ses céréales – trop de lait, il a l'habitude de vivre avec Ruth qui le laisse verser son lait ; il aime en avoir juste assez pour que ce ne soit pas sec, mais de façon que le lait et les céréales soient en parties à peu près égales – et Lucy continue gaiement.

– Ce qui est arrivé de pire, à propos de je ne sais plus quel comité, Jack parlait avec un des marguilliers au téléphone et l'idée lui est venue que cela réconforterait ce pauvre diable d'avoir une fonction dans la paroisse, alors il a dit « Pourquoi ne pas nommer Joyeux Haricot président de quelque chose » ? et son interlocuteur à l'autre bout du fil a dit : « Joyeux qui » ? et Jack s'est rendu compte de ce qu'il avait dit, mais au lieu de passer outre comme n'importe qui d'autre l'aurait fait, voilà que Jack lui raconte toute l'histoire des enfants qui appellent cet homme Joyeux Haricot et, bien sûr, ce vieux marguillier guindé ne trouve pas ça drôle du tout. Vous comprenez, c'était un ami de Joyeux Haricot ; ils n'étaient pas exactement associés, mais ils avaient souvent des déjeuners ensemble à Brewer. C'est ce qu'il y a de terrible avec Jack ; il en dit toujours trop aux gens. Et maintenant ce marguillier raconte sans doute à tout le monde que le pasteur se moque de ce pauvre malheureux de Joyeux Haricot.

Il rit de nouveau. Son café arrive, dans une petite tasse frappée d'un monogramme en or, et Lucy s'assied en face de lui à table, devant une autre tasse.

– Il a dit que j'allais cesser d'être vilain, reprend Rabbit.

– Oui. Il est ravi. Il est sorti pratiquement en chantant. C'est, à son avis, la première chose constructive qu'il ait faite depuis son arrivée à Mt Judge.

– Bigre, fait Rabbit en bâillant, je ne sais pas ce qu'il a fait.

– Je ne sais pas non plus, dit-elle, mais, à l'entendre, tout reposait sur ses épaules.

L'idée qu'on l'ait manœuvré l'irrite. Il sent son sourire qui craque.

– Vraiment ? Il en a parlé ?

– Oh ! Tout le temps. Il vous aime beaucoup. Je ne sais pas pourquoi.

– Tout simplement parce que je suis sympathique.

– J'entends ça tout le temps. Vous avez enroulé autour de votre petit doigt la pauvre vieille Mrs. Smith. Elle vous estime merveilleux.

– Et vous ne comprenez pas ?

– Je ne suis peut-être pas assez vieille. Peut-être que si j'avais soixante-treize ans. (Elle porte la tasse à ses lèvres et les taches de rousseur qui parsèment son petit nez blanc ressortent dans la vapeur du café. Elle est espiègle. Oui, c'est évident, elle a un caractère espiègle. Elle repose la tasse et le regarde avec ses yeux verts, et le petit triangle blanc entre ses sourcils semble le regarder aussi d'un petit air moqueur.) Alors, racontez-moi quelle impression cela fait-il d'être un autre homme ? Jack espère toujours que je vais m'amender et je voudrais savoir à quoi m'attendre. Avez-vous l'impression d'une renaissance ?

– Oh ! je me sens toujours pareil.

– Mais vous n'agissez plus de la même façon.

Il grommelle « bah » et s'agite sur sa chaise. Pourquoi se sent-il si gêné ? Elle s'efforce de lui donner l'impression qu'il est idiot et qu'il se conduit en poule mouillée, simplement parce qu'il retourne auprès de sa femme. C'est vrai, il n'agit plus comme avant ; il n'a plus la même impression avec elle non plus ; il a perdu cette vivacité qui l'avait amené si légèrement à lui donner une tape sur les fesses l'autre jour.

– Hier soir, en rentrant, lui dit-il, j'ai eu l'impression qu'une route droite s'étendait devant moi ; avant, j'avais l'impression d'être dans les buissons et peu importait dans quelle direction j'allais.

Son petit visage au-dessus de la tasse qu'elle tient à deux mains comme un bol de soupe est tendu de ravissement ; il s'attend à la voir rire ; mais au lieu de cela elle sourit sans rien dire. Il pense : *elle a envie de moi.*

Puis il pense à Janice, avec ses jambes paralysées, parlant de doigts de pieds, d'amour et d'orangeade, et cela lui fige peut-être quelque chose dans le visage, car Lucy Eccles tourne la tête avec impatience et dit :

– Allons, vous feriez bien de rejoindre cette belle route droite. Il est une heure moins vingt.

– Combien faut-il de temps pour aller jusqu'à l'arrêt d'autobus ?

– Pas longtemps. Je vous conduirais bien jusqu'à l'hôpital s'il n'y avait pas les enfants. Tenez, reprend-elle, quand on parle du loup : en voilà une.

Tandis qu'il enfile ses chaussettes, l'aînée des deux filles se glisse dans la cuisine, vêtue simplement de sa culotte.

– Joyce, dit sa mère en s'arrêtant à mi-chemin de l'évier avec les tasses vides. Veux-tu remonter tout de suite dans ton lit.

– Bonjour, Joyce, dit Rabbit. Tu es descendue voir le vilain monsieur ?

Joyce le dévisage, les omoplates collées au mur. Son long ventre doré bombe un peu en avant d'un air méditatif.

– Joyce, reprend Lucy. Tu m'as entendue ?

– Pourquoi est-ce qu'il n'a pas de chemise ? demande l'enfant d'une voix claire.

– Je ne sais pas, dit sa mère. Il doit croire qu'il a une jolie poitrine.

– J'ai un T-shirt, proteste-t-il.

On dirait qu'elles ne l'ont remarqué ni l'une ni l'autre.

– Ce sont ses seins ? demande Joyce.

– Non, chérie : il n'y a que les dames qui aient des seins. Je t'ai déjà expliqué.

– Oh ! là là, si ça énerve tout le monde, dit Rabbit en enfilant sa chemise. (Elle est froissée au col et les manchettes sont sales ; elle était propre quand il l'a mise pour aller au Castagnettes Club. Il n'a pas de veste, il est parti de chez Ruth trop précipitamment.) Bon, dit-il en enfonçant le pan dans son pantalon. Merci beaucoup.

– Je vous en prie, dit Lucy. Soyez sage maintenant.

Elles l'escortent toutes les deux dans le vestibule. Les jambes blanches de Lucy sont aussi pâles que la poitrine nue de la fillette. La petite Joyce le dévore des yeux. Il se demande pourquoi. Les enfants et les chiens sentent, dit-on. Il essaie de deviner ce qu'il y avait de sarcasme dans ce « soyez sage maintenant » et ce que cela signifait, en admettant que cela signifiait quelque chose. Il regrette qu'elle ne puisse pas le conduire ; il a envie, il a vraiment envie d'être dans une voiture avec elle. Pas tant pour faire quelque chose que pour simplement sentir une situation posée. Sa répugnance à s'en aller crée une certaine tension.

Ils sont debout sur le seuil, lui et la femme d'Eccles à la peau de bébé, et au-dessous d'eux, le visage de Joyce levé, avec les lèvres fortes de son père, les sourcils arqués, et tout en bas les ongles peints de Lucy, de petits coquillages rouges alignés sur le tapis. Il marmonne une vague protestation et pose la main sur le bouton de la porte. L'idée que seules les dames ont des seins l'obsède ridiculement. Son regard remonte des ongles de pieds de Lucy au visage scrutateur de Joyce et de là jusqu'à la poitrine de sa mère, deux renflements pointus sous un corsage boutonné à travers le tissu léger duquel on aperçoit l'ombre blanche du soutien-gorge. Quand son regard croise celui de Lucy, quelque chose de stupéfiant se passe. Elle lui fait un clin d'œil. Oh ! le temps d'un éclair : peut-être qu'il l'a imaginé. Il tourne le bouton de la porte et descend l'allée ensoleillée avec un murmure dans sa poitrine, comme si une corde là-dedans avait claqué.

A l'hôpital, on dit que Janice a le bébé avec elle pour l'instant et qu'on lui demande s'il veut bien attendre. Il s'assied dans le fauteuil aux bras chromés, en feuilletant un vieux numéro de *Woman's Day* lorsque arrive une grande femme aux beaux cheveux gris un peu argentés et à la peau finement veloutée ; il a tellement l'impression de la connaître qu'il la dévisage. Elle s'en aperçoit et se trouve obligée de lui parler ; il a le sentiment qu'elle aurait préféré ne pas lui adresser la parole. Qui est-elle ? Il lui semble l'avoir connue voilà longtemps. Elle le regarde enfin en disant :

– Vous êtes un ancien élève de Marty. Je suis Harriet Tothero. Nous vous avons eu à dîner un jour. J'ai votre nom sur le bout des lèvres.

Oui, bien sûr, mais ce n'est pas à cause de ce dîner qu'il se souvient d'elle, c'est pour l'avoir remarquée dans les rues. Les étudiants du collège de Mt Judge savaient, pour la plupart, que Tothero était passablement coureur, et sa femme apparaissait, à leurs yeux innocents, auréolée de flammes sombres, comme un martyr en marche, une ombre du péché. C'était moins la pitié qu'une fascination morbide qui la faisait remarquer ; Tothero était lui-même un tel clown, un tel hâbleur, que la souillure de ses propres actions glissait sur lui comme l'huile sur un canard. C'était la haute, grave et grisonnante silhouette de sa femme qui accumulait la charge de ses méfaits et qui la libérait dans leurs jeunes esprits avec une secousse électrique qui leur faisait brusquement détourner les yeux d'elle, par peur tout autant que par gêne. Harry se lève, surpris de constater que le monde où elle évolue est maintenant le même que le sien.

– Je suis Harry Angstrom, dit-il.

– Ah ! oui, je me souviens. Il était si fier de vous. Il me parlait souvent de vous. Encore récemment.

Récemment. Qu'est-ce qu'il lui a dit ? Est-elle au courant ? L'accuse-t-elle ? Son long visage, comme toujours, garde son secret.

– J'ai entendu dire qu'il était malade.

– Oui, en effet, Harry. Très malade. Il a eu deux attaques, dont une depuis qu'il est entré à l'hôpital.

– Il est ici ?

– Oui. Vous voulez le voir ? Je sais que cela lui ferait très plaisir. Rien qu'un moment. Il a eu très peu de visites ; c'est cela, j'imagine, la tragédie du métier de professeur. On se souvient de tant de gens et il y en a si peu qui se souviennent de vous.

– J'aimerais bien le voir, oui.

– Alors, venez avec moi. (Tout en l'entraînant dans les couloirs, elle ajoute :) J'ai peur que vous ne le trouviez très changé.

Il ne comprend pas pleinement le sens de cette phrase ; il ne regarde que la peau de Mrs. Tothero, en essayant de voir si on dirait effectivement un tas de petites peaux de lézards cousues ensemble. Comme ses mains et son cou.

Tothero est seul dans une chambre. Des rideaux blancs semblent monter la garde autour de son lit. Des plantes vertes devant la fenêtre exhalent consciencieusement leur oxygène. Des panneaux de verre inclinables font entrer dans la pièce les parfums de l'été. Des pas crissent sur le gravier en bas.

– Chéri, je t'ai amené quelqu'un. Figure-toi qu'il attendait dehors, c'est un vrai miracle.

– Bonjour, monsieur Tothero. Ma femme vient d'avoir son bébé.

Il prononce ces paroles et s'approche du lit machinalement ; la vue de ce vieil homme allongé là, ratatiné, la bouche de travers, l'a abasourdi. Le visage de Tothero, hérissé de barbe blanche, est cireux sur les oreillers, et ses poings maigres émergent des manches de son pyjama à rayures le long de la frêle masse de son corps. Rabbit lui tend la main.

– Il ne peut pas lever les bras, Harry, explique Mrs. Tothero. Il est paralysé. Mais parlez-lui. Il voit et il entend.

Son élocution douce et patiente a des accents chantants un peu sinistres, comme une voix qui fredonnerait dans des pièces vides.

Comme il a tendu la main, Harry la pose sur le poignet de Tothero et le serre. Malgré sa sécheresse, la main, sous une toison un peu rêche, est tiède, et Harry est horrifié de la voir bouger, pivoter avec obstination, si bien que la paume se tourne vers Harry. Harry retire ses doigts et se laisse tomber sur la chaise au chevet du lit. Les yeux de son vieil entraîneur pivotent avec une précipitation désordonnée quand il tourne la tête de quelques centimètres vers son visiteur. La chair de son visage a tellement fondu qu'ils sont légèrement protubérants. Parler, il faut parler.

– C'est une petite fille. Je tiens à vous remercier (il parle fort) de ce que vous avez fait pour que nous nous retrouvions, Janice et moi. Vous avez été très bon.

Tothero rentre sa langue et tourne la tête pour regarder sa femme. Un muscle sous sa mâchoire tressaille, ses lèvres se froncent et son menton se plisse sans cesse, comme s'il palpitait, tandis qu'il essaie de dire quelque chose. Quelques voyelles confuses sortent. Harry se tourne pour voir si Mrs. Tothero peut les déchiffrer, mais à sa stupéfaction il constate qu'elle regarde ailleurs. Elle regarde par la fenêtre, vers une pelouse déserte ; son visage a l'air d'une photographie.

Est-ce parce que cela lui est égal ? Dans ce cas, devrait-il parler de Margaret à Tothero ? Mais il n'a rien à dire à propos de Margaret qui pourrait faire plaisir à Tothero.

– Je suis revenu dans le droit chemin maintenant,

monsieur Tothero, et j'espère que vous n'allez pas tarder à vous lever.

Tothero tourne la tête avec une précipitation agacée, la bouche fermée, les yeux à demi plissés, et pendant un instant il a l'air si maître de lui que Harry s'attend à l'entendre parler, qu'il croit que ce mutisme n'est qu'un subterfuge de son vieux professeur qui garde le silence en attendant d'avoir toute votre attention. Mais la pause s'étend, prend de l'ampleur, comme si, utilisée pendant soixante ans pour espacer les mots entre eux, elle venait enfin de se développer comme un cancer et d'engloutir les mots eux-mêmes. Pourtant, dans les premiers instants de silence, on sent couler une certaine force, une âme humaine émet avec énergie ses rayons invisibles et imperceptibles. Puis le point qui brillait dans les yeux s'éteint, les paupières jaunies se soulèvent et révèlent une gelée rose, les lèvres s'écartent, le bout de la langue apparaît.

– Je ferais mieux de descendre voir ma femme, crie Harry. Elle a eu son bébé la nuit dernière. C'est une fille.

Il a une impression de claustrophobie, comme s'il était dans le crâne de Tothero ; quand il se lève, il a peur de se cogner la tête, bien que le plafond blanc soit très haut.

– Merci beaucoup, Harry. Je sais qu'il a été content de vous voir, dit Mrs. Tothero.

Il comprend toutefois à son ton qu'il a loupé sa récitation. Il s'éloigne à grandes enjambées dans le couloir, comme si on l'avait congédié. Le fait d'être en bonne santé, de s'être amendé rendent délicieux l'espace, même l'espace antiseptique des couloirs de l'hôpital. Pourtant sa visite à Janice est décevante. Peut-être est-il encore sous le coup d'avoir vu le pauvre Tothero à demi mort dans son lit ; peut-être que, maintenant que les vapeurs de l'éther se sont dispersées, Janice est bouleversée en pensant à la façon dont il l'a traitée. Elle se plaint beaucoup, en disant que les agrafes lui font mal, et lorsqu'il s'efforce d'exprimer, de nouveau, son repentir, elle a l'air de trouver cela assommant. Il est agacé de voir combien c'est difficile de plaire à quelqu'un. Elle lui demande pourquoi il n'a pas apporté de fleurs. Il n'a pas eu le temps ; il lui explique comment il a passé la nuit et, bien sûr, elle lui demande comment est Mrs. Eccles.

– A peu près ta taille, dit-il. Avec des taches de rousseur.

– Son mari a été merveilleux, dit-elle. Il a l'air d'aimer tout le monde.

– Il est bien, dit Rabbit. Il m'agace un peu.

– Oh ! tout le monde t'agace.

– Pas du tout, ça n'est pas vrai. Marty Tothero ne m'a jamais agacé. Je viens de voir ce pauvre type, allongé dans son lit, à l'étage au-dessus. Il ne peut ni dire un mot ni bouger la tête de plus de quelques centimètres.

– Il ne t'agace pas mais moi si, c'est ça ?

– Je n'ai pas dit ça.

– Oh ! non. Ouille. Ces fichues agrafes, on dirait du fil de fer barbelé. Je t'agace tellement que tu m'abandonnes deux mois. Plus de deux mois.

– Ecoute Janice. Tu ne faisais que regarder la télévision et boire tout le temps. Comprends-moi, je ne dis pas que je n'ai pas eu tort, mais j'avais l'impression qu'il fallait que je m'en aille. L'impression d'être dans un cercueil avant qu'on m'ait pompé tout mon sang. Ce premier soir, quand je suis monté dans la voiture devant la maison de tes parents, même alors j'aurais tout aussi bien pu aller prendre Nelson et rentrer à la maison. Mais quand j'ai desserré le frein...

Elle a de nouveau l'air de s'ennuyer. Elle secoue la tête d'un côté à l'autre, comme pour empêcher des mouches de s'y poser.

– Oh ! merde, dit-il.

Là elle réagit.

– Je vois, dit-elle, que ton vocabulaire ne s'est pas amélioré au contact de cette prostituée.

– Elle n'était pas exactement une prostituée. Simplement, elle couchait à droite et à gauche. Je crois qu'il y a beaucoup de filles comme elle. Je veux dire que si on se met à traiter de prostituées toutes celles qui ne sont pas mariées...

– Où vas-tu habiter maintenant ? Jusqu'à ce que je sorte de l'hôpital ?

– Je pensais que Nelson et moi allions nous installer dans l'appartement.

– Je ne suis pas sûre que ce soit possible. Nous n'avons pas payé le loyer pendant deux mois.

– Hein ? Tu n'as pas payé le loyer ?

– Enfin, Harry. Tu es extraordinaire. Tu comptes sur papa pour continuer à payer le loyer ? Je n'avais pas d'argent.

– Voyons, est-ce que le propriétaire est venu ? Que sont devenus nos meubles ? Il les a mis dans la rue ?

– Je ne sais pas.

– Tu ne sais pas ? Mais enfin qu'est-ce que tu sais ? Qu'est-ce que tu as fait pendant tout ce temps ? Tu as dormi ?

– Je portais ton enfant.

– Bon sang, je ne savais pas que pendant tout ce temps tu ne pouvais penser qu'à ça. Ce qu'il y a de navrant avec toi, mon petit, c'est que tu t'en fous. Vraiment.

– Ecoute-toi donc parler.

Il écoute en effet, il se rappelle dans quelles dispositions il était la veille au soir et, après un silence, essaie de recommencer.

– Tu sais, dit-il, je t'aime.

– Je t'aime, dit-elle. Tu as vingt-cinq cents ?

– Je crois. Je vais regarder. Pourquoi en as-tu besoin ?

– Si tu mets vingt-cinq cents là-dedans, explique-t-elle en désignant un petit récepteur de télévision posé sur une table haute pour que les malades puissent le voir au-dessus du pied de leur lit, ça marchera pendant une heure. Il y a à deux heures une émission idiote que maman et moi nous regardions quand j'étais à la maison.

Pendant trente minutes il reste donc assis auprès de son lit à regarder un animateur aux cheveux bouclés harceler une bande de femmes d'un certain âge d'Akron, dans l'Ohio et d'Oakland en Californie. Le principe de l'émission, c'est que toutes ces femmes ont des tragédies qu'elles racontent, puis elles touchent de l'argent selon la force des applaudissements qu'elles recueillent, mais le temps que le présentateur ait débité ses slogans publicitaires et qu'il ait plaisanté avec les concurrentes à propos de leurs petits enfants et de leurs permanentes trop serrées, il ne reste plus beaucoup de place pour la tragédie. Rabbit pense sans arrêt que le présentateur, qui a cette façon très juive d'articuler distinctement, même s'il parle très vite, va se mettre à vanter les mérites de l'éplucheuse Magic-Pluches, mais il ne semble pas que l'appareil ait encore les honneurs de la publicité télévisée. Ce n'est pas trop mal ; deux jumelles décolorées, coiffées en queue de cheval poussent les femmes devant divers microphones, cabines et zones d'applaudissements. Cela donne même à Rabbit une sorte de paix ; Janice et lui se tiennent par la main. Quand il est assis, il a le lit presque à la hauteur des épaules, et cette étrange relation avec une femme lui plaît : il a l'impression de la porter sur son épaule, mais sans en sentir le poids. Il soulève un peu la tête de son lit, lui verse un verre d'eau, et ces menus services satisfont son besoin de se rendre utile. L'émission n'est pas terminée quand une infirmière entre en disant :

– Monsieur Angstrom, si vous voulez voir votre bébé, l'infirmière les présente derrière la vitre en ce moment.

Il la suit dans le couloir ; ses hanches carrées oscillent sous le tissu empesé de son uniforme. Rien qu'à l'épaisseur de son cou, il se dit que ça doit être un bon morceau, bien en chair. Et tout d'un coup voilà qu'il arrive devant la pouponnière où de petits tas de linge avec des têtes comme des oranges sont alignés dans des paniers de supermarchés et l'infirmière amène sa fille jusqu'à la vitre ; et il a l'impression qu'on lui glisse un éteignoir sur le coeur. Il en a le souffle coupé. Les gens disent toujours que les nouveau-nés sont laids, c'est peut-être pour ça qu'il est stupéfait. L'infirmière tient le bébé si bien que son profil se découpe en rouge contre l'uniforme blanc boutonné sur sa poitrine. Les plis autour des narines, dessinés à une si petite échelle, semblent d'une incroyable précision ; l'ourlet minuscule de la paupière close se poursuit en diagonale sur une grande longueur, comme si l'oeil, quand il est ouvert, devait être énorme, tout voir et tout savoir. Comme si, derrière le renflement d'une membrane, un peu du liquide le plus précieux et le plus pur du monde attendait en suspens. Dans cette pression qu'il devine derrière la paupière tranquille et dans le retroussis de la lèvre supérieure, il discerne un dédain qui le ravit. Elle sait qu'elle est bien. Ce qu'il n'aurait jamais cru, il sent que c'est une femme, il y a quelque chose d'à la fois délicat et solide dans la courbe du long crâne rose, parsemé de mèches noires en touffes. Nelson avait la tête toute cabossée, avec des veines bleues effrayantes et il était chauve sauf sur la nuque. Rabbit regarde à travers la vitre, il y a de la timidité jusque dans son regard, comme si un coup d'oeil trop brutal allait démolir le délicat mécanisme de cette magnifique vie.

Le sourire de l'infirmière, qui interpose son éclat entre ses yeux et le bébé, lui assure qu'il est bien le père. Ses lèvres peintes dessinent une question à travers la vitre et il dit : « Oui, d'accord », et fait des signes, levant les mains, doigts déployés, à la hauteur de ses oreilles. Il ajoute : « Elle est grande », d'un ton forcé pour que sa voix passe à travers la vitre, mais l'infirmière repose déjà sa fille dans son panier de super-marché. Rabbit se tourne du mauvais côté, bouscule le père suivant et éclate de rire. Il s'en va rejoindre Janice et dans le vestibule qui sent le savon, l'idée lui vient : ils devraient appeler la fille June. On est en juin, elle est née en juin. Il n'a jamais connu de June. Cela fera plaisir à Janice à cause du J. Mais Janice a pensé à des prénoms aussi et elle veut lui donner le nom de sa mère. Harry n'a jamais pensé que Mrs. Springer avait un prénom : c'est Rebecca. Le tendre orgueil que lui inspire son enfant adoucit Janice, il se laisse à son tour attendrir par son vœu filial ; il y a des moments où cela l'inquiète qu'elle n'ait pas l'air d'aimer sa mère. Ils adoptent un compromis : Rebecca June Angstrom.

On lui aplanit le droit chemin qu'il a retrouvé. Mr. Springer, apprend-il, avait payé le loyer de l'appartement ; c'est un ami personnel du propriétaire, et il s'est arrangé avec lui sans en parler à sa fille. Il avait toujours pensé que Harry reviendrait, mais il ne voulait pas en parler au cas où il se tromperait. Harry et Nelson reviennent donc s'installer dans l'appartement. Rabbit a des dons de femme d'intérieur ; il aime sentir la poussière s'engouffrer dans l'aspirateur, le long du tuyau souple jusque dans un sac de papier, et qui, quand il est plein de gros moutons gris, fera se soulever le couvercle de l'Electrolux comme un gentleman qui soulève son chapeau. Il n'était pas si déplacé comme démonstrateur pour l'éplucheuse Magic-Pluches ; il a un goût instinctif pour les appareils ménagers : les broyeurs, hachoirs et ouvre-boîtes. Peut-être le premier enfant devrait-il toujours être une fille ; Mim, qui est arrivée après lui dans la famille Angstrom, n'a jamais été directement exposée au cœur ardent de la cuisine, elle est toujours restée dans l'ombre de son frère, s'acquittant d'un air maussade de sa part de ménage, qui finit par devenir la plus importante, parce qu'après tout il était un garçon. Il pense que ce sera la même chose avec Nelson et Rebecca.

Nelson l'aide bien. Plus près, maintenant, de trois ans que de deux, l'enfant peut exécuter des ordres qui ne le font pas sortir de la pièce, il comprend que ses jouets doivent être rangés dans le coffre et il a conscience du bonheur qui naît de la propreté, de l'ordre et de la lumière. La brise de juin soupire derrière les stores des fenêtres longtemps fermées. Le soleil dessine des centaines de T et de L éblouissants. Derrière les fenêtres, Wilbur Street descend. Les toits de zinc plats de leurs voisins, doucement rongés par les intempéries, sont parsemés de mystérieux débris, d'emballages de tablettes de chocolat, épaves qui ont dû tomber du ciel ou être apportées par les oiseaux jusque dans cette rue, hérissée d'antennes de télévision et de cheminées grosses comme des bouches d'incendie. Il y a trois de ces toits dans la pente, inclinés comme des terrasses pour l'écoulement des eaux, trois larges marches sales menant à un rebord au-dessous duquel commencent les demeures plus aisées, les forts de stuc et de briques, flanqués de vérandas, de vasistas et de paratonnerres, gardés par des commissaires, protégés par des accords avec les banques et les cabinets d'avocats. C'était étrange qu'on eût construit plus haut une rangée d'immeubles de rapport ; ces gens avaient été surpris par le développement de la ville. Mais dans une agglomération construite au flanc d'une montagne, la hauteur était trop commune pour être précieuse ; au-dessus d'eux tous, il y avait la corniche originelle, le sombre faubourg de la forêt, séparé de la partie convenable de la ville par une bande de chemin de terre, de fermes délabrées, par un cimetière et quelques débuts de lotissements. Wilbur Street était pavée pendant un bloc après la porte de Rabbit, puis devenait une rue de boue et de graviers entre deux courtes rangées de maisons, style ranch, de couleurs diverses, bâties en 1953 sur une terre rouge qui même aujourd'hui nourrit péniblement les brins d'herbe qui la parsèment. Puis la pente devient plus abrupte et les bois commencent.

Des fenêtres, Rabbit peut regarder dans la direction opposée, par-delà la ville jusque dans la large vallée fertile, avec son terrain de golf. Il pense : *ma vallée, ma maison.* Les murs au papier peint taché, les carpettes dont les coins ne cessent de se retrousser, la penderie dont la porte cogne contre le récepteur de télévision, tout cela dont il avait oublié le souvenir lui revient avec une force inattendue. Chaque recoin s'emboîte contre un coin dont sa mémoire garde la souvenir ; chaque fissure, chaque irrégularité de la peinture correspond à une défectuosité dont son esprit garde la trace. Cela ajoute encore à la minutie avec laquelle il fait le ménage.

Sous le divan et sous les fauteuils, derrière les portes, dans les placards de la cuisine, il trouve de vieux débris de jouets qui font le ravissement de Nelson. L'enfant a un souvenir extrêmement précis de ses possessions.

– C'est mémé qui m'a donné ça, dit-il en brandissant un canard en matière plastique qui a perdu ses roues.

– Ah ! oui ?

– Oui. C'est mémé.

– C'est gentil, non ?

– Si.

– Tu sais...

– Quoi donc ?

– Mémé, c'est la maman de maman !

– Oui. Où est-elle, maman ?

– A l'hôpital.

– A l'hop-pital ? Elle revient ven-di ?

– C'est ça. Elle reviendra vendredi. Tu ne crois pas qu'elle va être contente de voir comme nous avons tout nettoyé ?

– Oh ! oui. Papa à l'hop-pital aussi ?

– Non. Papa n'était pas à l'hôpital. Papa était parti.

– Papa parti... (Le petit garçon ouvre de grands yeux et demeure bouche bée, contemplant le concept familier de « parti » ; sa voix devient plus grave)... parti très, très longtemps.

Il étend les bras pour mesurer le longueur, si loin que ses doigts se replient en arrière. C'est le maximum de ce qu'il peut mesurer.

– Mais papa n'est pas parti maintenant, n'est-ce pas ?

– Oh ! non.

Il emmène Nelson avec lui en voiture le jour où il va annoncer à Mrs. Smith qu'il ne va plus pouvoir travailler dans son jardin. Le père Springer lui a offert une situation dans un de ses parcs de voitures. Les rhododendrons qui bordent l'allée crissante de graviers ont l'air poussiéreux et dépouillés, avec quelques bouquets brunis encore accrochés à leurs branches par des frondaisons neuves d'un vert clair. C'est Mrs. Smith qui vient lui ouvrir.

– Tiens, tiens, fait-elle, son visage bruni tout épanoui.

– Mrs. Smith, voici mon fils Nelson.

– Oui, oui, comment vas-tu, Nelson ? Tu as la tête de ton père. (Elle caresse la petite tête d'une main desséchée comme une feuille de tabac.) Voyons, que je réfléchisse. Où ai-je bien mis cette boîte de bonbons ? Il peut manger des bonbons, n'est-ce pas ?

– Un peu, je crois, mais ne vous donnez pas la peine de les chercher.

– Oh ! mais je les trouverai si je veux. Le malheur avec vous, jeune homme, c'est que vous ne m'avez jamais cru aucune compétence.

Elle sort en trottinant, tirant d'une main sur le devant de sa robe et tâtonnant l'air devant elle de l'autre, comme si elle écartait des toiles d'araignées.

Pendant qu'elle s'est absentée, Nelson et lui restent debout à regarder le haut plafond du salon, les grandes fenêtres avec des meneaux fins comme des lignes tracées à la craie ; derrière les carreaux, dont certains sont de couleur bleu lavande, on aperçoit les pins et les cyprès qui gardent l'extrémité de la propriété. Des tableaux sont accrochés aux murs luisants. L'un deux montre, dans des couleurs sombres, une femme drapée dans un pan de soie et qui, à la façon dont elle bat les bras, semble se quereller avec un grand cygne qui est planté là, fonçant en avant. Sur un autre mur, il y a le portrait d'une jeune femme en robe noire assise d'un air impatient dans un fauteuil capitonné. Son visage, bien qu'un peu carré, est beau, avec un front que sa coiffure rend triangulaire. Ses bras ronds et blancs s'arrondissent devant elle. Rabbit s'approche un peu pour avoir une vue moins oblique. Elle a cette petite lèvre supérieure un peu bouffie qu'il apprécie tant chez une femme. Cette façon dont la lèvre se soulève pour révéler une petite tache sombre dans l'entrebâillement de la bouche. Comme le pétale d'une fleur épanouie. On sent dans toute sa personne une attente. Il a l'impression qu'elle va se lever de son fauteuil et s'avancer vers lui, en frônçant son petit front triangulaire. Mrs. Smith, qui revient avec un gros verre à pied rouge, comme un verre à vin, voit la direction de son regard et dit :

– Ce que je n'ai jamais compris, c'est pourquoi il a voulu me donner l'air si irritable ? Il m'était profondément antipathique et il le savait. Un petit Italien. Mais il s'y connaissait en femmes. Tiens. (Elle s'est approchée de Nelson avec la coupe de bonbons.) Essaie donc un de ceux-là. Ils sont vieux, mais ils sont bons, comme un tas de vieilles choses en ce monde.

Elle ôte le couvercle, un hémisphère de verre turquoise, et tend la coupe d'une main qui tremble un peu. Nelson lève les yeux. Rabbit lui fait signe qu'il peut y aller, et l'enfant choisit un bonbon enveloppé dans un papier coloré.

– Tu ne l'aimeras pas, lui dit Rabbit. Il doit y avoir une cerise à l'intérieur.

– Allons, allons, dit Mrs. Smith. Qu'il prenne celui qui lui plaît.

Le pauvre gosse prend donc ce bonbon, fasciné par l'emballage.

– Mrs. Smith, commence Rabbit, je ne sais pas si le Révérend Eccles vous a mise au courant, mais ma situation a un peu changé et il faut que je prenne une autre place. Je ne vais plus pouvoir vous aider ici. Je suis désolé.

– Ah ! oui, oui, dit-elle en regardant Nelson qui déballe le bonbon.

– Ça me plaisait vraiment, reprend-il. C'était une sorte de paradis, comme disait votre amie.

– Oh ! cette idiote d'Alma Foster, dit Mrs. Smith. Avec son rouge à lèvre barbouillé jusqu'au nez. La chère âme, je ne l'oublierai jamais. Pas une once de bon sens. Tiens, mon enfant, donne ça à Mrs. Smith.

Elle repose la coupe sur un guéridon de marbre auprès d'un vase chinois, plein de pensées, puis elle prend le bonbon des mains de Nelson et d'un geste rapide défait le papier. L'enfant la dévisage, immobile, bouche bée. La main de la vieille dame descend d'un geste sec et lui introduit le chocolat entre les lèvres. Avec un petit sourire de satisfaction, elle se retourne, laisse tomber l'emballage sur la table et dit à Rabbit :

– Eh bien, Harry. En tout cas, nous avons fait éclore les rhododendrons.

– C'est vrai, dit-il.

– Cela a fait plaisir à *mon* Harry, je le sais, où qu'il soit.

Nelson a mordu le bonbon et tout surpris de sentir le sirop de cerise, il crispe la bouche en une moue consternée ; un petit filet de salive brunie coule au coin de sa bouche etses yeux parcourent frénétiquement la pièce au mobilier somptueux. Rabbit lui tend une main, paume offerte, l'enfant s'approche et sans bruit vient recracher dans la main de son père des petits bouts de chocolat, mêlés de sirop et de cerise.

Mrs. Smith n'a rien vu. Ses yeux aux iris de cristal transparent sont fixés sur ceux de Harry et elle dit :

– Cela a été pour moi un devoir religieux que de continuer à entretenir le jardin d'Horace.

– Je suis sûr que vous pourrez trouver quelqu'un d'autre. Les vacances ont commencé ; ce serait un travail parfait pour un étudiant.

– Non, dit-elle. Non. Je ne veux pas y penser. Je ne serai plus ici l'an prochain pour voir les rhododendrons de Harry s'épanouir de nouveau. C'est vous qui m'avez maintenue en vie, Harry ; c'est vrai. Tout l'hiver, j'ai lutté contre la tombe et puis en avril j'ai regardé par la fenêtre, j'ai aperçu ce grand jeune homme qui brûlait mes vieilles souches et j'ai compris que la vie ne m'avait pas quittée. C'est cela que vous avez, Harry : la vie. C'est un don étrange et je ne sais comment nous sommes censés l'utiliser, mais je sais que c'est le seul don que nous ayons, et c'est un don bienfaisant. (Ses yeux cristallins sont embués d'un liquide plus épais que les larmes, et ses mains dures comme des serres le prennent par les bras au-dessus du coude.) Un jeune homme beau et fort, murmure-telle. (Puis son regard cesse d'être flou et elle ajoute :) Vous avez un fils fier ; prenez soin de lui.

Elle doit vouloir dire qu'il devrait être fier de son fils et bien veiller sur lui. Son étreinte l'émeut ; il voudrait répondre et il a bien dit « non » quand elle a parlé de sa mort, mais il a la main droite pleine d'une bouillie de chocolat fondu, et il est là, impuissant et crispé, à l'entendre répéter d'une voix tremblante :

– Au revoir. Je vous souhaite tout le bien du monde. Tout le bien du monde.

Dans la semaine qui suit cette bénédiction, Nelson et lui sont souvent heureux. Ils vont se promener en ville. Un jour, ils assistent à une partie de football que disputent sur le terrain du collège des hommes aux visages brunis et burinés comme des ouvriers de la métallurgie, en uniforme criard de flanelle et de feutre, une équipe portant le nom d'un groupe de pompiers de Brewer, et l'autre celui de la Sunshine Athletic Association, les mêmes tenues, se dit-il, qu'il a vues pendues dans le grenier le soir où il a dormi dans la chambre de Tothero. Il n'y a guère plus de spectateurs assis sur les tribunes démontables que de joueurs sur le terrain. Tout autour, derrière les bancs et le treillage monté derrière les buts, des gosses en espadrilles se battent, courent et se querellent. Nelson et lui suivent quelques instants la rencontre, tandis que le soleil plonge dans les arbres. Rabbit se sent envahi d'une chaleur familière, avec le soleil dont les rayons obliques lui baignent les joues, la foule clairsemée et inattentive, les bavardages et les ricanements, la poussière qui jaillit sur le terrain jauni, les filles en short qui déambulent avec des glaces au chocolat. Des jambes brunes d'adolescentes, épaisses aux chevilles et lisses aux cuisses. Des garçons de leur âge, leurs jambes dégingandées moulées dans des blue jeans, discutant frénétiquement la question de savoir si Williams était lessivé ou non. Mantle vaut dix mille fois mieux. Williams vaut cent mille fois mieux. Nelson et lui partagent un jus d'orange acheté à un éventaire dressé à l'ombre. Un peu de fumée monte du buffet où les ice-creams attendent dans la neige carbonique, on entend le pffftt de la capsule qu'on enlève de la bouteille. La douceur du parfum artificiel lui emplit le cœur. Nelson se renverse de la limonade sur la poitrine en essayant de boire au goulot.

Un autre jour, ils vont au terrain de jeu. Nelson a peur des balançoires. Rabbit lui montre comment se tenir et le pousse très doucement, de face pour que l'enfant puisse le voir. Il rit, il supplie : « Moi assez », se met à pleurer : « Moi assez, moi assez, papa. » Rabbit attrape une légère migraine à traîner du côté du tas de sable. Du côté du kiosque, le bruit de la balle qui rebondit contre le mur du jeu de paume et le cliquetis des pièces sur l'échiquier éveillent chez lui des souvenirs, l'odeur oubliée de cet étroit ruban de matière plastique avec lequel on se confectionnait des bracelets et des chaînes de sifflet, l'odeur de la colle et de la sueur sur les poignets du matériel de gymnastique parviennent jusqu'à lui, portées par une brise où flottent aussi des murmures enfantins. Il perçoit la vérité : l'élément qui n'est plus dans sa vie est parti irrévocablement ; nulle quête ne lui permettrait de le retrouver. Toute recherche serait vaine. C'était ici, au pied de la ville, dans ces odeurs et parmi ces voix, à jamais derrière lui. Le mieux qu'il puisse faire, c'est de se soumettre au système et de donner à Nelson la possibilité de passer à travers, comme il l'a fait, sans y penser. La plénitude cesse quand on donne à la nature sa rançon, quand on fait des enfants pour elle. Alors, elle en a fini avec nous, et nous devenons, d'abord à l'intérieur puis à l'extérieur, des déchets. Des fleurs fanées.

Ils vont voir mémé Springer. L'enfant est ravi ; Nelson l'adore et cela la rend sympathique à Rabbit. Bien qu'elle essaie de lui chercher querelle, il refuse de se laisser entraîner, il admet tout ; il a été ignoble, stupide, il s'est très mal conduit, il a de la chance de ne pas être en prison. En fait, son hostilité manque de véhémence. D'abord, Nelson est là, et puis elle est soulagée qu'il soit revenu et elle ne veut pas qu'il reparte parce qu'elle lui aura fait peur. Enfin, les beaux-parents ne peuvent pas vous atteindre comme vos propres parents. Ils restent toujours à l'extérieur, malgré tous les efforts, et ils ont quelque chose de reposant, d'un peu comique même. La vieille dame et lui s'asseyant sur la véranda à boire du thé glacé ; ses jambes tourmentées de varices sont sur un tabouret et les petits gémissements qu'elle pousse en remuant dans son fauteuil le font sourire. Il a l'impression de rendre visite à une amie un peu idiote. Nelson et Billy Fosnacht sont dans la maison, en train de jouer tranquillement. Trop tranquillement. Mrs. Springer veut voir ce qui se passe, mais elle n'a pas envie de bouger ; elle se met à déplorer le manque d'éducation de ce petit Billy Fosnacht, et de là elle passe à la mère de l'enfant. Mrs. Springer ne l'aime pas, elle se méfie d'elle ; ce n'est pas seulement à cause des lunettes de soleil, bien qu'elle trouve que ce soit une affectation ridicule ; ce sont les manières insinuantes de cette femme, la façon dont elle est venue jouer les consolatrices auprès de Janice, simplement parce qu'elle pensait trouver là matière à de savoureux commérages.

– Vous savez, elle était si souvent là que j'avais plus

Nelson sur les bras que Janice, elles étaient tous les jours au cinéma toutes les deux, comme des collégiennes qui n'ont pas de responsabilité de mère de famille.

Rabbit, lui, sait depuis le collège que Peggy Fosnacht, autrefois Peggy Gring, porte des lunettes de soleil parce qu'elle louche terriblement, de façon gênante. Et Eccles lui a raconté que sa présence avait été d'un grand réconfort à Janice durant cette période d'épreuve maintenant passée. Mais il ne s'arrête à aucune de ces objections ; il écoute avec satisfaction, heureux d'être d'accord avec Mrs. Springer, tous deux unis contre le monde. Les cubes de glace fondent dans le thé, adoucissant encore le breuvage insipide. Le bavardage de sa belle-mère baigne ses oreilles comme le murmure tourbillonnant d'un torrent. Hypnotisé, il laisse ses paupières se fermer et un sourire s'épanouit sur son visage ; la nuit, tout seul, il dort mal, et il sommeille maintenant en plein jour, bienheureusement oisif, satisfait d'être enfin du bon côté.

Chez ses parents, c'est très différent. Nelson et lui y vont une fois. Sa mère est en colère pour une raison quelconque ; il le sent dès qu'il a franchi la porte, comme une couche de poussière qui recouvrirait tout. Après celle des Springer, cette maison semble petite et sordide. Qu'est-ce qu'a donc sa mère ? Il pense qu'elle a toujours été de son côté et il lui dit, dans un élan de confidences, combien les Springer ont été chic, combien Mrs. Springer a, en réalité, un bon coeur et semble lui avoir tout pardonné, comment Mr. Springer a continué à payer le loyer de leur appartement et lui a maintenant proposé une place de vendeur dans un de ses parcs de voitures. Il possède quatre parcs de voitures d'occasion à Brewer et dans les environs ; Rabbit ne se doutait pas qu'il avait une affaire aussi importante. Au fond, c'est un crétin, mais en tout cas un crétin qui a réussi ; il trouve que lui, Harry Angstrom, ne s'en est pas mal tiré. Le nez sévère de sa mère brille comme ses lunettes embuées. Sa désapprobation l'assaille chaque fois qu'elle se détourne de l'évier. Il croit, tout d'abord, que c'est parce qu'il n'est jamais venu la voir pendant tout ce temps, mais si c'est cela, elle devrait plutôt être moins en colère, puisqu'il est là maintenant. Puis il se dit que c'est parce qu'elle est dégoûtée qu'il ait couché avec Ruth et qu'il ait commis l'adultère ; elle devient pieuse sur ses vieux jours et de toute façon elle doit le considérer encore comme s'il avait douze ans, mais voilà que brusquement elle met un terme à toutes ses spéculations en demandant :

– Et que va-t-il advenir de cette pauvre fille avec qui tu vivais à Brewer ?

– Elle ? Oh ! elle est assez grande pour se débrouiller toute seule. Elle n'attendait rien.

Mais tout en disant cela, il sent dans la bouche le goût de sa propre salive. Le fait que sa mère puisse mentionner le nom de Ruth lui fait trouver sa vie exiguë.

Sa mère crispe les lèvres et répond avec un petit hochement de tête satisfait :

– Je ne dis rien, Harry, je ne dis rien.

Mais, bien sûr, elle dit un tas de choses, seulement il ne sait pas quoi. Il y a bien quelques indices dans la façon dont elle traite Nelson. Elle fait presque comme s'il n'existait pas, elle ne lui offre pas de jouets, elle se contente de dire : « Bonjour, Nelson », avec un petit signe de tête, qui secoue les cercles blancs de ses lunettes. Après la chaleur de l'accueil de Mrs. Springer, cette fraîcheur semble brutale. Nelson en a conscience, il est muet et apeuré et se blottit contre les jambes de son père. Rabbit ne sait pas quelle mouche a piqué sa mère, mais elle ne devrait pas, en tout cas, s'en prendre à un enfant de deux ans. Il n'a jamais vu une grand-mère agir ainsi. Bien sûr, la présence de ce pauvre gosse les empêche d'avoir la conversation qu'ils avaient, quand sa mère lui racontait un incident amusant qui s'était passé dans le quartier et puis qu'ensuite ils parlaient de lui, de la façon dont il était quand il était gosse, comment il s'entraînait avec le ballon de basket tout l'après-midi jusqu'à la tombée de la nuit et comment il cherchait toujours Mim. Le fait que Nelson soit à moitié Springer semble supprimer tout cela. Pour l'instant, il n'aime plus sa mère, il faut vraiment être folle pour faire comme ça la tête à un petit gosse qui vient à peine d'apprendre à parler. Il voudrait lui dire : « Qu'est-ce qui te prend ?

On croirait que je suis passé de l'autre côté. Tu te conduis de façon insensée. Tu ne sais donc pas que je suis dans le droit chemin maintenant et pourquoi ne me félicites-tu pas ? »

Mais il ne dit pas cela ; il est d'un entêtement qui vaut bien celui de sa mère. Après avoir constaté que les phrases qu'il a faites sur le cordial accueil des Springer ne passent pas, il ne lui dit plus grand-chose. Il se contente de traîner là, avec Nelson qui fait rouler un citron sur le carrelage de la cuisine. Chaque fois que le citron s'approche des pieds de sa mère, il doit le ramasser, Nelson ne veut pas y aller. Le silence fait rougir Rabbit, pour lui ou pour elle, il ne sait pas. Quand son père rentre, la situation ne s'améliore guère. Le vieux n'est pas en colère, mais il regarde Harry comme si celui-ci était transparent. Son dos voûté et ses ongles sales agacent son fils ; on dirait qu'il fait exprès de les vieillir tous. Pourquoi ne se fait-il pas poser de nouvelles dents qui tiennent ? Il a la bouche qui remue comme celle d'une vieille femme. Mais du moins son père manifeste-t-il un certain intérêt pour Nelson, qui s'empresse de faire rouler le citron vers lui. Il le lui renvoie.

– Tu vas être un sportif comme ton papa ?

– Il ne peut pas, Earl, déclare maman. (Et Rabbit est heureux d'entendre sa voix, il croit que la glace est rompue, jusqu'au moment où il entend dire :) Il a ces petites mains des Springer.

Ces paroles, dures comme l'acier, font jaillir une gerbe d'étincelles du cœur de Rabbit.

– Allons donc, dit-il.

Et il regrette d'avoir dit cela, de s'être laissé coincer. La taille des mains de Nelson ne devrait pas avoir d'importance. Et voilà qu'il découvre maintenant que ça en a. Il ne veut pas que l'enfant ait les mains de sa mère, et si c'est le cas – et si maman l'a remarqué, c'est probablement vrai – il aime un peu moins l'enfant. Il l'aime un peu moins, mais il déteste sa mère parce que c'est à cause d'elle. On dirait qu'elle veut battre, même si cela doit tomber sur elle. Et, il admire cela, il l'admire d'être prête à se faire haïr de lui, dès l'instant qu'il perçoit son message. Mais il ne veut pas de ce message, il le sent qui lui fouille le coeur et il le repousse. Il ne veut pas l'entendre. Il ne veut pas entendre sa mère dire un mot de plus. Il veut simplement s'en aller en gardant un peu de son amour pour elle.

Sur le pas de la porte, il demande à son père :

– Où est Mim ?

– Nous ne la voyons plus beaucoup, dit le vieil homme.

Il baisse ses joues délavées et porte la main à la poche de sa chemise, où se trouvent deux stylos à bille et un petit paquet crasseux de fiches et de papiers. Depuis quelques années, son père fait des petits tas comme ça, de fiches, de listes et de reçus et de calendriers de poche qu'il entoure d'élastiques et qu'il fourre dans différentes poches : une manie de vieillard. Rabbit quitte la maison de ses parents, déprimé, avec l'impression de ne plus avoir le cœur à sa place habituelle.

Les jours passent à peu près, lorsque Nelson ne dort pas. Mais quand le petit s'endort, quand son visage sombre dans le sommeil et que sa respiration anime des lèvres désemparées d'où de petites taches de salive tombent sur le drap du berceau, quand ses cheveux se répandent en fines mèches et que la peau sans défaut de ses joues rebondies demeure scellée sous le rouge qui les colore, alors un endroit mort s'ouvre dans l'âme de Harry et la peur l'envahit. Le sommeil de l'enfant est si lourd qu'il craint de le voir rompre la membrane de la vie et sombrer dans l'oubli. Parfois il s'approche du petit lit et soulève le corps de l'enfant, rien que pour se rassurer au contact de sa chaleur et en entendant la faible protestation qui échappe des lèvres molles et maladroites.

Il erre dans l'appartement, allume toutes les lumières et le poste de télévision, boit de la bière, feuillette de vieux numéros de *Life*, se raccrochant à n'importe quoi pour combler le vide. Avant d'aller se coucher lui-même, il installe Nelson devant le lavabo, en faisant couler le robinet et en caressant le petit derrière nu et rebondi jusqu'au moment où un petit pipi jaillit du sommeil irrité de l'enfant et vient arroser la porcelaine. Il drape alors Nelson dans une couche et le remet dans son berceau, puis se prépare à franchir l'abîme qui sépare cet instant de celui où, dans la lumière duveteuse du soleil matinal, le petit garçon surgira, ressuscité, dans sa couche trempée, auprès du grand lit, en tâtant d'une main prudente le visage de son père. Parfois il grimpe dans le lit, et alors le contact du tissu froid et mouillé sur la peau de Rabbit lui donne l'impression d'aborder à un rivage dur et détrempé. Le temps qui s'écoule entre ces deux instants, Rabbit n'en fait rien. Mais l'intensité même avec laquelle il souhaite voir s'écouler cette période l'irrite. Il est allongé dans son lit, en diagonale, pour que ses pieds ne dépassent pas, et il lutte contre cette sensation de bascule qu'il éprouve. Comme un bateau désemparé, il ne cesse de venir aux mêmes écueils : la pénible attitude de sa mère, l'abandon de son père, le silence de Ruth la dernière fois qu'il l'a vue, le mutisme accablant de sa mère, qu'est-ce qu'elle a donc ? Il se couche à plat ventre et semble regarder dans une mer sans fond, plus bas, toujours plus bas, jusqu'à l'endroit où des crêtes rocailleuses se dessinent dans les ténèbres aveugles. Cette bonne vieille Ruth à la piscine. Ce pauvre crétin de Harrison jouant les anciens étudiants en complet d'été. La petite main sale de Margaret venant s'abattre sur la bouche de Tothero, et Tothero allongé, la langue pendante sous des yeux vitreux : non. Il ne veut pas penser à cela. Il se remet sur le dos dans la chaleur sèche du lit et retrouve encore accrue la sensation de bascule. Il faut penser à quelque chose d'agréable. Le basket-ball et le cidre de ce petit collège d'Oriole, mais c'est trop loin, il n'arrive pas à se rappeler autre chose que le cidre et la foule assise sur les bancs. Ruth à la piscine ; la façon dont elle est allongée dans l'eau, sans poids, entourée par l'eau, glissant à travers, les yeux fermés, puis elle sort de l'eau avec la serviette, il regarde en haut de ses jambes les poils secrets, puis son visage étendu auprès de lui, immense et jaune et immobile : mort. Non. Il doit chasser Tothero et Ruth de son esprit, car tous deux le font penser à la mort. Ils représentent d'un côté ce vide de la mort et de l'autre côté la menace du retour de Janice grandit : c'est ce qui lui donne l'impression de basculer, d'être de travers. Bien qu'il soit allongé là tout seul, il a une sensation d'encombrement, avec tous ces gens, et ce ne sont pas tant leurs visages ou leurs paroles que leur présence muette mais insistante, qui le poussent dans le noir, comme venant d'abîmes sous-marins et sous tout cela, comme un fredonnement à peine perceptible, il y a le clin d'œil de la femme d'Eccles. Ce clin d'œil. Qu'est-ce que c'était ? Rien qu'une petite plaisanterie sur le pas de la porte, alors que la petite était descendue en culotte et peut-être qu'elle-même se rendait compte qu'il lui regardait les doigts de pieds, un petit déclic de l'œil pour dire : « Allez-vous-en, bonne chance », ou bien était-ce un petit éclat de lumière dans l'ombre du vestibule pour dire : « Venez ! » Drôle de petite bonne femme avec ses taches de rousseur, il aurait dû lui sauter dessus, au lieu d'avoir ce fredonnement continuel qui l'agaçait, elle avait sûrement envie qu'il lui saute dessus, avec son soutien-gorge bien gonflé qui se dessinait sous le tissu, dans une pièce pleine de lumière, il fait glisser le short sur les cuisses à la peau d'enfant, le derrière rebondi, deux globes au reflet blanc dans la lumière freudienne du salon aux murs blancs où pendent des aquarelles de Callot ; viens donc père primitif, elle est assise sur le divan ses jambes comme deux grilles blanches écartées... quelle jolie poitrine vous avez et ici et ici et ici. Il roule sur le ventre et le drap sec est comme la caresse de ses mains avides, et lui se déploie depuis une fourrure de velours, des sillons où se gonflent les grosses veines, et il fait ce qu'il doit d'une main sûre et crispée pour faire taire ce fredonnement et se détendre afin de trouver le sommeil. La douce écume d'une femme. Il lui saute dessus. Il passe à travers le diamant posé sur sa tête et ressort de l'autre côté mouillé. Comme c'est bête. Il est navré. C'est curieux, l'endroit n'est pas du tout où on croirait, mais sur le drap du dessus au lieu de celui du dessous. Il repose sa joue sur un coin d'oreiller frais. Maintenant qu'il s'est débarrassé de Lucy, il a moins cette sensation de basculer. Il doit dormir maintenant ; la pensée du rivage lointain qui s'approche retarde obstinément sa chute. Il faut penser à des choses agréables. De tous les souvenirs de sa vie, le seul endroit qui se présente où il puisse être sans que le sol se transforme en visage qu'il piétine, c'est ce parking devant le restaurant de Virginie après qu'il fut entré pour boire une tasse de café la nuit où il avait roulé jusque-là. Il se souvient des montagnes autour de lui comme des silhouettes découpées sur le bleu décoloré par la lune du ciel nocturne. Il se rappelle le restaurant, avec ses vitres dorées comme celles des tramways qui allaient de Mt Judge à Brewer quand il était gosse, et il se rappelle l'air froid mais déjà doux des prémices du printemps. Il entend les pas retentir derrière lui sur l'asphalte, il voit le couple courir vers une voiture, en se tenant par la main. Une des filles rousses assises à l'intérieur avec ses cheveux qui pendent comme des algues. Et il a l'impression que c'est là qu'il a commis une erreur en revenant sur ses pas, qu'il aurait dû continuer, que ces jeunes gens voulaient lui montrer la route, et qu'il aurait dû les suivre, et il lui semble, au bord du sommeil, qu'il les a bien suivis, qu'il les suit, en effet, comme une note de musique qui, pendant tout le temps où on la maintient, semble voyager bien qu'elle reste au même endroit. C'est sur cette note qu'il s'endort.

Mais il s'éveille avant l'aube, en retrouvant cette sensation de basculer, apeuré dans le lit vide, craignant que Nelson soit mort. Il essaie de se glisser de nouveau dans le rêve qu'il était en train de faire, mais son anxiété ne fait que croître et il finit par se lever, il va entendre la respiration de l'enfant, puis uriner non sans une légère douleur, et regagne un lit où les premiers rayons de soleil soulignent d'un trait noir les plis des draps. Il se recouche sur ce réseau d'ombre et laisse passer l'heure qui lui reste avant que le petit garçon vienne le rejoindre, affamé et frileux.

Le vendredi, Janice rentre. Pour la première fois, la présence du bébé emplit l'appartement comme un petit coffret d'encens emplit une chapelle. Rebecca June est couchée dans un berceau d'osier tressé peint en blanc et monté sur un chariot. Quand Rabbit s'approche pour la regarder, pour s'assurer qu'elle est là, il la voit un peu confusément, comme si le bébé n'avait pas encore la force qui donne une silhouette. Sa joue détournée, qui n'a plus ce rouge vif qu'il avait aperçu à l'hôpital, lui semble d'un gris tavelé, jaune, et bleu, marbré comme les paumes de ses mains quand il a la nausée. Quand Janice donne la tétée à Rébecca, des taches jaunes apparaissent sur son sein, comme pour répondre aux taches plus claires de la même couleur sur la peau du bébé. L'union du sein et du visage du bébé forme une symétrie globulaire à laquelle Nelson et lui veulent s'intégrer. Quand Rébecca tète, Nelson s'agite, grimpe sur les genoux de sa mère, introduit son doigt dans l'interstice entre les lèvres du bébé et le bouton du sein de sa mère puis, quand il s'est fait gronder et repousser, tourne autour du lit en entonnant une promesse qu'il a entendue à la télévision : « Mighty Mouse arrive » Rabbit, pour lui, aime s'allonger auprès d'elles et regarder Janice manipuler ses seins gonflés, dont la peau blanche brille à force d'être tendue. Elle darde comme une arme ses boutons épais dans la bouche aveugle qui s'entrouve et resserre son emprise avec une vivacité d'oiseau. « Ouye ! » Janice tressaille, puis les glandes salivaires du bébé commencent à s'agiter en mesure avec ses glandes mammaires. La symétrie s'établit ; son visage se détend et s'épanouit en un sourire. Elle tient une couche contre son autre sein, pour éponger le lait qu'il exsude par résonance, pourrait-on dire. Ces premiers jours, forte du repos et de la santé qu'elle a acquis à l'hôpital, elle a plus de lait que n'en prend le bébé. Entre les tétées, elle a des fuites ; le corsage de toutes ses chemises de nuit porte deux taches raides. Quand il la voit nue, toute nue, à part la ceinture élastique qui maintient en place son tampon Modess, avec son ventre rasé, doux et gonflé, il frémit à la vue superbe de ses seins, gonflés par la tension du lait, jaillissant de son corps mince comme des fruits luisants veinés de vert avec de gros boutons violets. Bien qu'avec le bébé elle se serve de ses seins sans vergogne, ce ne sont que des outils comme ses mains, devant Rabbit, elle est encore timide et prompte à se couvrir s'il la regarde trop ouvertement. Mais il constate une différence entre maintenant et les débuts de leur amour, quand ils étaient allongés côte à côte sur le lit d'emprunt, lui avec les yeux clos, et qu'ils descendaient ainsi de guingois l'un dans l'autre. Maintenant, il y a des moments où elle ne fait plus attention, où elle sort de la salle de bains nue, où elle laisse ses épaulettes pendre pendant qu'elle attend le rot du bébé, où elle semble s'accepter avec une nonchalante gratitude comme une machine, une machine blanche et docile pour aimer, pour couver, pour nourrir. Pour Rabbit, un amour doux et dru alourdit sa poitrine et il a envie d'elle : il voudrait seulement la toucher, il sait qu'elle est une plaie saignante, mais il ne demande qu'à la toucher, juste pour la débarrasser de son lait, pour lui en faire l'offrande. Lorsqu'elle était encore sous l'effet de l'éther, elle parlait bien de faire l'amour, mais maintenant elle se détourne de lui dans le lit et dort avec une lourdeur qu'il sent maussade. Il est trop reconnaissant, trop fier d'elle pour désobéir. Au fond, cette semaine, c'est lui qui l'adore.

Eccles vient leur rendre visite et dit qu'il espère les voir au temple. Leur dette envers lui est telle qu'ils conviennent que ce serait bien d'y aller, que l'un d'eux au moins y aille. Ce doit être Harry. Janice ne peut pas ; cela fait neuf jours, ce dimanche, qu'elle est sortie de l'hôpital et, maintenant que Harry a commencé son travail depuis lundi, elle commence à se sentir épuisée, faible et maltraitée. Harry est heureux d'aller au temple d'Eccles. Pas seulement par affection pour Eccles, bien qu'il y ait de cela, mais parce qu'il se trouve heureux, chanceux, béni, pardonné et qu'il veut rendre grâce. Son sentiment qu'il existe un monde invisible est instinctif, et, dans ses actions, il y en a plus que l'on ne croit qui ne sont que des transactions avec ce monde. Il met son complet gris neuf et sort à onze heures moins le quart par un superbe dimanche matin, la veille du solstice d'été. Il a toujours envié ces gens qui entraient dans l'église en face de chez Ruth, et voilà maintenant qu'il est l'un d'eux. Devant lui, il y a la perspective de la première heure depuis plus d'une semaine où il ne sera pas avec un Springer, que ce soit Janice à la maison ou le père de celle-ci quand il travaille. Ce qu'il fait au parc de voitures est assez facile, pourvu que l'on ait le mensonge facile. Vers le milieu de l'après-midi, il est épuisé. On voit ces bagnoles qui arrivent avec plus de cent trente mille kilomètres au moteur, des pistons qui ont tellement de jeu que l'huile en dégouline, on les lave, on fait revenir le compteur en arrière et l'on s'entend déclarer que voilà une véritable occasion, qui appartenait à un homme qui avait deux voitures et qu'elle n'a même pas cinquante mille kilomètres. Il implorera le pardon du Seigneur.

Il déteste tous les gens qu'on rencontre dans la rue en vêtements sales de tous les jours, qui proclament leur certitude que le monde est au bord d'un gouffre, que la mort est définitive, que le méandre de ses sentiments ne mène nulle part. Par contre, il aime les gens qui s'habillent pour aller à l'église ; les complets bien repassés des hommes corpulents, qui donnent de la substance et de la respectabilité à ces furtives sensations d'invisible ; les fleurs sur les chapeaux de leurs femmes semblent commencer à le rendre visible ; et leurs filles elles-mêmes sont des fleurs, leur corps est une fleur, avec ses pétales de gaze et de dentelle, un épanouissement de foi, si bien que même les moins séduisantes, coincées entre leurs parents avec leur teint olive et leurs visages osseux, apparaissent aux yeux de Rabbit rayonnantes de beauté, la beauté de la croyance, et qu'il pourrait leur baiser les pieds dans sa gratitude ; elles le délivrent de la peur. Lorsqu'il entre dans le temple il est trop transporté de bonheur pour implorer le pardon. Il s'agenouille sur un tabouret rouge capitonné, mais pas assez pour qu'il n'ait pas mal aux genoux, et sa tête bourdonne de joie, son sang bondit dans son crâne, et les quelques mots qu'il prononce, « Dieu », « Rebecca », « Merci », mènent une danse désordonnée parmi d'absurdes tourbillons de joie. Il est entouré de gens qui connaissent Dieu ; il est entré dans un champ de fleurs. Quand il se rassied, la tête qu'il voit devant lui attire son regard. C'est une femme avec un grand chapeau de paille. Plus petite que la moyenne, avec des épaule criblées de taches de rousseur, sans doute jeune, mais les femmes paraissent toujours jeunes de dos. Le chapeau de paille est si frais, si plaisant. Et la façon dont il souligne la plus légère inclinaison de sa tête, dont il retourne la mèche de cheveux blonds au creux de sa nuque en une sorte de secrète découverte dont il est le seul à profiter. Oui, elle est jeune, son cou et ses épaules ont ce léger chatoiement que donne un fin duvet de poils blancs, invisibles, sauf, là où le grain de la peau est en pleine lumière. Il sourit, en se rappelant Tothero qui disait que les femmes sont couvertes de poils. Il se demande si Tothero est mort maintenant et adresse au Ciel une brève prière en souhaitant que non. Il a hâte que la femme se retourne pour qu'il puisse voir son profil sous le bord du chapeau, un grand tournesol tissé, garni d'une guirlande de violettes en papier. Elle se retourne pour regarder quelque chose auprès d'elle ; il retient son souffle ; il aperçoit un minuscule croissant de joue qui brille, puis qui s'éclipse de nouveau. Des rubans roses remuent auprès d'elle. Il contemple le visage surpris et ravi de la petite Joyce Eccles. Ses doigts cherchent son livre de psaumes, tandis que l'orgue attaque un cantique ; c'est la femme d'Eccles qui se dresse à portée de sa main.

Eccles descend la travée centrale d'un pas traînant, derrière une cohorte d'acolytes et de choristes. Derrière la rampe de l'autel, il a l'air absent et maussade, lointain, sans substance et guindé, comme une poupée japonaise dans ses vêtements sacerdotaux. Le ton affecté, dévotement nasillard qu'il prend pour entonner les prières déplaît profondément à Rabbit ; il y a quelque chose de désagréable dans tout le cérémonial épiscopal, avec ses hauts et ses bas, ses demandes en conserves, ses petits cantiques à la sauvette. Il a des ennuis avec le coussin du prie-Dieu ; cela lui fait mal aux reins ; il passe les coudes par-dessus le dossier du banc qui est devant lui pour ne pas retomber en arrière. Il regrette la liturgie luthérienne familière, gravée dans son coeur comme une inscription effacée par les intempéries. Ici, il accumule les gaffes, agacé par ce qu'il considère comme une désorganisation délibérée du culte. Il a l'impression que la quête prend une trop grande importance. C'est à peine s'il écoute le sermon.

Il est question des quarante jours passés dans le désert et de la conversation du Christ avec le Diable. Cette histoire a-t-elle un rapport quelconque avec *nous*, nous qui sommes ici, nous qui vivons maintenant ? Au XXe siècle, aux Etats-Unis d'Amérique. Oui. Dans un certains sens, *tous* les chrétiens doivent avoir des conversations avec le Diable, doivent apprendre quelles sont ses façons, entendre sa voix. La tradition qui se trouve derrière cette légende est très ancienne, elle s'est transmise oralement parmi les premiers chrétiens. Selon Eccles, voici ce qu'elle signifie dans son sens le plus large : la souffrance, les privations, le dénuement, les épreuves, le besoin sont tous des éléments indispensables de l'éducation, de l'initiation, de quiconque entend suivre Jésus-Christ. Eccles se démène du haut de sa chaire, avec sa voix qui grince par moments. Ses sourcils se démènent comme s'ils étaient sur des hameçons. C'est une exhibition crispée et déplaisante, et qui, au fond, n'est pas conforme à son caractère ; il conduit sa voiture avec plus d'aisance ; dans ses vêtements sacerdotaux, il semble le prêtre sinistre d'un sombre mystère. Harry n'aime pas l'aspect ténébreux, enchevêtré, viscéral du christianisme, son aspect de transition, le passage dans la mort et la souffrance qui rachète et renverse tout cela, comme un parapluie retourné par le vent. Il ne retrouve pas la volonté délibérée de suivre la ligne droite d'un paradoxe. Ses yeux se tournent vers la lumière, bien qu'elle frappe sa rétine.

La joue claire de Lucy Eccles apparaît et disparaît sous son bouclier de paille. L'enfant, dont on ne voit que le ruban derrière le dossier du banc, lui chuchote à l'oreille, sans doute, qu'il est derrière elles. La jeune femme, pourtant, ne tourne jamais directement la tête pour s'en assurer. Cet inutile dédain l'excite. Tout ce qu'il arrive à apercevoir, c'est son profil ; l'amorce d'un double menton se précise quand elle baisse un regard sévère vers la petite fille à côté d'elle. Elle porte une robe dont les étroites rayures bleues se retrouvent aux coutures en une succession de V bien marqués. Le joli tissu et la coupe élégante de sa tenue choquent dans le temple et pourtant s'y harmonisent ; il y a quelque chose de sensuel dans l'immobilité qu'elle observe pendant le service, dans sa docilité au cérémonial rigide, viril, figé. Il se persuade que c'est sur lui que se consacre sa véritable attention. Sur le fond multicolore des têtes baissées, des vitraux, des ex-voto jaunissant sur le mur et du bois laborieusement sculpté, ses cheveux, sa peau et son chapeau brillent d'un éclat unique, comme des zones plus brillantes au milieu d'une flamme.

Si bien que quand le sermon s'achève en un hymne et que sa nuque claire s'incline pour recevoir la bénédiction, puis que passe le moment nerveux de silence et qu'elle se redresse et lui fait face, c'est un peu une déception pour lui de voir son visage, avec tout cet assemblage de taches : les yeux, les narines, les taches de rousseur et les petites fossettes qui donnent un accent un peu sarcastique aux coins de sa bouche. Il est d'ailleurs un peu surpris qu'elle ait même une expression : la vue lumineuse dont il a bénéficié pendant une heure ne lui semblait pas capable de se réduire si rapidement aux dimensions d'une seule petite personne.

– Tiens, salut, dit-il

– Bonjour, répond-elle. Vous êtes bien la dernière personne que je m'attendais à voir ici.

– Pourquoi ?

Il est content qu'elle le consière comme quelqu'un d'un peu à part.

– Je ne sais pas. Vous n'avez pas l'air d'un fidèle paroissien.

Il guette dans son regard un autre clin d'oeil. Cela fait des semaines qu'il ne croit plus à ce fameux premier clin d'oeil. Elle soutient son regard jusqu'au moment où il baisse les yeux.

– Bonjour, Joyce, dit-il. Comment vas-tu ?

La petite fille s'arrête et se cache derrière sa mère, qui continue à descendre la travée, en marchant à petits pas unis, distribuant des sourires aux ouailles de son mari. Il ne peut qu'admirer son aisance mondaine.

A la porte, Eccles donne à Harry une forte poignée de main, cordiale et qui se resserre au moment où elle devrait se relâcher.

– C'est encourageant de vous voir ici, dit-il, sans lui lâcher la main.

Rabbit sent toute la file derrière lui qui piétine et se bouscule.

– Content d'être venu, dit-il. Très beau sermon.

Eccles, qui le regardait avec un sourire fiévreux et en rougissant d'un air d'excuse, se met à rire ; on aperçoit une seconde son palais, puis il lâche la main de Rabbit. Harry l'entend dire à Lucy :

– D'ici une heure environ.

– Le rôti est dans le four. Tu veux le manger froid ou trop cuit ?

– Trop cuit, dit-il. (Il prend gravement la petite main de Joyce et dit :) Comment allez-vous, Mrs. Pettigrew ? Vous avez l'air magnifique ce matin !

Rabbit se retourne stupéfait, et constate que la grosse dame qui est derrière lui n'est pas moins surprise. Sa femme a raison, Eccles est gaffeur. Lucy, Joyce sur ses talons, s'approche de lui. Son chapeau de paille arrive à la hauteur de l'épaule de Rabbit.

– Vous avez une voiture ?

– Non. Et vous ?

– Non. Rentrez donc à pied avec nous.

– D'accord.

La proposition de Lucy est si hardie qu'il ne faut, sans doute, pas y voir plus qu'elle n'en a dit ; néanmoins, la corde de harpe qu'il a dans la poitrine se met à vibrer. Le soleil frémit à travers les arbres ; dans les rues et sur les parties de trottoir qui ne sont pas à l'ombre, il pèse lourdement. Il n'a plus la pureté laiteuse du soleil matinal. Des fragments de mica étincellent sur le trottoir ; les capots et les vitres des voitures qui passent barbouillent l'air de reflets éblouissants. Elle ôte son chapeau et secoue ses cheveux. La foule des fidèles se disperse derrière eux. Les feuilles cireuses, encore épaisses, des érables plantés entre le trottoir et la rue les abritent périodiquement ; dans les larges flaques de soleil qui séparent les arbres, le visage de Lucy, la chemise de Rabbit semblent blancs, blancs ; le bruit des voitures qui passent, le crissement d'un tricycle, le heurt d'une tasse sur une soucoupe dans une maison sont autant de bruits qui lui parviennent comme le long d'une barre d'acier étincelante. Tout en marchant, il tremble dans une lumière qui lui semble sa lumière à elle.

– Comment vont votre femme et le bébé ? demande-t-elle.

– Très bien. Ils vont très bien.

– Bon. Votre nouveau travail vous plaît ?

– Pas beaucoup.

– Oh ! C'est mauvais signe, non ?

– Je ne sais pas. Je ne crois pas qu'on soit censé aimer son travail. Si on l'aimait, alors ce ne serait plus un travail.

– Jack aime ce qu'il fait.

– Alors, ce n'est pas un travail.

– C'est ce qu'il dit. Il dit que ça n'est pas un métier au sens où je l'entends. Mais je suis certaine que vous connaissez son refrain aussi bien que moi.

Il sait qu'elle lui lance de petites piques, mais il ne les sent pas ; de toute façon il a l'impression d'avoir des picotements de la tête aux pieds.

– Je crois qu'au fond, lui et moi, nous nous ressemblons, dit-il.

– Je sais, je sais. (Elle dit cela avec une étrange précipitation qui fait battre son coeur plus vite. Elle ajoute :) Mais, naturellement, ce sont les différences qui me frappent.

Sa voix devient plus sèche à la fin de sa phrase ; sa lèvre inférieure est un peu crispée.

Qu'est-ce qui se passe ? Il a le sentiment de toucher du verre. Il ne sait pas s'ils ne parlent de rien ou si c'est un code qui dissimule des phrases plus lourdes de sens. Il ne sait pas si elle flirte consciemment ou inconsciemment. Il s'imagine toujours quand ils se retrouvent qu'il parlera avec fermeté, qu'il lui dira qu'il l'aime ou qu'il s'exprimera aussi carrément en disant la vérité toute nue ; mais devant elle il perd ses moyens. Il a du mal à trouver quelque chose à dire, et ce qu'il dit est stupide. Il sait simplement que sous tout cela, derrière leurs pensées et leur situation, il possède comme un privilège hérité sur un domaine lointain, un droit de domination sur elle, et il sent que dans le grain de sa peau, dans la courbe de ses cheveux, dans le dessin de ses nerfs et de ses fines veines, elle est prête à accepter cette domination. Mais entre cet état de préparation et lui, tout ce qu'il y a de raisonnable s'interpose.

– Comme quoi, par exemple ?

– Oh !... comme le fait que vous n'avez pas peur des femmes.

– Qui a peur des femmes ?

– Jack.

– Vous croyez ?

– Bien sûr. Avec les vieilles et les toutes jeunes il est parfait ; celles qui ne voient en lui que le pasteur. Mais avec les autres, il ricane : il ne les aime pas. Il ne croit même pas qu'elles devraient venir au temple. Elles y apportent une odeur de bébé et de lit. Jack n'est d'ailleurs pas un cas isolé : c'est dans le christianisme. C'est vraiment une religion très névrosée.

Sans qu'il puisse s'expliquer pourquoi, quand elle fait appel à ses connaissances de psychologie, cela semble si insensé à Harry, qu'il en perd le sentiment d'être ridicule. Pour descendre d'un trottoir assez haut, il lui prend le bras. Mt Judge, bâti au flanc d'une colline, est plein de hauts trottoirs que les femmes petites ont du mal à monter avec grâce. Sous ses doigts, le bras nu de Lucy est frais.

– Ne racontez pas ça aux paroissiens, dit-il.

– Tenez. On croirait entendre Jack.

– C'est bien ou c'est mal ?

Cette fois, il trouve qu'il met son bluff à l'épreuve. Elle doit dire que c'est bien ou que c'est mal, et se décider à ce carrefour.

Mais elle ne dit rien. Il sent quel effort cela représente pour elle ; elle a l'habitude de répliquer. Ils montent sur le trottoir d'en face et il lâche son bras maladroitement. Il a beau être gauche, il a toujours cette impression d'être blotti contre une présence prête à l'accueillir, un sentiment d'adaptation.

– Maman ? demande Joyce.

– Quoi ?

– Qu'est-ce que ça veut dire vrosé ?

– Vrosé. Oh ! Névrosé. C'est quand on est un peu malade de la tête.

– Comme quand on a mal à la tête ?

– Ma foi, oui, un peu. Ce n'est pas plus grave que ça. Ne t'inquiète pas, ma chérie. Presque tout le monde est comme ça. Sauf notre ami monsieur Angstrom.

La petite fille le regarde par-dessus les jupes de sa mère, avec un sourire où s'épanouit une impudence dont elle a parfaitement conscience.

– Lui, il est vilain, dit-elle.

– Pas très, répond sa mère.

Au bout de l'allée du presbytère, un tricycle bleu a été abandonné, et Joyce se précipite pour monter dessus et s'en va en pédalant, dans son manteau du dimanche, avec son ruban rose dans les cheveux, dans un grincement de métal, emplissant l'air de bruits qu'on dirait émis par un ventriloque. Ils regardent tous deux l'enfant un moment. Puis Lucy demande :

– Vous voulez entrer ?

En attendant sa réponse, elle regarde l'épaule de Rabbit ; d'où il est, il ne peut voir ses yeux masqués par ses paupières blanches. Elle a les lèvres entrouvertes et un mouvement de sa mâchoire lui révèle que sa langue est retroussée contre la voûte de son palais. Dans le soleil de midi, ses traits sont accusés et son rouge à lèvres semble craquelé. Il aperçoit sa lèvre inférieure, humide contre ses dents. Des bribes du sermon, avec son parfum d'exhortation angoissée, comme une brise poussiéreuse qui souffle du désert, passe sur lui, accompagnée grotesquement d'une vision des seins de Janice, tendres et veinés de vert. Ce petit bout de femme perverse veut l'arracher à leurs délices.

– Non, merci, vraiment. Je ne peux pas.

– Oh ! allons donc. Vous êtes venu au temple ; ça mérite une récompense. Venez prendre une tasse de café.

– Non, vous savez. (Il parle doucement, mais ses mots ont une force qu'il ne prévoyait pas.) Vous êtes gentille, mais il faut que j'aille retrouver ma femme maintenant. (Et ses mains, qu'il soulève en un geste de vague explication, le font reculer précipitamment d'un pas.) Je vous demande pardon.

Il ne voit rien d'autre que la petite zone tachetée de ses iris verts, comme du papier de soie déchiré autour de ses pupilles noires ; puis il regarde son petit derrière rebondi qui remonte l'allée.

– Mais merci quand même, crie-t-il d'une voix creuse et vide.

Il a horreur qu'on le déteste. Elle claque la porte derrière elle si fort que le heurtoir frappe tout seul sur le panneau.

Il rentre chez lui, sans voir le soleil. Etait-elle en colère parce qu'il a repoussé une proposition, ou bien parce qu'il a montré qu'il croyait qu'elle en avait fait une ? Ou bien y avait-il des deux, avait-ce été pour elle une révélation ? Rabbit se souvient que sa mère, quand elle est ainsi confondue, a la même réaction. En tout cas, il sourit ; il se sent grand, élégant et puissant, tandis qu'il marche sous les arbres dans son costume du dimanche. Qu'elle ait été repoussée ou incomprise, la femme d'Eccles l'a excité et il rentre chez lui, l'esprit en alerte et frémissant de désir.

Son envie de faire l'amour à Janice est comme un petit ange auquel tout l'après-midi de minuscules ailes de plomb se sont attachées. Le bébé caquette inlassablement. Elle est couchée dans son berceau toute la journée et fait un bruit constant et exaspérant, quelque chose comme *hnnnnnn ah ah nnnnh,* comme quelqu'un qui s'obstinerait à gratter à quelque porte intérieure. Qu'est-ce qu'elle veut ? Pourquoi ne dort-elle pas ? Il est rentré du temple en apportant à Janice quelque chose de précieux et voilà qu'on l'empêche sans cesse de le lui donner. Ce bruit répand la peur dans tout l'appartement. Cela lui noue l'estomac ; quand il prend le bébé dans ses bras pour la faire roter, il rote lui-même ; la tension de son estomac ne cesse de se dissiper pour se reformer aussitôt comme une bulle, ce qui n'est pas le cas pour le bébé. Le doux petit corps marbré, aussi léger que du papier, se raidit contre sa poitrine, puis s'amollit, sa tête tiède roulant comme si elle allait se détacher de son cou.

– Becky, Becky, dit-il, va dormir. Dormir, dormir, dormir, dormir.

Le bruit rend Nelson nerveux et geignard. C'est à croire que, étant le plus près de la sombre porte dont le bébé a recemment émergé, il est le plus sensible à la menace que celui-ci essaie de formuler à leur intention. Dès qu'on la laisse seule, une ombre invisible à leurs sens mieux formés semble s'emparer de Rebecca. Rabbit la recouche, regagne à pas de loup le living-room ; ils retiennent leur souffle. Puis, dans un âpre craquement, la membrane de silence se rompt et elle recommance à marmonner *nnnnh a-nnnnnih* !

– Oh ! mon Dieu dit Rabbit. La garce. La garce.

Vers cinq heures de l'après-midi, Janice se met à pleurer. Les larmes ruissellent sur son visage brun et pincé.

– Je n'ai plus de lait, dit-elle. Je n'ai plus de lait. Je n'ai plus rien pour la nourrir.

Le bébé s'est acharné sur ses seins.

– N'y pense plus, dit-il. Elle va s'endormir. Prends donc un verre. Il reste du whisky dans la cuisine.

– Dis donc, qu'est-ce qui te prend de me proposer un verre ? J'essaie de ne plus boire. Je croyais que tu n'aimais pas que je boive. Et tout l'après-midi, tu as fumé une cigarette après l'autre en me disant : « Prends donc un verre. Prends donc un verre. »

– Je pensais que ça te détendrait peut-être. Tu es toute crispée.

– Pas plus que toi. Qu'est-ce que tu as donc ?

– Qu'est-ce qu'est devenu ton lait ? Pourquoi ne peux-tu pas donner assez de lait à la petite ?

– Je l'ai nourrie trois fois en quatre heures. Je n'ai plus rien.

D'un geste de pauvresse, elle presse ses seins à travers sa robe.

– Alors, bois donc quelque chose.

– Qu'est-ce qu'on t'a donc dit au temple ? « Rentrez

chez vous et saoulez votre femme » ? Bois, toi, si tu en as envie.

– Je n'ai pas besoin de boire.

– En tout cas, tu as besoin de quelque chose. C'est toi qui énerves Becky. Elle a été très gentille toute la matinée jusqu'à ce que tu rentres.

– N'y pense plus. N'y pense plus. Cesse de penser à cette petite emmerdeuse.

– Le bébé pleure !

Janice passe un bras autour du cou de Nelson.

– Je sais, chéri. Elle a chaud. Elle va s'arrêter dans une minute.

– Bébé chaud ?

Ils tendent l'oreille une minute et le bruit ne cesse pas ; le petit murmure désordonné, interrompu par d'exaspérantes périodes de silence, se poursuit inlassablement. Ils errent nerveusement parmi les feuilles éparses du journal du dimanche, dans l'appartement, dont les murs suintent comme ceux d'une prison. Dehors, le ciel est splendide, bleu toute la journée, et l'exaspération de Rabbit s'accroît encore à l'idée que par un temps pareil ses parents les emmenaient en de longues et agréables promenades, alors qu'ils sont en train de gâcher un magnifique dimanche. Mais ils ne peuvent pas s'organiser suffisamment pour sortir. Nelson et lui pourraient s'en aller, mais l'étrange peur de Nelson le fait répugner à quitter sa mère, et Rabbit, qui espère finir par la posséder, rôde auprès d'elle comme un avare auprès de son trésor. Son désir les lie l'un à l'autre.

Elle le sent et cela l'oppresse.

– Pourquoi ne sors-tu pas ? Tu rends le bébé nerveux. Tu me rends nerveuse, moi, en tout cas.

– Tu ne veux pas boire quelque chose ?

– Non. Non. Je voudrais simplement que tu t'asseyes, que tu cesses de fumer, que tu berces la petite ou que tu fasses quelque chose. Et cesse de me toucher. Il fait trop chaud. Je crois que je devrais retourner à l'hôpital.

– Ça te fait mal ? Je veux dire à cet endroit-là ?

– Ça ne me ferait pas mal si le bébé s'arrêtait. Je lui ai donné le sein trois fois. Maintenant, c'est toi qu'il faut que je fasse dîner. Oh ! ce que je peux avoir horreur des dimanches. Qu'est-ce que tu as donc fait au temple qui te mette dans cet état ?

– Je ne suis dans aucun état. J'essaie de rendre service.

– Je sais. C'est justement ce que je ne trouve pas normal. Ta peau a une drôle d'odeur.

– Comment ça ?

– Oh ! je ne sais pas. Cesse de me harceler.

– Je t'aime.

– Cesse. Tu ne peux pas. Je ne suis pas en état d'être aimée pour l'instant.

– Allonge-toi sur le divan, je vais préparer un peu de potage.

– Non, non, non. Donne plutôt son bain à Nelson. Je vais essayer de bercer encore la petite. La pauvre, il n'y a rien là.

Ils dînent tard, mais il fait encore jour : c'est un des plus longs jours de l'année. Ils prennent leur potage à la lueur vacillante des cris insistants de Rebecca ; sa voix fragile est un mince filament qui rougeoie comme si le courant arrivait par à-coups. Mais, tandis que parmi la vaisselle qui s'entasse sur l'évier, sous les meubles fatigués et humides et dans le creux, pareil à un cercueil, du berceau, les ombres commencent à s'épaissir, l'emprise de celle contre laquelle Becky a lutté toute la journée se dessine et voilà tout d'un coup qu'elle se tait, laissant derrière elle un coupable sentiment de paix. Ils l'ont abandonnée. Un étranger qui ne parle pas l'anglais, mais lourd d'un grand souci s'est introduit parmi eux et ils l'ont abandonné. Enfin la nuit s'est installée et l'a emportée comme une épave.

– Ce ne pouvait pas être la colique, elle est trop jeune pour avoir la colique, dit Janice. Peut-être qu'elle avait seulement faim, peut-être que je n'ai plus de lait.

– Ça n'est pas possible, tu as les seins comme des ballons de football.

Elle le regarde du coin de l'oeil, devinant où il veut en venir.

– En tout cas, ne t'imagine pas que tu vas pouvoir jouer.

Mais il croit déceler chez elle un sourire.

Nelson va se coucher comme lorsqu'il est malade, sans protester et en geignant. Sa sœur aujourd'hui l'a épuisé. Enfoncée dans l'oreiller, la tête de Nelson reste grave et ferme. Tandis que l'enfant porte avidement son biberon à sa bouche, Rabbit s'attarde, cherchant ce que l'on ne trouve jamais, l'expression qui permet de communiquer, de transmettre ces fardeaux éphémères, menaçants et chargés de tendresse, qui sont placés sur nos épaules et soulevés aussitôt que posés comme la touche d'un pinceau. Un obscur repentir assombrit sa bouche, un repentir sans rapport avec les circonstances, le regret simplement d'exister dans un monde où les têtes brunes des petits garçons s'enfoncent avec gratitude dans des lits étroits à sucer des bouteilles couronnées de caoutchouc. Il pose la main sur le front bombé de Nelson. Le petit garçon, à moitié endormi, essaie de s'en débarrasser, secoue la tête avec agacement et Harry retire sa main et passe dans l'autre pièce.

Il persuade Janice de prendre un verre. Il prépare lui-même – il n'y connaît pas grand-chose – le mélange, moitié whisky et moitié eau. Elle dit que cela a un goût détestable. Mais, au bout d'un moment, elle l'avale.

Au lit, il croit pouvoir sentir la différence dans les réactions de sa chair. Il a l'impression que le corps de Janice vient vers sa main, qu'il s'adapte à sa paume, qu'il trouve une peau accueillante. Sous sa chemise de nuit, jusqu'au creux de sa gorge, son corps l'attend immobile. Ils sont couchés sur le côté, face à face. Il commence par lui frictionner le dos, d'abord doucement, puis avec vigueur, pressant contre la sienne la poitrine de Janice et il puise dans sa docilité une telle force qu'il se soulève sur un coude pour être au-dessus d'elle. Il embrasse son visage sombre qui sent l'alcool. Elle ne tourne pas la tête, mais il ne voit pas un refus dans cette obstination à ne pas bouger qui le laisse picorer gauchement des baisers sur un profil. Il maîtrise le ressentiment qui monte en lui, essayant de s'adapter à la lenteur qu'elle manifeste. Fier de sa patience, il recommence à lui frotter le dos. La peau de Janice garde son secret, comme sa langue ; sent-elle quelque chose ? Elle est mystérieuse contre lui, c'est un poids mort dont la chimie est imperméable aux idées, impénétrable. Va-t-il faire jaillir l'étincelle ? Il a mal au poignet. Il se risque à défaire deux boutons du devant de sa chemise de nuit et soulève le tissu si bien qu'un long arc de chair se trouve dénudé dans la tiède pénombre du lit, et le sein tiède de Janice s'aplatit contre la peau nue de sa poitrine. Elle le laisse faire et il frémit de joie à l'idée que c'est lui qui l'a amenée à cet épanouissement. Il est un bon amant. Il se détend dans la tiédeur du lit et défait le cordon de sa ceinture de pyjama. Elle a été rasée et ça gratte. Il s'installe plus bas, contre le tampon d'ouate. Cette présence insolite, ce rappel de sa blessure rend plus fragile la confiance qu'il éprouvait, aussi est-il totalement anéanti quand elle murmure à son oreille, de sa voix frêle, un peu rauque, d'idiote :

– Harry. Tu ne sais donc pas que j'ai envie de dormir ?

– Pourquoi ne me l'as-tu donc pas dit plus tôt ?

– Je ne sais pas. Je ne savais pas.

– Tu ne savais pas quoi ?

– Je ne savais pas ce que tu faisais. Je croyais que tu voulais simplement être gentil.

– Alors ça n'est pas gentil ?

– Je trouve que ça n'est pas gentil quand moi je ne peux rien faire.

– Tu peux faire quelque chose.

– Non, je ne peux pas. Même si je n'étais pas abrutie et épuisée après toute une journée passée à entendre Rebecca pleurer, je ne pourrais pas. Pas pendant six semaines, tu le sais.

– Oui, je sais. Mais je pensais...

Il est extrêmement gêné.

– Qu'est-ce que tu pensais ?

– Je pensais que tu pourrais m'aimer quand même.

Après un silence, elle dit :

– Mais je t'aime.

– Laisse-moi simplement te toucher, Jan, rien que te toucher.

– Tu ne peux donc pas dormir ?

– Non, je ne peux pas. Je ne peux pas. Je t'aime trop. Reste tranquille une minute.

Quelques instants plus tôt, ç'aurait été facile d'en finir, mais tous ces bavardages l'ont distrait. C'est un contact déplaisant et sa mollesse obstinée le rend plus déplaisant encore ; elle gâche tout en lui donnant envie de la plaindre, en lui donnant l'impression qu'il est ridicule et qu'il se conduit de façon honteuse. Tout se réduit à un effort laborieux et à sa ridicule incapacité d'en terminer contre le mur chaud et inerte de son ventre. Elle le repoussse.

– Tu te sers de moi, dit-elle. Je trouve ça horrible.

– Je t'en prie mon chou. J'y suis presque.

– Je trouve ça si moche.

Le fait qu'elle ose dire cela le rend furieux ; il se rend compte qu'elle n'a pas fait l'amour depuis trois mois et que depuis ce temps elle s'est forgé une conception irréelle de ce qu'est l'amour. Elle en exagère l'importance, elle s'imagine que c'est une chose rare et précieuse dont la moitié lui revient de droit alors que tout ce qu'il veut c'est s'en débarrasser pour pouvoir replonger dans le sommeil, reprendre le droit chemin, pour elle. Tout ça, c'est pour elle.

– Retourne-toi, dit-il.

– Je t'aime, dit-elle soulagée, se méprenant, croyant qu'il va la laisser tranquille.

Elle lui effleure le visage dans une caresse d'adieu et lui tourne le dos.

Il se coule un peu plus bas dans le lit et s'installe entre ses fesses, refroidi dans son ardeur. Ça commence à marcher, la tiédeur le réchauffe, quand elle tourne la tête et dit par-dessus son épaule :

– C'est un truc que ta putain t'a appris ?

Il lui donne un coup de poing sur l'épaule, saute à bas du lit et le pantalon de son pyjama tombe par terre. La brise de la nuit filtre par le store. Elle se retourne au milieu du lit et explique :

– Je ne suis pas ta putain, Harry.

– Bon sang, dit-il, c'est la première chose que je te demande depuis que tu es rentrée.

– Tu as été merveilleux, dit-elle.

– Merci.

– Où vas-tu ?

Il est en train d'enfiler ses vêtements.

– Je sors. J'ai été bouclé dans ce trou toute la journée.

– Tu es sorti ce matin.

Il trouve son pantalon de toile et le passe.

– Pourquoi n'essaies-tu pas d'imaginer ce que moi je sens ? Je viens d'avoir un bébé.

– Je peux essayer. Je peux, mais je ne veux pas. Ce n'est pas ça qui compte, mais ce que moi je sens. Et je sens que j'ai envie de sortir.

– Ne t'en va pas, Harry. Ne t'en va pas.

– Tu peux bien rester là avec ton cul auquel tu tiens tant. Embrasse-le pour moi.

– Oh ! mon Dieu, s'écrie-t-elle.

Et elle disparaît sous les couvertures et s'enfonce le visage sous son oreiller.

Même maintenant il aurait pu rester si elle n'avait pas reconnu sa défaite en agissant ainsi. Son besoin d'aimer a disparu, il n'a donc pas de raison de s'en aller. Enfin il a cessé de l'aimer, alors il ferait aussi bien de se recoucher auprès d'elle et de s'endormir. Mais elle l'a vraiment cherché, allongée comme elle est là, sanglotante et désemparée, et dehors, en ville, un moteur rugit, et Rabbit pense à l'air frais, aux arbres, aux rues qui s'étendent nues sous la lueur des réverbères, et il franchit la porte.

Ce qu'il y a d'étrange, c'est qu'elle s'endort sitôt après son départ ; depuis quelque temps elle a pris l'habitude de dormir seule, et c'est un soulagement physique que de ne pas l'avoir dans le lit, en train d'agiter ses jambes brûlantes et de froisser les draps. Ces pratiques auxquelles il a commencé à se livrer la font souffrir à l'endroit où elle a encore des points de suture, et elle se laisse couler au sein de sa douleur. Vers quatre heures du matin, les pleurs de Becky la réveillent et elle se soulève ; sa chemise de nuit lui caresse doucement le corps. Elle va et vient, et sa peau lui semble anormalement sensible. Elle change le bébé et s'étend sur le lit pour lui donner le sein. Quand Becky tète, on dirait qu'elle suce un creux dans le corps de sa mère ; Harry n'est pas revenu. S'il était simplement sorti pour se calmer, il serait de retour maintenant.

La bouche du bébé ne cesse de glisser de son sein, car elle n'arrive pas à concentrer son attention sur la tétée ; un goût de pain sec lui vient aux lèvres ; elle tend sans cesse l'oreille pour guetter le grincement de la clef dans la serrure.

Les voisins de sa mère vont être malades de rire si elle le perd encore une fois, elle se demande pourquoi elle pense aux voisins de sa mère, mais c'est parce que tout le temps qu'elle était chez ses parents sa mère lui rappelait combien ils avaient ricané et puis elle avait toujours avec sa mère l'impression d'être assommante, d'être laide, d'être une déception pour tout le monde et elle pensait que quand elle aurait trouvé un mari, ce serait fini. Elle serait une femme avec une maison à elle. Elle avait cru, en donnant au bébé le nom de sa mère, que cela la calmerait, mais au contraire elle a l'impression d'avoir sa mère qui la tète avec sa bouche aveugle, la pauvre, et il lui semble qu'elle est couchée au faîte d'une colonne où tous les gens de la ville peuvent voir qu'elle est seule. Elle a froid. La petite ne veut pas continuer à téter, rien ne la retient.

Janice se lève et circule dans la pièce en tenant Becky bien droite pour qu'elle se libère de l'air qu'elle a avalé et la pauvre petite est si molle, si flasque, qu'elle glisse sans arrêt et qu'elle essaie d'enfoncer ses petites jambes sans os dans sa chair pour se tenir, et la chemise de nuit agitée par la brise ne cesse de lui effleurer les jarrets, l'arrière des jambes, le cul comme il l'a dit. On se sent souillé, ils n'ont même pas de noms convenables pour désigner les parties de votre corps.

Si elle entendait un grincement dans la serrure et s'il apparaissait sur le seuil, il pourrait faire d'elle ce qu'il voudrait, utiliser la partie de son corps qu'il voudrait, qu'est-ce que ça pouvait faire, c'était ça le mariage. Mais quand il avait essayé ce soir, ça semblait si injuste, elle qui souffrait encore et lui qui pendant toutes ces semaines avait couché avec cette prostituée et qui lui disait maintenant : « Tourne-toi », de cette voix impatiente, comme si c'était quelque chose dont il avait hâte de se débarrasser, et elle n'allait quand même pas le laisser faire après qu'il l'eut plaquée comme ça, est-ce qu'elle n'avait pas le droit d'avoir sa fierté ? De l'amour-propre. C'était justement pourquoi elle devait en avoir parce qu'il ne croyait pas qu'elle oserait en avoir encore après qu'il l'eut abandonnée, c'était ça qui était drôle, c'était lui qui s'était mal conduit et pourtant elle n'était pas censée avoir le moindre amour-propre après, mais être un réceptacle qu'il utiliserait pour ses cochonneries. Quand il lui avait fait cela, on sentait une telle habitude et cela lui avait rappelé toutes ces semaines où il n'était pas là à faire ce qui lui plaisait et où elle était complètement désemparée pendant que sa mère et Peggy la plaignaient et que tous les autres se moquaient d'elle, elle ne pouvait pas le supporter.

Et puis voilà qu'il était parti pour le temple et qu'il était revenu la tête pleine d'idées. Quel droit avait-il d'aller au temple ? De quoi lui et Dieu parlaient-ils derrière le dos de toutes ces femmes qui échangeaient des clins d'oeil, c'était ça qu'elle se demandait s'il « pensait à l'amour quand il le faisait » au lieu de penser à n'importe quoi, à ce qu'ils feront une fois qu'ils se seront débarrassés de cette petite giclée chaude qui les encombre. On le sent dans ses doigts si c'est à vous qu'il pense, et ce soir Harry pensait à elle au début, et c'est pourquoi elle l'avait laissé continuer, elle avait l'impression d'être couchée dans une enveloppe avec ses mains qui l'entouraient partout et puis il avait commencé à être brutal et ça l'avait mise en colère de sentir qu'il pensait à lui et comme il profitait bien d'elle sans penser, maintenant, combien elle était épuisée et endolorie, et lui enfonçant sans vergogne son instrument dans le ventre comme on donne un coup de coude. C'était si *grossier*.

De la grossièreté pure. Dire qu'il la traitait d'idiote, alors que lui-même était trop idiot pour avoir la moindre idée des sentiments qu'elle éprouvait, de la façon dont son départ l'avait changée et sans comprendre qu'il devait la réacclimater et non pas se mettre à patauger tout au long de sa peau sans penser, le moins du monde, à ce qu'il y avait là. C'était ce qui l'avait toujours affolée depuis qu'elle était toute petite, cette idée que personne ne savait ce qu'on éprouvait et qu'elle ignorait totalement si on pouvait la comprendre ou s'intéresser à elle. Elle n'aimait pas sa peau, elle ne l'avait jamais aimée, elle était trop mate, cela lui donnait l'air d'une Italienne même si elle n'avait pas de boutons comme d'autres filles et puis en ce temps-là où ils travaillaient tous les deux chez Kroll, où Harry s'allongeait auprès d'elle sur le lit de Mary Hannacher, avec le papier peint argenté qu'il aimait tant, il fermait les yeux, elle avait l'impression qu'il lui faisait fondre la peau et elle avait la sensation de ne plus en avoir, d'être entièrement mêlée à quelqu'un d'autre. Mais ensuite ils s'étaient mariés (elle avait tellement honte d'être enceinte avant, mais Harry parlait de mariage depuis un an et d'ailleurs il avait éclaté de rire quand elle lui avait annoncé la nouvelle et il avait dit : « Formidable », elle avait si peur et il avait dit : « Formidable », et il l'avait soulevée en lui passant les bras sous les fesses, il l'avait soulevée comme un enfant, il était si merveilleux quand on ne s'y attendait pas, il y avait chez lui des côtés si gentils qu'elle ne pouvait expliquer à personne, elle était si affolée d'être enceinte et il l'avait rendue si fière), ils s'étaient mariés et elle était toujours la petite Janice Springer empruntée au teint trop sombre, et son mari était un vantard et un bon à rien disait papa, et cette impression de solitude se dissipait un peu avec deux doigts de whisky. Ce n'était pas tant que cela faisait fondre cette pierre qui l'oppressait, mais plutôt que cela en arrondissait les angles.

Elle s'est promenée dans l'appartement en tapotant le bébé jusqu'à en avoir les poignets et les chevilles endoloris, et la pauvre petite Rebecca dort les jambes entourant le sein qui garde encore tout son lait. Janice se demande si elle ne devrait pas essayer de la faire téter un peu, puis elle se dit que non si elle peut dormir qu'elle dorme. Elle soulève la pauvre petite créature qui ne pèse rien de son épaule humide de transpiration et la dépose dans l'ombre fraîche du berceau. Déjà la nuit se termine, l'aube vient de bonne heure, car la ville au flanc de sa colline fait face à l'est. Janice s'allonge sur le lit, mais la lumière qui se précise auprès d'elle sur les draps blancs l'empêche de s'endormir. C'est un éveil agréable d'abord ; la venue du matin est si pure et lui fait retrouver les impressions qu'elle a connues durant le second mois où Harry avait disparu. Le grand cerisier du Japon de sa mère en fleur sous sa fenêtre et l'herbe qui poussait et la terre d'où montait une odeur d'humidité, de cendre et de tiédeur. Elle avait réfléchi à sa situation et s'était résignée à l'idée que c'en était fini de son mariage. Elle aurait son bébé et puis ils divorceraient, ils ne se remarieraient jamais. Elle serait une sorte de nonne comme elle en avait vu dans ce magnifique film avec Audrey Hepburn. Et s'il revenait ça serait tout aussi simple : elle lui pardonnerait tout, elle cesserait de boire puisque cela l'ennuyait tant, bien qu'elle ne vît pas pourquoi, et ils seraient très gentils, très simples et très purs parce que cette escapade l'aurait purgé et il l'aimerait tant parce qu'elle lui aurait pardonné et elle saurait maintenant comment être une bonne épouse. Elle était allée au temple toutes les semaines, elle avait bavardé avec Peggy, elle avait prié et elle avait fini par comprendre que le mariage n'était pas un refuge, que c'était une communion et que Harry et elle se mettraient à tout partager. Et c'était là le miracle, ces deux dernières semaines avaient été exactement comme ça.

Et puis Harry avait brusquement introduit dans leur vie les ignobles pratiques que lui avait enseignées sa putain, il lui avait demandé d'aimer ça, et cette injustice la fait éclater en sanglots, comme si elle était stupéfaite de trouver quelque chose auprès d'elle dans le lit vide.

Les dernières heures semblent à ses yeux comme un coude étroit dans un tuyau où elle ne peut réussir à faire passer sa pensée. Inlassablement elle en revient au moment où il a dit : « Tourne-toi » et elle n'arrive pas à penser, elle n'arrive pas à ne pas éprouver une sensation de panique et d'étouffement. Elle se lève et traîne dans l'appartement avec un sein gonflé et le bouton qui la pique et elle passe pieds nus dans la cuisine et va humer le verre vide où Harry lui a fait boire du whisky. Cette odeur sombre et crue et douce et profonde, et elle se dit que peut-être une gorgée lui fera passer son insomnie. Que ça la fera dormir jusqu'à l'instant où le grincement dans la serrure l'éveillera, où elle verra son grand corps blanc arriver tout penaud et où elle pourra dire : « Viens dans le lit, Harry, c'est entendu, fais comme tu veux, je veux partager, j'y tiens vraiment, vraiment »

Elle verse simplement deux doigts de whisky, et pas beaucoup d'eau parce que ce serait trop long à boire, et pas de glace parce que le bruit du tiroir à glace risque d'éveiller les enfants. Elle s'en va avec son verre jusqu'à la fenêtre et reste là à regarder par-dessus les trois toits goudronnés la ville endormie. Déjà quelques lumières dans des cuisines et dans des chambres brillent d'un pâle éclat ici et là. Une voiture, dont les phares sont comme des disques ternes qui ne projettent plus de faisceaux dans les ténèbres de moins en moins épaisses descend Wilbur Street vers le centre de la ville. L'autoroute, à demi dissimulée par les silhouettes des maisons, comme une rivière entre des rangées d'arbres, entraîne dès cette heure matinale un tourbillon de circulation. Elle sent la journée de travail qui approche comme une armée de lumières, elle sent s'agiter les maisons encore obscures qui s'étagent à ses pieds, qui s'éveillent, qui s'ouvrent comme des châteaux forts pour lancer leurs hommes et elle regrette que son mari à elle ne puisse s'intégrer à ce rythme qui fait vibrer la nation tout entière. Pourquoi lui ? Qu'est-ce qu'il avait donc de si précieux ? Sa colère commence à monter contre Harry, et pour la maîtriser, elle vide le verre et se tourne vers l'aube ; tout dans l'appartement a pris des tons marron. Elle se sent de guingois ; comme entraînée en avant par le poids du sein qui n'a pas été tété.

Elle passe dans la cuisine et se verse une autre rasade, plus forte que la première, en se disant qu'après tout il est temps qu'elle prenne un peu de bon temps. Elle n'a pas eu un moment à elle depuis qu'elle est revenue de l'hôpital. A cette idée, ses mouvements se font plus vifs et plus agiles ; elle court presque pieds nus sur le tapis rugueux jusqu'à la fenêtre comme vers un spectacle préparé rien que pour elle. Dans sa chemise blanche, dominant tout ce qu'elle peut voir, elle porte les doigts à son sein tendu si bien que le lait se met à perler, répandant sur le tissu blanc une lente tiédeur.

L'humidité s'étale sur le devant de sa chemise et devant la fenêtre ouverte, elle a une impression de froid. A force d'être debout, elle souffre de ses varices. Elle va s'asseoir dans le fauteuil et elle est écœurée rien qu'à voir l'angle sous lequel les murs tachetés rejoignent le plafond blafard. Cet angle lui donne la nausée. Le motif du papier peint se brouille ; les fleurs sont des taches brunes qui nagent dans l'ombre, se poursuivent et se fondent avec avidité. C'est odieux. Elle détourne la tête et considère le calme rectangle vert du récepteur de télévision éteint. L'humidité sèche sur le devant de sa chemise de nuit ; mais le tissu devenu rêche la démange. Le livre de puériculture disait de bien nettoyer les boutons des seins, en les savonnant doucement : les éraflures s'infectent. Elle pose son verre sur le bras arrondi du fauteuil, se lève, se dépouille de sa chemise de nuit et se rassied. Les bras moussus du fauteuil accueillent sa nudité. Elle pose la chemise de nuit roulée en boule sur ses genoux par-dessus son tampon Modess et sa ceinture, puis de ses doigts de pieds elle attire habilement à elle le tabouret et y pose ses chevilles pour s'admirer les jambes. Elle a toujours trouvé qu'elle avait de jolies jambes. Bien droites, et fines même aux cuisses. C'est vrai qu'elle a de jolies jambes. Leur silhouette fuselée se découpe en blanc sur le fond sombre du tapis. Dans la pénombre on ne voit plus les veines bleues qui se sont gonflées parce qu'elle a trop porté Becky. Elle se demande si ses jambes vont être en aussi mauvais état que celles de sa mère. Elle essaie de s'imaginer ses chevilles aussi épaisses que ses genoux et on dirait qu'elles se gonflent. Elle se penche pour se rassurer en tâtant les os durs et fins de ses chevilles et dans son geste renverse le verre de whisky posé sur le bras du fauteuil. Elle se lève d'un bond, surprise de sentir l'air baigner sa peau nue, un espace frais s'étendre autour de son corps. Elle se met à rire. Si Harry pouvait la voir maintenant. Heureusement qu'il ne restait pas grand chose dans le verre. Elle essaie de s'en aller hardiment vers la cuisine sans vêtements, comme une putain, mais l'impression que quelqu'un l'observe, impression qu'elle a depuis le moment où elle s'est arrêtée devant la fenêtre et où elle a fait jaillir son lait est trop forte ; elle se précipite dans la chambre, passe son peignoir bleu puis se verse à boire. Il reste encore un tiers de la bouteille. La fatigue lui dessèche les lèvres, mais elle n'a pas envie de retourner se recoucher. Cela lui fait horreur parce que Harry devrait être là. Cette absence est comme un trou qui s'élargit et elle verse dedans un peu de whisky, mais ce n'est pas assez et quand elle s'approche de la fenêtre pour la troisième fois, il fait maintenant assez clair pour qu'elle voie combien tout est moche. Quelqu'un a cassé une bouteille sur l'un des toits de zinc goudronnés. Les caniveaux de Wilbur Street sont pleins de boue provenant du nouveau lotissement. Pendant qu'elle regarde, les lampadaires, en grands chapelets pâles, s'éteignent par groupes. Elle s'imagine l'employé à la centrale électrique en train de tirer les manettes, un petit homme grisonnant, au dos voûté, et qui a très envie de dormir. Elle s'approche du récepteur de télévision et la bande de lumière qui éclaire soudain le rectangle vert fait jaillir des étincelles de joie dans sa poitrine, mais il est encore trop tôt, elle ne voit qu'un écran baigné d'une lumière inutile et le son n'est que parasites. Tandis qu'elle est assise là à regarder cette lumière vide, le sentiment que quelqu'un d'autre se tient derrière elle, lui fait brusquement tourner la tête plusieurs fois. Elle fait ça très vite, mais il y a toujours un coin qu'elle ne peut pas voir et où l'autre personne pourrait se cacher si elle est là. C'est la télévision qui l'a fait venir dans la pièce, mais quand elle éteint le poste elle éclate aussitôt en sanglots. Elle est là, la tête dans ses mains, les larmes ruisselant entre ses doigts et ses sanglots retentissant dans tout l'appartement. Elle ne fait rien pour les maîtriser parce qu'elle a envie de réveiller quelqu'un ; elle en a assez d'être seule. Dans la lumière blafarde, les meubles et les murs sont clairs, retrouvent leur couleur et les taches brunes qui se confondaient ont disparu.

Elle va regarder le bébé, la pauvre chose allongée là dans les draps du berceau, ses petites mains crispées à la hauteur de ses oreilles, et elle se penche et caresse la chaude membrane de sa tête, elle soulève le bébé qui a les jambes toutes mouillées et l'emporte pour lui donner à téter dans le fauteuil vers la fenêtre. Dehors le ciel est d'un bleu pâle et lisse qu'on dirait peint sur les vitres. Il n'y a rien à voir que le ciel de ce fauteuil, elles pourraient être aussi bien à une centaine de kilomètres en l'air, dans la nacelle d'un grand ballon. Une porte de l'autre côté de la cloison claque et elle sent son cœur bondir, mais bien sûr ce n'est qu'un autre locataire, peut-être l'antipathique Mr. Cappello qui s'en va travailler, et qui descend l'escalier d'un pas lourd et sans entrain. Ce bruit réveille Nelson et pendant un moment elle n'a pas un instant à elle. En préparant leur petit déjeuner, elle casse un verre à jus d'orange, qui lui échappe tout simplement des doigts dans l'évier. Quand elle se penche sur Nelson pour lui servir ses céréales, il la regarde et fronce le nez ; il sent sa tristesse et cette odeur familière l'intimide.

– Papa parti ?

Il est si gentil de dire ça pour la mettre à l'aise que tout ce qu'elle a à répondre c'est : « Oui. »

– Non, dit-elle. Papa est parti travailler de bonne heure ce matin, avant que tu sois réveillé. Il rentrera pour dîner comme toujours.

L'enfant la regarde en fronçant les sourcils, puis balbutie d'un ton vibrant d'espoir :

– Comme toujours ?

L'inquiétude lui a fait tendre la tête, si bien que son cou semble trop frêle pour supporter la boule de son crâne avec sa large touffe de cheveux dépeignés.

– Papa va rentrer, répète-telle.

Ayant assumé le fardeau du mensonge, elle a besoin d'encore un peu de whisky pour se soutenir. Il y a des ténèbres qu'elle doit teindre de couleurs vives, sinon elle va s'effondrer. Elle emporte la vaisselle dans la cuisine, mais les assiettes lui glissent des mains et elle n'essaie pas de les laver. Elle se dit qu'elle devrait ôter son peignoir pour mettre une robe, mais le temps d'aller jusqu'à sa chambre elle oublie pourquoi et se met à faire le lit. Mais quelque chose dont elle sent la présence sur les draps froissés l'effraie tant qu'elle recule et qu'elle s'en va dans l'autre chambre pour être avec les enfants. On dirait qu'en leur racontant que Harry va revenir comme d'habitude elle a introduit un fantôme dans l'appartement. Mais cette présence ne ressemble pas à Harry, on dirait un voleur, un voleur taquin qui danse devant elle de pièce en pièce.

Quand elle reprend le bébé dans son berceau, elle sent ses jambes mouillées et elle pense à le changer, mais elle se rend compte qu'elle est ivre et qu'elle pourrait le piquer avec les épingles. Elle est très fière d'avoir pensé à ça et elle se dit qu'elle ne va plus boire pour pouvoir changer le bébé dans une heure. Elle remet cette brave petite Becky dans son berceau et, miracle, elle ne l'entend pas pleurer une seule fois. Nelson et elle s'asseyent et regardent la fin de l'émission de Dave Gorreway, puis une émission sur la façon dont Elizabeth et son mari reçoivent un ami de celui-ci qui s'en va toujours camper puisqu'il est célibataire et qui se révèle meilleur cuisinier qu'Elizabeth. Pour quelque obscure raison cela la rend si nerveuse de regarder cela que, machinalement, elle passe dans la cuisine et se verse un peu à boire, surtout des cubes de glace, simplement pour combler le grand trou qui de nouveau menace de s'ouvrir en elle. Elle ne boit qu'une gorgée et elle a l'impression d'avaler une lampée de ciel bleu qui illumine tout. Elle n'a plus qu'à franchir cette dernière brèche et, à la fin de la journée, après son travail, Harry sera de retour et personne ne l'aura su, personne ne rira de sa mère. Elle a l'impression d'être un arc-en-ciel qui étend sa protection sur Harry, qui semble infiniment petit à ses pieds, comme un jouet d'enfant. Elle se dit que ce serait bon de jouer avec Nelson ; ce n'est pas bon pour lui de regarder la télévision toute la matiné. Elle éteint le récepteur, elle trouve son album à colorier et ses crayons, et ils s'asseyent sur le tapis et se mettent à colorier les pages.

Janice sans cesse le serre dans ses bras et lui parle pour le faire rire et le coloriage l'amuse beaucoup. Au collège, le dessin était le seul sujet qui ne l'effrayait pas et elle avait toujours de bonnes notes. Elle sourit, ravie de colorier si bien sa page, une basse-cour, de sentir les petits bâtons de couleur dans ses doigts tracer des bâtons parallèles aussi nets et le corps menu de son fils vibrant et tendu auprès d'elle. Son peignoir se déploie sur le sol autour d'elle et son corps lui semble d'une superbe ampleur. Elle se déplace pour ne pas faire d'ombre sur la page et s'aperçoit qu'elle a colorié un poulet en partie en vert, qu'elle n'a pas tout à fait respecté les contours fixés et que sa page est affreuse ; elle se met à pleurer ; c'est si injuste ; on dirait que quelqu'un, debout derrière elle et qui n'y connaît rien, vient de lui dire que son coloriage est affreux. Nelson lève les yeux, son visage mobile se défait aussitôt et il s'écrie : « Non ! Non ! Maman ! » Elle s'attend à le voir basculer en avant dans ses bras, mais au lieu de cela il se relève d'un bond et part en courant, penché presque comme un infirme, jusque dans la chambre où il s'effondre sur le parquet en donnant des coups de pied dans le vide.

Elle se relève avec un calme sourire et passe dans la cuisine où elle croit qu'elle a laissé son verre. Ce qui est important, c'est de tenir jusqu'à la fin de la journée, d'être une protection pour Harry, et c'est idiot de ne pas boire la gorgée d'alcool supplémentaire qui lui permettra de franchir les derniers mètres de l'abîme. Elle sort de la cuisine et dit à Nelson :

– Chéri, maman a fini de pleurer. C'était pour rire. Maman ne pleure pas. Maman est très heureuse, elle t'aime beaucoup.

Son visage brouillé de larmes se tourne vers elle. Comme un coup de poignard par-derrière, la sonnerie du téléphone retentit. Gardant toujours son calme, elle répond.

– Allô !

– Chérie, c'est papa.

– Oh ! papa ! fait-elle, toute joyeuse.

Il marque un temps.

– Dis-moi, mon petit, est-ce que Harry est malade ? Il est onze heures passées et il n'est pas encore là.

– Non, il va très bien, nous allons tous très bien.

Nouveau silence. Son amour pour son père ruisselle vers lui le long du fil silencieux. Elle voudrait que la conversation se prolonge indéfiniment.

– Alors, demande son père, où est-il ? Il est là ? Passe-le-moi, Janice.

– Il n'est pas là, papa. Il est sorti de bonne heure ce matin.

– Où est-il allé ? Il n'est pas au bureau.

Elle l'a entendu prononcer le mot « bureau » un million de fois, lui semble-t-il ; il dit cela comme personne ; dans ses lèvres, le mot a une densité, une richesse extraordinaire, comme si le monde entier se concentrait dans ces deux syllabes. Tous les bons souvenirs de sa jeunesse, les vêtements qu'on lui offrait, ses jouets, la maison, tout venait du « bureau ».

L'inspiration lui vient ; s'il y a une chose qu'elle sait faire, c'est parler de vente de voiture.

– Il est parti de bonne heure, papa, pour montrer un break à un client qui devait s'en aller travailler ou quelque chose comme ça. Attends. Que je réfléchisse. Il m'a dit que ce client devait aller à Allentown de bonne heure ce matin. Il devait aller à Allentown et Harry devait lui montrer un break. Tout va bien, papa. Harry adore son travail.

Le troisième silence est le plus long.

– Chérie, tu es sûre qu'il n'est pas là ?

– Papa, tu es drôle ! Il n'est pas là. Tiens, regarde.

Comme s'il avait des yeux, elle promène l'écouteur dans la pièce vide. Ce n'est qu'une impudente plaisanterie qu'une fille peut se permettre, mais voilà que de simplement tendre le bras lui donne la nausée. Quand elle reporte l'appareil à son oreille, son père dit d'une voix lointaine :

– ... Chérie. Très bien. Ne t'inquiète de rien. Les enfants sont avec toi ?

Prise de vertige, elle raccroche. C'est une erreur, mais elle trouve que dans l'ensemble elle s'en est assez bien tirée. Elle estime qu'elle mérite un verre. Le whisky ruisselle sur les cubes de glace qui fument et ne s'arrête pas quand elle le lui dit ; elle redresse la bouteille d'un geste nerveux et de larges gouttes tombent dans l'évier. Elle passe dans la salle de bains, son verre à la main, et en ressort les mains vides avec un goût de pâte dentifrice dans la bouche. Elle se souvient s'être regardée dans la glace et s'être arrangé les cheveux, et puis elle s'est mise à se brosser les dents. Avec la brosse de Harry.

Elle se surprend en train de préparer le déjeuner, elle a l'impression de regarder une publicité dans un magazine, en voyant des tranches de jambon fumé qui grésillent dans une poêle au bout d'un long manche bleu. Elle voit les gouttes de graisse qui volent en l'air comme le gai jaillissement d'une fontaine dans un parc et elle se demande à quelle vitesse elles parcourent leur trajectoire. Elles viennent lui brûler la main qui tient le manche et elle baisse la flamme violette du gaz. Elle verse un verre de lait pour Nelson, arrache quelques feuilles à une tête de laitue qu'elle dispose sur une assiette en matière plastique jaune et en croque quelques-unes. Elle se dit qu'elle ne va pas mettre de couvert pour elle et elle se dit que si parce que peut-être que ce frémissement dans son estomac c'est de la faim, elle prend une autre assiette et reste là en la tenant à deux mains devant elle et elle se demande pourquoi son père était si sûr que Harry était ici. Il y a, en effet, quelqu'un d'autre dans l'appartement, mais ce n'est pas Harry, elle le sait, et de toute façon cette personne n'a rien à faire ici, et elle décide de faire comme si elle n'était pas là et continue à préparer le déjeuner, un peu crispée quand même. Elle tient bien serré chaque objet qu'elle prend jusqu'à ce qu'il soit bien posé sur la table.

Nelson dit que le bacon est trop gras et redemande si papa est parti, et le fait qu'il se plaigne à propos du jambon, qu'elle a été si courageuse de préparer, l'agace, si bien qu'après l'avoir entendu pour la vingtième fois refuser de manger même une feuille de laitue elle se penche et le gifle. Cet imbécile n'est même pas capable de pleurer, il reste assis là, bouche bée, le souffle court, et il finit quand même par éclater en sanglots. Mais par bonheur elle, elle se montre à la hauteur de la situation, elle est très calme, elle voit ce qu'il y a de déraisonnable dans toute l'attitude de son fils et refuse de s'en laisser imposer. D'un seul élan, comme portée par une seule grande vague, elle lui prépare son biberon, le prend par la main, lui fait faire pipi et le couche. Tremblant encore de l'écho de ses sanglots, il porte le biberon à sa bouche et elle a la certitude, à voir l'éclat fixe de son regard, qu'il est sur la voie du sommeil. Elle reste auprès de lui, surprise de l'autorité dont elle a fait preuve.

La sonnerie du téléphone retentit de nouveau, plus nerveuse que la première fois, et en courant pour y répondre, en courant parce qu'elle ne veut pas que Nelson se réveille, elle sent sa force la quitter et un âcre relent lui remonte au fond de la gorge.

– Allô !

– Janice. (C'est la voix de sa mère, précise et dure.) J'étais allée faire des courses à Brewer et ton père a essayé de me joindre toute la matinée. Il croit que Harry est encore parti. C'est vrai ?

Janice ferme les yeux et répond :

– Il est allé à Allentown.

– Qu'est-ce qu'il irait faire là-bas ?

– Il va vendre une voiture.

– Ne dis pas de bêtise. Janice. Tu te sens bien ?

– Qu'est-ce que tu veux dire ?

– Tu as bu ?

– Bu quoi ?

– Ne t'inquiète pas, j'arrive.

– Non, maman. Tout va bien. Je viens de coucher Nelson pour qu'il fasse sa sieste.

– Je vais manger un morceau et j'arrive. Va t'étendre.

– Maman, je t'en prie, ne viens pas.

– Janice, ne me parle pas sur ce ton. Quand est-il parti ?

– Reste tranquille, maman. Il rentrera ce soir. (Elle écoute et ajoute :) Et cesse de pleurer.

– Mais oui, dit sa mère, tu dis toujours ça alors que tu n'arrêtes pas de nous plonger dans la honte. La première fois, j'ai pensé que c'était entièrement de sa faute, mais je n'en suis plus tellement sûre. Tu m'entends ? Je n'en suis plus tellement sûre.

Le seul fait d'entendre cette harangue a si fort accentué sa nausée qu'elle se demande si elle ne va pas lâcher l'appareil.

– Ne viens pas, maman, supplie-t-elle. Je t'en prie.

– Je mange un petit rien et je suis là dans vingt minutes. Va te coucher.

Janice raccroche l'appareil et promène autour d'elle un regard horrifié. Il règne un désordre épouvantable : des albums à colorier jonchent le plancher, des verres traînent, le lit est défait, il y a de la vaisselle sale partout. Elle se précipite jusqu'à l'endroit où Nelson et elle crayonnaient et essaie de se pencher en avant. Elle s'effondre sur les genoux et le bébé se remet à pleurer. Doublement affolée à l'idée de ne pas réveiller Nelson et de dissimuler l'absence de Harry, elle se précipite vers le berceau et, comme dans un cauchemar, le trouve tout barbouillé de saleté. « Oh ! toi, toi », gémit-elle à l'adresse de Rebecca ; elle soulève la petite créature toute sale et se demande où l'emporter. Elle la pose sur le fauteuil et, en se mordant les lèvres, défait les épingles qui maintiennent ses langes. « Petit cochon », murmure-t-elle, avec l'impression que le son de sa voix maintient à l'écart cette autre présence qui s'affirme dans la pièce. Elle emporte la couche sale et détrempée dans la salle de bains et la laisse tomber dans la baignoire puis s'agenouillant enfonce d'une main maladroite le bouchon dans son trou. Elle ouvre tout grands les deux robinets, sachant, par expérience, que cela donne ainsi le mélange à la bonne température. L'eau jaillit du robinet comme un coup de poing. Elle aperçoit le verre de whisky qu'elle a laissé sur le bord du lavabo, elle en boit une longue gorgée puis se demande comment s'en débarrasser. Pendant ce temps Rebecca hurle. Comme si elle était assez grande pour savoir qu'elle est sale. Janice prend le verre avec elle et le renverse sur le tapis d'un coup de genou pendant qu'elle ôte au bébé sa chemise et sa brassière. Elle va poser les vêtements trempés sur le poste de télévision, puis elle s'agenouille et s'efforce de remettre les crayons dans leur boîte. Tous ces gestes désordonnés lui font mal à la tête. Elle emporte les crayons sur la table de la cuisine et jette les restes de bacon et de laitue dans le sac de papier sous l'évier, mais le haut du sac s'est un peu replié et la laitue tombe derrière dans le noir derrière la poubelle et elle se penche la tête congestionnée pour essayer de la retrouver ou de l'attraper avec ses doigts et elle n'y arrive pas. Elle finit par avoir mal aux genoux. Elle remonte et est toute surprise de se retrouver assise sur une chaise de cuisine en train de regarder les mines bariolées des crayons qui émergent de leur boîte. Il faut cacher le whisky. Pendant une seconde son corps ne bouge pas, mais quand il s'ébranle elle voit ses mains aux ongles sales ranger la bouteille de whisky dans le bas d'un placard avec de vieilles chemises de Harry qu'elle gardait pour des chiffons, car il ne voulait jamais porter de chemise raccommodée, et d'ailleurs elle n'était pas forte pour le raccommodage. Elle repousse la porte, elle claque, mais ne se ferme pas, et au bord du linoléum auprès de l'évier le bouchon de la bouteille de whisky la contemple comme un petit haut-de-forme. Elle le fourre dans le sac aux ordures. Maintenant la cuisine est assez propre. Dans le living-room, Rebecca est allongée toute nue sur le fauteuil haletante à force de hurler et ses petites jambes potelées rouges et recroquevillées. L'autre bébé de Janice était un garçon et cela lui semble encore bizarre de voir entre les jambes de sa fille ces deux petits bourrelets de graisse au lieu du triple bazar d'un garçon (quand le médecin avait circoncis Nelson, Harry n'avait pas voulu en trouvant que c'était contre nature ; elle lui avait ri au nez, il était si furieux). A chaque hurlement, le visage du bébé devient tout rouge, et Janice ferme les yeux en se disant que c'est vraiment horrible de la part de sa mère de venir lui gâcher sa journée simplement pour s'assurer qu'elle a de nouveau perdu Harry. Elle ne peut pas attendre une minute pour savoir la vérité, et cet affreux bébé ne peut pas attendre une minute non plus, et les vêtements sont entassés sur le poste de télévision. Elle les emporte dans la salle de bains et les laisse tomber dans la baignoire par-dessus la couche qui s'y trouve déjà et ferme les robinets. La ligne grise et onduleuse de l'eau est presque arrivée au bord de la baignoire. La surface est sillonnée de courtes rides, et dessous une masse profonde attend incolore. Janice aimerait bien pouvoir prendre ce bain. Se maîtrisant à grand-peine elle revient dans le living-room. Elle vacille trop en extrayant cette petite chose caoutchouteuse des profondeurs du fauteuil, aussi elle s'agenouille et prend Rebecca dans ses bras puis l'emporte dans la salle de bains en la tenant de côté contre sa poitrine. Elle est fière d'accomplir sa tâche jusqu'au bout ; le bébé va être propre. Elle s'agenouille doucement auprès du grand bain d'eau calme et s'étonne de mouiller ses manches. L'eau enveloppe ses avant-bras comme de grandes mains ; sous son regard stupéfait le corps rose du bébé coule comme une pierre grise.

Avec une exclamation de contrariété elle veut rattraper l'enfant, mais l'eau repousse ses mains, son peignoir a tendance à flotter et le petit corps glissant lui échappe dans l'eau brusquement opaque. Elle attrape quelque chose, elle sent une pulsation sous son pouce, puis elle la perd, et la surface de l'eau s'agite et la réfraction dessine de pâles ovales qu'elle n'arrive pas à saisir ; cela ne dure qu'un moment, mais un moment qui s'étire dans une durée plus épaisse. Puis elle serre Becky dans ses mains et tout va bien. Elle soulève la petite créature en l'air et la serre contre sa poitrine trempée. Elles dégoulinent d'eau toutes les deux sur le carrelage de la salle de bains. Le petit corps léger s'amollit contre son cou et un bref coup d'oeil soulagé au visage du bébé lui montre une peau étrangement tachetée. Le souvenir déformé de la façon dont on pratique la respiration artificielle fait s'agiter les bras mouillés et froids de Janice suivant un rythme frénétique ; sous ses lèvres crispées montent de grandes prières, muettes, monotones, et elle a l'impression d'étreindre les genoux d'une immense troisième personne dont le nom, Père, Père, résonne contre sa tête comme autant de coups. Bien que son coeur affolé lui fasse voir un univers tout baigné de rouge, nulle étincelle ne jaillit dans l'espace entre ses bras ; malgré le flot de ses prières elle ne sent pas le moindre frémissement lui répondre dans les ténèbres qu'elle serre contre elle. Le sentiment qu'une troisième personne est avec elle s'accroît démesurément et elle sait, elle sait tandis que l'on frappe à sa porte, que la pire chose qui soit jamais arrivée à aucune femme au monde vient de lui arriver, à elle.

Jack raccroche l'appareil et revient, tout pâle.

– Janice Angstrom a noyé accidentellement son bébé.

– Comment a-t-elle pu ?

– Je ne sais pas. Je crois malheureusement qu'elle était ivre. Pour l'instant elle a perdu connaissance.

– Et lui, où était-il ?

– Personne ne le sait. Il faut que je le trouve. C'était Mrs. Springer.

Il s'assied dans le grand fauteuil aux bras de noyer qui était celui de son frère, et Lucy se rend compte avec déplaisir que son mari est un homme d'un certain âge. Sa calvitie se précise, sa peau est sèche, il a l'air épuisé.

– Pourquoi faut-il que tu passes ta vie à courir après ce salaud sans intérêt ? s'écrie-t-elle.

– Il n'est pas sans intérêt. Je l'aime bien.

– Tu l'aimes bien. C'est écœurant. Oh ! je trouve ça écœurant, Jack. Pourquoi n'essaies-tu pas de m'aimer ou d'aimer tes enfants ?

– Mais je les aime.

– Pas du tout, Jack. Regardons les choses en face, tu ne les aimes pas. Tu ne pourrais pas supporter d'aimer quelqu'un qui te rendrait peut-être ton amour. C'est de ça que tu as peur, n'est-ce pas ? N'est-ce pas que tu as peur ?

Ils étaient en train de prendre le thé dans la bibliothèque quand le téléphone a sonné, et il ramasse sa tasse vide posée par terre entre ses pieds et fixe le tapis.

– Ne dis pas de bêtise, Lucy, dit-il. Je me sens trop malade.

– Tu te sens malade, oui, et moi aussi. Je me sens malade depuis que tu t'occupes de cet animal. Il n'est même pas de ta paroisse.

– Tout chrétien est de ma paroisse.

– Chrétien ! S'il est un chrétien, Dieu merci, je ne suis pas une chrétienne. Il tue son bébé et tu dis qu'il est chrétien.

– Ce n'est pas lui qui a tué le bébé, il n'était pas là. C'était un accident.

– C'est pareil. Il fiche le camp et son idiote de femme prend une cuite. Tu n'aurais jamais dû leur faire reprendre la vie commune. Elle s'était habituée, et une chose pareille ne serait jamais arrivée.

Eccles tressaille ; le choc de la nouvelle lui a donné du recul, l'a mis plus à même d'analyser la situation. Il est assez impressionné par la façon dont elle a reconstitué ce qui a dû se passer. Il se demande un peu pourquoi elle prend un ton si vengeur. Le terme de « salaud » est insolite dans sa bouche.

– Tu prétends donc, qu'en réalité, c'est moi qui ai tué le bébé, dit-il.

– Bien sûr que non. Ce n'est pas du tout ce que je voulais dire.

– Non. Je pense que tu as raison, reprend-il en se levant de son fauteuil.

Il passe dans le vestibule pour téléphoner et tire le numéro écrit au crayon au-dessous du nom presque effacé de Ruth Leonard. Ça a marché une fois, mais cette fois la souris d'électricité ronge en vain la lointaine membrane de métal. Il laisse sonner douze fois, raccroche, compose de nouveau le numéro et raccroche après avoir laissé sonner sept fois. Quand il revient dans la bibliothèque, Lucy l'attend.

– Jack, je suis navrée. Je ne voulais absolument pas dire que tu étais responsable. Bien sûr que tu ne l'es pas. Ne dis pas de bêtise.

– Ça ne fait rien, Lucy. La vérité ne devrait pas pouvoir nous blesser.

Ces mots sont un reflet de l'idée qu'il a que si la foi

est vraie, alors rien de ce qui est vrai n'est en conflit avec la foi.

– Oh ! Seigneur, le martyr. Très bien, je vois que tu es persuadé que c'est ta faute et rien de ce que je pourrai dire ne te fera changer d'avis. Inutile que je gaspille ma salive.

Il reste muet pour l'aider à ne pas gaspiller sa salive, mais au bout d'un moment c'est elle qui demande d'un ton plus doux :

– Jack ?

– Quoi ?

– Pourquoi tenais-tu tellement à les réunir ?

Il prend la rondelle de citron de sa soucoupe et essaie de regarder la pièce à travers comme si c'était un monocle.

– Le mariage est un sacrement, répond-il.

Il s'attend presque à la voir éclater de rire, mais elle demande avec passion :

– Même un mauvais mariage ?

– Oui.

– Mais c'est ridicule. C'est contraire au bon sens.

– Je ne crois pas au bon sens, dit-il. Si cela peut te faire plaisir, je ne crois à rien.

– Ça ne me fait pas plaisir, répond-elle. Tu deviens névrosé. Mais je suis navrée que ce soit arrivé.

Elle emporte leurs tasses dans la cuisine et le laisse seul. Les ombres de l'après-midi s'amassent comme des toiles d'araignées sur les murs tapissés de livres, dont la plupart ne lui appartiennent pas, mais étaient la propriété de son prédécesseur, le docteur Langhorne, noble figure si admirée. Il reste là à attendre, un peu hébété, mais pas bien longtemps. Le téléphone sonne. Il se précipite pour répondre avant que Lucy puisse le faire ; par la fenêtre au-dessus de l'étagère où est posé le téléphone, il voit la voisine qui ramasse le linge qu'elle avait mis à sécher.

– Allô !

– Hé, Jack ? C'est Harry Angstrom. J'espère que je ne vous dérange pas.

– Non, pas du tout.

– Vous n'avez pas de vieilles dames réunies pour coudre ou quelque chose comme ça, non ?

– Non.

– Figurez-vous que j'ai essayé de téléphoner chez moi et que personne ne répond, alors ça m'inquiète un peu. Je n'y ai pas passé la nuit dernière et je suis un peu gêné. Je voudrais rentrer, mais je veux être sûr que Janice n'a pas appelé la police, par exemple. Est-ce que vous le savez ?

– Harry, où êtes-vous ?

– Oh ! dans un drugstore, à Brewer.

La voisine a posé le dernier drap dans ses bras et le regard de Jack s'attarde sur le fil blanc et vide. Il semble qu'un des emplois que lui réserve la société, ce soit d'annoncer de mauvaises nouvelles et sa bouche se dessèche, tandis qu'il s'apprête à s'acquitter de cette tâche familière. *Nul homme, ayant mis la main à la charrue...* il garde les yeux grands ouverts pour avoir l'impression de ne pas être trop proche de la présence qu'il perçoit à son oreille.

– Je pense que, pour gagner du temps, je ferais mieux de vous le dire au téléphone, commence-t-il. Harry. Il vous est arrivé quelque chose de terrible.

Quand on tord une corde et qu'on continue à la tordre, elle ne tarde pas à perdre sa forme droite et une boucle tout d'un coup se forme. C'est une boucle dure comme ça que Harry sent en lui après avoir entendu Eccles ; il n'a conscience que des stocks de marchandises entassées en paquets qu'il aperçoit par les vitres de la cabine téléphonique. Sur le mur du drugstore il y a une affiche portant en rouge le mot *Paradichlorobenzène.* Pendant tout le temps où il essaie de comprendre, il relit ce mot, en essayant d'en percevoir les articulations, en se demandant s'il peut le prononcer. Juste au moment où il finit par comprendre, une grosse femme s'approche du comptoir et paie deux boîtes de Kleenex. Il sort du drugstore dans la lumière, en avalant sa salive, pour empêcher le nœud de monter plus haut dans son corps et de l'étouffer. Il fait chaud, c'est le premier jour de l'été ; la chaleur monte du trottoir étincelant jusqu'au visage des passants, les frappe de côté en se reflétant sur les vitrines et sur les façades de pierre chaude. Dans la lumière crue, les visages ont cette expression bien américaine, les yeux clignotants et la bouche ouverte dans une grimace qui leur donne l'air d'être sur le point de dire quelque chose de menaçant et de cruel. Dans la rue, sous les toits éblouissants de soleil, les chauffeurs de taxi cuisent dans les encombrements. Harry attend à un coin de rue, avec des gens congestionnés et en nage qui viennent de faire leurs courses, un autobus pour Mt Judge, le 16 A ; quand il s'arrête dans un sifflement de freins pneumatiques, il est déjà presque complet. Harry s'accroche à une barre d'acier derrière, en s'efforçant de ne pas se plier en deux sous la pression de la boucle qu'il sent en lui. Sur l'arrondi du toit des affiches vantent les bienfaits de diverses marques de cigarettes, d'une huile solaire et d'une œuvre de charité internationale.

La veille au soir il avait pris un de ces bus pour aller à Brewer et jusqu'à l'appartement de Ruth, mais il n'y avait pas de lumière allumée et personne n'avait répondu à son coup de sonnette et pourtant on apercevait un peu de lumière derrière la porte vitrée marquée F.X. Pelligrini. Il s'est assis sur les marches, en regardant la charcuterie jusqu'au moment où les lumières se sont éteintes et puis il a regardé le vitrail de l'église. Quand les lumières se sont éteintes derrière, il a senti ses crampes, le désespoir l'a envahi et il a pensé à rentrer. Il est remonté jusqu'à Weiser Street en regardant toutes les lumières et le grand tournesol, mais sans voir un seul autobus et il a continué à marcher, traversant le quartier sud, puis il a eu peur de se faire poignarder et voler et il est entré dans un hôtel d'aspect modeste où il a pris une chambre. Il n'a pas très bien dormi avec un tube à néon qui crépitait dehors et une femme qui riait et il s'est réveillé assez tôt pour revenir à Mt Judge et changer de complet avant d'aller travailler, mais quelque chose l'a retenu. Quelque chose l'a retenu toute la journée. Il essaie de penser à ce que c'était, car c'est cela qui est responsable de la mort de sa fille. C'était un peu parce qu'il voulait revoir Ruth, mais il s'était bien rendu compte après avoir traîné le matin du côté de chez elle qu'elle n'y était pas, qu'elle était probablement partie pour Atlantic City avec un timbré quelconque, et il était resté à flâner dans Brewer, entrant dans des grands magasins où la musique jaillissait des murs et en ressortant pour manger un *hot dog* et hésitant devant un cinéma, mais finissant par ne pas y entrer et cherchant toujours Ruth dans la foule. Il s'attendait toujours à voir ses épaules, dont il gardait aux lèvres le souvenir, émerger de la foule et ses cheveux roux qu'il aimait tant décoiffer briller de l'autre côté d'un tourniquet de cartes d'anniversaire. Mais c'était une ville de plus de cent mille habitants et ses chances étaient bien minces, et d'ailleurs il avait tout le temps, il pourrait la retrouver un autre jour. Non, ce qui l'avait fait rester en ville malgré cette tension croissante qui lui disait que quelque chose n'allait pas chez lui, ce qui l'avait fait rester à se promener dans les bouffées d'air frais s'exhalant des portes de cinéma et à passer devant les rayons de lingerie parfumée en pensant à tous les petits culs délicats que ces voiles légers allaient envelopper, aux petits seins qui empliraient ces soutiens-gorge, à traîner devant les comptoirs où l'on vendait des bijoux et des amandes grillées, pauvre Jan, puis à arpenter les allées du jardin public où il s'était promené un jour avec Ruth pour voir cinq gosses dépenaillés jouer avec une balle de tennis et un manche à balai et il avait fini par retourner à Weiser Street au drugstore d'où il avait téléphoné ; ce qui l'avait retenu c'était l'idée que quelque part il allait trouver une ouverture. Car ce qui l'exaspérait chez Janice, ce n'était pas tant que pour une fois elle avait raison et qu'il avait tort et qu'il était idiot, mais ce sentiment d'être enfermé. Il était allé au temple et il en avait ramené cette petite flamme et il n'avait nulle part où la mettre entre les murs sombres et humides de l'appartement, si bien qu'elle avait fini par vaciller et par s'éteindre. Et le sentiment qu'il ne serait pas toujours capable de produire cette flamme. Ce qui l'avait retenu toute la journée, c'était l'impression qu'il y avait quelque part quelque chose qui valait mieux pour lui que d'écouter des bébés et de duper des gens qui venaient acheter une voiture d'occasion, et c'est ce sentiment qu'il essaie d'anéantir là dans l'autobus, il s'appuie à la barre chromée et se penche en avant par-dessus deux femmes au corsage blanc plissé, encombrées de paquets, et il ferme les yeux en essayant de l'anéantir. La boucle qu'il a dans l'estomac commence à prendre une forme nauséeuse et il cramponne farouchement à la barre glacée, tandis que l'autobus contourne la montagne. Il descend, en nage, plusieurs rues avant le bon arrêt. Ici, à Mt Judge les ombres se font plus épaisses, le soleil qui cuit Brewer chevauche la crête de la montagne et sa transpiration s'évapore, ce qui lui coupe un peu le souffle. Il court pour occuper son corps, pour faire le vide dans son esprit. Il passe devant une teinturerie sur le côté dont la vapeur s'échappe en sifflant. Il traverse les odeurs d'huile et de caoutchouc qui flottent au-dessus de la flaque d'asphalte autour des pompes rouges de la station Esso. Il passe devant la pelouse de l'Hôtel de Ville de Mt Judge et le monument aux morts de la Seconde Guerre mondiale avec les plaques, portant les noms, délabrées et boursouflées derrière leurs vitres.

Quand il arrive à la maison des Springer, c'est Mrs. Springer qui lui ouvre la porte et qui la lui referme au nez. Mais la Buick olive parquée dans la rue lui apprend qu'Eccles est là et, quelques instants plus tard, Jack arrive et le fait entrer. Il lui murmure dans la lumière du vestibule :

– On a donné un calmant à votre femme et elle dort.

– Et le bébé...

– L'entrepreneur des pompes funèbres s'en occupe.

Rabbit a envie de crier que cela lui semble indécent que l'entrepreneur s'occupe d'un si petit corps, qu'on devrait l'enterrer dans sa simplicité, comme le corps d'un oiseau, dans un petit trou creusé dans l'herbe. Mais il se contente de hocher la tête. Il sent qu'il ne résistera plus jamais à rien.

Eccles monte au premier et Harry s'assied dans un fauteuil et regarde la lumière qui vient de la fenêtre jouer sur une table de fer encombrée de fougères, de violettes d'Afrique et de cactées. Là où le soleil frappe les feuilles, elles sont d'un jaune-vert très clair. Les feuilles dans l'ombre ont l'air de trous vert sombre découpés dans cette surface dorée. Quelqu'un descend l'escalier d'un pas incertain. Il ne tourne pas la tête pour voir qui c'est, il ne veut pas prendre le risque de regarder personne de face. Une main douce se pose sur son avant-bras et il croise le regard de Nelson. Le visage de l'enfant brille de curiosité.

– Maman dort, dit-il d'une voix sourde, imitant le ton tragique qu'il a entendu employer.

Rabbit l'attire sur ses genoux. Il est plus long et plus lourd qu'il n'était. Le corps de son fils lui sert de couverture ; il pose la tête du petit garçon contre son cou.

– Bébé malade ? demande Nelson.

– Bébé malade.

– Beaucoup d'eau, beaucoup d'eau dans la baignoire, dit Nelson en se débattant pour s'asseoir droit de façon à pouvoir expliquer avec ses bras qui font de grands gestes. Beaucoup d'eau, répète-t-il.

Il a dû le voir. Il voudrait descendre des genoux de son père, mais Harry le tient solidement avec une sorte de terreur ; la maison est pleine d'un chagrin qui semble menacer le petit garçon. Et de son côté Nelson se démène avec une énergie qui menace le chagrin, qui pourrait le faire basculer et faire s'effondrer sur eux la maison tout entière. C'est lui-même qu'il protège en gardant l'enfant prisonnier.

Eccles descend et s'arrête sur le seuil, en les observant :

– Pourquoi ne l'emmenez-vous pas dehors ? demande-t-il. Il a eu une dure journée.

Ils sortent tous les trois. Eccles prend la main de Harry dans une longue et ferme étreinte en disant :

– Restez ici. Même si on ne vous le dit pas, on a besoin de vous.

Après le départ d'Eccles dans sa Buick, Nelson et lui s'asseyent dans l'herbe au bord de l'allée et se mettent à lancer des cailloux vers le trottoir. L'enfant rit et parle avec excitation, mais ici le bruit ne s'entend pas autant.

Harry se sent un peu protégé par le fait que c'est ce qu'Eccles lui a dit de faire. Des hommes passent dans la rue, rentrant du travail ; Nelson manque en toucher un avec un caillou. Ils changent de cible et s'attaquent à un grand tamis vert posé contre le mur du garage. Harry le touche quatre fois de suite. Bien qu'il fasse encore clair, le soleil n'éclaire plus que quelques taches en haut des arbres. L'herbe devient humide et il se demande s'il ne devrait pas emmener discrètement Nelson et s'en aller.

Mr. Springer apparaît sur le pas de la porte et appelle :

– Harry.

Ils arrivent.

– Becky a préparé quelques sandwiches à la place du dîner, dit-il. Venez donc avec le petit.

Ils passent donc dans la cuisine, et Nelson mange. Harry refuse tout sauf un verre d'eau. Mrs. Springer n'est pas dans la cuisine et Harry en est soulagé. La haine qu'elle lui porte flotte dans la pièce comme une odeur.

– Harry, déclare Mr. Springer (et il se lève en lissant sa moustache comme s'il allait faire une concession financière), le Révérend Eccles, Becky et moi avons discuté. Je ne dirai pas que je ne vous reproche rien parce que j'ai bien sûr des reproches à vous faire. Mais vous n'êtes pas le seul à blâmer. Au fond, sa mère et moi ne lui avons jamais donné un sentiment de sécurité, on pourrait peut-être dire que nous ne lui avons jamais fait sentir qu'elle était bien accueillie... je ne sais pas... (ses petits yeux malins n'ont plus leur regard malin maintenant, ils sont embués et irrités)... nous avons essayé, je me plais à le croire. En tout cas... (sa voix se brise ; il s'interrompt pour retrouver son calme)... la vie doit continuer. Vous comprenez ce que je vous dis ?

– Oui, monsieur.

– La vie doit continuer. Nous devons reprendre maintenant ce que nous avons abandonné. Bien que Becky soit trop bouleversée pour vous voir maintenant, elle est d'accord. Nous avons discuté et elle a reconnu que c'est la seule solution. Je veux dire ce que je veux dire, je comprends que vous soyez surpris, c'est que nous vous considérons comme de la famille, Harry, malgré... (il lève vaguement le bras vers l'escalier)... malgré ça. (Son bras retombe et il ajoute :) Cet accident.

Harry se protège les yeux d'une main. Ses yeux le brûlent et la lumière les blesse.

– Merci, dit-il, gémissant presque, tant il est reconnaissant à cet homme, qu'il a toujours méprisé, d'avoir prononcé des paroles si généreuses. (Suivant une étiquette qui continue à fonctionner au plus fort du chagrin comme si l'on évoluait sous l'eau, il a essayé de composer une réponse). Je vous promets que, de mon côté, je respecterai mes engagements, déclare-t-il.

Puis il s'arrête, déconcerté par le ton abject sur lequel il a parlé.

– Je le sais, dit Springer. Le Révérend Eccles nous en donne l'assurance.

– Dessert, dit Nelson d'une voix claire.

– Nelly, pourquoi n'emportes-tu pas un biscuit dans ton lit ? (Springer parle avec une gaieté sans contrainte qui rappelle à Rabbit que le petit a habité ici plusieurs mois). Est-ce que ce n'est pas l'heure de te coucher ? Veux-tu que mémé t'accompagne ?

– Papa, dit Nelson, en glissant en bas de sa chaise et en s'approchant de son père.

Les deux hommes sont embarrassés.

– Entendu, dit Rabbit. Montre-moi ta chambre.

Springer prend deux biscuits dans le placard et Nelson se précipite pour l'embrasser. Le vieil homme se baisse pour recevoir le baiser, et son visage parcheminé de dandy paraît pâle contre la joue du petit garçon ; ses yeux fixent sans les voir les chaussures de Rabbit ; de grands boutons de manchettes noirs et carrés, bordés d'une fine dorure et marqués d'un S doré, émergent des manches de son veston lorsqu'il tend les bras.

Nelson entraîne son père vers l'escalier et ils passent devant la chambre où se trouve Mrs. Springer. Rabbit aperçoit un visage congestionné, ruisselant de larmes, et tourne les yeux. Il murmure à Nelson d'entrer lui dire bonsoir. Le petit garçon revient, ils montent l'escalier et suivent un corridor dont le papier peint a pour motifs de vieilles voitures, puis ils entrent dans une petite chambre dont les rideaux blancs sont teintés de vert par un arbre dehors. De chaque côté de la fenêtre sont accrochés deux tableaux qui font pendant, l'un représentant des petits chats et l'autre des petits chiens. Il se demande si c'était la chambre de Janice quand elle était petite. Il y règne un parfum d'innocence un peu moisi comme si la pièce était restée inoccupée pendant des années. Un vieil ours en peluche, borgne et au pelage usé jusqu'au tissu, est assis dans un petit fauteuil à bascule cassé. Etait-il à Janice ? Qui lui a arraché l'œil ? Nelson devient étrangement passif dans cette chambre. Harry déshabille le corps alourdi de sommeil, tout bruni sauf le petit derrière, lui passe son pyjama, le fourre dans le lit et dispose les couvertures sur lui.

– Tu es un bon garçon, lui dit-il.

– Oui.

– Je m'en vais maintenant. N'aie pas peur.

– Papa s'en va ?

– Pour te laisser dormir. Je reviendrai.

– Bon. Très bien.

– Très bien.

– Papa ?

– Quoi ?

– Bébé Becky est morte ?

– Oui.

– Elle a eu peur ?

– Oh ! non. Non, elle n'a pas eu peur.

– Elle est heureuse ?

– Oui, elle est très heureuse maintenant.

– Bon.

– Ne t'inquiète pas pour ça.

– Bon.

– Dors bien.

– Oh ! oui.

– Pense à lancer des pierres.

– Quand je serai grand, je les lancerai très loin.

– C'est bien. Tu peux déjà les lancer maintenant.

– Je sais.
– Bon. Dors.
Au rez-de-chaussée, il demande à Springer qui fait la vaisselle dans la cuisine :
– Vous ne voulez pas que je reste ici cette nuit ? Non ?
– Pas cette nuit, Harry. Je suis désolé. Je crois qu'il vaudrait mieux pas ce soir.
– Oui, sûrement. Je vais rentrer à l'appartement. Voulez-vous que je passe demain matin ?
– Oui, s'il vous plaît. Vous viendrez prendre le petit déjeuner.
– Non, je n'y tiens pas. Je veux dire, pour Janice quand elle s'éveillera.
– Oui, bien sûr.
– Vous pensez qu'elle va bien dormir cette nuit ?
– Je crois.
– Bien... Je suis désolé de ne pas être allé travailler aujourd'hui.
– Oh ! ça n'est rien. C'est sans importance.
– Vous n'avez pas besoin de moi demain, non ?
– Bien sûr que non.
– Mais vous me gardez, n'est-ce pas ?
– Bien sûr.
Ses paroles manquent d'assurance, il a le regard fuyant, il sent que sa femme écoute.
– Vous êtes rudement chic avec moi.
Springer ne répond pas ; Harry sort par la véranda, pour ne pas revoir le visage de Mrs. Springer ; il contourne la maison et rentre chez lai dans la nuit où flottent des odeurs de potage et des bruits de couverts qui s'entrechoquent. Il entre dans l'appartement avec sa clef et allume toutes les lumières aussi vite qu'il peut. Il passe dans la salle de bains, et l'eau est toujours dans la baignoire. Il en a coulé un peu si bien que maintenant la surface est deux ou trois centimètres plus bas qu'une pâle ligne grise sur la porcelaine, mais la baignoire est encore plus qu'à demi pleine. Cette masse d'eau, inodore, incolore et sans saveur le choque comme la présence silencieuse d'un étranger dans la salle de bains. L'immobilité fait comme une peau morte

de sa surface que rien n'agite. Il y a même une sorte de poussière dessus. Il retrousse sa manche, se penche et retire le bouchon. L'eau tourbillonne et le tuyau se met à gargouiller. Il regarde le niveau de l'eau baisser lentement et régulièrement le long des parois de la baignoire, puis dans un ultime tourbillon bruyant, le fond du bain est aspiré. Il songe combien cela a été facile et pourtant, dans toute sa force, Dieu n'a rien fait. Il n'y avait que ce petit bouchon de caoutchouc à soulever.

Une fois couché, il s'aperçoit qu'il a les jambes courbatues à force d'avoir marché comme il l'a fait dans Brewer. Il a l'impression d'avoir les jarrets rompus ; il a beau se tourner et se retourner, la douleur, après un bref soulagement, revient. Il essaie de prier pour se détendre, mais c'est sans effet. C'est sans rapport. Il ouvre les yeux pour regarder le plafond, et les ténèbres sont tavelées d'un réseau irrégulier de veinures comme le réseau jaune et bleu qui marbrait la peau du bébé. Il se souvient avoir vu son profil rougeaud derrière la vitre de l'hôpital et une vague d'horreur déferle sur lui, le fait se lever précipitamment pour allumer la lumière. La lumière électrique semble bien pâle. Il a une violente envie d'uriner, mais il n'ose pas s'aventurer dans la salle de bains ; il craint, s'il allume, de voir un petit cadavre bleu et ratatiné étendu le nez contre le fond de la baignoire vide. La peur lui talonne les reins et il est forcé finalement d'oser ; dans l'ombre, le fond de la baignoire est blanc et vide.

Il croyait ne jamais s'endormir et, lorsqu'il s'éveille pour voir le soleil filtrer dans la chambre et pour entendre des portes claquer en bas, il a l'impression que son corps a trahi son âme. Il passe ses habits en hâte, plus affolé maintenant qu'à aucun moment la veille. L'événement est plus réel. D'invisibles coussins lui serrent la gorge, ralentissent les mouvements de ses bras et de ses jambes ; la boule qu'il a sur la poitrine s'est épaissie et durcie. « Pardonne-moi, pardonne-moi », ne cesse-t-il de murmurer tout bas.

Il va chez les Springer et l'atmosphère de la maison a changé ; il sent que tout a été légèrement modifié pour ménager un espace dans lequel il puisse s'installer en se faisant petit. Mrs. Springer lui sert un jus d'orange et une tasse de café et lui adresse même la parole, prudemment.

– Vous voulez de la crème ?

– Non. Je le boirai noir.

– Nous avons de la crème si vous voulez.

– Non, vraiment, c'est très bien.

Janice est réveillée. Il monte s'allonger sur le lit auprès d'elle ; elle se cramponne à lui et sanglote au creux de son épaule. Son visage s'est ratatiné ; son corps semble petit comme celui d'un enfant, dur et brûlant. Elle lui dit :

– Je ne peux supporter de regarder personne que toi. Je ne peux pas supporter de regarder les autres.

– Ce n'était pas ta faute, lui dit-il. C'était la mienne.

Ils s'étreignent dans les ténèbres qu'ils partagent ; il sent les murs entre eux se dissoudre dans un flux noir ; mais le lourd nœud d'appréhension est toujours dans sa poitrine, à lui.

Il reste à la maison toute la journée. Des visiteuses viennent et circulent à pas de loup. On dirait à les voir que Janice là-haut est très malade. Elles s'asseyent, toutes ces femmes, à prendre une tasse de café dans la cuisine avec Mrs. Springer, dont la voix menue, une voix de jeune fille qui contraste étrangement avec sa corpulence, marmonne en soupirant des syllabes indistinctes, comme la mélopée funèbre d'une tribu barbare. Peggy Fosnacht vient, sans ses lunettes de soleil, louchant plus que jamais et monte au premier étage. Son fils Billy joue avec Nelson, et personne n'intervient pour faire cesser leurs cris de colère et de douleur dans la cour, et, comme on ne s'occupe pas d'eux, ils se calment et au bout d'un moment éclatent de rire. Même Harry a une visite. On sonne à la porte et Mrs. Springer va ouvrir, puis entre dans la pièce où Harry est assis à regarder des magazines en disant d'un ton surpris et vexé :

– Un homme vous demande.

Elle s'éclipse, puis il se lève et fait quelques pas pour accueillir le visiteur : c'est Tothero, appuyé sur une canne, et le visage à moitié paralysé ; mais qui parle, qui marche, qui est vivant.

– Salut ! Ça alors, comment allez-vous ?

– Harry.

De la main qui ne tient pas la canne, il étreint le bras de Harry. Il le dévisage longuement ; sa bouche est crispée vers le bas d'un côté, la peau au-dessus de son œil sur ce côté-là est tirée vers le bas en diagonale si bien qu'elle lui voile presque le brillant de l'iris, et c'est peut-être le mauvais éclairage, mais tout le côté de son visage a une couleur de pierre. L'étreinte de ses doigts tremble.

– Asseyons-nous, dit Rabbit, en l'aidant à s'installer dans un fauteuil.

Tothero fait tomber un napperon en arrangeant ses bras. Rabbit approche une chaise et s'assied tout près pour lui éviter d'élever la voix.

– Vous croyez que c'est bien de vous remuer comme ça ? demande-t-il en voyant que Thotero ne dit rien.

– Ma femme m'a conduit. En voiture. Elle est dehors, Harry. Nous avons appris la terrible nouvelle. Est-ce que je ne t'avais pas prévenu ?

Déjà il a les yeux pleins de larmes.

– Quand ?

– Quand ? (Le côté paralysé de son visage est détourné, peut-être consciemment, dans l'ombre, si bien que son sourire semble bien vivant, plein de sagacité et d'assurance). Le premier soir. Je t'ai dit de revenir, je t'ai supplié. Non, tu n'as pas oublié. Non, tu n'as pas oublié, Harry. Laisse-moi te dire quelque chose. Veux-tu m'écouter ?

– Bien sûr.

– Le bien et le mal, dit-il, puis il s'arrête. (Il remue sa grosse tête et l'on aperçoit le pli crispé de sa bouche et son œil paralysé.) Le bien et le mal, ça ne tombe pas du ciel. C'est nous. C'est nous qui les faisons. Contre le malheur, invariablement, invariablement (on sent son orgueil d'avoir prononcé sans encombre ce long mot), Harry, le malheur suit la désobéissance. Pas la nôtre, du moins pas pour commencer. Tu viens d'en avoir un exemple dans ta propre vie. (Rabbit se demande quand les traînées de larmes sont apparues sur les joues de Tothero ; les voilà.) Tu me crois ?

– Bien sûr, bien sûr. Ecoutez, je sais que tout cela est de ma faute. Depuis que c'est arrivé, j'ai l'impression d'être, d'être un insecte.

Le sourire tranquille de Tothero s'accentue ; il émet une sorte de léger ronronnement.

– Je t'ai prévenu, dit-il, son débit se précipitant ; je t'ai prévenu, Harry, mais la jeunesse n'entend rien. La jeunesse est insouciante.

– Mais qu'est-ce que je peux faire ? balbutie Harry.

Tothero n'a pas l'air d'entendre.

– Tu ne te souviens pas ? Tu ne te souviens pas que je t'ai supplié de rentrer ?

– Je ne sais pas, sans doute.

– Bon. Ecoute, tu es encore un bel homme, Harry. Tu as un corps sain. Quand je ne serai plus là, rappelle-toi que ton vieil entraîneur t'a dit d'éviter la souffrance. Rappelle-toi.

Les derniers mots, il les a prononcés d'un ton espiègle, avec un petit hochement de tête ; emporté par cet élan de vivacité incongrue, il se lève de son fauteuil et s'empêche de basculer en avant en prenant précipitamment appui sur sa canne. Harry saute sur ses pieds, affolé, et tous les deux restent un instant très près l'un de l'autre. De la grosse tête de Tothero émane une odeur déprimante, ce n'est pas tant un relent de médicament qu'une odeur douceâtre de vieux légume.

– Vous autres, jeunes gens, reprend-il en élevant la voix, sur un ton de maître d'école, un ton de réprimande, mais insinuant et même encourageant, vous avez tendance à oublier, n'est-ce pas ? N'est-ce pas ?

Pour des raison mystérieuses, il tient beaucoup à cet aveu.

– Bien sûr, dit Rabbit en priant le ciel pour qu'il s'en aille.

Harry l'aide à monter dans sa voiture, une Dodge 57 bleu et crème, garée devant la bouche d'incendie orange. Mrs. Tothero présente, sans chaleur, ses condoléances pour la mort de leur petite fille. Elle a l'air noble et accablée. Des cheveux gris pendent en désordre sur sa tempe argentée finement ridée. Elle voudrait s'en aller, s'en aller avec sa proie. Auprès d'elle, sur la banquette avant, Tothero a l'air d'un gnome, il caresse distraitement le pommeau de sa canne. Rabbit regagne la maison, avec le sentiment que cette visite l'a laissé déprimé et sali. La révélation de Tothero l'a glacé. Il tient à croire que le ciel est la source de toutes choses.

Eccles vient en fin d'après-midi pour mettre au point les derniers préparatifs de l'enterrement qui aura lieu demain après-midi, mercredi. Au moment où il s'en va, Rabbit le retient, et ils bavardent quelques instants dans le vestibule.

– Qu'est-ce que vous pensez ? demande Rabbit.

– De quoi ?

– Qu'est-ce que je devrais faire ?

Eccles lui jette un bref coup d'œil. Il est très fatigué ; Harry ne l'a jamais vu avoir l'air aussi épuisé. Son visage a cet air pâle de bébé des gens qui n'ont pas assez dormi.

– Continuez à faire ce que vous faites, dit-il. Soyez un bon mari. Un bon père. Aimez ce que vous aviez abandonné.

– Et ça suffit ?

– Vous voulez dire pour mériter le pardon ? J'en suis sûr, si c'est un effort que vous poursuivez toute votre vie.

– Je veux dire... (Il n'a jamais encore eu l'impression de plaider sa cause auprès d'Eccles)... vous vous souvenez de cette chose dont nous parlions ? Cette chose qui est derrière tout ?

– Harry, vous savez, je ne crois pas que cette chose existe comme vous le croyez.

– Bon.

Il se rend compte qu'Eccles aussi a envie de s'en aller, qu'il offre un spectacle pénible, dégoûtant.

Eccles doit comprendre que Harry l'a senti, car il fait brusquement appel à ses réserves de miséricorde et fait une tentative.

– Harry, ce n'est pas à moi de vous pardonner. Vous n'avez rien fait que j'aie à pardonner. Je suis égal avec vous dans la culpabilité. Nous devons travailler pour obtenir le pardon ; nous devons mériter le droit de voir cette chose qui est derrière toute chose. Harry, je sais que les gens sont amenés au Christ. Je l'ai vu de mes yeux, je l'ai senti dans ma bouche. Et je le crois profondément. Je crois que le mariage est un sacrement et que cette tragédie, pour terrible qu'elle soit, vous a au moins unis, Janice et vous, d'un lien sacré.

Durant les heures qui suivent, Rabbit se cramponne à cette idée, bien qu'elle lui semble sans rapport avec les couleurs et les bruits de la grande maison en deuil, avec les taches de lumière dont le soleil couchant parsème la petite jungle de plantes sur la table de verre ni avec le dîner presque muet qu'il partage avec Janice dans sa chambre.

Il passe cette nuit-là dans la maison des Springer, et il dort avec Janice. Elle a un sommeil si épais. Un léger ronflement sort de sa bouche noire, aiguise le clair de lune et le maintient éveillé. Il se soulève sur un coude et la regarde ; son visage est effrayant sous la lune, petit et parsemé de taches d'ombre, il a l'air d'être d'une substance molle qui ne connaît pas les contours d'une présence humaine. Il lui en veut de dormir. Quand, une fois le soleil levé, il la sent s'agiter et glisser à bas du lit, il enfonce plus profondément son visage dans l'oreiller, enfouit sa tête à moitié sous les couvertures et replonge avec obstination dans le sommeil. Le sommeil est une grotte sûre. Aujourd'hui, c'est le dernier jour de sa vie anormale, aujourd'hui c'est l'enterrement, demain, il doit retourner travailler.

Il a fait un rêve qui l'a beaucoup frappé. Il est seul sur un grand stade, ou sur un terrain vague parsemé de petits cailloux. Dans le ciel deux disques parfaits, identiques de taille, mais l'un d'un blanc opaque et l'autre légèrement transparent, s'approchent lentement l'un de l'autre ; le disque pâle est juste au-dessus du disque opaque. Au moment où ils se touchent, il a peur et une voix qui semble sortir d'un haut-parleur annonce : « La fleur de coucou avale l'aîné. » La descente en glissade du disque supérieur continue régulièrement jusqu'au moment où l'autre, bien qu'il soit le plus fort, se trouve totalement éclipsé, et que Harry n'ait devant les yeux qu'un seul cercle, pâle et pur. Il comprend : « La fleur de coucou », c'est la lune, et « l'aîné » le soleil, et le spectacle dont il vient d'être le témoin, c'est l'explication de la mort : la ravissante vie éclipsée par la ravissante mort. Tout excité, il comprend qu'il doit quitter ce stade pour fonder une nouvelle religion. Il sent la présence des disques et l'écho de la voix, et il ouvre les yeux. Janice est debout auprès du lit, vêtue d'une jupe brune et d'un corsage rose sans manches. Elle a sous le menton un petit coussin de graisse qu'il n'avait jamais remarqué. Il est surpris de se retrouver sur le dos ; il dort presque toujours à plat ventre. Il se rend compte que c'était un rêve, qu'il n'a rien à dire au monde, et le nœud se reforme dans sa poitrine. En se levant, il dépose un baiser sur la main de Janice, qui pend le long de son corps, désemparée et nue.

Elle lui prépare son petit déjeuner, les céréales noyées dans le lait, le café bouillant comme à l'accoutumée. Avec Nelson, ils vont à pied jusqu'à l'appartement chercher des vêtements pour l'enterrement. Rabbit en veut à Janice de pouvoir marcher ; il lui en veut de ne pas mourir de remords et de honte. Quel chagrin est-ce donc qui leur permet de marcher ? A sentir leurs corps épais qui continuent leur chemin, leurs cœurs engourdis et leurs besoins mesquins, la colère le prend. Ils marchent dans les rues avec leur enfant où ils ont marché quand ils étaient enfants. Le caniveau de Potter Avenue, où coulait autrefois l'eau boueuse provenant de l'usine à glace, est sec. Les maisons, dont beaucoup ne sont plus habitées par les gens dont il connaissait les visages, sont comme les maisons d'une ville qu'on aperçoit du train, leurs façades de briques impénétrables posant l'énigme : pourquoi quelqu'un habite-t-il ici ? Pourquoi cette agglomération, morne faubourg d'une ville de troisième ordre, est-elle pour lui le centre et le nombril d'un univers qui contient des prairies immenses, des montagnes, des déserts, des rivages, des grandes villes et des océans ? Ce mystère enfantin – le mystère du lieu, prélude à l'ultime question « pourquoi suis-je moi » ? éveille la panique dans son cœur. Le froid se répand dans son corps et il se sent détaché, comme si, ce qu'il a toujours redouté, il marchait dans l'air. Les détails de la rue, la ligne irrégulière de démarcation où luttent le trottoir et l'herbe, les troncs éraflés des poteaux télégraphiques ne lui parlent plus d'une voix confidentielle d'enfant. Il n'est personne ; c'est comme s'il était sorti un instant de son corps et de son cerveau pour regarder passer la locomotive et comme s'il s'était avancé dans le néant, car ce « lui » n'était qu'une réfraction, une vibration de la locomotive, et maintenant il ne peut plus remonter dans le train. Il a l'impression d'être derrière les fenêtres des maisons devant lesquelles il passe, à regarder cette famille de trois personnes qui marche d'un pas ferme sans que rien ne révèle que leur univers a été bouleversé, sinon les larmes silencieuses de la femme. Les larmes de Janice sont venues aussi doucement qu'apparaît la rosée ; on dirait que la vue de ces rues toutes lavées par le matin les a fait jaillir.

Quand ils entrent dans l'appartement, elle pousse un petit soupir et s'effondre contre Harry. Peut-être qu'elle ne s'attendait pas à le trouver inondé de soleil. Des flocons de poussière flottant dans la lumière laiteuse voguent entre le milieu du parquet et le haut des fenêtres, effleurant tout d'une touche d'innocence, de beauté et d'espoir. La porte de sa penderie est près de la porte d'entrée si bien que pour commencer ils n'ont pas besoin de pénétrer bien profondément dans l'appartement. Il ouvre la porte aussi grand qu'il peut sans heurter le poste de télévision, il tend le bras et ouvre la fermeture en plastique d'un sac antimites d'où il retire son complet bleu, un complet d'hiver en lainage, mais le seul costume sombre qu'il possède. Nelson erre dans l'appartement, il va faire pipi dans la salle de bains, il trouve un vieil ours en caoutchouc dans sa chambre qu'il veut emporter. Ses explorations dissipent assez la menace qui pèse dans les pièces pour que ses parents entrent dans leur chambre, où se trouvent les vêtements de Janice. Elle désigne un fauteuil au passage.

– C'est là, dit-elle, que j'étais assise hier matin à regarder le soleil se lever.

Elle parle d'une voix morte, il ne sait pas ce qu'elle voudrait qu'il dise et il se tait. Et il retient son souffle.

Dans la chambre, il y a un joli moment. Elle ôte sa jupe et son corsage pour essayer un vieux tailleur noir et, lorsqu'elle circule en combinaison, pieds nus sur le tapis, elle lui rappelle la fille qu'il a connue, avec ses chevilles et ses poignets menus et sa petite tête timide. Le tailleur noir, acheté lorsqu'elle était au collège, ne lui va pas ; elle a encore le ventre trop déformé. Et peut-être qu'elle commence à devenir dodue comme sa mère. Elle est là, debout, à essayer de fermer la jupe, ses seins tendant son soutien-gorge, tandis qu'elle se penche dans son effort, l'espace qui les sépare n'étant plus qu'un creux sombre comme une fossette, et elle a, en effet, une rondeur, une douce rondeur qui lui plaît. Il pense : *elle est à moi, c'est ma femme,* mais son visage éperdu et congestionné dissipe chez lui tout orgueil de propriétaire. Elle n'est plus qu'une obligation qui alourdit péniblement le poids qu'il a déjà sur la poitrine. C'est la femme égarée qu'il doit guider avec soin toute sa vie, loin des errements d'hier.

– Ça ne veut pas fermer ! s'écrie-t-elle (et elle ôte la jupe que d'un coup de pied elle envoie comme une grande chauve-souris à travers la pièce).

– Tu n'as rien d'autre ?

– Qu'est-ce que je vais faire ?

– Allons ! Partons d'ici et rentrons chez tes parents. Cet appartement te rend nerveuse.

– Mais c'est ici que nous serons obligés de vivre !

– Oui, mais pas aujourd'hui. Viens.

– Nous ne pouvons pas habiter ici, dit-elle.

– Je sais bien.

– Mais où pouvons-nous vivre ?

– Nous verrons ça. Viens.

Elle remet sa jupe et passe son corsage par-dessus ses bras, puis elle se tourne et demande timidement :

– Boutonne-moi dans le dos.

Cela lui fait presque venir les larmes aux yeux de

boutonner le tissu rose le long de son dos immobile ; il a les yeux qui le piquent et il voit les petits boutons à travers un amas de disques brouillés comme des pétales de fleurs de pommier. Les larmes hésitent au bord de ses paupières puis ruissellent le long de ses joues ; cette humidité est délicieuse. Il voudrait pouvoir pleurer pendant des heures, car rien que ces quelques larmes le soulagent déjà. Mais les larmes d'un homme sont rares et les siennes cessent avant même qu'ils soient sortis de l'appartement. En refermant la porte, il a l'impression d'avoir déjà passé toute sa vie desséchée à ouvrir et à fermer cette porte.

Nelson emporte l'ours en caoutchouc et, chaque fois qu'il le fait piailler, Rabbit en a l'estomac crispé. La ville maintenant baigne dans la lumière crue d'un soleil proche du zénith.

Mrs. Springer, quand Janice lui raconte ce qui s'est passé, s'affaire dans ses placards et trouve une vieille robe noire à elle dont elle pense qu'avec quelques épingles habilement disposées et quelques petits points ici et là, elle pourra convenir. Janice et elle montent ensemble et une demi-heure plus tard, Janice descend drapée de noir.

– Harry. Est-ce que ça va ?

– Bon sang, de quoi crois-tu qu'il s'agisse ? D'une présentation de mode ?

L'idée qu'elle puisse porter les vêtements de sa mère l'exaspère. Il ajoute d'un ton de regret : « Tu es très bien », mais le mal est fait. Janice est vexée, elle va s'effondrer au premier étage et le peu d'indulgence que Mrs. Springer témoignait à son gendre fond comme neige au soleil. Partout flotte dans la maison l'idée que c'est lui le meurtrier. Il l'accepte avec reconnaissance ; si c'est vrai, il l'est, il l'est, et la haine lui convient mieux que le pardon. Plongé dans la haine, il n'a rien à faire ; il peut être paralysé et la rigidité de la haine lui fait une sorte d'abri.

Il lit à Nelson un livre d'enfant sur les aventures d'une petite locomotive qui avait peur des tunnels, mais qui a fini par devenir courageuse. Mrs. Springer entre et lance le mot « déjeuner ». Harry dit qu'il ne veut rien, mais puisant du courage dans le récit qu'il vient de lire, il va dans la cuisine surveiller Nelson. Mrs. Springer réussit à lui tourner le dos sans arrêt. Lorsque Nelson a fini sa soupe, ses carottes crues et son sandwich au fromage, Harry l'emmène au premier étage et l'emporte dans son lit, puis il revient s'asseoir dans le fauteuil du living-room. Janice s'est endormie, et le bruit de la machine à coudre de Mrs. Springer se mêle au chant des oiseaux et aux murmures du début de l'après-midi. Janice s'éveille, descend jusqu'au réfrigérateur, puis remonte, et les échos de sa voix se confondent avec la voix de sa mère. Mr. Springer rentre de son travail, il essaie de faire la conversation et sent tout de suite que le satut de Harry dans la maison est de nouveau descendu. Il monte rejoindre les femmes. On entend des bruits de pas à l'étage au-dessus. Les assiettes des grands dîners vibrent derrière Harry dans le grand vaisselier.

Il se demande si ce mal d'estomac vient de ce qu'il a si peu mangé depuis deux jours, et il va dans la cuisine croquer deux biscuits. Il a l'impression que chaque bouchée tombe à l'intérieur sur une paroi écorchée : sa douleur s'accentue. Les poignées de porcelaine étincelantes, les portes d'acier, tout semble chargé d'un magnétisme négatif qui le repousse et l'aplatit. Il revient dans le living-room que le crépuscule commence à envahir et, par la baie vitrée, il regarde deux filles d'une quinzaine d'années, en short confortable, qui passent sur le trottoir ensoleillé. Leur corps est déjà formé, mais leur visage est encore à l'âge ingrat. C'est drôle, chez les filles de quatorze ou quinze ans, le visage a cet air à la fois avide et un peu crispé. L'abus de confiserie, ça leur aigrit la peau. Elles marchent aussi lentement que s'écoule le temps jusqu'à l'enterrement. Des filles, elles sont les filles de quelqu'un, comme June aurait... il chasse cette pensée. Les longues jambes des filles, leurs mouvements lents et décomposés, lui semblent déplaisants et irréels. Lui-même, qui les guette derrière la fenêtre, a l'impression d'être une tache sur la vitre. Il se demande pourquoi l'univers n'efface pas tout simplement une chose aussi sale et aussi petite. Il regarde ses mains et elles lui paraissent extraordinairement laides.

Il monte au premier et se lave les mains, la figure et le cou avec un soin extrême. Il n'ose pas se servir d'une de leurs jolies serviettes. En sortant avec les mains mouillées, il rencontre Springer dans le couloir silencieux et dit : « Je n'ai pas de chemise propre. » Springer lui dit : « Attendez » et lui apporte une chemise et des boutons de manchettes noirs. Harry s'habille dans la chambre où Nelson dort. Le soleil passe sous les stores tirés. L'enfant a la respiration un peu lourde. Il met moins de temps à s'habiller qu'il ne l'espérait. Son complet de laine est beaucoup trop chaud, mais il s'obstine à ne pas vouloir ôter sa veste. Il s'assied dans le living-room, impeccable, avec sa chemise qui le serre, et il regarde les plantes tropicales sur la table de verre, en déplaçant la tête de façon qu'une feuille, puis une autre dissimule tel ou tel objet et il se demande s'il ne va pas vomir. Il n'est qu'appréhension, il sent en lui comme une bulle dure qu'on ne peut pas crever.

Parmi ce qu'il appréhende, il y a surtout le fait de voir ses parents. Il n'a pas eu le courage de leur téléphoner ni d'aller les voir depuis que c'est arrivé ; Mrs. Springer a téléphoné à sa mère lundi soir pour lui indiquer l'heure de l'enterrement. Le silence qu'on a observé chez lui depuis lors l'a effrayé. C'est une chose de se faire traiter comme un chien par les autres et c'en est une autre d'être condamné par ses parents. Depuis son retour de l'armée, son père lui en a toujours voulu parce qu'il a refusé de venir travailler à l'imprimerie, et cette rancœur a beaucoup diminué la place qu'il occupait dans le cœur de Harry. Toute la douceur et toute la bonté que le vieil homme lui a jamais manifestées sont oubliées. Mais avec sa mère, c'est autre chose ; elle est encore pleine de vie, il est encore lié à elle par un cordon ombilical. Si elle vient lui dire son fait, il pense qu'il en mourra plutôt que de le supporter. Et que mérite-t-il d'autre ? Tout ce que lui dit Mrs. Springer, il peut le laisser passer, parce qu'en fin de compte elle est bien obligée de le supporter et d'ailleurs il a l'impression, qu'au fond, elle ne demande qu'à l'aimer, mais avec sa mère il n'est pas question qu'elle l'aime bien : dans une certaine mesure, ils ne sont même pas des êtres séparés, il a commencé dans son ventre et, si elle lui a donné la vie, elle peut la lui retirer, et il a l'impression que si elle fait cela ce sera pour lui la tombe. Il n'a envie de voir personne au monde moins qu'elle. Il voudrait qu'elle meure.

Ils sont enfin prêts, Mr. Springer dans un complet d'été gris foncé et Nelson dans un costume de fillette avec des bretelles, et Mrs. Springer avec un feutre noir orné d'un voile et d'une grappe de baies violettes et Janice avec ses épingles et ses coutures, mais l'air quand même large et délabré dans la grosse robe de sa mère. Elle n'a pas de chapeau. La Cadillac noire des pompes funèbres arrive et les conduit jusqu'au hall funèbre. C'était autrefois une maison particulière, mais le sol est maintenant recouvert d'une moquette comme on n'en voit chez personne, un pâle tapis gris qui amortit vos pas comme s'il y avait plusieurs centimètres de poussière sur le plancher. De petits tubes argentés aux murs prodiguent une lumière jaunâtre et les couleurs qu'il y a partout, sur tous les murs et toutes les tentures qu'on aperçoit, sont des couleurs où personne ne pourrait vivre, saumon, aigue-marine, violet comme certains blocs désodorisants. Ils suivent une allée dallée en plein soleil devant des massifs bien verts avant de pénétrer dans le bâtiment et ils attendent dans une petite salle rose. Harry voit la grande salle : sur quelques rangées de chaises sont installées six personnes dont cinq femmes. Il ne connaît, parmi elles, que Peggy Gring. Avec son petit garçon qui se tortille auprès d'elle, ça fait sept. Au début, il ne devait y avoir personne que les membres de la famille, mais les Springer ont prévenu quelques amis intimes. Les parents de Harry ne sont pas là. Quelque part, des mains désossées errent sur les touches d'un orgue électrique. Les couleurs étranges utilisées pour la décoration de l'établissement atteignent leur apogée quand on regarde les fleurs de serre disposées autour d'un petit cercueil blanc. Le cercueil, avec des poignées dorées est posé sur une estrade recouverte d'une tenture violet foncé ; il se dit que le rideau va peut-être s'écarter et révéler, comme dans un tour de prestidigitation, le bébé vivant dessous. Janice regarde, pousse un gémissement étouffé, et un assistant du maître de cérémonie, un jeune blond au visage étonnamment rouge, fait jaillir de sa poche un flacon de sels d'ammoniaque. Sa mère le lui tient sous le nez et elle réprime une grimace de dégoût ; ses sourcils se crispent, soulignant les bosses que font ses yeux sous leur frêle membrane. Harry lui prend le bras et la fait tourner pour qu'elle ne puisse pas voir ce qu'il y a dans la pièce d'à côté.

La petite salle a une fenêtre par laquelle on peut voir dans la rue courir des enfants et passer les voitures.

– J'espère que le pasteur n'a pas oublié, dit le jeune homme au visage rouge, avec un petit gloussement qui le gêne lui-même.

Il ne peut pas s'empêcher de se sentir à l'aise ici.

– Ça arrive souvent ? demande Mr. Springer.

Il est debout derrière sa femme et il penche en avant son visage curieux, sa bouche ouverte comme un bec d'oiseau derrière sa moustache pâle. Mrs. Sprigner, qui s'est assise sur une chaise, presse ses paumes contre son visage à travers le voile. Les baies violettes tremblent sur leur armature de laiton.

– A peu près deux fois par an, répond le jeune homme.

Une vieille Plymouth ralentit le long du trottoir dehors, et la mère de Rabbit en descend, puis examine le trottoir d'un regard furieux. Il sent son cœur battre et il balbutie :

– Voici mes parents.

Comme un avertissement. Et le fait qu'ils se mettent tous sur leurs gardes, comme pour résister à un assaut. Mrs. Springer se lève, et Harry vient se placer entre elle et Janice. Debout ainsi en formation avec les Springer, il peut en tout cas montrer à sa mère qu'il s'est amendé, qu'on l'accepte et qu'on l'a accepté. L'assistant du maître de cérémonie va au-devant d'eux ; Harry les voit debout sur le trottoir, se demandant par quelle porte entrer ; Mim est un peu à part. Vêtue d'un tailleur sobre et sans maquillage, elle lui rappelle la petite sœur qu'il a eue jadis. La vue de ses parents lui fait se demander pourquoi il avait peur d'eux.

C'est sa mère qui franchit la porte la première ; son

regard balaie leur ligne, puis elle s'avance vers lui, les bras tendus.

– Harry, qu'est-ce qu'ils t'ont fait ?

Elle pose cette question tout haut et le serre dans ses bras comme si elle voulait le remonter jusqu'au ciel d'où ils sont tombés.

Cet élan ne dure qu'un instant. Dans un réflexe enfantin de gêne, il la repousse et se redresse de toute sa taille. Comme si elle ne se rendait pas compte de ce qu'elle vient de dire, sa mère se tourne vers Janice qu'elle étreint. Il est soulagé de la voir se comporter avec courtoisie, normalement. Son père, en murmurant, serre la main de Springer. Mim s'approche et pose la main sur l'épaule de Harry, puis elle s'accroupit et souffle quelque chose à l'oreille de Nelson, ce sont les deux plus jeunes. Tout autour de lui, Harry sent tous ces gens se grouper. Sa femme et sa mère s'étreignent. Sa mère a commencé à embrasser Janice machinalement, mais elle a trouvé dans cette étreinte une grande bouffée de chagrin. La douleur lui crispe le visage ; Janice réagit de même ; ses faibles bras drapés de noir essaient d'encercler la grande carcasse penchée contre elle, Mrs. Angstrom lui murmure deux mots. Les autres sont surpris ; seul Harry, du haut de sa taille, voit la scène. Sa mère a été entraînée par l'instinct qui nous fait embrasser ceux que nous blessons, et elle a reconnu dans cette fille qu'elle serrait contre son cœur un membre comme elle d'une vieille race d'esclaves dont on a abusé, et puis elle s'est rendu compte que, ayant récupéré son fils, elle aussi devait être abandonnée.

Il a senti en lui ces divers stades du chagrin se dérouler en elle à mesure que son étreinte se resserrait. Maintenant elle lâche Janice et s'adresse, avec la tristesse qui convient, aux Springer. Ceux-ci ont mis son premier cri sur le compte de l'égarement ; bien sûr ils n'ont rien fait à Harry, c'est à eux qu'on a fait quelque chose. Ils ne se rendent pas compte qu'il est libéré. Ils se font lointains auprès de lui. On oublie les mots que sa mère a adressés à Janice : « Ma fille ». Mim se relève ; son père prend Nelson dans ses bras. Tous ces mouvements le bousculent un peu.

Eccles arrive, tout essoufflé, venant d'un drugstore ou d'un foyer désuni, et tous les sept passent avec Nelson dans la salle où sont rassemblées les fleurs et prennent place au premier rang. Eccles tout en noir lit des prières devant le cercueil blanc. Cela agace Rabbit qu'Eccles s'interpose entre lui et sa fille. L'idée lui vient, avec une pointe de remords, que personne n'a précisé que l'enfant n'avait jamais été baptisée. « Je suis la résurrection et la vie, dit le Seigneur : celui qui croit en moi, bien qu'il soit mort, vivra : et quiconque vit et croit en moi ne mourra jamais. »

Ces mots anguleux évoluent dans la tête de Harry comme des corbeaux maladroits ; il devine ce qu'ils peuvent signifier ; mais pas Eccles ; son visage est sévère et crispé. Il parle d'un ton faux. Tous ces gens sont faux : sauf sa fille morte et la boîte blanche avec les dorures.

« Il nourrira son troupeau comme un berger : Il prendra les agneaux dans ses bras et les portera sur son sein. »

Berger, agneaux, bras : Harry sent ses yeux s'emplir de larmes. Il a l'impression qu'il adore que les larmes soient partout autour de lui, comme une mer, et que l'eau salée finit par lui entrer dans les yeux. Sa fille est morte. June lui a été enlevée ; son cœur nage dans un chagrin qu'il avait jusqu'alors survolé, il s'enfonce de plus en plus profondément dans sa perte immense. Il n'entendra plus jamais pleurer, il ne reverra plus jamais sa peau marbrée, il ne balancera plus jamais dans ses bras ce poids léger pas plus qu'il ne regardera les couteaux bleus de ses yeux s'élargir en l'écoutant. Jamais, le mot retentit sans cesse, sans qu'il y ait la moindre brèche dans son irrémédiable épaisseur.

Ils vont jusqu'au cimetière. Harry, son père, le père de Janice et l'assistant du maître de cérémonie portent le cercueil blanc jusqu'au corbillard. C'est lourd, mais c'est le bois qui fait tout le poids. A quatre heures de l'après-midi, le cimetière est magnifique. Sa pelouse verte bien entretenue descend en une pente un peu parallèle aux rayons du soleil. Les stèles projettent de longues ombres grises. La procession suit lentement une allée de graviers bleux crissants, jusqu'à une modeste tente verte qui sent la terre et les fougères. Devant eux, dans le lointain, les bois noirs dessinent un croissant ; le cimetière est haut sur la colline, entre la ville et la forêt. A leurs pieds des cheminées fument. Harry aperçoit la vallée, mais d'ici elle est différente, elle a l'air plus bleue. Un homme, monté sur une tondeuse à moteur, passe entre les dalles usées des tombes, au loin. Des hirondelles plongent et disparaissent derrière une petite maison de pierre, une crypte. Le cercueil blanc est habilement descendu sur des roulettes du fond du corbillard jusqu'à des courroies rouges qui le maintiennent au-dessus de l'ouverture presque carrée, mais profonde de la tombe. Les petits grincements et l'ahanement grincent sur un fond de silence. Silence. Une toux. Les fleurs les ont suivis ; elles sont là, sous la tente. Derrière les pieds de Harry, un petit monticule de terre attend d'être replacé et exhale en attendant une profonde odeur de glaise. Les employés des pompes funèbres ont l'air content, leurs mains roses croisées devant leur braguette. Silence.

« Le Seigneur est mon berger, je ne peux donc manquer de rien. »

La voix d'Eccles semble frêle à l'extérieur ; le bourdonnement lointain de la tondeuse à moteur s'arrête respectueusement. La poitrine de Rabbit vibre d'excitation et d'énergie ; il est certain que sa fille est montée au ciel. Ce sentiment emplit les paroles que récite Eccles comme un corps vivant occupe une peau. « Oh ! mon Dieu, Vous dont le Fils très chéri a pris les petits enfants dans ses bras pour les bénir ; donnez-nous, nous Vous en supplions, la grâce de confier l'âme de cet enfant à Votre soin et à Votre amour sans défaillance et amenez-nous tous dans le royaume céleste ; par l'intercession de Votre Fils, Jésus-Christ, notre Seigneur. Amen. »

– Amen, murmure Mrs. Springer.

Oui. Voilà comment c'est. Il les sent tous, leurs têtes autour de lui immobiles comme les tombes, il les sent tous qui ne font qu'un avec l'herbe, avec les fleurs, tous, les employés des pompes funèbres, l'invisible jardinier qui a arrêté sa tondeuse, tous réunis en un seul élan d'ici pour donner à son bébé, qui n'a pas reçu le baptême, la force de bondir jusqu'au paradis.

On tourne une manette, les courroies commencent à descendre le cercueil dans la tombe et s'arrêtent. Eccles trace une croix de sable sur le couvercle ; une main rose jette des pétales froissés. « Soyez charitable, nous Vous en supplions, avec tous ceux qui pleurent pour qu'ils puissent rejeter sur Vous tous leurs soucis... » Les courroies recommencent à grincer. Janice auprès de lui vacille, il lui prend le bras et même à travers le tissu, il en sent la chaleur. Un souffle de vent gonfle la tente et la fait claquer comme une voile. Le parfum des fleurs monte vers eux. « ... et du Saint-Esprit, soyez béni maintenant et à jamais, Amen ».

Eccles referme son livre. Le père de Harry et le père de Janice, debout côte à côte, relèvent la tête en clignant des yeux. Les employés des pompes funèbres récupèrent leur équipement, remontent les courroies du trou. Les membres du cortège avancent dans le soleil. « Rejetez sur Vous tous leurs soucis. » C'est ce qu'il a fait ; il se sent plein de vigueur. Le ciel le salue. On dirait qu'il rampait dans une grotte et qu'il aperçoit enfin, par-delà le sombre amoncellement des rochers, une tache de lumière ; il se retourne et le visage de Janice, abruti de chagrin, bloque la lumière.

– Ne me regarde pas comme ça, dit-il. Ce n'est pas moi qui l'ai tuée.

Cela sort de sa bouche d'une traite, avec la simplicité qu'a maintenant pour lui toute chose. Les autres qui bavardaient à voix basse redressent brusquement la tête en entendant cette phrase si soudaine et si cruelle.

Ils n'ont pas compris. Tout ce qu'il veut, c'est rétablir la vérité. Il explique à toutes ces têtes tournées vers lui : « Vous continuez tous à vous conduire comme si c'était moi qui étais responsable. Je n'étais même pas là. C'est sa faute à elle. » Il se tourne vers elle, et sur son visage, écroulé comme si on venait de la gifler, il devine qu'elle aussi est une victime, que chacun est une victime ; le bébé a disparu, c'est tout ce qu'il dit, il avait un bébé et sa femme l'a noyé.

– Allons, je sais, lui dit-il. Tu ne l'as pas fait exprès.

Il veut lui prendre la main, mais elle la retire comme d'un piège et regarde ses parents qui s'avancent vers elle.

Rabbit a le visage en feu ; le pardon emplissait son cœur et maintenant c'est la haine. Il déteste le visage stupide de Janice. Elle ne comprend rien. Elle avait l'occasion de le rejoindre dans la vérité, la vérité la plus simple et la plus élémentaire, et elle s'est détournée avec horreur. Il constate que parmi les têtes, même celle de sa mère est horrifiée, pâle de stupéfaction, comme un mur qui se dresse contre lui. Elle lui demande ce qu'ils lui ont fait et voilà qu'elle se tourne aussi contre lui. Un sentiment suffocant d'injustice l'aveugle. Il tourne les talons et s'enfuit en courant. Il monte la pente à grands pas. Il fuit avec exultation parmi les pierres tombales. Des boutons d'or mettent une tache claire comme du beurre entre les tombes. Derrière lui, la voix d'Eccles appelle son nom : « Harry ! Harry ! » Il a l'impression qu'Eccles le poursuit, mais il ne se retourne pas pour regarder. Il coupe en diagonale entre les tombes à travers la pelouse et vers les bois. Le sombre croissant des arbres est plus loin qu'il n'y paraissait depuis la tombe ouverte. Son élan s'alourdit ; la pente se fait plus raide. Il y a pourtant dans le cimetière une douceur qui soutient sa fuite, de doux cahots qui lui rappellent les charges et les esquives que l'on pratique sur un terrain encombré. Il arrive entre les bras des bois et se dirige vers le centre du croissant. Une fois parvenu là, il est moins à l'abri qu'il ne le pensait ; en se retournant, il aperçoit, à travers les feuilles, le cimetière où, auprès de la petite tente verte, les humains qu'il a laissés sont groupés. Eccles est à mi-chemin entre eux et lui. Sa poitrine haletante soulève son habit noir. Ses yeux sont fixés sur les bois. Les autres, comme des bâtons en vêtements sombres s'agitent : ils manœuvrent, ils tirent des plans, ils mesurent leurs forces respectives ; ils se retiennent les uns les autres. Leurs visages pâles envoient des signaux muets vers les bois, puis se détournent, par dégoût ou par désespoir, puis lancent de nouveau leur message, dans le soleil déclinant, fascinés.

Seul le regard d'Eccles ne vacille pas. Sans doute rassemble-t-il son énergie pour reprendre la poursuite.

Rabbit s'accroupit et reprend, lui, sa course désordonnée. Il a les mains et le visage écorchés à force d'avoir plongé à travers les buissons et les jeunes pousses qui bordent les bois. En s'enfonçant, il trouve plus d'espace. Les pins étouffent toute autre végétation. Leurs aiguilles brunes recouvrent la terre d'un tapis glissant ; la lumière du soleil tombe en bandes étroites sur ce sol mort. Il fait sombre, mais l'après-midi cuit les poutres sombres de verdure au-dessus de sa tête. De basses branches mortes jaillissent au niveau de ses yeux. Ses mains et son visage le brûlent à l'endroit des écorchures. Il se tourne pour voir s'il a bien semé tout le monde. Personne ne le suit. Au loin, par une petite brèche au bout de l'allée de pins où il se trouve, une tache verte brille, qui est peut-être le vert du cimetière ; mais elle semble aussi lointaine que les flaques de ciel qu'il entrevoit au-dessus des arbres. En se retournant, il perd un peu son sens de l'orientation. Mais les troncs d'arbres forment des rangées régulières entre lesquelles il s'avance, et il monte toujours la pente. S'il va assez loin, il finira par arriver à la route panoramique qui suit la crête. Ce n'est qu'en redescendant qu'il pourra rejoindre les autres.

Les arbres cessent de former des rangées et poussent plus dru. Ce sont des arbres plus vieux. Les ténèbres sous leurs branches sont plus denses et la pente plus forte. Des rochers émergent des tapis d'aiguilles, avec des plaques de mousse ; des troncs effondrés entravent sa route. Aux endroits où un trou s'est ouvert dans la voûte des sapins, des buissons de baies sauvages et une herbe jeune poussent dans un désordre hâtif plein de douces odeurs. Ces taches de végétation, dont certaines sont assez larges pour recueillir un peu du soleil qui descend au flanc de la montagne, font paraître plus sombres les ténèbres alentour, et, en y faisant halte, il prend conscience, par le fait même qu'il cesse, d'un murmure qui emplit les tunnels bruns autour de lui. Des moucherons tourbillonnent en épais essaims dans le soleil au-dessus de ces trous. Les arbres sont trop hauts pour qu'il discerne le moindre signe de civilisation, ne fût-ce qu'un lointain paysage dégagé. Dans son îlot de lumière, il s'effraie. Il est voyant ; les ours et les menaces sans nom qui chuchotent dans la forêt peuvent le voir aisément. Plutôt que de rester vulnérable dans ces puits de visibilité, il se précipite vers les menaces parmi les rochers, les troncs pourrissants et les aiguilles glissantes. Les insectes le suivent dans l'ombre ; sa sueur est un parfum qui les attire. Il a la poitrine serrée et les jarrets endoloris à force d'avoir rencontré dans son ascension des trous et des pierres que les aiguilles de pin dissimulent. Il ôte sa veste et la roule sous son bras. Il lutte contre son envie de tourner la tête, pour voir ce qui est derrière lui ; il n'y a jamais rien, rien que la vie silencieuse des bois, mais sa peur emplit l'espace entre les arbres d'agiles menaces qui échappent prestement à sa vue sitôt qu'il tourne la tête. Il doit garder la tête raide. Il se terrorise. Quand il était enfant, il est souvent allé dans ces bois. Mais peut-être, lorsqu'il était enfant, bénéficiait-il dans ses promenades d'une protection magique qu'on lui a aujourd'hui retirée ; il ne peut pas croire que les bois étaient alors aussi sombres. Eux aussi ont grandi. Une obscurité aussi insolite, encombrée de fines brindilles qui ne cessent de lui balayer le visage, une obscurité qui est un défi à la lumière du jour dont le ciel jaillit en taches irrégulières entre les arbres au-dessus de lui comme un singe bleu. Il a mal au bas des reins à force de s'être accroupi. Il commence à avoir des doutes sur sa méthode. Quand il était gosse, il n'entrait jamais par le cimetière. Peut-être que c'est idiot de suivre la pente la plus abrupte, qui le fait passer juste au-dessous de la crête de la montagne alors qu'à quelques mètres à sa gauche il y a la route. Il se dirige vers la gauche, en essayant de suivre une ligne droite ; la rumeur des bois paraît s'enfler et son cœur vibre d'espoir : il avait raison, il est près d'une route. Il se hâte, trébuchant, s'attendant à chaque pas à voir la route apparaître, avec ses poteaux blancs et son garde-fou luisant. La pente du terrain cesse sous ses pas. Il s'arrête au ras d'un précipice dont le bord proche est parsemé des fûts velus d'arbres morts enchevêtrés parmi des troncs qui ont réussi à se maintenir debout sur la pente et qui projettent dans le précipice une ombre aussi épaisse que la fin du crépuscule. Quelque chose de rectangulaire rompt ces ténèbres ; Rabbit se dit qu'au fond de ce creux se trouvent les fondations et les murs effondrés d'une maison oubliée. A l'agacement d'avoir perdu son chemin et d'être redescendu s'ajoute un sentiment de vibrante horreur, comme si ces ruines, témoins d'une intrusion humaine dans un monde de vie aveugle, sonnaient le glas qui tinte aux confins de l'univers. L'idée que cet endroit était jadis habité, que son sol était piétiné, dégagé et connu, obscurcit l'air de fantômes qui escaladent la pente tapissée de fougères comme des enfants émergeant d'un tombeau. Peut-être y avait-il des enfants, de grosses filles en calicot allant chercher de l'eau à une source voisine, apprivoisant les arbres, les marquant des traces de leurs jeux, grandissant sur les planches tendues au-dessus de ces fondations, mourant en jetant un ultime regard par la fenêtre au bord de cette côte où se trouve Harry. Il se sent plus voyant et plus vulnérable que dans les petites clairières de soleil, il a l'obscur sentiment d'être éclairé par une grande étincelle, l'étincelle qui a donné à l'aveugle enchevêtrement de la matière conscience d'elle-même, une étincelle jaillie de la collision de deux royaumes opposés, dans une rencontre voulue par un dieu terrible. Son estomac chavire ; ses oreilles semblent soudain s'ouvrir au bruit d'une voix. Il remonte comme il peut la pente, s'escrimant bruyamment dans les ténèbres qui s'épaississent pour noyer les échos de la voix qui semble se glisser d'arbre en arbre dans l'ombre.

La lumière s'accentue suffisamment pour qu'il puisse repérer, sur sa droite, un amas de vieilles boîtes de conserves et de bouteilles enfouies dans les aiguilles de pin, puis il arrive sur la route. Ses longues jambes franchissent le garde-fou et il se redresse. Des taches dorées dansent aux coins de ses yeux. L'asphalte crisse sous ses chaussures et, avec la merveilleuse résonance de l'épuisement, il a l'impression d'entrer dans une vie nouvelle. L'air frais lui caresse les omoplates ; à un moment dans sa course, il a fait un accroc dans le dos à la chemise du père Springer. Il a émergé des bois à environ huit cents mètres de l'hôtel du Sommet. Tout en marchant à grands pas, sa veste bleue nonchalamment pendue sur son épaule et tenue du bout du doigt, il a l'impression que Janice, Eccles, sa mère et tous ses péchés sont à des centaines de kilomètres. Il décide de téléphoner à Eccles, comme on envoie une carte postale à quelqu'un. Eccles l'aimait bien, il lui a fait confiance et il mérite au moins un coup de téléphone. Rabbit répète ce qu'il va lui dire. « Voilà, lui dira-t-il, je suis sur la bonne route. Je veux dire que je crois qu'il y a plusieurs routes ; ne vous inquiétez pas. Merci pour tout. » Ce qu'il veut lui faire comprendre, c'est qu'Eccles ne doit pas se décourager.

Au sommet de la montagne, il fait encore grand jour. Là-haut, dans la mer du ciel, un groupe de petits nuages erre comme un banc de poissons. Il n'y a que deux ou trois voitures garées autour de l'hôtel, de vieilles bagnoles, des Pontiac 52 et des Mercury 51, comme la Springer Motors en vend à ces gosses boutonneux qui arrivent avec une photo de strip-teaseuse dans leur portefeuille et cent dollars à la banque. Dans le restaurant quelques-uns jouent à un billard électrique. Ils le regardent, avec leurs longs cheveux, en ricanant et l'un d'eux crie même : « C'est elle qui t'a déchiré ta chemise ? » Mais c'est étrange, ils ne savent rien de lui, sinon qu'il est débraillé. On fait des tas de choses et, au fond, personne n'en sait rien. La pendule marque six heures moins vingt. Il s'approche de la cabine de téléphone public et cherche le numéro d'Eccles dans l'annuaire. Sa femme répond sèchement : « Allô ! » Rabbit ferme les yeux et les taches de rousseur de Lucy dansent dans le rouge qu'il distingue derrière ses paupières.

– Salut. Est-ce que je pourrais parler au Révérend Eccles ?

– Qui est à l'appreil ?

Sa voix s'est un peu durcie ; elle sait de qui il s'agit. Il sourit en évoquant le souvenir de ses fermes petites fesses auxquelles il a administré une tape.

– C'est Harry Angstrom. Jack est là ?

On a raccroché à l'autre bout du fil : la garce. Tout

ça parce que je n'ai pas voulu entrer avec elle dans sa satanée baraque. Ce pauvre Eccles est probablement à attendre, le cœur meurtri, que je donne de mes nouvelles et elle va aller lui dire que c'est un faux numéro, le pauvre type est vraiment marié à une garce. Il raccroche à son tour, entend sa pièce dégringoler dans l'appareil et cet échec lui donne l'impression que tout est simple. Il sort dans le parc de stationnement de l'hôtel.

On dirait qu'il a laissé derrière lui, au restaurant, tout le poison qu'elle doit déverser dans les oreilles fatiguées du pauvre type. Il l'imagine en train de raconter à Eccles comment il lui a donné une tape sur les fesses et il croit entendre Eccles rire, et il sourit tout seul. Il gardera d'Eccles le souvenir de quelqu'un qui rit ; bien sûr, ce qui vous retenait chez lui, ce qui vous donnait l'impression qu'on ne pouvait pas le toucher, c'était son accent nasillard, mais par le rire on pouvait l'atteindre. C'était un peu comme si on se glissait derrière lui, en évitant le devant froid et déprimant. Ce qui le rendait déprimant, c'était qu'il n'était pas sûr, mais qu'il ne pouvait rien vous dire, qu'il prenait un air soucieux et qu'il prononçait chaque mot d'un ton différent. Dans le fond, c'est plutôt un soulagement que d'être débarrassé de lui. Il est trop mou.

D'où il est, Harry voit Brewer s'étendre à ses pieds comme un tapis, le rouge couleur pot de fleur devenant poussiéreux. Il y a déjà des lumières allumées. Le grand tournesol au néon au centre de la ville paraît petit comme une marguerite. Maintenant les nuages à l'horizon sont roses, mais au-dessus, très haut dans le ciel, des queues de cirrus traînent encore, pâles et pures. En descendant les marches, il se demande : « Est-ce qu'elle le ferait, Lucy ? »

Il descend le flanc de la montagne par les grandes marches formées par des rondins, il passe près de l'endroit où des gens jouent encore au tennis, il descend Weiser Street, là il remet sa veste et remonte Summer Street. Son cœur murmure dans l'attente, mais ça se passe au milieu de sa poitrine maintenant. Ce nœud qui lui pesait depuis la mort de Becky a disparu, il l'a mise au paradis, il l'a sentie y aller. Si Janice l'avait senti, il aurait peut-être pu rester. La porte de la rue est ouverte et une vieille dame avec un mouchoir noué autour de la tête, comme une Polonaise, sort en murmurant de la porte marquée F.P.X. Pelligrini. Il sonne chez Ruth.

On actionne le déclic, il s'empresse d'ouvrir la porte et commence à gravir l'escalier. Ruth se penche sur la rampe, elle regarde en bas et dit :

– Va-t'en.

– Hein ? Comment savais-tu que c'était moi ?

– Retourne auprès de ta femme.

– Je ne peux pas. Je viens de la plaquer.

Elle éclate de rire ; il est à l'avant-dernière marche et leurs visages sont sur le même niveau.

– Tu passes ton temps à ça, dit-elle.

– Non, cette fois-ci c'est différent. C'est vraiment grave.

– C'est toujours grave avec toi. Avec moi, c'est grave aussi.

– Pourquoi ?

Il est arrivé sur la dernière marche et il s'arrête à un mètre d'elle, excité et désemparé. Il croyait qu'en la voyant son instinct lui dirait quoi faire mais, en fait, tout ça est nouveau, bien que ça ne date que de quelques semaines. Elle a changé, elle a plus de réserve dans ses mouvements et elle a la taille plus épaisse. Le bleu de ses yeux est plus sombre.

Elle le regarde avec un mépris qu'il ne lui avait jamais vu.

– Pourquoi ? répète-t-elle d'un ton incrédule.

– Laisse-moi deviner, dit-il. Tu es enceinte.

La surprise efface un instant la dureté de son accueil.

– C'est formidable, dit-il. (Et il profite de ce qu'elle s'est radoucie pour la pousser devant lui dans la chambre. Les bras de Ruth et son sweater cèdent comme de petits coussins quand il pousse). Formidable, répète-t-il en fermant la porte.

Il essaie de la serrer dans ses bras, mais elle réussit à se dégager et à se retirer derrière une chaise. Elle y est allée de bon cœur : il a une écorchure sur le cou.

– Va-t'en, dit-elle. Fiche le camp.

– Tu n'as pas besoin de moi ?

– Besoin de toi, s'écrie-t-elle.

Et il tressaille douloureusement en la sentant au bord de la crise de nerfs ; il devine qu'elle a pensé si souvent à cette rencontre qu'elle est décidée à tout dire, ce qui sera trop. Il s'assied dans un fauteuil. Il a mal aux jambes.

– J'avais besoin de toi, dit-elle, cette nuit où tu es parti. Tu te rappelles combien j'avais besoin de toi ? Tu te souviens de ce que tu m'as fait faire ?

– Elle était à l'hôpital, dit-il. Il fallait bien que j'y aille.

– Oh ! tu es malin. Tu es si saint. Il fallait que tu y ailles. Il fallait que tu restes aussi, non ? Figure-toi que j'ai été assez stupide pour croire qu'au moins tu téléphonerais.

– Je voulais le faire, mais j'essayais de prendre un nouveau départ. Je ne savais pas que tu étais enceinte.

– Tu ne le savais pas, on se demande pourquoi. N'importe qui l'aurait deviné. J'étais assez malade.

– Ça date de quand ? C'est de moi ?

– Bon Dieu, oui. Pourquoi est-ce que de temps en temps tu ne regardes pas autre chose que ta précieuse petite personne ?

– Voyons, pourquoi ne me l'as-tu pas dit ?

– Pourquoi te l'aurais-je dit ? Qu'est-ce que ça aurait fait ? Tu n'es d'aucun secours. Tu n'es rien. Tu sais pourquoi je ne l'ai pas fait ? Tu vas rire, mais je ne t'ai rien dit parce que je croyais que tu me plaquerais si tu le savais. Tu n'as jamais rien voulu me laisser faire pour l'empêcher, mais j'étais persuadée qu'une fois que ça y serait tu me lâcherais. Tu m'as d'ailleurs lâchée de toute façon, alors pourquoi ne t'en vas-tu pas ? Je t'en prie, fiche-moi le camp. Je t'ai supplié de ficher le camp la première fois. Dès cette maudite première fois je te l'ai demandé. Pourquoi es-tu là ?

– Parce que j'ai envie d'être là. C'est normal. Regarde. Je suis content que tu sois enceinte.

– Il est trop tard pour être content.

– Pourquoi ? Pourquoi est-ce trop tard ?

Il a peur, il se souvient qu'elle n'était pas là quand il

est venu plus tôt. Elle est là maintenant, mais elle n'était pas là tout à l'heure. Il savait que les femmes allaient se faire avorter ailleurs que chez elles.

– Comment peux-tu être assis là ? lui demande-t-elle. Je ne comprends pas ; tu viens de tuer ton bébé et tu es assis là.

– Qui t'a raconté ça ?

– Ton ami le bon pasteur. Ton camarade en sainteté. Il a téléphoné il y a une demi-heure.

– Mon Dieu. Il essaie toujours.

– J'ai dit que tu n'étais pas là. J'ai dit que tu n'avais jamais été là.

– Je n'ai pas tué la gosse. C'est Janice. Je me suis mis en colère contre elle un soir et je suis parti te chercher, alors elle s'est enivrée et elle a noyé la pauvre gosse dans la baignoire. Ne m'oblige pas à en parler. D'ailleurs, où étais-tu, toi ?

Elle le regarde avec une morne stupeur et murmure :

– Mon vieux, on peut vraiment dire que tu portes la poisse, tu ne trouves pas ?

– Dis donc, tu as fait quelque chose ?

– Reste tranquille, reste assis là. Tout d'un coup, je vois clair en toi. Tu es la poisse incarnée. Tu n'es pas rien du tout, tu es pire que rien. Tu n'es pas un salaud, tu n'es pas une ordure, même pas.

– Ecoute, je n'ai rien fait. Je venais te voir lorsque ça s'est passé.

– Mais non, tu ne fais rien. Tu te contentes d'errer en donnant ici et là le baiser de la mort. Fiche le camp. Franchement, Rabbit, rien que de te regarder, ça me rend malade.

L'accent de sincérité avec lequel elle dit cela la laisse molle, et elle s'agrippe au rebord du dossier d'un fauteuil recouvert d'un tissu à fleurs fané.

Lui, qui s'est toujours enorgueilli d'être habillé avec soin, à qui l'on avait toujours laissé entendre qu'il avait belle allure, rougit devant cette sincérité. La sensation sur laquelle il comptait, d'être naturellement son maître, de la dominer, il ne l'a pas trouvée. Il regarde ses ongles. Une sensation paralysante de réalité lui baigne les mains et les jambes ; son enfant est vraiment mort, sa journée est vraiment finie, cette femme est vraiment écœurée par lui. Quand il se rend compte de tout cela, il a hâte d'en finir, d'être acculé au mur. Il lui demande carrément.

– Tu t'es fait avorter ?

Elle ricane et dit d'une voix rauque :

– Qu'est-ce que tu crois ?

Il ferme les yeux et, les doigts crispés sur la peluche grenue des bras du fauteuil, il supplie : *Mon Dieu, mon cher Dieu, non pas un autre, vous en avez un, laissez celui-ci en paix.* Un couteau sale tourne dans le labyrinthe de ses ténèbres intérieures. Quand il ouvre les yeux, il comprend, à la façon dont elle est plantée là, d'un air qu'elle veut désinvolte, qu'elle cherche à le torturer. Un peu d'espoir se rallume dans sa voix quand il demande :

– Tu t'es fait avorter ?

Le visage de Ruth se décompose.

– Non, dit-elle. Non. Je devrais, mais je recule tout le temps. Je ne veux pas le faire.

Il se lève, la prend dans ses bras, sans serrer, comme dans un cercle magique, et bien qu'elle se raidisse et qu'elle détourne la tête sur sa gorge blanche et musclée, il a retrouvé ce sentiment d'être le maître.

– Oh ! dit-il, bon. C'est si bien.

– C'était trop moche, dit-elle. Margaret avait tout arrangé, mais je... je pensais tout le temps...

– Oui, dit-il. Oui. Tu as bien fait. Je suis si content. (Et il essaie de se blottir contre sa joue. Son nez rencontre de l'humidité). Tu l'as, murmure-t-il, garde-le.

Elle reste un moment immobile, perdue dans ses pensées, puis elle se dégage brusquement de ses bras en disant :

– Ne me touche pas !

Son visage s'enflamme ; son corps est penché en avant comme celui d'un animal sur la défensive. Comme si c'était bien la mort qu'il apportait.

– Je t'aime, dit-il.

– Venant de toi, ça ne veut rien dire. Garde-le, garde-le, voilà ce que tu dis. Comment ? Tu vas m'épouser ?

– J'aimerais bien.

– Tu aimerais bien, tu aimerais bien faire n'importe quoi. Et ta femme ? Et le fils que tu as déjà ?

– Je ne sais pas.

– Veux-tu divorcer ? Non. Tu aimes bien être marié avec elle aussi. Tu aimes bien être marié avec tout le monde. Pourquoi n'es-tu pas capable de décider ce que tu veux faire ?

– Tu crois que je n'en suis pas capable ? Je ne sais pas.

– Comment m'entretiendras-tu ? Combien de femmes peux-tu entretenir ? Tu n'as pas une situation sérieuse. Tu n'es bon à rien. Peut-être qu'autrefois tu savais jouer au basket-ball, mais maintenant tu ne sais plus rien faire. Bon sang, qu'est-ce que tu crois que c'est, le monde ?

– Je t'en prie, garde ce bébé, dit-il. Il faut que tu le gardes.

– Pourquoi ? Pourquoi est-ce que tu y tiens ?

– Je ne sais pas, je ne sais rien. Tout ce que je sais, c'est que ça me semble bien. Je te trouve bien. C'était quelquefois comme ça avec Janice. Et quelquefois rien n'y fait.

– Qui veux-tu que ça intéresse ? C'est ça. Qui s'intéresse à ce que tu sens ?

– Je ne sais pas, répète-t-il.

Elle grogne quelque chose – à la voir, il a craint qu'elle lui crache à la figure – puis elle se retourne, elle regarde le mur qui est tout cabossé à force d'avoir été repeint en couches successives.

– J'ai faim, dit-il. Pourquoi est-ce que je n'irais pas jusqu'à la charcuterie nous chercher quelque chose ? Ensuite, nous pourrons réfléchir.

Elle se retourne, plus résolue.

– Moi, dit-elle, j'ai réfléchi. Tu sais où j'étais quand tu es venu ici l'autre jour ? J'étais avec mes parents. Tu sais que j'ai des parents. Ce sont des parents plutôt pauvres, mais c'est tout ce que j'ai. Ils habitent West Brewer. Ils sont au courant. Je veux dire qu'ils sont au courant de certaines choses. Ils savent que je suis enceinte. Enceinte, c'est un joli mot, ça arrive à tout le monde, on n'a pas besoin de trop penser à ce qu'on doit faire pour se retrouver comme ça. J'aimerais bien t'épouser. Vraiment. Je pense tout ce que j'ai dit, mais si nous nous mariions, ça irait quand même. Maintenant, à toi de t'arranger. Tu divorces d'avec cette femme que tu regrettes tant d'avoir épousée au moins une fois par mois, tu divorces ou alors tu m'oublies. Si tu n'es pas capable d'arranger ça, je suis morte pour toi ; je suis morte pour toi et ton bébé est mort aussi. Voilà, va-t'en maintenant si tu veux t'en occuper.

Toute cette tirade lui fait perdre son assurance et elle éclate en sanglots, mais elle fait comme si elle ne s'en apercevait pas. Les ailes de son nez luisent, mais elle ne les essuie pas.

Il l'a sentie avec une certaine nervosité guetter, chez lui, le signe d'une résolution inspirée par cette tirade. En fait, c'est à peine s'il a écouté ; c'est trop compliqué et, auprès de la vision d'un sandwich, parfaitement irréel. Il se redresse, avec ce qu'il espère être un air martial, et dit :

– C'est juste. Je vais arranger ça. Qu'est-ce qu tu veux que je te rapporte ? De la charcuterie ?

Un sandwich et un verre de lait, puis la déshabiller, l'extirper de cette chaude robe de cotonnade toute froissée et voir cette taille épaissie, calme dans sa peau pâle et fraîche. Il aime les femmes au début de leur grossesse : elles ont un air si doux. S'il peut rien qu'une fois s'enfouir encore en elle, il sait qu'il en émergera avec ses nerfs peignés dans le bon sens.

– Je ne veux rien dit-elle.

– Oh ! fait-il, il faut que tu manges.

– J'ai mangé, dit-elle.

Il essaie de l'embrasser, mais elle dit : « Non » et elle n'est pas tentante, grosse comme elle est et congestionnée, avec ses cheveux de plusieurs couleurs dépeignés et moites dè transpiration.

– Je reviens tout de suite, dit-il.

Il descend l'escalier, et les soucis reviennent le harceler aussi rapidement que résonne le bruit de ses pas. Janice, l'argent, le coup de fil d'Eccles, l'expression de sa mère, tout cela déferle en vagues sombres et drues ; le remords et le sentiment de sa responsabilité glissent de concert comme deux ombres lourdes dans sa poitrine. Le simple agencement de toutes ces choses à faire – les conversations, les coups de téléphone, les avocats, les dépenses – lui semble s'embrouiller presque matériellement devant lui, si bien qu'il prend conscience de l'effort qu'il doit faire pour respirer et que chaque geste, le simple fait, par exemple, de tendre la main vers le bouton de la porte, lui apparaît comme l'extension précaire d'une longue succession de mécanismes reliés de façon bien fragile à son cœur. Mais la solidité du bouton de porte répond à ses doigts et il tourne sans difficulté.

Dehors, à l'air, sa peur se précise. Des globes d'éther, pure nervosité, glissent le long de ses jambes. L'air libre lui serre la poitrine. Debout sur les marches du perron, il s'efforce de trier ses soucis, d'analyser le mécanisme qu'il a laissé derrière lui dans la maison, de mettre le doigt sur ce qui le rend si bruyant. Deux pensées le réconfortent, laissent filtrer un peu de lumière à travers l'épaisse masse des alternatives impossibles. Ruth a ses parents et elle va garder le bébé : deux pensées qui se confondent peut-être, l'ordre vertical de la famille, comme une sorte de mince tube dressé dans le temps où notre solitude parvient à se diluer quelque peu. Ruth et Janice ont toutes deux leurs parents : cette pensée lui suffit pour ne plus se soucier d'elles. Nelson, lui, reste : voilà une épreuve qu'il doit s'imposer. Il essaie sur ce frêle axe de poser le reste en équilibre, pesant de chaque côté les deux opposés : Janice et Ruth, Eccles et sa mère, le droit chemin et le mauvais chemin, le chemin de la charcuterie – où les fruits de toutes couleurs s'entassent sous une ampoule nue – et l'autre, celui qui va par Summer Street jusqu'au bout de la ville. Il essaie de s'imaginer comment ce chemin-là se terminera, par un terrain de base-ball vide, par une usine sombre, et puis par un chemin de terre de l'autre côté d'un ruisseau, il ne sait pas. Il se représente un immense terrain vague plein de scories, et son cœur se serre.

Effrayé, vraiment effrayé, il se souvient de ce qui l'a,

jadis, consolé en semblant faire un trou par lequel il a regardé dans la lumière brillante qui se dissimule derrière toute cette ombre, et il lève les yeux vers le vitrail de l'église. Comme la paroisse est pauvre, ou bien parce que les nuits d'été commencent tard ou bien encore par simple négligence, il n'est pas éclairé : ce n'est qu'un cercle sombre sur une façade de pierre.

Les réverbères pourtant sont allumés ; voilés par les arbres, leurs cônes de lumière battent en retraite jusqu'à l'invisible extrémité de Summer Street. Tout près de lui, sur sa gauche, juste sous un lampadaire, l'asphalte ressemble à de la neige trouée de fossettes. Il décide de faire le tour du pâté de maisons, pour s'éclaircir les idées et trouver sa route. C'est drôle comme ce qui vous pousse est simple et pourtant le terrain où l'on doit évoluer est si encombré. Ses jambes puisent leur force dans cette distinction, elles avancent d'une foulée soutenue. Le bien est à l'intérieur, il n'y a rien à l'extérieur, ces divers éléments qu'il essayait de soupeser n'ont pas de poids. Il a soudain l'impression que ce qu'il y a en lui a pris une grande réalité, c'est un pur espace vide au milieu d'un épais filet. Je ne sais pas, répétait-il sans cesse à Ruth ; il ne sait que faire, où aller, ce qui va se passer, l'idée qu'il ne sait pas semble le rendre infiniment petit et impossible à capturer. Le sentiment de sa petitesse l'emplit comme un sentiment d'immensité. C'est comme quand les autres entendaient dire qu'on était grand, alors ils vous collaient deux types sur le dos et, qu'on se tourne d'un côté ou de l'autre, on se cognait sur l'un d'eux et on n'avait plus qu'à passer le ballon. Alors, on faisait une passe, et le ballon appartenait aux autres, on se retrouvait les mains vides et les types qui vous manquaient avaient l'air idiot, parce qu'en fait il n'y avait personne là.

Rabbit arrive au bord du trottoir mais, au lieu de prendre à droite et de contourner le pâté de maisons, il descend sur la chaussée, ce qui lui fait autant d'effet que si cette petite rue était un grand fleuve, et il traverse. Il veut aller jusqu'à la prochaine tache de neige. Bien que ce bloc de maisons de briques de trois étages soit exactement pareil à celui dont il vient, il y a là quelque chose qui le rend heureux ; les marches des perrons, les rebords des fenêtres ont l'air de s'agiter, de vivre, quand il les regarde du coin de l'œil. Il se laisse prendre à cette illusion. Ses mains se lèvent toutes seules, il sent le vent sur ses oreilles avant même que, ses talons frappant durement le pavé d'abord, puis avec de moins en moins d'effort à mesure qu'une sorte de douce panique le rend plus léger, plus rapide, plus tranquille aussi, il se mette à courir. Ah ! oui, à courir. A courir.

CET OUVRAGE A ÉTÉ COMPOSÉ PAR LA SERTI À LYON
ET ACHEVÉ D'IMPRIMER PAR BUSSIÈRE À SAINT-AMAND (2-88)
D.L. JUIN 1983. N° 6513-2 (3372)

Collection Points

SÉRIE ROMAN

R1. Le Tambour, *par Günter Grass*
R2. Le Dernier des Justes, *par André Schwarz-Bart*
R3. Le Guépard, *par Giuseppe Tomasi di Lampedusa*
R4. La Côte sauvage, *par Jean-René Huguenin*
R5. Acid Test, *par Tom Wolfe*
R6. Je vivrai l'amour des autres, *par Jean Cayrol*
R7. Les Cahiers de Malte Laurids Brigge, *par Rainer Maria Rilke*
R8. Moha le fou, Moha le sage, *par Tahar Ben Jelloun*
R9. L'Horloger du Cherche-Midi, *par Luc Estang*
R10. Le Baron perché, *par Italo Calvino*
R11. Les Bienheureux de La Désolation, *par Hervé Bazin*
R12. Salut Galarneau !, *par Jacques Godbout*
R13. Cela s'appelle l'aurore, *par Emmanuel Roblès*
R14. Les Désarrois de l'élève Törless, *par Robert Musil*
R15. Pluie et Vent sur Télumée Miracle
par Simone Schwarz-Bart
R16. La Traque, *par Herbert Lieberman*
R17. L'Imprécateur, *par René-Victor Pilhes*
R18. Cent Ans de solitude, *par Gabriel Garcia Marquez*
R19. Moi d'abord, *par Katherine Pancol*
R20. Un jour, *par Maurice Genevoix*
R21. Un pas d'homme, *par Marie Susini*
R22. La Grimace, *par Heinrich Böll*
R23. L'Age du tendre, *par Marie Chaix*
R24. Une tempête, *par Aimé Césaire*
R25. Moustiques, *par William Faulkner*
R26. La Fantaisie du voyageur
par François-Régis Bastide
R27. Le Turbot, *par Günter Grass*
R28. Le Parc, *par Philippe Sollers*
R29. Ti Jean L'horizon, *par Simone Schwarz-Bart*
R30. Affaires étrangères, *par Jean-Marc Roberts*
R31. Nedjma, *par Kateb Yacine*
R32. Le Vertige, *par Evguénia Guinzbourg*
R33. La Motte rouge, *par Maurice Genevoix*
R34. Les Buddenbrook, *par Thomas Mann*
R35. Grand Reportage, *par Michèle Manceaux*
R36. Isaac le mystérieux (Le ver et le solitaire)
par Jerome Charyn
R37. Le Passage, *par Jean Reverzy*
R38. Chesapeake, *par James A. Michener*
R39. Le Testament d'un poète juif assassiné *par Elie Wiesel*

R40. Candido, *par Leonardo Sciascia*
R41. Le Voyage à Paimpol, *par Dorothée Letessier*
R42. L'Honneur perdu de Katharina Blum
par Heinrich Böll
R43. Le Pays sous l'écorce, *par Jacques Lacarrière*
R44. Le Monde selon Garp, *par John Irving*
R45. Les Trois Jours du cavalier, *par Nicole Ciravégna*
R46. Nécropolis, *par Herbert Lieberman*
R47. Fort Saganne, *par Louis Gardel*
R48. La Ligne 12, *par Raymond Jean*
R49. Les Années de chien, *par Günter Grass*
R50. La Réclusion solitaire, *par Tahar Ben Jelloun*
R51. Senilità, *par Italo Svevo*
R52. Trente Mille Jours, *par Maurice Genevoix*
R53. Cabinet Portrait, *par Jean-Luc Benoziglio*
R54. Saison violente, *par Emmanuel Roblès*
R55. Une comédie française, *par Erik Orsenna*
R56. Le Pain nu, *par Mohamed Choukri*
R57. Sarah et le Lieutenant français, *par John Fowles*
R58. Le Dernier Viking, *par Patrick Grainville*
R59. La Mort de la phalène, *par Virginia Woolf*
R60. L'Homme sans qualités, tome 1, *par Robert Musil*
R61. L'Homme sans qualités, tome 2, *par Robert Musil*
R62. L'Enfant de la mer de Chine, *par Didier Decoin*
R63. Le Professeur et la Sirène
par Giuseppe Tomasi di Lampedusa
R64. Le Grand Hiver, *par Ismaïl Kadaré*
R65. Le Cœur du voyage, *par Pierre Moustiers*
R66. Le Tunnel, *par Ernesto Sabato*
R67. Kamouraska, *par Anne Hébert*
R68. Machenka, *par Vladimir Nabokov*
R69. Le Fils du pauvre, *par Mouloud Feraoun*
R70. Cités à la dérive, *par Stratis Tsirkas*
R71. Place des Angoisses, *par Jean Reverzy*
R72. Le Dernier Chasseur, *par Charles Fox*
R73. Pourquoi pas Venise, *par Michèle Manceaux*
R74. Portrait de groupe avec dame, *par Heinrich Böll*
R75. Lunes de fiel, *par Pascal Bruckner*
R76. Le Canard de bois (Les Fils de la Liberté, I)
par Louis Caron
R77. Jubilee, *par Margaret Walker*
R78. Le Médecin de Cordoue, *par Herbert Le Porrier*
R79. Givre et Sang, *par John Cowper Powys*
R80. La Barbare, *par Katherine Pancol*
R81. Si par une nuit d'hiver un voyageur, *par Italo Calvino*
R82. Gerardo Laïn, *par Michel del Castillo*
R83. Un amour infini, *par Scott Spencer*

R84. Une enquête au pays, *par Driss Chraïbi*
R85. Le Diable sans porte (*tome 1 :* Ah, mes aïeux !) *par Claude Duneton*
R86. La Prière de l'absent, *par Tahar Ben Jelloun*
R87. Venise en hiver, *par Emmanuel Roblès*
R88. La Nuit du Décret, *par Michel del Castillo*
R89. Alejandra, *par Ernesto Sabato*
R90. Plein Soleil, *par Marie Susini*
R91. Les Enfants de fortune, *par Jean-Marc Roberts*
R92. Protection encombrante, *par Heinrich Böll*
R93. Lettre d'excuse, *par Raphaële Billetdoux*
R94. Le Voyage indiscret, *par Katherine Mansfield*
R95. La Noire, *par Jean Cayrol*
R96. L'Obsédé (L'Amateur), *par John Fowles*
R97. Siloé, *par Paul Gadenne*
R98. Portrait de l'artiste en jeune chien *par Dylan Thomas*
R99. L'Autre, *par Julien Green*
R100. Histoires pragoises, *par Rainer Maria Rilke*
R101. Bélibaste, *par Henri Gougaud*
R102. Le Ciel de la Kolyma (Le Vertige, II) *par Evguénia Guinzbourg*
R103. La Mulâtresse Solitude, *par Simone Schwarz-Bart*
R104. L'Homme du Nil, *par Stratis Tsirkas*
R105. La Rhubarbe, *par René-Victor Pilhes*
R106. Gibier de potence, *par Kurt Vonnegut*
R107. Memory Lane, *par Patrick Modiano dessins de Pierre Le-Tan*
R108. L'Affreux Pastis de la rue des Merles *par Carlo Emilio Gadda*
R109. La Fontaine obscure, *par Raymond Jean*
R110. L'Hôtel New Hampshire, *par John Irving*
R111. Les Immémoriaux, *par Victor Segalen*
R112. Cœur de lièvre, *par John Updike*
R113. Le Temps d'un royaume, *par Rose Vincent*
R114. Poisson-chat, *par Jerome Charyn*
R115. Abraham de Brooklyn, *par Didier Decoin*
R116. Trois Femmes, *suivi de* Noces, *par Robert Musil*
R117. Les Enfants du sabbat, *par Anne Hébert*
R118. La Palmeraie, *par François-Régis Bastide*
R119. Maria Republica, *par Agustin Gomez-Arcos*
R120. La Joie, *par Georges Bernanos*
R121. Incognito, *par Petru Dumitriu*
R122. Les Forteresses noires, *par Patrick Grainville*
R123. L'Ange des ténèbres, *par Ernesto Sabato*
R124. La Fiera, *par Marie Susini*
R125. La Marche de Radetzky, *par Joseph Roth*

R126. Le vent souffle où il veut
par Paul-André Lesort
R127. Si j'étais vous..., *par Julien Green*
R128. Le Mendiant de Jérusalem, *par Elie Wiesel*
R129. Mortelle, *par Christopher Frank*
R130. La France m'épuise, *par Jean-Louis Curtis*
R131. Le Chevalier inexistant, *par Italo Calvino*
R132. Dialogues des Carmélites, *par Georges Bernanos*
R133. L'Étrusque, *par Mika Waltari*
R134. La Rencontre des hommes, *par Benigno Cacérès*
R135. Le Petit Monde de Don Camillo, *par Giovanni Guareschi*
R136. Le Masque de Dimitrios, *par Eric Ambler*
R137. L'Ami de Vincent, *par Jean-Marc Roberts*
R138. Un homme au singulier, *par Christopher Isherwood*
R139. La Maison du désir, *par France Huser*
R140. Moi et ma cheminée, *par Herman Melville*
R141. Les Fous de Bassan, *par Anne Hébert*
R142. Les Stigmates, *par Luc Estang*
R143. Le Chat et la Souris, *par Günter Grass*
R144. Loïca, *par Dorothée Letessier*
R145. Paradiso, *par José Lezama Lima*
R146. Passage de Milan, *par Michel Butor*
R147. Anonymus, *par Michèle Manceaux*
R148. La Femme du dimanche
par Carlo Fruttero et Franco Lucentini
R149. L'Amour monstre, *par Louis Pauwels*
R150. L'Arbre à soleils, *par Henri Gougaud*
R151. Traité du zen et de l'entretien des motocyclettes
par Robert M. Pirsig
R152. L'Enfant du cinquième Nord, *par Pierre Billon*
R153. N'envoyez plus de roses, *par Eric Ambler*
R154. Les Trois Vies de Babe Ozouf, *par Didier Decoin*
R155. Le Vert Paradis, *par André Brincourt*
R156. Varouna, *par Julien Green*
R157. L'Incendie de Los Angeles, *par Nathanaël West*
R158. Les Belles de Tunis, *par Nine Moati*
R159. Vertes Demeures, *par William Henry Hudson*
R160. Les Grandes Vacances, *par Francis Ambrière*
R161. Ceux de 14, *par Maurice Genevoix*
R162. Les Villes invisibles, *par Italo Calvino*
R163. L'Agent secret, *par Graham Greene*
R164. La Lézarde, *par Édouard Glissant*
R165. Le Grand Escroc, *par Herman Melville*
R166. Lettre à un ami perdu, *par Patrick Besson*
R167. Evaristo Carriego, *par Jorge Luis Borges*
R168. La Guitare, *par Michel del Castillo*
R169. Épitaphe pour un espion, *par Eric Ambler*

R170. Fin de saison au Palazzo Pedrotti, *par Frédéric Vitoux*
R171. Jeunes Années. Autobiographie 1, *par Julien Green*
R172. Jeunes Années. Autobiographie 2, *par Julien Green*
R173. Les Égarés, *par Frédérick Tristan*
R174. Une affaire de famille, *par Christian Giudicelli*
R175. Le Testament amoureux, *par Rezvani*
R176. C'était cela notre amour, *par Marie Susini*
R177. Souvenirs du triangle d'or, *par Alain Robbe-Grillet*
R178. Les Lauriers du lac de Constance, *par Marie Chaix*
R179. Plan B, *par Chester Himes*
R180. Le Sommeil agité, *par Jean-Marc Roberts*
R181. Roman Roi, *par Renaud Camus*
R182. Vingt Ans et des poussières
par Didier van Cauwelaert
R183. Le Château des destins croisés
par Italo Calvino
R184. Le Vent de la nuit, *par Michel del Castillo*
R185. Une curieuse solitude, *par Philippe Sollers*
R186. Les Trafiquants d'armes, *par Eric Ambler*
R187. Un printemps froid, *par Danièle Sallenave*
R188. Mickey l'Ange, *par Geneviève Dormann*
R189. Histoire de la mer, *par Jean Cayrol*
R190. Senso, *par Camillo Boito*
R191. Sous le soleil de Satan, *par Georges Bernanos*
R192. Niembsch ou l'immobilité, *par Peter Härtling*
R193. Prends garde à la douceur des choses
par Raphaële Billetdoux
R194. L'Agneau carnivore, *par Agustin Gomez-Arcos*
R195. L'Imposture, *par Georges Bernanos*
R196. Ararat, *par D. M. Thomas*
R197. La Croisière de l'angoisse, *par Eric Ambler*
R198. Léviathan, *par Julien Green*
R199. Sarnia, *par Gerald Basil Edwards*
R200. Le Colleur d'affiches, *par Michel del Castillo*
R201. Un mariage poids moyen, *par John Irving*
R202. John l'Enfer, *par Didier Decoin*
R203. Les Chambres de bois, *par Anne Hébert*
R204. Mémoires d'un jeune homme rangé
par Tristan Bernard
R205. Le Sourire du Chat, *par François Maspero*
R206. L'Inquisiteur, *par Henri Gougaud*
R207. La Nuit américaine, *par Christopher Frank*
R208. Jeunesse dans une ville normande
par Jacques-Pierre Amette
R209. Fantôme d'une puce, *par Michel Braudeau*
R210. L'Avenir radieux, *par Alexandre Zinoviev*
R211. Constance D., *par Christian Combaz*

R212. Épaves, *par Julien Green*
R213. La Leçon du maître, *par Henry James*
R214. Récit des temps perdus, *par Aris Fakinos*
R215. La Fosse aux chiens, *par John Cowper Powys*
R216. Les Portes de la forêt, *par Elie Wiesel*
R217. L'Affaire Deltchev, *par Eric Ambler*
R218. Les amandiers sont morts de leurs blessures
par Tahar Ben Jelloun
R219. L'Admiroir, *par Anny Duperey*
R220. Les Grands Cimetières sous la lune, *par Georges Bernanos*
R221. La Créature, *par Étienne Barilier*
R222. Un Anglais sous les tropiques, *par William Boyd*
R223. La Gloire de Dina, *par Michel del Castillo*
R224. Poisson d'amour, *par Didier van Cauwelaert*
R225. Les Yeux fermés, *par Marie Susini*
R226. Cobra, *par Severo Sarduy*
R227. Cavalerie rouge, *par Isaac Babel*
R228. Tous les soleils, *par Bertrand Visage*
R229. Pétersbourg, *par Andréi Biély*
R230. Récits d'un jeune médecin, *par Mikhaïl Boulgakov*
R231. La Maison des prophètes, *par Nicolas Saudray*
R232. Trois Heures du matin à New York
par Herbert Lieberman
R233. La Mère du printemps, *par Driss Chraïbi*
R234. Adrienne Mesurat, *par Julien Green*
R235. Jusqu'à la mort, *par Amos Oz*
R236. Les Envoûtés, *par Witold Gombrowicz*
R237. Frontière des ténèbres, *par Eric Ambler*
R238. Les Deux Sacrements, *par Heinrich Böll*
R239. Cherchant qui dévorer, *par Luc Estang*
R240. Le Tournant, *par Klaus Mann*
R241. Aurélia, *par France Huser*
R242. Le Sixième Hiver, *par Douglas Orgill et John Gribbin*
R243. Naissance d'un spectre, *par Frédérick Tristan*
R244. Lorelei, *par Maurice Genevoix*
R245. Le Bois de la nuit, *par Djuna Barnes*
R246. La Caverne céleste, *par Patrick Grainville*
R247. L'Alliance, tome 1, *par James A. Michener*
R248. L'Alliance, tome 2, *par James A. Michener*
R249. Juliette, chemin des Cerisiers, *par Marie Chaix*
R250. Le Baiser de la femme-araignée, *par Manuel Puig*
R251. Le Vésuve, *par Emmanuel Roblès*
R252. Comme neige au soleil, *par William Boyd*
R253. Palomar, *par Italo Calvino*
R254. Le Visionnaire, *par Julien Green*
R255. La Revanche, *par Henry James*
R256. Les Années-lumière, *par Rezvani*

R257. La Crypte des capucins, *par Joseph Roth*
R258. La Femme publique, *par Dominique Garnier*
R259. Maggie Cassidy, *par Jack Kerouac*
R260. Mélancolie Nord, *par Michel Rio*
R261. Énergie du désespoir, *par Eric Ambler*
R262. L'Aube, *par Elie Wiesel*
R263. Le Paradis des orages, *par Patrick Grainville*
R264. L'Ouverture des bras de l'homme, *par Raphaële Billetdoux*
R265. Méchant, *par Jean-Marc Roberts*
R266. Un policeman, *par Didier Decoin*
R267. Les Corps étrangers, *par Jean Cayrol*
R268. Naissance d'une passion, *par Michel Braudeau*
R269. Dara, *par Patrick Besson*
R270. Parias, *par Pascal Bruckner*
R271. Le Soleil et la Roue, *par Rose Vincent*
R272. Le Malfaiteur, *par Julien Green*
R273. Scarlett, si possible, *par Katherine Pancol*
R274. Journal d'une fille de Harlem, *par Julius Horwitz*
R275. Le Nez de Mazarin, *par Anny Duperey*
R276. La Chasse à la licorne, *par Emmanuel Roblès*
R277. Red Fox, *par Anthony Hyde*
R278. Minuit, *par Julien Green*
R279. L'Enfer, *par René Belletto*
R280. Et si on parlait d'amour, *par Claire Gallois*
R281. Pologne, *par James A. Michener*
R282. Notre homme, *par Louis Gardel*
R283. La Nuit du solstice, *par Herbert Lieberman*
R284. Place de Sienne, côté ombre
par Carlo Fruttero et Franco Lucentini
R285. Meurtre au comité central
par Manuel Vázquez Montalbán
R286. L'Isolé soleil, *par Daniel Maximin*
R287. Samedi soir, dimanche matin, *par Alan Sillitoe*
R288. Petit Louis, dit XIV, *par Claude Duneton*
R289. Le Perchoir du perroquet, *par Michel Rio*
R290. L'Enfant pain, *par Agustin Gomez-Arcos*
R291. Les Années Lula, *par Rezvani*
R292. Michael K, sa vie, son temps, *par J. M. Coetzee*
R293. La Connaissance de la douleur, *par Carlo Emilio Gadda*
R294. Complot à Genève, *par Eric Ambler*
R295. Serena, *par Giovanni Arpino*
R296. L'Enfant de sable, *par Tahar Ben Jelloun*
R297. Le Premier Regard, *par Marie Susini*
R298. Regardez-moi, *par Anita Brookner*
R299. La Vie fantôme, *par Danièle Sallenave*
R300. L'Enchanteur, *par Vladimir Nabokov*
R301. L'Ile Atlantique, *par Tony Duvert*

Collection Points

1. Histoire du surréalisme, *par Maurice Nadeau*
2. Une théorie scientifique de la culture *par Bronislaw Malinowski*
3. Malraux, Camus, Sartre, Bernanos, *par Emmanuel Mounier*
4. L'Homme unidimensionnel, *par Herbert Marcuse* (épuisé)
5. Écrits I, *par Jacques Lacan*
6. Le Phénomène humain, *par Pierre Teilhard de Chardin*
7. Les Cols blancs, *par C. Wright Mills*
8. Stendhal, Flaubert, *par Jean-Pierre Richard*
9. La Nature dé-naturée, *par Jean Dorst*
10. Mythologies, *par Roland Barthes*
11. Le Nouveau Théâtre américain, *par Franck Jotterand* (épuisé)
12. Morphologie du conte, *par Vladimir Propp*
13. L'Action sociale, *par Guy Rocher*
14. L'Organisation sociale, *par Guy Rocher*
15. Le Changement social, *par Guy Rocher*
16. Les Étapes de la croissance économique, *par W. W. Rostow*
17. Essais de linguistique générale *par Roman Jakobson* (épuisé)
18. La Philosophie critique de l'histoire, *par Raymond Aron*
19. Essais de sociologie, *par Marcel Mauss*
20. La Part maudite, *par Georges Bataille* (épuisé)
21. Écrits II, *par Jacques Lacan*
22. Éros et Civilisation, *par Herbert Marcuse* (épuisé)
23. Histoire du roman français depuis 1918 *par Claude-Edmonde Magny*
24. L'Écriture et l'Expérience des limites, *par Philippe Sollers*
25. La Charte d'Athènes, *par Le Corbusier*
26. Peau noire, Masques blancs, *par Frantz Fanon*
27. Anthropologie, *par Edward Sapir*
28. Le Phénomène bureaucratique, *par Michel Crozier*
29. Vers une civilisation du loisir ?, *par Joffre Dumazedier*
30. Pour une bibliothèque scientifique, *par François Russo* (épuisé)
31. Lecture de Brecht, *par Bernard Dort*
32. Ville et Révolution, *par Anatole Kopp*
33. Mise en scène de Phèdre, *par Jean-Louis Barrault*
34. Les Stars, *par Edgar Morin*
35. Le Degré zéro de l'écriture, *suivi de* Nouveaux Essais critiques *par Roland Barthes*
36. Libérer l'avenir, *par Ivan Illich*
37. Structure et Fonction dans la société primitive *par A. R. Radcliffe-Brown*
38. Les Droits de l'écrivain, *par Alexandre Soljénitsyne*
39. Le Retour du tragique, *par Jean-Marie Domenach*

41. La Concurrence capitaliste
par Jean Cartell et Pierre-Yves Cossé (épuisé)
42. Mise en scène d'Othello, *par Constantin Stanislavski*
43. Le Hasard et la Nécessité, *par Jacques Monod*
44. Le Structuralisme en linguistique, *par Oswald Ducrot*
45. Le Structuralisme : Poétique, *par Tzvetan Todorov*
46. Le Structuralisme en anthropologie, *par Dan Sperber*
47. Le Structuralisme en psychanalyse, *par Moustafa Safouan*
48. Le Structuralisme : Philosophie, *par François Wahl*
49. Le Cas Dominique, *par Françoise Dolto*
51. Trois Essais sur le comportement animal et humain
par Konrad Lorenz
52. Le Droit à la ville, *suivi de* Espace et Politique
par Henri Lefebvre
53. Poèmes, *par Léopold Sédar Senghor*
54. Les Élégies de Duino, *suivi de* les Sonnets à Orphée
par Rainer Maria Rilke (édition bilingue)
55. Pour la sociologie, *par Alain Touraine*
56. Traité du caractère, *par Emmanuel Mounier*
57. L'Enfant, sa « maladie » et les autres, *par Maud Mannoni*
58. Langage et Connaissance, *par Adam Schaff*
59. Une saison au Congo, *par Aimé Césaire*
61. Psychanalyser, *par Serge Leclaire*
63. Mort de la famille, *par David Cooper*
64. A quoi sert la Bourse ?, *par Jean-Claude Leconte* (épuisé)
65. La Convivialité, *par Ivan Illich*
66. L'Idéologie structuraliste, *par Henri Lefebvre*
67. La Vérité des prix, *par Hubert Lévy-Lambert* (épuisé)
68. Pour Gramsci, *par Maria-Antonietta Macciocchi*
69. Psychanalyse et Pédiatrie, *par Françoise Dolto*
70. S/Z, *par Roland Barthes*
71. Poésie et Profondeur, *par Jean-Pierre Richard*
72. Le Sauvage et l'Ordinateur, *par Jean-Marie Domenach*
73. Introduction à la littérature fantastique
par Tzvetan Todorov
74. Figures I, *par Gérard Genette*
75. Dix Grandes Notions de la sociologie, *par Jean Cazeneuve*
76. Mary Barnes, un voyage à travers la folie
par Mary Barnes et Joseph Berke
77. L'Homme et la Mort, *par Edgar Morin*
78. Poétique du récit, *par Roland Barthes, Wayne Booth*
Wolfgang Kayser et Philippe Hamon
79. Les Libérateurs de l'amour, *par Alexandrian*
80. Le Macroscope, *par Joël de Rosnay*
81. Délivrance, *par Maurice Clavel et Philippe Sollers*
82. Système de la peinture, *par Marcelin Pleynet*
83. Pour comprendre les média, *par M. McLuhan*

84. L'Invasion pharmaceutique
par Jean-Pierre Dupuy et Serge Karsenty
85. Huit Questions de poétique, *par Roman Jakobson*
86. Lectures du désir, *par Raymond Jean*
87. Le Traître, *par André Gorz*
88. Psychiatrie et Anti-Psychiatrie, *par David Cooper*
89. La Dimension cachée, *par Edward T. Hall*
90. Les Vivants et la Mort, *par Jean Ziegler*
91. L'Unité de l'homme, *par le Centre Royaumont*
1. Le primate et l'homme
par E. Morin et M. Piattelli-Palmarini
92. L'Unité de l'homme, *par le Centre Royaumont*
2. Le cerveau humain, *par E. Morin et M. Piattelli-Palmarini*
93. L'Unité de l'homme, *par le Centre Royaumont*
3. Pour une anthropologie fondamentale
par E. Morin et M. Piattelli-Palmarini
94. Pensées, *par Blaise Pascal*
95. L'Exil intérieur, *par Roland Jaccard*
96. Semeiotiké, recherches pour une sémanalyse
par Julia Kristeva
97. Sur Racine, *par Roland Barthes*
98. Structures syntaxiques, *par Noam Chomsky*
99. Le Psychiatre, son « fou » et la psychanalyse
par Maud Mannoni
100. L'Écriture et la Différence, *par Jacques Derrida*
101. Le Pouvoir africain, *par Jean Ziegler*
102. Une logique de la communication
par P. Watzlawick, J. Helmick Beavin, Don D. Jackson
103. Sémantique de la poésie, *par T. Todorov, W. Empson*
J. Cohen, G. Hartman et F. Rigolot
104. De la France, *par Maria-Antonietta Macciocchi*
105. Small is beautiful, *par E. F. Schumacher*
106. Figures II, *par Gérard Genette*
107. L'Œuvre ouverte, *par Umberto Eco*
108. L'Urbanisme, *par Françoise Choay*
109. Le Paradigme perdu, *par Edgar Morin*
110. Dictionnaire encyclopédique des sciences du langage
par Oswald Ducrot et Tzvetan Todorov
111. L'Évangile au risque de la psychanalyse (tome 1)
par Françoise Dolto
112. Un enfant dans l'asile, *par Jean Sandretto*
113. Recherche de Proust, *ouvrage collectif*
114. La Question homosexuelle, *par Marc Oraison*
115. De la psychose paranoïaque dans ses rapports
avec la personnalité, *par Jacques Lacan*
116. Sade, Fourier, Loyola, *par Roland Barthes*
117. Une société sans école, *par Ivan Illich*

118. Mauvaises Pensées d'un travailleur social *par Jean Marie Geng*
119. Albert Camus, *par Herbert R. Lottman*
120. Poétique de la prose, *par Tzvetan Todorov*
121. Théorie d'ensemble, *par Tel Quel*
122. Némésis médicale, *par Ivan Illich*
123. La Méthode
1. La Nature de la Nature, *par Edgar Morin*
124. Le Désir et la Perversion, *ouvrage collectif*
125. Le Langage, cet inconnu, *par Julia Kristeva*
126. On tue un enfant, *par Serge Leclaire*
127. Essais critiques, *par Roland Barthes*
128. Le Je-ne-sais-quoi et le Presque-rien
1. La manière et l'occasion, *par Vladimir Jankélévitch*
129. L'Analyse structurale du récit, Communications 8 *ouvrage collectif*
130. Changements, Paradoxes et Psychothérapie *par P. Watzlawick, J. Weakland et R. Fisch*
131. Onze Études sur la poésie moderne *par Jean-Pierre Richard*
132. L'Enfant arriéré et sa mère, *par Maud Mannoni*
133. La Prairie perdue (Le Roman américain) *par Jacques Cabau*
134. Le Je-ne-sais-quoi et le Presque-rien
2. La méconnaissance, *par Vladimir Jankélévitch*
135. Le Plaisir du texte, *par Roland Barthes*
136. La Nouvelle Communication, *ouvrage collectif*
137. Le Vif du sujet, *par Edgar Morin*
138. Théories du langage, théories de l'apprentissage *par le Centre Royaumont*
139. Baudelaire, la Femme et Dieu, *par Pierre Emmanuel*
140. Autisme et Psychose de l'enfant, *par Frances Tustin*
141. Le Harem et les Cousins, *par Germaine Tillion*
142. Littérature et Réalité, *ouvrage collectif*
143. La Rumeur d'Orléans, *par Edgar Morin*
144. Partage des femmes, *par Eugénie Lemoine-Luccioni*
145. L'Évangile au risque de la psychanalyse (tome 2) *par Françoise Dolto*
146. Rhétorique générale, *par le Groupe μ*
147. Système de la Mode, *par Roland Barthes*
148. Démasquer le réel, *par Serge Leclaire*
149. Le Juif imaginaire, *par Alain Finkielkraut*
150. Travail de Flaubert, *ouvrage collectif*
151. Journal de Californie, *par Edgar Morin*
152. Pouvoirs de l'horreur, *par Julia Kristeva*
153. Introduction à la philosophie de l'histoire de Hegel *par Jean Hyppolite*

154. La Foi au risque de la psychanalyse
par Françoise Dolto et Gérard Sévérin
155. Un lieu pour vivre, *par Maud Mannoni*
156. Scandale de la vérité, *suivi de*
Nous autres Français, *par Georges Bernanos*
157. Enquête sur les idées contemporaines
par Jean-Marie Domenach
158. L'Affaire Jésus, *par Henri Guillemin*
159. Paroles d'étranger, *par Elie Wiesel*
160. Le Langage silencieux, *par Edward T. Hall*
161. La Rive gauche, *par Herbert R. Lottman*
162. La Réalité de la réalité, *par Paul Watzlawick*
163. Les Chemins de la vie, *par Joël de Rosnay*
164. Dandies, *par Roger Kempf*
165. Histoire personnelle de la France, *par François George*
166. La Puissance et la Fragilité, *par Jean Hamburger*
167. Le Traité du sablier, *par Ernst Jünger*
168. Pensée de Rousseau, *ouvrage collectif*
169. La Violence du calme, *par Viviane Forrester*
170. Pour sortir du XXe siècle, *par Edgar Morin*
171. La Communication, Hermès I, *par Michel Serres*
172. Sexualités occidentales, Communications 35
ouvrage collectif
173. Lettre aux Anglais, *par Georges Bernanos*
174. La Révolution du langage poétique *par Julia Kristeva*
175. La Méthode
2. La Vie de la Vie, *par Edgar Morin*
176. Théories du symbole, *par Tzvetan Todorov*
177. Mémoires d'un névropathe, *par Daniel Paul Schreber*
178. Les Indes, *par Édouard Glissant*
179. Clefs pour l'Imaginaire ou l'Autre Scène
par Octave Mannoni
180. La Sociologie des organisations, *par Philippe Bernoux*
181. Théorie des genres, *ouvrage collectif*
182. Le Je-ne-sais-quoi et le Presque-rien
3. La volonté de vouloir, *par Vladimir Jankélévitch*
183. Le Traité du rebelle, *par Ernst Jünger*
184. Un homme en trop, *par Claude Lefort*
185. Théâtres, *par Bernard Dort*
186. Le Langage du changement, *par Paul Watzlawick*
187. Lettre ouverte à Freud, *par Lou Andreas-Salomé*
188. La Notion de littérature, *par Tzvetan Todorov*
189. Choix de poèmes, *par Jean-Claude Renard*
190. Le Langage et son double, *par Julien Green*
191. Au-delà de la culture, *par Edward T. Hall*
192. Au jeu du désir, *par Françoise Dolto*
193. Le Cerveau planétaire, *par Joël de Rosnay*

Collection Points

SÉRIE ACTUELS

A1. Lettres de prison, *par Gabrielle Russier*
A2. J'étais un drogué, *par Guy Champagne*
A3. Les Dossiers noirs de la police française, *par Denis Langlois*
A4. Do It, *par Jerry Rubin*
A5. Les Industriels de la fraude fiscale, *par Jean Cosson*
A6. Entretiens avec Allende, *par Régis Debray* (épuisé)
A7. De la Chine, *par Maria-Antonietta Macciocchi*
A8. Après la drogue, *par Guy Champagne*
A9. Les Grandes Manœuvres de l'opium
par Catherine Lamour et Michel Lamberti
A10. Les Dossiers noirs de la justice française, *par Denis Langlois*
A11. Le Dossier confidentiel de l'euthanasie
par Igor Barrère et Étienne Lalou
A12. Discours américains, *par Alexandre Soljénitsyne*
A13. Les Exclus, *par René Lenoir* (épuisé)
A14. Souvenirs obscurs d'un Juif polonais né en France
par Pierre Goldman
A15. Le Mandarin aux pieds nus, *par Alexandre Minkowski*
A16. Une Suisse au-dessus de tout soupçon, *par Jean Ziegler*
A17. La Fabrication des mâles
par Georges Falconnet et Nadine Lefaucheur
A18. Rock babies, *par Raoul Hoffmann et Jean-Marie Leduc*
A19. La nostalgie n'est plus ce qu'elle était
par Simone Signoret
A20. L'Allergie au travail, *par Jean Rousselet*
A21. Deuxième Retour de Chine
par Claudie et Jacques Broyelle et Évelyne Tschirhart
A22. Je suis comme une truie qui doute, *par Claude Duneton*
A23. Travailler deux heures par jour, *par Adret*
A24. Le rugby, c'est un monde, *par Jean Lacouture*
A25. La Plus Haute des solitudes, *par Tahar Ben Jelloun*
A26. Le Nouveau Désordre amoureux
par Pascal Bruckner et Alain Finkielkraut
A27. Voyage inachevé, *par Yehudi Menuhin*
A28. Le communisme est-il soluble dans l'alcool ?
par Antoine et Philippe Meyer
A29. Sciences de la vie et Société
par François Gros, François Jacob et Pierre Royer
A30. Anti-manuel de français
par Claude Duneton et Jean-Pierre Pagliano
A31. Cet enfant qui se drogue, c'est le mien
par Jacques Guillon

A32. Les Femmes, la Pornographie, l'Érotisme
par Marie-Françoise Hans et Gilles Lapouge
A33. Parole d'homme, *par Roger Garaudy*
A34. Nouveau Guide des médicaments, *par le Dr Henri Pradal*
A35. Rue du Prolétaire rouge, *par Nina et Jean Kéhayan*
A36. Main basse sur l'Afrique, *par Jean Ziegler*
A37. Un voyage vers l'Asie, *par Jean-Claude Guillebaud*
A38. Appel aux vivants, *par Roger Garaudy*
A39. Quand vient le souvenir, *par Saul Friedländer*
A40. La Marijuana, *par Solomon H. Snyder*
A41. Un lit à soi, *par Évelyne Le Garrec*
A42. Le lendemain, elle était souriante...
par Simone Signoret
A43. La Volonté de guérir, *par Norman Cousins*
A44. Les Nouvelles Sectes, *par Alain Woodrow*
A45. Cent Ans de chanson française
par Chantal Brunschwig, Louis-Jean Calvet et Jean-Claude Klein
A46. La Malbouffe, *par Stella et Joël de Rosnay*
A47. Médecin de la liberté, *par Paul Milliez*
A48. Un Juif pas très catholique, *par Alexandre Minkowski*
A49. Un voyage en Océanie, *par Jean-Claude Guillebaud*
A50. Au coin de la rue, l'aventure
par Pascal Bruckner et Alain Finkielkraut
A51. John Reed, *par Robert Rosenstone*
A52. Le Tabouret de Piotr, *par Jean Kéhayan*
A53. Le temps qui tue, le temps qui guérit
par le Dr Fernand Attali
A54. La Lumière médicale, *par Norbert Bensaïd*
A55. Californie (Le Nouvel Age)
par Sylvie Crossman et Edouard Fenwick
A56. La Politique du mâle, *par Kate Millett*
A57. Contraception, Grossesse, IVG
par Pierrette Bello, Catherine Dolto, Aline Schiffmann
A58. Marthe, *anonyme*
A59. Pour un nouveau-né sans risque
par Alexandre Minkowski
A60. La vie, tu parles, *par Libération*
A61. Les Bons Vins et les Autres, *par Pierre-Marie Doutrelant*
A62. Comment peut-on être breton ?
par Morvan Lebesque
A63. Les Français, *par Theodore Zeldin*
A64. La Naissance d'une famille, *par T. Berry Brazelton*
A65. Hospitalité française, *par Tahar Ben Jelloun*
A66. L'Enfant à tout prix
par Geneviève Delaisi de Parseval et Alain Janaud
A67. La Rouge Différence, *par F. Edmonde Morin*

A68. Regard sur les Françaises, *par Michèle Sarde*
A69. A hurler le soir au fond des collèges
par Claude Duneton avec la collaboration de Frédéric Pagès
A70. L'Avenir en face, *par Alain Minc*
A71. Je t'aime d'amitié, *par la revue « Autrement »*
A72. Couples !, *par la revue « Autrement »*
A73. Le Sanglot de l'homme blanc, *par Pascal Bruckner*
A74. BCBG, le guide du bon chic bon genre
par Thierry Mantoux
A75. Ils partiront dans l'ivresse, *par Lucie Aubrac*
A76. Tant qu'il y aura des profs
par Hervé Hamon et Patrick Rotman
A77. Femmes à 50 ans, *par Michèle Thiriet et Suzanne Képès*
A78. Sky my husband ! Ciel mon mari !, *par Jean-Loup Chiflet*
A79. Tous ensemble, *par François de Closets*
A80. Les Instits. Enquête sur l'école primaire
par Nicole Gauthier, Catherine Guigon et Maurice A. Guillot
A81. Objectif bébé. Une nouvelle science : la bébologie
par la revue « Autrement »
A82. Nous l'avons tant aimée, la Révolution
par Daniel Cohn-Bendit